人文社科
高校学术研究论著丛刊

主题探索视角下的中国现当代小说创作研究

王晓侠 林娜 著

中国书籍出版社

图书在版编目(CIP)数据

主题探索视角下的中国现当代小说创作研究 / 王晓侠，林娜著. --北京：中国书籍出版社，2020.8
ISBN 978-7-5068-7977-4

Ⅰ.①主… Ⅱ.①王…②林… Ⅲ.①现代小说－小说研究－中国②小说研究－中国－当代 Ⅳ.①I207.42

中国版本图书馆 CIP 数据核字(2020)第 169452 号

主题探索视角下的中国现当代小说创作研究

王晓侠　林　娜　著

丛书策划	谭　鹏　武　斌
责任编辑	吴化强
责任印制	孙马飞　马　芝
封面设计	东方美迪
出版发行	中国书籍出版社
地　　址	北京市丰台区三路居路 97 号(邮编:100073)
电　　话	(010)52257143(总编室)　(010)52257140(发行部)
电子邮箱	eo@chinabp.com.cn
经　　销	全国新华书店
印　　刷	三河市铭浩彩色印装有限公司
开　　本	710 毫米×1000 毫米　1/16
印　　张	15.5
字　　数	277 千字
版　　次	2021 年 4 月第 1 版　2021 年 4 月第 1 次印刷
书　　号	ISBN 978-7-5068-7977-4
定　　价	76.00 元

版权所有　翻印必究

目 录

第一章 五四文学革命时期小说创作的主题研究 …………… 1
  第一节 小说界革命与现代雅俗小说的齐头并进………… 1
  第二节 鲁迅小说的创作——对封建礼教本质的批判……… 8
  第三节 社会问题小说的创作——对社会问题的揭露……… 12
  第四节 自叙传抒情小说的创作——对自我的大胆暴露…… 22
  第五节 乡土小说的创作——对宗法制乡镇生活愚昧的揭露…… 26

第二章 革命文学时期小说创作的主题研究 ………………… 37
  第一节 革命文学的倡导与左翼文学思潮 ………………… 37
  第二节 社会剖析小说的创作——对社会的深刻剖析……… 41
  第三节 家族小说的创作——对封建家族抗争的描写……… 47
  第四节 现代市民小说的创作——对"市民世界"的描摹… 51
  第五节 新感觉派小说的创作——对现代大都市的审视…… 56
  第六节 左翼小说的创作——对革命思想的展现 …………… 62
  第七节 京派小说的创作——对人性和人生的探寻………… 73

第三章 战争时期小说创作的主题研究 ……………………… 82
  第一节 政治领域分割与文学创作 …………………………… 82
  第二节 解放区的小说创作——对光明的强烈追求………… 85
  第三节 国统区的小说创作——对黑暗的深刻揭露………… 97
  第四节 沦陷区的小说创作——对人生的深刻思考………… 99

第四章 十七年时期小说创作的主题研究 …………………… 108
  第一节 文学创作方针的提出与文学运动 ………………… 108
  第二节 革命战争题材小说的创作——对革命战争的诉说… 114
  第三节 农村生活题材小说的创作——对农村矛盾的揭示… 124
  第四节 工业题材小说的创作——对工业发展的描写……… 133
  第五节 历史题材小说的创作——对历史规律的揭示……… 140

第五章　20世纪80年代小说创作的主题研究 …………… 145
第一节　第四次文代会的召开和新时期文学的复苏………… 145
第二节　反思小说的创作——对人自身反思的描写………… 148
第三节　改革小说的创作——对改革问题的关注…………… 157
第四节　寻根小说的创作——对文化的根的追寻…………… 166
第五节　先锋小说的创作——对暴力、死亡等抽象主题的描绘 … 175

第六章　20世纪90年代小说创作的主题研究 …………… 185
第一节　文学的转型与各种文学思潮的探索………………… 185
第二节　新写实小说的创作——对现实的展现……………… 188
第三节　新历史小说的创作——对历史的重新思考………… 194
第四节　新生代小说的创作——对人们种种心理心态的展现 … 209
第五节　女性主义小说的创作——对女性世界的描绘……… 212
第六节　文化道德小说的创作——对文化道德的思索……… 219

第七章　21世纪初小说创作的主题研究 ………………… 225
第一节　多元化创作的小说走向……………………………… 225
第二节　韩寒等人的小说创作——对成长的展现…………… 226
第三节　阎连科的小说创作——对21世纪人们精神状态的
　　　　描绘…………………………………………………… 232

参考文献 ………………………………………………………… 237

第一章 五四文学革命时期小说创作的主题研究

新文化运动标志着中国知识分子意识从政治层次向"人"的层次觉醒的转变,同时也是文化的全方位觉醒,更是一场文学革命,这一时期,新旧文学思潮的激烈交锋,东西方思想文化的融汇撞击,使文学呈现出了全新的面貌。在这一时期,涌现出了许多的作家和作品,特别是在小说创作领域,实现了新的变革。其中,鲁迅是一座高峰,以文学研究会以及创造社为代表的一批作家,形成了写实主义和浪漫主义两大潮流,出现了社会问题小说、自叙传抒情小说、乡土小说等创作现象,使文学革命时期的小说呈现出了纷繁多姿的局面。

第一节 小说界革命与现代雅俗小说的齐头并进

一、小说界革命

清朝末年,严复、康有为、梁启超、谭嗣同等一批知识分子发动了自上而下的政治改良运动——"戊戌变法",其旨在强国富民。戊戌变法的政治改良目的性特别强,却在客观上极大地启蒙了文学界。在这个历史时段,封闭几千年的中国国门被西方列强的坚船利炮打破,遭遇暴力入侵。于是,中国的现代化追求开始觉醒,自觉不自觉地打开了向西方世界敞开的大门,以期找到强国的良方。因此,救国、启蒙成为中国现代化进程中的两个维度。"戊戌变法"将古老的中华民族引进世界的现代化范畴之中,主要目的是挽救"国家",挽救"民族",挽救"种族",看重的是启蒙思想的工具理性。

1895年,日本在中日甲午海战中以现代化的武器打败了中国,使中华民族危机空前严峻,并引发了"公车上书""戊戌变法"。中国近代启蒙思想在民族危亡的历史空间迅速萌生,知识分子也就开始把启蒙作为国家迈向现代化的思想工具。这就需要知识分子从封建体制的规训中挣脱出来,建构自己独立的思想意识和批判精神。而正在此时亦即1905年,延续千年的科举制也被废除,从此退出历史舞台,也由此切断了中国近代知识分子直接参与政治权力分配的途径,进而被迫游离于体制之外,也就不得不建立起自我独立意识。边缘的地位、流亡的生涯,成了思想自由的契机,中国近代知识分子无形中集结成了强大的启蒙主体。但是,他们由于"介入现实的传统仍然使其难以摆脱对政治的依附性,也就不可能独立于正统之外成长为批评性知识分子,而无可避免地成为中心意识浓厚的文化触媒群体"[①]。这种角色定位使得中国现代文化一开始就具有多重性特点,对文学的近代转型产生了深刻的影响。

1902年,梁启超在《新小说》的创刊号上发表《论小说与群治之关系》一文,明确提出"小说界革命"的口号,表现出小说革新的自觉意识。但是,梁启超并不是近代关注小说的第一人,提倡"新小说"的革新运动在晚清酝酿已久。戊戌变法前后,维新派放眼世界的政治经济形势,提出改革时政的政治主张,迫切需要利用各种文艺形式来开启民智、宣传他们变法图强的理念。他们办报纸、开学堂、提倡今语写作,注意到了小说的重要社会功能,敲响了"小说界革命"的前奏。在维新派人士中最早关注小说的人是黄遵宪。1887年,他在《日本国志》中提到说:"语言与文字离,则通文者少,语言与文字合,则通文者多,其势然也。"后来就出现了更多强调小说重要性的理论文字。1897年,严复和夏曾佑在《国闻报》发表长文《本馆附印说部缘起》,这是一篇专门讨论小说价值的文章,文章把稗史小说与经史子集并举,肯定了小说在传导民情史实方面的作用。维新派人士把目光投向被正统文人视为末流、不登大雅之堂的小说,正是看到了通俗浅近的小说对于开启民智的教化作用,希望小说能够成为醒世觉民的工具。

梁启超夸大了小说的社会作用,但他从文学社会性的角度说明小说的重要性,强调了小说为社会改革服务的社会作用,虽然有忽视小说审美性的缺陷,但在长期排斥、鄙视小说的历史条件下,显然有着叛逆"非圣不道"的文坛时尚,促进文学与时代相结合的作用,这是有积极意义的。晚清"小说界革命"正是在这种理论指导下得到蓬勃发展。小说被誉为"文学之最上乘",中国小说也从传统的才子佳人、讲史的模式中脱颖而出,直接反映社会现实的社会小说、政治小说大量涌现,小说终于冲破了几千年封建文学的桎梏,登上了文学的"大雅之堂"。

政治小说最先引起梁启超的注意,因为它与当时社会改革关系更为直接,从而找到了启蒙与彼时大众文化样态的联结点,提高了小说在民众心中

---

① 刘中树,许祖华.中国现代文学思潮史[M].武汉:华中师范大学出版社,2009:18.

第一章　五四文学革命时期小说创作的主题研究

的位置。可见,"小说界革命"似乎从一开始就被赋予政治变革和社会改良的实践重任。于是,社会很快形成了这样一个局面:小说刊物层出不穷、小说批评和理论研究活跃、新小说作品大量出现,空前繁荣。对此,包天笑在《钏影楼回忆录·编辑杂志之始》曾评:"登高一呼,群山响应"。据不完全统计,1902—1919 年间出现了 85 种文学性刊物,其中有 30 种冠以了"小说"字样,这还不包括如《礼拜六》等刊载小说的刊物在内。阿英在《晚清小说史》中说晚清出现成册的小说(原创小说和翻译小说)至少有一千种。而当时出版小说的机构达 100 家之多。按照题材和角度的不同,小说界革命中的新小说创作大体上可分为外国题材小说、政治小说、历史反思小说三种。

外国题材小说主要是求新声于异邦,以岭南羽衣女士的《东欧女豪杰》为代表。小说以俄国 19 世纪 70 年代革命民粹派为题材,讲述了俄国虚无党的革命活动。叙述者是在瑞士与俄国留学生朝夕相处的中国女子华明卿。作者通过她的眼睛,塑造了女英雄苏菲亚光彩照人的形象。苏菲亚虽然出身天潢贵胄,但对当时的专制暴政非常不满,最后放弃了荣华富贵,转而投身于民粹主义的虚无党,因信奉"革命者应当彻底放下自己的贵族架子,永远变成一个农民、一个工场工人或工厂工人,去从事宣传活动"而奔走于民间,为自己的信仰万死不辞。

政治小说以梁启超的《新中国未来记》为代表。1898 年秋,百日维新失败,梁启超流亡日本,11 月在横滨创办《清议报》。12 月 23 日他在《清议报》上发表《译政治小说序》,正式标榜"政治小说"。在这篇文章中,梁启超再次批评了中国旧小说的弊端陈习,他把是否有利于政治改革作为衡量小说的标准,明确强调了小说对于改造社会政治的工具性作用。这明显是受到了日本的影响。在明治维新和民权运动期间,政治小说大盛于日本,梁启超注意到政治小说对日本明治维新运动的影响,这更加促使他翻译、创作政治小说以为改造中国服务。1898 年。他在东渡日本途中就把柴四郎的《佳人奇遇》翻译了过来,成为《清议报》连载的第一篇政治小说,接着又翻译连载了矢野龙溪的《经国美谈》,两篇小说在当时的中国都轰动一时。为了实践自己的理论主张,梁启超亲自创作了一篇"新小说"——《新中国未来记》。《新中国未来记》是中国的第一部政治小说。以今人的眼光来看,它似乎更像是一篇宏大的政论文,而不是小说。对此,梁启超自己也有清醒的认识,在《绪言》中他说:"此编今初成两三回,一覆读之,似说部非说部,似稗史非稗史,似论著非论著,不知成何种文体,自顾良自失笑。"正是这部具有空前创造性的小说,成为中国"新小说"的开山之作,为改造旧小说、创作"新小说"提供了范本。所谓"新",就是要有"振国民精神,开国民智识"的新思想、新内容。在《新中国未来记》中,作者预言了中国维新成功,并描绘了新中国 60 年后的繁荣面貌,但其主干部分则是改良派与革命派的大辩论。改良派的代表人物是黄克强,革命派的代表人物是李去病,二者的大辩论主要围绕着"中国向何处去"这一焦点问题。通过人物之口,作者表达了自己对时政的见解,以期借助小说的"熏、浸、刺、提"等功能开启民智。这部小说在结构上,打破了古典小说以故事为基本构集的叙事模式,而散文、诗歌笔法被大量使用,其间还夹杂了演说、口号、章程、条例等,极有特色。

历史反思小说主要是对历史疮痍进行反思,以连梦青《邻女语》为代表。《邻女语》以"庚子事变"为底本,通过一个官宦子弟的视角描写了八国联军侵华与义和团运动的历史往事。小说共12回,前6回叙述了官宦子弟金坚在庚子事变后北上进京的见闻,由此勾勒了当时中国社会的混乱面貌。后6回落入历史演义小说的俗套之中,叙述几个官僚在事变中的轶事,使整部小说的风格没有得到统一。但总的来说,小说文笔清秀,细腻地写出了历史疮痍中的种种感受,显现了小说审美意识嬗替的轨迹。小说以隔墙邻女的喁喁细语为贯串线索,故名《邻女语》。

在小说界革命的后期,资产阶级革命派作家为表达他们摆脱封建束缚、解放个性和建立平等的社会秩序的新时代要求,创作了一批狂飙突进式的作品,以陈天华的《狮子吼》和黄世中的《洪秀全演义》为代表。《狮子吼》批判满族贵族入关以来的暴行,鼓吹革命,对资产阶级民主主义的政治理想进行宣传。楔子将小说分为三部分:第一部分为混沌人种的灭亡;第二部分为睡狮猛醒的怒吼;第三部分为"黄帝魂",对光复中华50年后的璀璨图景进行了畅想和构拟,表现了小说的主旨。《洪秀全演义》以艺术的笔触,生动地展示了太平天国波澜壮阔的反清战史,塑造出一系列生动的人物形象,弘扬民族革命思想,并融入若干西方议会民主、男女平权等观念。

在小说界革命中,翻译小说也很兴盛,很多域外小说开始成为中国小说发展的参照系。其中,林纾所翻译的作品影响最大,其贡献主要表现在以下几点。第一,他第一次明确提出了"专为下等社会写照"的命题,昭示了知识阶层"平民意识"的崛起与"人"的觉醒。第二,他从西方引进了风格流派的概念,对西方作家的风格进行阐发,从而给人以创作性的启示。第三,他诱发了现代性爱意识的觉醒,其译作《巴黎茶花女遗事》《迦茵小传》等就包含着现代性爱意识,以此表现现代人的人格独立、个性解放期望。林纾小说作品兼具有中西方文学的特点,既有中国古典文学简洁、隽永的风韵特点,又体现了西方文学的灵思美感,为中国新小说的创作提供了新的审美模式。

鸳鸯蝴蝶派小说也是20世纪初一道独特的风景线,该流派是发端于当时上海"十里洋场"的一个文学流派,主要代表人物有包天笑、徐枕亚、张恨

第一章　五四文学革命时期小说创作的主题研究

水、吴双热、吴若梅、程小青、平江不肖生、孙玉声、李涵秋、许啸天、秦瘦鸥、冯玉奇、周瘦鹃等。他们分散在南方各地,后来多集中于上海、天津、北京几个大城市。这一流派最初热衷的题材是言情小说,写才子佳人"相悦相恋,分拆不开,柳荫花下,像一对蝴蝶,一双鸳鸯"(《上海文艺之一瞥》),并因此得名鸳鸯蝴蝶派。后来,题材扩展到了武侠、侦探、猎奇等。鸳鸯蝴蝶派早期代表作为徐枕亚的《玉梨魂》,是用四六骈俪加上香艳诗词而成的哀情小说。张恨水的《啼笑因缘》、李涵秋的《广陵潮》、平江不肖生的《江湖奇侠传》在当时也非常受欢迎。其中,《江湖奇侠传》被誉为武侠小说的先驱。鸳鸯蝴蝶派的小说多为靡靡之作,文学性不强,品位不高,但在一定程度上表现了旧中国半封建半殖民地的落后思想意识,或多或少地抨击了当时社会的黑暗面,也表现了病态社会中小市民阶层的艺术趣味。

二、现代雅俗小说的齐头并进

所谓雅小说,主要是由专业文人创作的,其文化品位相对较高,受众的文化层次也较高,并可能接受过一定的专业训练;所谓俗小说,也常由专业人员创作,但其受众的文化水平居于中下,一般没有受过专业训练。雅俗小说的差异,具体来说体现在以下几个方面。

第一,创作者与读者不同。雅小说的创作者与读者都具有学院化的先锋性,对中西文化的了解有一定深度,甚至是贯通中西文化,其身份或者是高等院校的教师、学生,或者是刚走向社会的高等院校毕业生。俗小说的创作者多是一些有着独特经历的洋场才子,在科举制废除后入仕无门,游离于体制之外,或者在报社、书局、杂志社工作,或者在家中工作,成为自由职业者。他们由于本身就生活在大众中,非常了解大众的文化品位,因此在参与大众文化制作时能够主动迎合大众的欣赏习惯。而俗小说的读者,为了对空虚的城市精神生活进行调节,对单调又紧张的工作模式所造成的人际关系的冷漠、疏离进行弥补,于是在工作之余追求表面的、刺激性的、感官性的娱乐,追随时尚,由此形成了一个区别于雅小说受众的庞大的世俗性文化消费群体。

第二,主题内容不同。雅小说的创作非常关注世界风云的变幻、阶级关系的新趋向、政局的动荡更迭及由此对各阶层特别是知识分子感情上的冲击,涉及的领域主要是探索人生问题,张扬个性,改造社会,倡导民族独立,始终与时代社会的前进及人的精神发展相联系。俗小说的创作通常以市民的眼光观察芸芸众生,站在市民的立场上观察民间民俗生活的更序变迁,补偿市民大众的机械工作和单调生活中的精神愿望,因而多表现人性中的"食色"渴求,为市民大众所喜闻乐见。

　　第三,传播载体不同。雅小说的传播载体通常具有一定的独立性与审美化倾向,几乎不直接受政治、商业团体的干扰和操纵,也不受大众文化潮流的影响、左右。具体来说,雅小说的传播载体主要是由一些在文化艺术上具有先锋探索精神的文人直接发起或改革的杂志或期刊,如《新潮》《莽原》《浅草》《沉钟》《创造》等。俗小说的传播载体(也是杂志或报刊)通常不具有独立性,常常依附于书局及其他出版部门,主要由文化商人创办发行,具有很浓厚的商业色彩,如大东书局的《紫罗兰》、中华图书馆的《礼拜六》、世界书局的《快话》《红杂志》等。

　　小说虽然有雅俗之分,但两者之间也存在着潜在统一性的,即二者互为补充、互为前提,其似相反而实相成。在五四文学革命时期,雅小说崛起,而俗小说则得到了现代性的转化。

　　晚清时,中国文化的世俗化和西方近代世俗性色彩较强的人文主义文化的输入,都在客观上促使了中国传统文化结构不得不进行调整。由梁启超等人倡导的小说界革命顺应了近代中国的社会文化期待,客观上提升了小说的地位,但此时小说只是被看成做"载道"的工具,还不是独立的高雅文化。随着社会政治气候的变化,特别是改良社会、"新民""图强"的需要,产生了对小说戏曲等传统俗文化的需求,导致传统经史等高雅文化的文化中心地位的下降。在这样的情况下,晚清小说也就相应地发生了很多变化。首先,小说的文化权力和意义开始受到重视,并逐渐得到不同程度的提升。小说也就开始逐渐从文化结构边缘走向中心位置,开始摆脱其他雅文化的规范和束缚,从而开始享有表达其他文化思想的权力,不再只是描写娱乐性世俗文化风貌,从而对小说发展的前景及其文体发展的潜力进行了开拓。其次,小说的文体声望得到普遍提高。受小说界革命的影响,一大批较高文化层次的知识分子开始纷纷参与到小说的阅读与创作中来,涌现出了很多具有批判现实意义的小说作品,对政治、社会、历史和科技等或阐述或议论或批判,改变了传统小说的世俗生活风貌描写,使小说沿高雅化方向发展。晚清小说的审美观念是以"教化"为核心,而"五四"时期的一些新小说的审美观念则是以"反映人生""自我表现"为核心,而不是以"教化""娱乐""消闲"为核心。以鲁迅的创作为例。鲁迅作品中的叙述者通常是现代新式知识分子,以其精英者的立场出发,否定迫害新式知识分子的伪道学家与权贵,对于阿Q式的"愚弱"国民则"哀其不幸,怒其不争",而深刻同情清醒的知识精英上下求索的寂寞、迷茫和忧患,表达了对"新的生命"诞生的期盼,但也认识到了其艰难。这样的严肃主题定位注定了鲁迅的小说创作区别于"俗",从而走向雅化。在语言方面,鲁迅也力求"经济化、陌生化和书面化",

第一章　五四文学革命时期小说创作的主题研究

并注意创造性地吸收诗歌、散文等其他艺术类型的表现手法,从而使作品呈现出了高度的文人化气息,具有十足的雅味。总之,"五四"时期出现的一批现代小说已经不再一味地追求情节,结构也开始复杂化,还出现了灵活多变的叙事方法,夹杂了很多心理化、意绪化与诗化的描写成分,至此成为严格意义上的现代高雅小说。

随着现代工商业的发展,也就带动了娱乐业、文化产业的革新与发达,市民通俗化文化性质也悄悄地向现代大众文化品格转变,并最终形成了一个庞大的现代通俗文化市场,现代通俗小说由此开始向现代性转化。"五四"现代通俗小说主要诞生于以上海为中心的城市地区,还包括一些重要的北方城市,如北京、天津等。清末民初的通俗小说以言情小说为主,而"五四"时期的通俗小说则表现出了多样化、综合化发展的趋势,不但有言情小说,还有社会小说、武侠小说、侦探小说、历史演义小说、滑稽小说、党会小说等。这一时期小说的主题与题材也日益呈综合化发展态势。例如,李涵秋的《广陵潮》不但有言情、家庭,还有融进了社会题材;不肖生的武侠小说更是夹杂了江湖传奇、社会秘闻、武侠技击;姚民哀的党会小说不但有江湖帮会的传奇秘史,还有社会纪实内容。"五四"时期的现代通俗小说创作也注重追求商业利益。市民的趣味是不断变化的,为此,通俗小说的作家们在创作过程中必须努力地探求新型的艺术样式。当一种形式或类型的通俗小说被推广到市场并大获成功后,随之就会形成一阵模仿的风气,出现了大量的模仿之作,批量的生产才能带来大的经济利益,也使得通俗小说不可避免具有了流行性。与清末民初时的通俗小说相比,"五四"时期的现代通俗小说在创作趣味上也出现了新的变化。前者虽然也具有一定的趣味性,但往往包含作家自己的经历,行文中时时流露出顾影自怜的感伤情怀,喜用诗词书信及古雅的文言甚至四六骈体文讲述一个含有"我"的情节简单的故事;后者在文化市场的巨力作用下,开始对旧道德有所突破,无暇顾及自我严肃性,只是为了取悦大众,情节结构开始曲折,叙事生动,语言白话。从整体上来看,"五四"时期的通俗小说已经呈现出了一定的现代性,这为后来现代通俗小说的进一步发展提供了良好的先决条件。

经过五四新文化运动的洗礼,现代高雅小说与现代通俗小说呈现出了并行推进的趋势。这种并存格局已经在整体风貌上改变了传统小说及小说家的文化与文学的地位、角色与功能,自此中国小说也就不再是末流,也不再是"小道",更不再受正统雅文化与文学束缚与规范,它已经进入了现代雅俗两种文化与文学领域,齐备了审美、教益、消闲三重功能,最终成为具有文人独立探索与大众普遍欣赏双重角色的文体范式。

第二节 鲁迅小说的创作
——对封建礼教本质的批判

一、鲁迅的生平

鲁迅(1881—1936),出生在浙江绍兴府城一个封建士大夫家庭里。鲁迅在幼年的时候就涉猎了中国的许多古籍,特别是被封建阶级视为异端邪说的带有民主性的书,这为他后来的创作奠定了基础。鲁迅18岁的时候,便离家去南京求学,抛弃了传统的科举道路,考入洋务派办的江南水师学堂,次年又转入矿务铁路学堂。1902年4月,矿务铁路学堂毕业后,在"要救国只有维新,要维新只有到外国"的流行思想影响下,鲁迅选择了出国留学之路,考取了官费留学日本。到了日本之后,他先在东京弘文学院攻读日语。当时的东京是中国革命党人在海外活动的中心,留学生受其感染,展开反清爱国运动。在东京弘文学院学习期间,他积极参加资产阶级革命党人的反清爱国活动,赴会馆,跑书店,往集会,听讲演,剪辫拍照,表现了高昂的爱国热忱。1904年9月,鲁迅从弘文学院毕业,进入仙台医专学习医学,想用医学来促进国人对于维新的信仰。有一次课堂放映关于日俄战争幻灯片,在看到一个替俄国军队当侦探的中国人被日本人杀头的时候,很多中国人无动于衷,鲁迅的心理受到了严重的打击,他深感对于愚昧落后的国民医治精神的麻木比医治肉体的疼痛更为重要,而文艺就是改变精神的武器,于是,他果断弃医从文,于1906年返回东京,开始了自己的文艺活动,先是计划创办《新生》杂志,但因为一些经济因素而停止创办,1907—1908年,他开始从事译著活动,呼唤"精神界之战士"的诞生。1909年鲁迅回国,先后在绍兴、南京任教,后应蔡元培邀请到教育部任职,这期间他在沉默中度过宝贵的岁月,只写一部文言小说《怀旧》。五四新文化运动给鲁迅带来了新的希望,使他的创作和思想进入了一个新的阶段。

1926年8月,鲁迅应邀到厦门大学担任文科教授,1927年1月又应中山大学之聘于抵达广州任文科主任兼教务主任,可是正当北伐取得决定性胜利的时候,蒋介石发动了"四·一二"反革命政变,接着广州有"四·一五"大屠杀,鲁迅对此感到震惊和愤怒。他向当局要求营救被捕学生,没有结果,于是愤然辞去一切职务。1927年10月,鲁迅定居上海,这期间,他系统地研读、译介了许多马列主义经典论著和外国文艺作品,这使在创作中能熟

第一章　五四文学革命时期小说创作的主题研究

练地运用辩证的观点和阶级分析的方法去分析事物,解决问题,充分显示出一个成熟的马克思主义作家的特点和思想家的精神风貌。1930年中国左翼作家联盟成立,鲁迅列名发起人,并参加了"左联"的领导工作。这期间,他主要是以杂文为武器同时也以历史为题材创作小说。1936年,鲁迅因积劳成疾,于10月19日在上海逝世。

二、鲁迅的小说创作

在五四思想启蒙运动和新文化运动的推动下,鲁迅拿起了文学武器,以新的姿态投身于新文化运动和新文学的建设之中。他于1918年5月在《新青年》上发表了第一篇白话小说《狂人日记》,因其强烈的反封建的战斗性,小说发表后立即引起极大的反响。此后,鲁迅又陆续发表了《孔乙己》《药》和《阿Q正传》等名篇,这些小说都对封建礼教的本质进行了批判,表现了鲁迅对被压迫人民命运的深切关注和同情。

《狂人日记》采用现实主义与象征主义相结合的方法,塑造了一个具有象征意义的"狂人"形象,并通过他从发病到痊愈的过程表现了具有现代精神的叛逆者在封建传统礼教压制下的挣扎过程和最终被吃掉的命运。作品借鉴俄国作家果戈理《狂人日记》的表现手法,以足够的思想分量猛烈地抨击封建礼教"吃人"的本质,表现了作者"忧愤深广"的人道主义情怀和改造社会人生的启蒙精神,既体现了新文学运动的实质,也显示出了文学革命的实绩,是一篇具有划时代意义的作品。

小说以一个"迫害狂"患者——狂人为主人公,狂人是一个真实的迫害狂患者,但他的精神品格具有时代的先觉者、勇猛的反封建战士和清醒的启蒙主义者的特征,在他看似疯狂的思维和语言中,深刻地揭露了封建社会的"吃人"本质:

> 四千年来时时吃人的地方,今天才明白,我也在其中混了多年;大哥正管着家务,妹子恰恰死了,他未必不和在饭菜里,暗暗给我们吃。
>
> 我未必无意之中,不吃了我妹子的几片肉,现在也轮到我自己……
>
> 有了四千年吃人履历的我,当初虽然不知道,现在明白,难见真的人!
>
> 没有吃过人的孩子,或者还有?
>
> 救救孩子……

狂人喜欢研究问题，什么事情都喜欢打破砂锅问到底，然后用自己的头脑思考研究，有一种锲而不舍的精神。狂人对社会还有着非常清醒的认识，他发现中国几千年的历史就是一部人吃人的历史。狂人具有启蒙主义者的反传统精神，他劝人们努力成为不吃人的真人，对于封建道德传统，他发出了批判否定的质问。由于他的思想超前，对封建社会的本质有着透彻的认识，所以他不被人们理解而被视为"疯子"，遭到迫害，被关到铁屋子里。但他仍然愤世忧时，忧国忧民，警告人们死抱封建传统不肯改变，必然会灭亡，因此催人猛醒，挣扎着一遍遍地大声疾呼：

你们可以改了，从真心改起！要晓得将来容不得吃人的人，活在世上。

狂人还具有自审精神，他认为自己是"有了四千年吃人履历"的民族的一员，因此也必然受到封建传统思想的毒害。他发出了深沉的自责："现在明白，难见真的人。"对于个人来说，这种自审的精神是一种宝贵的品格；对于民族来说，是民族精神改造的希望所在。

狂人最后发出了"救救孩子"的呼声，他认为孩子是未来，是希望，要把孩子从吃人的封建传统中解救出来，只有这样，民族才能富强，国家才有希望。可以说，《狂人日记》实际上是向整个封建传统宣战的一篇战斗檄文，深刻批判了封建礼教吃人的本质。

《孔乙己》用简单的几个场面，生动地塑造了科举制度下的读书人孔乙己的形象，讲述了其悲惨的一生。孔乙己是封建思想、封建伦理道德的盲目维护者，他穷愁潦倒，意识不到封建思想、封建道德的不合理性，他在最潦倒时还摆出读书人的架子，不肯脱下代表他身份的长袍，不肯和"短衣帮"的人平起平坐地喝酒，他没有什么谋生的手段，除了能写一手好字，但他又不想通过写字来谋生，于是无奈之下，他去偷书卖，被发现之后，他反而振振有词地为自己辩白：

孔乙己便涨红了脸，额上的青筋条条绽出，争辩道，"窃书不能算偷……窃书！……读书人的事，能算偷么？"

为此，他被丁举人打断了腿，从此消失了他卑微的身影。

小说在短短几千字的篇幅里，塑造了孔乙己这一呼之欲出、令人难忘的形象。孔乙己是在精神肉体上的全面受害者，他的悲剧命运是封建思想、封建伦理道德的产物。在这篇小说中，鲁迅对扼杀下层知识分子的封

第一章 五四文学革命时期小说创作的主题研究

建思想和封建伦理道德进行了强烈控诉,表现了对被损害与被侮辱的深切同情。

《药》通过写愚昧的群众华老栓买革命者夏瑜的血为儿子华小栓治病这一举动,写出了群众的愚昧,对封建礼教本质进行了大胆批判。小说名为《药》,意含双关,一指治痨病的药,又指这其实是革命者的血。革命者为民族复兴而英勇献身,然而结果不过是用自己的血,做了愚昧群众的送命的药,这是多么可悲的一件事情。革命者为人民群众抛头颅、洒热血,但却得不到他们的敬仰和支持,反而鲜血被当成治病的药,这表明了革命者与民众之间有着很深的隔阂,进而将批判的矛头指向民众的愚昧,也指向辛亥革命的脱离民众。群众对革命十分隔膜、冷漠,这就是当时中国的现状。鲁迅把这现状如实地、显豁地展现出来,就是要告诉还活着的夏瑜们,唤醒民众是当务之急!

《阿Q正传》以辛亥革命时期中国农村未庄为背景,通过阿Q的悲惨遭遇,准确而深刻地反映了这一历史阶段农村尖锐的社会矛盾和阶级对立,高度概括地表现了数千年封建文化窒息下形成的中国国民性的弱点,批判了辛亥革命的不彻底性,对封建礼教本质也进行了深刻批判。

阿Q生活在辛亥革命时期,是一个不觉悟的落后农民。他丧失了土地,也没有家,住在土谷祠,没有固定的职业,靠打短工度日,没有籍贯,甚至连姓也没有。他在经济上和精神上都受到了极大的戕害,自我意识完全丧失。

阿Q的现实处境本来十分悲惨,但在精神上却"常处优胜",对未庄的居民全不看在眼里,把自己想象为高人一等,所以常常夸耀过去:"我们先前比你阔多了",揣度未来:"我的儿子比你阔多了",实际上他连老婆也没有。

阿Q并不是一个随便就任由别人欺负的人,对于比自己强大的人,他往往完全退让,比如与王胡比捉虱子,怒火中烧,嫉妒至极,然而在比自己力气大的王胡面前,只好承认自己是虫豸,在假洋鬼子的哭丧棒下,承认是"人打畜生",一副奴才相。但对于比自己弱的人,他往往表现出的是赤裸裸的欺侮,比如对于比自己弱的小D,他认为小D夺了他的生计,便进行了一场"龙虎斗"。

阿Q满脑子的封建思想,严守男女之大防,他如果看到了一男一女在说话,就会拿石头投过去以示警告。阿Q穷困潦倒,盲目维护着封建的两性观念,压抑本能的欲望,没有得到两性之间的爱,虽然如此,他另一方面又矛盾地去戏台底下偷拧女人的大腿,他还调戏小尼姑,他认为"凡是尼姑就一定与和尚私通,和尚动得,难道我就动不得吗?""正人君子"与不正经的两者矛盾冲突,使他显现出极为荒谬可笑的特征。

"精神胜利法"是阿Q性格的主要特征,并占据了他意识的主导地位。由于阿Q没有姓和籍贯,所以他经常自认门第,口头禅是"和赵家原是本家,细细的排起来,比秀才还长三辈"。为此还被赵老太爷打了嘴巴子,在被打之后,他本来很生气,但一想:"现在的世界太不成话;儿子打老子",想到平日里很威风的赵老太爷竟然是自己的儿子,阿Q顿时觉得非常高兴,对刚才自己挨打的事情就一点儿也不生气了,高兴地哼着小曲儿去小酒馆吃酒了。这是他在心理上战胜别人,自我安慰的一种手段。在这种精神胜利法的支配下,阿Q虽有对革命的要求,却不懂革命的目的和意义,认为革命便是造反,造反就是与有钱人为敌,举人老爷害怕,他才有些神往,然而他的目的只是小生产者的天堂,"要什么有什么,喜欢谁就是谁。"阿Q的这种革命观无法带来中国社会的根本变化。因此,严重的精神胜利法,阻碍他清醒地认识自己被剥削被奴役的现实,阻碍了他真正地觉醒,失去了人生价值和自我意识的阿Q,最终带着屈辱、遗憾而麻木地死去了。

总体来说,鲁迅塑造了现代文学史上第一批典型环境中的典型人物,如孔乙己、阿Q等,他的小说在平易、真实而质朴的基础上体现出了现实主义的深刻性。他的作品中对中国人精神的反思,对国民劣根性的批判,不仅对中国文学,乃至整个中国社会都产生了深远的影响。

第三节　社会问题小说的创作
——对社会问题的揭露

通常来说,问题小说是指明确接触某一社会现象或人生现象,有意识地提出问题,甚至试图解答问题的小说。但五四文学革命时期的问题小说是指以文学研究会为中心的"人生派"问题小说,是当时影响最大的小说流派,代表作家有叶圣陶、冰心、庐隐、许地山等。这类小说多以知识青年生活为题材,探索各种社会人生问题,涉及妇女地位、婚姻家庭、教育、劳工、青年出路、社会习俗与礼教、下层人民生活、战争与军人、国民性等。

一、叶圣陶的小说创作

叶圣陶(1894—1988),原名叶绍钧,江苏苏州人。他是文学研究会最重要的作家之一,是中国现代著名的文学家和教育家,他自幼家境清贫,自1912年中学毕业后长期从事教育工作,先后在小学、中学和大学担任过教

第一章　五四文学革命时期小说创作的主题研究

员,1923年开始从事编辑出版工作。

叶圣陶的创作活动开始较早,他自1914年就开始进行小说创作,1919年发表在《新潮》上的《这也是一个人?》,是最早引起文坛注目的白话小说,提出了妇女人格和社会地位的问题,之后又相继出版了《隔膜》《火灾》《线下》《城中》等短篇小说集,显示了他的创作潜能,之后又发表了五四新文学时期第一部现实主义长篇小说《倪焕之》。此外,叶圣陶还是我国最早的儿童文学作家之一,他的著名作品《稻草人》是我国现代最早的童话集。抗日战争爆发后,叶圣陶曾发起"文艺界抗敌后援会"支援抗日。新中国成立后,叶圣陶曾先后担任多项职务。1988年,叶圣陶在北京逝世。

叶绍钧的《潘先生在难中》塑造了一个带有浓郁小市民习气的卑琐的底层知识分子形象,是其早期社会问题小说的代表作。这篇小说以南方某小镇的军阀混战为背景,在动乱纷扰的生活画面上,绘声绘色地刻画了一个小市民习气颇重的小学校长潘先生的形象,并通过一系列细节的描写,揭示了潘先生庸俗、卑琐的灵魂。

作品截取了潘先生在军阀混战的年月逃难中的三个片断来写人物。

第一个片段写的是在军阀混战中,当潘先生所居住的地区受到了战争威胁时,他惊慌失措,丢下学校不管,匆忙带着一家人逃离了生活的地区让里,到了上海,在上海,他把帝国主义在中国设立的"租界"看成是他们一家的庇护所,并且在租界地的旅馆里不顾里面散发出的阵阵恶臭,竟然满足地喝起了酒,唱起了歌,这个片段通过写潘先生在遇到战事时的惊慌失措以及逃到租界后的庆幸心理,将潘先生的自私、苟安以及小市民式知识分子心态真实地表现了出来。

第二个片断写潘先生独自回到小镇的情形。在他逃到上海的第二天早上,他忽然觉得自己没和学校打招呼就这样跑出来不好,万一被学校发现了,他就会丢掉饭碗,于是他不顾妻子的反对,又回到了让里。为了获得上司的赏识,他积极筹办开学之事,可正当他发出开学通知书之时,战火又起,铁路被封,大多数学生跟着家长逃难去了,为了避免战争给自己带来伤害,潘先生又跑到红十字会办事处去申请入会,还给全家领了红十字会徽章。这一部分表现出了潘先生习惯看上司眼色行事、懦弱、虚伪的性格特征。

第三个片段写了潘先生在听到正安失守的消息后,仓皇逃入洋人的"红房子"里避难,后写战事停止后,潘先生为欢迎军阀杜统帅而写颂辞。在这一部分,充分表现了潘先生的胆小怕事以及自私自利的本质,表现了他苟且偷安、麻木、缺少正义感的奴性心理。

总体来说,城镇小资产阶级的庸俗的精神和灰色的人生态度在潘先生身上得到了极大体现。

《倪焕之》是叶绍钧唯一的一部长篇小说,被茅盾誉为当时长篇小说的"扛鼎之作"。倪焕之在辛亥革命时期是一个热情奋发的青年,他经过五四革命浪潮的冲击,走上了个人奋斗的改良主义道路,企图用教育拯救社会,挽救民族,于是便与小学校长蒋冰如等人一起,对旧教育进行了一系列的改革。但他的理想却在现实的不断修正和扭曲下失去了原来的面目,结果与初衷之间产生了令人啼笑皆非的距离。

倪焕之在追求理想教育的同时,也追求理想的爱情和家庭生活,在经过一番努力之后,他的理想终于实现了,他和理想的恋人金佩璋顺利走入了婚姻的殿堂,但在婚后,倪焕之又出现了痛苦的情绪,因为他发现,婚姻让他得到了一个妻子,但失去了一个理想中的恋人,在结婚后,妻子被家庭琐事牵制,每天洗衣、做饭、看孩子,抛弃了对新生活,理想教育的追求。后来在五四运动的影响下,倪焕之离开了曾经为之奋斗的自己的小天地,到了上海,参加到工人斗争的行列,终于走上了革命道路。但他并不是一个坚定的革命者,在大革命失败后,他觉得非常失望,内心实在无法接受这一现实,所以整天酗酒来排除自己的忧伤情绪,最终客死他乡。

倪焕之在人生道路上的摸索追求、痛苦、彷徨以及他的教育救国理想的彻底破灭,反映了辛亥革命以后到第一次国内革命战争失败后 10 年间的中国社会面貌。

总体来说,叶圣陶的社会问题小说具有鲜明的现实主义的特征。他带着一双观世的眼睛,冷静地谛视着蜷伏在旧中国一角里的被侮辱者与被损害者。他的内心满蕴着悲悯之情和讽刺之意,而在落笔之际却藏而不露、冷隽含蓄,意常见于言外,情不外露文中。

二、冰心的小说创作

冰心(1900—1999),原名谢婉莹,福建长乐人。她的父亲是当时清朝政府的海军军官,后来跟随父亲移居山东烟台,所以冰心的童年大部分是在海边度过的,辽阔的大海开发了她的想象力,陶冶了她的情操。她的舅舅是她的启蒙老师,她跟着舅舅读过很多中国古典名著。1913 年,冰心跟随父亲到北京,并在北京贝满中学读书,学自然科学、英语和作文。当时她的理想是当一名医生,1918 年贝满中学毕业后,她以优异的成绩升入北京协和女子大学预科班学医。但五四运动改变了她的生活道路,将她推向文坛,并开始对社会、家庭、妇女、儿童等人生问题进行思索,随后创作了一批暴露黑暗,提出社会问题的"问题小说"。1923 年,协和女大并入燕京大学,冰心转

第一章 五四文学革命时期小说创作的主题研究

入文学系,毕业后到美国留学。1926年,冰心回国,之后她先后在燕京大学、北平女子文理学院和清华大学任教。1936年,冰心随丈夫在欧美游学一年。抗日战争爆发后,冰心夫妇携子女离开北平,辗转来到云南。1940年,冰心一家移居重庆,不久后她加入中华文艺界抗敌协会,热心文化救亡运动。抗日战争胜利后,冰心随丈夫前往日本东京大学授课,于1951年返回中国,定居北京。1999年,冰心在北京医院逝世。

冰心在现代文学史上最有影响的是她的散文和小诗,但是,她最早却以"社会问题小说"步入文坛并成名。阿英(钱杏邨)在《〈谢冰心小品〉序》中写道:"青年的读者,有不受鲁迅影响的,可是,不受冰心影响的,那是很少。虽然从创作的伟大性及其成功方面看,鲁迅远超过冰心。"可见,冰心社会问题小说的影响力之巨大。《两个家庭》《斯人独憔悴》《去国》《超人》等都是冰心的问题小说代表作。

在《两个家庭》这个作品中,作者首次用冰心这个笔名来发表小说,在这部作品中,两个家庭一个是"我"三哥的家庭,另一个是陈华民先生的家庭。"我"三哥的妻子亚茜是一个大学毕业生,她非常活泼,但也很懂事,因此,"我"三哥的家庭和睦,过得非常幸福。而陈华民先生的妻子是一个官家小姐,没有读过多少书,每天对家里的事情不管不顾,只知道自己出去各种应酬,对于自己的孩子也是无心顾及,为此,陈华民先生非常无奈,心中充满了愤懑的情绪,由于在家庭生活中无法得到关爱,便经常出入各种剧场酒楼寻找刺激,最终死于肺病。

对于"我"三哥的家庭,冰心写道:

> 进到中间的屋子,窗外绿荫遮满,几张洋式的椅桌,一座钢琴,几件古玩,几盆花草,几张图画和照片,错错落落的点缀得非常静雅。右边一个门开着,里面几张书橱,垒着满满的中西书籍。

对于陈华民的家庭,冰心写道:

> 陈家的后院,对着篱笆,是一所厨房,里面看不清楚,只觉得墙壁被炊烟熏得很黑。外面门口,堆着许多什物,如破瓷盆之类。院子里晾着几件衣服。廊子上有三个老妈子,廊子底下有三个小男孩。不知道他们弟兄为什么争吵,那个大宝哭的很利害,他的两个弟弟也不理他,只管坐在地下,抓上捏小泥人玩耍。那几个老妈子也咕咕咪咪的不知说些什么。

因为有这样一个家庭,这个家中的男主人陈先生总是寻找不到生活的希望:

> 好容易回到家里,又看见那凌乱无章的家政,儿啼女哭的声音,真是加上我百倍的不痛快。我内人是个宦家小姐,一切的家庭管理法都不知道,天天只出去应酬宴会,孩子们也没有教育,下人们更是无所不至。我屡次的劝她,她总是不听,并且说我'不尊重女权''不平等''不放任'种种误会的话。我也曾决意不去难为她,只自己独力的整理改良。无奈我连米盐的价钱都不知道,并且也不能终日坐在家里,只得听其自然。因此经济上一天比一天困难,儿女也一天比一天放纵,更逼得我不得不出去了!既出去了,又不得不寻那剧场酒馆热闹喧嚣的地方,想以猛烈的刺激,来冲散心中的烦恼。这样一天一天的过去,不知不觉的就成了习惯。每回到酒馆的灯灭了,剧场的人散了;更深夜静,踽踽归来的时候,何尝不觉得这些事不是我陈华民所应当做的?然而……

据"我"的母亲所说,陈华民先生之所以会家庭不和睦,最终死于肺病,问题全出在他的妻子身上,因为他的妻子没有受到过良好的教育,所以才导致悲剧的发生。

总体来说,这部小说用对比的手法展现了两个家庭的生活图景,表达对封建家庭培养出来的女子的否定,而肯定受资产阶级教育成人的贤良女性。这部小说在当时普遍重男轻女的社会背景下,超前地提出了女子受教育的重要问题。

《斯人独憔悴》直接以五四运动的一个生活侧面为题材,写青年一代被顽固的官僚父亲禁锢在家,而不能参加反帝爱国运动的苦闷,反映了具有一定时代意义的父子两代人的思想冲突。小说的主人公颖铭、颖石是兄弟,他们有着强烈的爱国热情,经常在学校参加爱国活动,当他们的行为被父亲知道后,父亲非常生气,他强烈反对儿子参加爱国活动,斥骂两个儿子,并且把他们关在家里,为此,两个儿子非常苦恼。虽然他们有着强烈的爱国热情,但是对于父亲的专制,他们并没有表现出强烈的反抗,他们缺少抗争家庭的勇气,一旦面临强大的阻力,便束手无策,独自伤悲。在小说中,冰心基本上只用人物对话,没有展开曲折的情节,对父亲化卿的粗暴、专横表现得比较柔和,而在小说的结尾,也没有给这一对兄弟指出一种解决问题的方法,只是抒写了"斯人独憔悴"的哀叹。这正体现了这一时期社会问题小说的特点。

第一章　五四文学革命时期小说创作的主题研究

这部小说结构简略,故事也比较单一,没有从多侧面展示颖铭、颖石两兄弟的性格,但仍然比较真实地再现了五四时期一部分青年的精神面貌。正是因为小说展现了强大、顽固的封建势力对爱国青年的理想、抱负的压制,才使小说一发表就引起了极大的社会反响。

《去国》的主人公英士在美国留学了七年,学成归来后,本想用自己所学的知识为国效力,但回来之后才发现,他所面对的是军阀混战、百业不振的污浊混乱的社会,在这样的社会中,他的才能得不到发挥,空有一身本事无用武之地,甚至连工作都找不到,还是父亲托人给他找了一份闲职,无奈之下,他只好再度赴美。他所呼喊的"祖国呵!不是我英士弃绝了你,乃是你弃绝了我英士呵!"给人以强烈的震撼。

《超人》是冰心宣扬爱的典范之作。小说的主人公何彬是一个冷心肠的人,他非常信奉尼采的超人哲学,认为人与人之间是没有爱的,认为"世界是虚空的,人生是无意识的""爱和怜悯都是恶",他把一切都拒之门外。最后他终于被童心和母爱所感化,终于相信这个世界上存在爱。相信"世界上的母亲和母亲都是好朋友,世界上的儿子和儿子也都是好朋友,都是互相牵连,不是互相遗弃的。"何彬欲以"爱的哲学"来战胜尼采的超人的"憎世哲学",不仅体现了作者反"超人"的倾向,实际上也表露了在人世间,只有充满爱心的人才可能成为真正的超人。这篇小说因及时反映了五四以后一部分青年的精神危机,提出了"人生究竟是什么?支配人生的,是'爱'呢,还是'憎'?"的普遍问题,因而在当时青年人中产生了很大的社会反响,引起了读者强烈的共鸣。

总体来说,冰心的小说反映的大多是现实社会存在的一些问题,创作题材包括国难问题、青年问题、人才问题、妇女问题、家庭问题等,这些问题小说都与当时的社会密切相关,所以在当时引起了广泛反响。而且在这些小说中,她热情地歌颂"人类之爱",希望用"爱"来解决社会问题。

三、庐隐的小说创作

庐隐(1898—1934),原名黄淑仪,又名黄英,福建闽侯人。她的父亲是清政府的地方官员,在她降生的那一天,她的祖母去世了,为此,她的母亲非常不喜欢她,认为她是灾星,不吉利。在她6岁那年,她失去了父亲,由于父亲早逝,庐隐很小便在外婆家生活,也就由此开始了她漫长的痛苦读书之旅。幼年时期的种种经历使她养成了敏感、倔强、不苟世俗和追求丰富多变的生活性格。这种性格的她写出的作品跌宕起伏,很受读者欢迎,但这种性格也使她的生活极不安定。她先是和有妇之夫的北大高才生郭梦良结婚,有一种冲破封建礼教的决绝态度,这段婚姻也使她得到了短暂的幸福,之所以短暂,是因为这种幸福仅仅持续了两年便以郭梦良的死亡而告终。郭梦良死后,庐隐瞬间感到不知如何安排自己,变成了一个感情和理智非常不协调的人,痛苦一眼难尽。直到她遇到了比自己小九岁,但情投意合的第二任丈夫——清华大学的青年诗人李唯健,李唯健的出现改变了她的人生观,但在一个新旧交替,旧势力还极为强大的时代,这种性格只能是一种悲剧的性格,她的小说正是这种悲哀和痛苦的外泄。1934年,庐隐因难产死于上海大华医院。

庐隐在五四时期曾与冰心齐名,最早的作品也是社会问题小说。《丽石的日记》《海滨故人》《沦落》等作品广泛地反映了女子人格、婚姻自由、军阀专制、人生苦闷等社会现实问题。

《丽石的日记》是庐隐在《小说月报》上发表的,它的开头和结尾是作者的简短叙述,说明主人公丽石是死于心病,而不是死于身病。小说的主体部分就是丽石的日记。庐隐借丽石的日记,以理解的态度展示了女同性恋的故事。小说的情节非常简单,小说的主人公丽石是一个喜欢奋斗的女子,然而在奋斗的过程中由于找不到出路而感到非常痛苦,在她的同性恋朋友沅青身上,她感到了些许的安慰,由于奋斗所产生的痛苦也减少了很多,她觉得有了沅青,自己的感情就有了寄托,然而,她拥有的这种快乐是短暂的,因为沅青很快就离她而去了,沅青嫁给了她的表哥,沅青的离去让丽石再一次陷入痛苦之中,由于受不了这样的打击,丽石在绝望中哀叫着死去。同样是探索人生的究竟,"冰心是以人生的慰安者的姿态出现的,庐隐却是以青年心理的宣泄者的姿态出现的。前者趋于和谐,趋于人与自然的大融合;后者趋于失调,趋于人对社会的大幻灭。"[①]

《海滨故人》主要写北京几个女大学生在海滨避暑中结成友谊,但后来都"不幸接二连三卷入愁海了"的故事。这几个女大学生在上学的时候有抱负,立志追求美好的人生,但时间还没来得及为这些天真的少女提供编织更多好梦的机会。她们已在生理上渐趋成熟,仅恋爱、结婚这一关便粉碎了她们当中不少人的梦。露莎从小就感到"世界的孤寂和冷刻",她在闹学潮中结识梓青,但梓青已有包办的妻室,她因此而认为人生如同演戏,在经历了种种谣言的攻击后,露莎与梓青过着"虽无形式的结合,而心心相印"的"精神生活"。云青喜欢一个叫蔚然的男青年,但她非常顾虑父母会对此不满意,后来云青按父母意见与蔚然分了手,牺牲一生的幸福回到家乡,过上了侍奉老母、教导弟妹、研究佛经的恬淡生活。玲玉有了一个从美国回来的留

---

① 杨义.中国现代小说史[M].北京:人民文学出版社,2005:256.

第一章　五四文学革命时期小说创作的主题研究

学生男友,但这人还没有和家里的妻子离婚,最终玲玉与这个留学生结了婚。宗莹爱上了一个叫师旭的胖青年,但父亲希望她嫁给一个"将来至少有科长希望"的小官僚,宗莹经历了与父母的冲突,达到与那胖青年结合的目的,但婚后一个月便生病了。小说的主人公在"五四"新思潮的召唤下,探索着人生的真谛,憧憬着个性自由和爱情幸福,但在现实的压迫和打击下,她们一个个风流云散,一个个"愁怨日多,欢乐时少"。她们渴望得到爱情,但是当爱情来临时,却又难以摆脱旧传统的束缚,惧怕爱情重新将她们锁进家庭的金丝笼中。作者在作品中就对这种情绪进行了描写,露莎的身上就带有这种情绪:

> 有一次正上哲学课,她拿着一支铅笔记先生口述的话,那时先生正在讲人生观的问题,中间有一句话说:"人生到底作什么?"她听了这话,然后思潮激涌,停了手里的笔,更听不见先生讲什么?只怔怔的盘算,"人生到底是什么?……牵来牵去,忽然想到恋爱的问题上去,——青年男女,好像是一朵含苞未放的玫瑰花,美丽的颜色足以安慰自己,诱惑别人,芬芳的气息,足以满足自己,迷恋别人。但是等到花残了,叶枯了,人家弃置,自己憎厌,花木不能等时间空间的支配,人生也是如此,那么到底人生作什么?……其实又有什么可作?恋爱不也一样吗?青春时互相爱恋,爱恋以后怎么样?……不是和演剧般,到结局无论悲喜,总是空的呵!并且爱恋的花,常常衬着苦恼的叶子,如何跳出这可怕的圈套,清净一辈子呢……"越想越玄,后来弄得不得主意。

正是这种主观追求和客观现实的矛盾以及新旧交替时期知识女性半新半旧的心态,导致这些女性思想上的苦闷和行动上的徘徊。

总之,作品通过这一群如鲜花朝阳般美好的少女们"人生聚散无定"的遭际,抒发了自己的人生苦闷,也表达了对封建礼教的愤懑之情。

《沦落》中的女主人公松文在小的时候不小心落入水中,但幸运的是被一名水手救了起来。长大之后,松文又遇到了这名水手,但他已经成为海军部副官。这名副官被长大后的松文的美貌吸引,于是便展开了猛烈追求,但他已经有了妻子,所以无法给松文正常的婚姻。松文为了报答副官当年的救命之恩,便以身相许。谁知道这竟一发不可收拾,副官在得到松文之后并没有打算让她离开自己,他想永远霸占着松文,这使松文非常痛苦。后来,有一个青年爱上了松文,并一直追求她,每天都来陪伴松文左右,松文被感动了,她认为这个青年对自己如此好,那么肯定会接受自己已经失身的事实。于是便写信告诉青年自己接受了他,但得到的回信竟然是这位青年的结婚请帖,因为青年的父母知道松文的一些事情,也知道松文已经失身,他们将这些事情告诉了青年,并且给他看了他们为他选好的妻子的照片,青年知道松文失身的事情后难以接受,在看了父母为他选的妻子的照片后也觉得这个女孩长得比松文好看,于是就放弃了松文。并对松文产生了鄙视的念头。这部小说有一些关乎女性贞操的问题。主人公松文虽然觉得自己失贞对不住少年,但贞操在她看来并不是非常重要,不然她也不会写信给少年。少年抛弃松文,也不主要是因为松文的失贞,更加是因为他对海军部副官的嫉恨和畏惧。因此,松文的痛苦并非是由于封建贞操观念的作用,而是源自正在兴起的资本主义都会色情小说的教唆,特别是新式公子的浮薄、淫威这些新现实。

总之,庐隐的问题小说中通过自己的敏锐观察,对这些女性的痛苦与烦闷进行了揭示,从而使她的问题小说呈现了自己独有的特色。

四、许地山的小说创作

许地山(1893—1941),笔名落华生,出生在台湾省一个爱国者的家庭。1913年曾赴仰光任华侨学校教员,游历过缅甸、马来西亚等地,这些经历为他日后的创作积累了丰富的素材。1920年,许地山毕业于燕京大学,1921年,许地山在革新后的《小说月报》第12卷第1号上发表了他的处女作《命命鸟》,从此开始了他延续二十余年的小说创作。1922年又翻过喜马拉雅山,来到印度的恒河,广泛涉猎印度文化。1935年被聘为香港大学文学院主任教授,1941年去世。

许地山的社会问题小说有比较浓郁的宗教思辨和浪漫异域色彩,因而独具特色,充满奇彩异趣。《命命鸟》《缀网劳蛛》《商人妇》等都是他的代表作品。

《命命鸟》以仰光为背景,描述了一个著名俳优的女儿敏明和一个世家子弟加陵的爱情故事。敏明和加陵在同一个学校读书,彼此相爱,但他们的爱情遭到了双方家长的反对,尤其是敏明的父亲,他不但让女儿放弃学业,而且还请巫师用法术来拆散他们,父亲的这种做法让敏明在精神上受到了很大的打击,于是便产生了消极厌世的情绪。有一次,敏明在梦幻中见到了极乐世界中美丽的命命鸟,为了追求自由爱情,敏明和加陵决定一定去往极乐世界。于是他们携手共涉湖水,没有丝毫的恐惧情绪,就像一起走进洞房那样幸福自在,殉情、死亡,在这对纯情的恋人看来,有一种超尘脱俗的魅力,他们希望通过这种方式去到理想中的乐土。但是在他们死后,湖水又把

第一章 五四文学革命时期小说创作的主题研究

他们带到了现实的污浊世界中。这个具有鲜明宗教色彩的忠贞不渝的爱情故事,反映了20世纪20年代初期封建门第观念和婚姻制度对青年的戕害,以及反封建的艰巨性和在斗争中看不到希望的迷茫情绪。

《缀网劳蛛》也充满了对人生命运的思考。小说的主人公尚洁是童养媳,在一个叫孙可望的男子的帮助下逃离了婆家,后来就嫁给了孙可望,她与孙可望之间并没有爱情,但她恪守妇道,顺从命运。有一天,她机缘巧合救了一名窃贼,因此而被自己的丈夫怀疑她与这名窃贼有暧昧关系,于是便提出离婚,教会也因此而剥夺了她赴圣宴的权利,尚洁没有辩解,仍以自己的信仰坚持自己人生的信念,到一个岛上生活,养育子女。后来,在牧师的教诲下,孙可望觉得是自己冤枉了妻子,并把妻子接回了家中,重新回来的尚洁过着和以前一样的生活。对于人生,作品通过小说主人公尚洁是这样回答的:

> 我像蜘蛛,命运就是我的网。蜘蛛把一切有毒无毒的昆虫吃入肚里,回头把网组织起来。它第一次放出来的游丝,不晓得要被风吹得多远,可是等到粘着别的东西的时候,它的网便成了。

网破了怎么办?尚洁的回答是:

> 等有机会再结一个好的。

至于人生的命运,也正如这蜘蛛和网,

> 所有的网都是自己组织得来,或完或缺,只能听其自然罢了。

许地山编织这个结网的故事,可以理解为他那个时代常常令人困惑不解的人生之谜的一种解答。

这篇小说表现了宗教的慈爱、博爱与道德、人性的冲突,表现了顺其自然,与世无争的观点。

《商人妇》中的惜官,是一位闽南妇女,她16岁时便嫁给了丈夫林荫乔,林荫乔是一个开糖铺的,后来,林荫乔因为赌钱而破产,无奈之下远走南洋,杳无音讯,十几年之后,惜官开始"千里寻夫",功夫不负有心人,她终于在新加坡找到了心心念念的丈夫,但令她没有想到的是,这是她噩梦般生活的开始。找到丈夫后,她发现丈夫暴富,并且另娶他人为妻,丈夫看到千里迢迢来寻找他的妻子后,非但没有被她的行为感动,反而将她卖给了一个五十多岁的印度商人,无奈之下,惜官只能跟着这个印度商人回国,并且生了一个棕色皮肤的孩子,后来印度商人病故,她无法继续谋生,便带着孩子又去找她的前夫,但此时的前夫已经失去了踪迹,惜官走投无路,只好到处漂泊。她在充满沧桑之感中体会了人生的苦乐:

> 人间一切的事情本来没有什么苦乐的分别:你造作时是苦,希望时是乐;临事时是苦,回想时是乐。

惜官的这种感悟,融对贫困的坚韧不拔和儒教文化的乐天知命于一体,是典型的东方式的人生态度。

在许地山的其他一些问题小说,如《春桃》《换巢鸾凤》《黄昏后》等也同样通过宗教的角度对人生进行了思考,显示出了与当时其他问题小说家不同的创作特质。

第四节 自叙传抒情小说的创作
——对自我的大胆暴露

自叙传抒情小说又叫自我抒情小说或身边小说,是指那些着重抒发作家的主观情感,表现作家的一己境遇的小说,是一个浪漫主义的小说流派。这类小说的创作特征是:着重表现自我,具有明显的自叙传性质;着重宣泄情感,具有感伤的抒情格调;着重心理剖析,展示了较为内在的心灵世界。概括来说,自叙传抒情小说是对自我的大胆暴露。冯沅君、郁达夫等都是自叙传抒情小说的代表作家。

一、冯沅君的小说创作

冯沅君(1900—1974),原名淑兰,字德馥,笔名淦女士、大琦、漱峦、吴仪、易安等,河南省唐河县人。冯沅君的祖父是一个非常有才气的人,但由于和当地的县官有矛盾,所以考秀才落榜,之后便一气之下不再应试,做了一辈子平头百姓。虽然如此,他对家中孩子的教育是非常重视的,在他的督促下,他的三个儿子都非常出色,长子冯云异、三子冯汉异都考上了秀才,二子冯台异,也就是冯沅君的父亲最有出息,考上了清光绪戊戌(1898)科的进士,从此冯家便成了当地的书香之家。冯沅君出生在这样一个书香门第,自小便耳濡目染,从牙牙学语开始就跟着哥哥们背诵古典诗词,十一二岁时不

第一章 五四文学革命时期小说创作的主题研究

仅能够背诵很多古典诗词,而且还能吟诗填词,有"才女"之誉。后来,冯沅君的大哥和二哥都外出学习了,冯沅君在家中既能够经常看父兄读的书,又能够阅读到大哥和二哥带回来的中国古典名著及新出的报刊,从中接受新的思想。1917年秋,冯沅君说服了母亲,跟随大哥冯友兰到北京去学习,从此她走上了文学创作之路。1923年夏,冯沅君毕业于北京女子高等师范学校,同年考入北京大学国学研究所。1925年起,冯沅君先后到南京金陵大学、上海暨南大学以及复旦大学等校中文系任教。1932年,她考取巴黎大学文学博士班。1935年冯沅君回国。1949年以后,冯沅君一直担任山东大学中文系教授。1955年,冯沅君任山东大学副校长。1974年,冯沅君于山东济南逝世。

冯沅君的小说大多是取材于自我生活的主观感浓烈的抒情小说,如《隔绝》《隔绝之后》《春痕》《旅行》等。

《隔绝》是女主人公"我"写给情人的一封信。在信中,"我"叙述了自己的遭遇,自己因为想得到家人的谅解而选择回家,但回家之后便被母亲关了起来,并且逼她三天之后和地主的儿子结婚,而"我"自然非常不情愿也不甘心,于是便托表妹转送此信,约情人在墙外等候接她。这部作品体现出了女性对于爱情的大胆追求,以及她们在追逐爱情过程中表现出来的决绝与勇敢。作者在作品中把自己对爱情的观点写了出来,从而把爱情上升到了自由的高度,让爱情因此而成为一种理想信念。

《隔绝之后》是《隔绝》的续篇,小说是以替女主人公送信的表妹的口吻叙述的。在晚上十点的时候,女主人公母亲的胃病突然犯了,一家人便忙了起来,由于要照顾母亲,一家人整晚都不能睡了,女主人公看到这种情形知道自己失去了逃脱的机会,心中非常不甘,但她也不愿意按照家人的意愿嫁给地主的儿子,于是便含泪服下了毒药,并且还写了一封遗书,内容是要在临死之前见一见她的情人。在天明之前,她的情人士轸来了,全家人没有一个人阻止士轸来看女主人公,士轸见自己的爱人气息已微,于是也服下了提前准备好的毒药,一对恋人以生命的代价完成了他们的反抗。

《春痕》是一部由五十封信构成的书信体小说,这部小说描写了一些知识女性的真实面孔,每个短篇之间有一定的连续性,女主人公的姓名虽然不同,但是性格比较相似,每篇都细致大胆地表现了青春期女性的爱情生活和内心的真实想法。作为一个女性作家,能够如此坦诚和直白地表明女性真实的内心情感世界是需要相当大的勇气的。

《旅行》描写了两个热恋中的男女青年,敢于冲突封建礼法一起出去旅行,并且在一家旅店里"同居"了一个多星期,他们每天一起躺在床上入睡,但是他们天真无邪,心中没有任何淫秽之念,有的只是健康美好的情操。这种对纯洁爱情的追求和对封建制度的挑战,显示了作者超人的勇气。当然,由于刚刚从封建礼制中逃离出来,作品中的男女青年虽然内心比较纯洁,但是情感却比较脆弱,这些青年还可能会为世俗的偏见所牵制,追求与迷惘,激愤与忧伤在他们身上都可能有不同程度的反映。

在冯沅君的小说中还有另外一些特点,那就是父爱的缺席。在她的作品中,虽然母亲代表的是封建礼教,是主人公反抗的对象,但是母亲对女儿却充满了怜爱。例如在《慈母》中,母亲由于女儿不能得到婚姻的幸福而感到遗憾和痛苦;在《误点》中,女主人公本来要按照自己的意愿与家庭决裂,和心爱的人在一起,但在面对母亲对她选择的宽容、母亲送别她时的伤心、母亲见她回来时的惊喜时,她又表现出了对母亲的不舍,虽然母亲是她反抗的对象。这种母女关系的冲突显然要弱于父子、父女之间的冲突。在面对母亲时,女儿的内心深处渴望被母亲保护,但是因为母亲的身上体现出了封建的礼教意识,她又让女儿不得不对她进行反抗,因此,这样一来,女儿身上的矛盾性便得到了凸显。冯沅君对母女关系认识的深刻性在同时代的女作家中是少有的。

总体来说,冯沅君的自叙传抒情小说从女人之间的关系这些不同侧面,真实表现了第一代现代女性的爱情困境和她们所作的艰难抗争,真实袒露了她们直面强大的封建父权传统、夫权传统时的勇敢和怯惧,显出新旧交替历史时期明暗参差的思想特质。

二、郁达夫的小说创作

郁达夫(1896—1945),原名郁文,浙江富阳人。出生在一个没落的书香世家,自幼聪明早慧,能诗善文。受过中国古典诗文的熏陶,也喜欢读小说戏曲作品。他的家乡坐落在富阳江畔,是一个山川秀美、风景宜人的好地方,这对郁达夫后来小说风格的形成也有着潜移默化的影响。1913年赴日本留学,在日本留学期间,他广泛涉猎了西方文学。1918年,他考入东京帝国大学经济学部攻读经济学,但他的兴趣却在文学方面,并开始尝试创作小说。1921年与郭沫若、成仿吾等人组织成立创造社,1926年,郁达夫回国到上海主持创造社出版部工作,1928年,他加入了太阳社,并在鲁迅支持下主编《大众文艺》。1930年,他参与成立了中国左翼作家联盟。1933年初,他加入了中国民权保障同盟。1936年,郁达夫任福建省府参议。1938年,郁达夫赴武汉参加军委会政治部第三厅的抗日宣传工作,并在中华全国文艺界抗敌协会成立大会上当选为常务理事。1938年底,郁达夫去了新加坡,写了大量政论、短评和诗词。1942年,日军进逼新加坡,郁达夫与胡愈之、

第一章　五四文学革命时期小说创作的主题研究

王任叔等人撤退至苏门答腊。1945年,郁达夫于苏门答腊失踪。

郁达夫除了后期写的几部小说外,其他的大部分小说中的题材都取决于他自身的经历和遭遇等。他在作品中总是习惯用第一人称写叙述者自己,如《茑萝行》《青烟》《春风沉醉的晚上》《薄奠》《过去》《迷羊》;或者虽然采用第三人称,写的仍是自己的化身,叫做"他""于质夫",甚至古人的名字"黄仲则"都无不可,如《银灰色的死》《沉沦》《南迁》《茫茫夜》《采石矶》等,在郁达夫看来,小说就应该是作者的"自叙传"。概括来说,郁达夫的自叙传小说的思想内容主要表现在以下几个方面。

第一,诉说"生的苦闷"。在这类作品中,作者往往把目标投向生活在社会底层的普通老百姓,或者写底层人们生活的艰难,或者写知识分子与劳动人民同病相怜。例如,在他的作品《春风沉醉的晚上》中,作者就真实地描写了善良的烟厂女工陈二妹的形象,陈二妹淳朴、善良,每天辛辛苦苦、认认真真工作,但即便如此,她还是经常受到工头的剥削,也经常受到管理员的欺负,为了排解心头的不满之情,她只能劝说别人不要买这家烟厂生产的烟,除此之外,她没有其他办法来排解心中的痛苦。

第二,抒写"性的苦闷"。郁达夫受到西方人道主义思想和日本"私小说"的影响,主张人的一切自然需要都应该得到满足。在这种思想的影响下,加之创作时正值青年时期,所以便适应了五四个性解放的要求,敢于披露主人公的内心世界,描写性爱的苦闷心理,开拓了小说题材的领域。他在作品中大胆地展示了主人公的性苦闷,并对陈腐道德对人性的压抑进行了批判。例如《沉沦》,作品中的主人公"我"是一个留学日本的学生,他在异国他乡受到了不公平的待遇,而且在爱情需要方面也长时间得不到满足,最终选择了一条不归路——投海自尽。郁达夫在这部作品中大胆地描写了这个五四新思潮洗礼而觉醒的现代知识青年"性的要求与灵肉的冲突",以及由此而生的变态性心理和心灵忏悔。

第三,作品中的抒情比较感伤。郁达夫说把"情调"二字视为衡量小说优劣高下的主要标准。他作品的情调比较低沉,并泛滥着颓废和失意的情绪,他的小说宁愿宣泄痛苦,不愿抒发理想,情愿为卑微者抒情,无力表现英雄气概,这样就使他的小说缺少那种排山倒海的气势,塑造的人物多为苦闷彷徨的青年,有追求的愿望,没有追求的勇气,悲悲切切,感伤颓唐。郁达夫注重抒发主人公孤独凄清的情怀,坦诚率真地暴露和宣泄人物感伤的、悲观的甚至厌世颓废的心境。他特别对忧伤的情绪感兴趣。"我"与"于质夫"的自伤沦落(《春风沉醉的晚上》《茫茫夜》),黄仲则的愤世嫉俗(《采石矶》)等,都有相似之处,有时似乎不免失之单调,但主人公感情的真挚却无可怀疑。因此,这种感伤的呼号与叹息赢得了同时代青年的强烈共鸣。

第五节 乡土小说的创作
——对宗法制乡镇生活愚昧的揭露

"乡土小说"又称"侨寓文学",是在鲁迅影响下形成的一个小说流派,这个小说流派的作家大多在农村生活过,对家乡的境况比较熟悉,但后来大多寓居于大都市,目击了现代城市文明与传统农村文明的差异,在鲁迅"改造国民性"思想的启迪下,以农村生活为题材,用隐含着乡愁的笔触,写出了一批具有浓郁乡土气息和地方色彩的作品,描绘了内地宗法形态和沿海半殖民地形态的村镇生活,对宗法制乡镇生活中存在的一些愚昧现象进行了披露。王鲁彦、彭家煌、台静农、许杰、蹇先艾和许钦文等都是乡土小说的代表作家。

一、王鲁彦的小说创作

王鲁彦(1902—1944),原名王衡,浙江镇海人,因为旁听了鲁迅先生的课而受益匪浅,于是在创作时便取笔名为"鲁彦",以表达对鲁迅的仰慕之情。1923年夏,王鲁彦先后到湖南长沙平民大学、周南女学和第一师范任教,此后陆续发表不少小说。1927年,他担任了湖北武汉《民国日报》副刊的编辑。1930年,他到福建厦门担任了《民钟日报》副刊的编辑。1941年参加中华全国文艺界抗敌协会的组织工作。1942年,他出版了最后一部小说集《我们的喇叭》。1944年,王鲁彦在桂林逝世。

王鲁彦一直被视为"乡土小说流派"的中坚人物,因为他能够非常准确地表现"五四"以来反封建的思想主旨,能够对宗法制乡镇中的愚昧生活进行大胆揭露。《菊英的出嫁》《黄金》《屋顶下》和《桥上》等都是王鲁彦的代表性作品。

在《菊英的出嫁》中,菊英母亲为18岁的女儿找到了一个婆家,她精心地为女儿准备着嫁妆:

> 大略的说一说:金簪二枚,银簪珠簪各一枚。金银发钗各二枚。挖耳,金的二个,银的一个。金的、银的和钻石的耳环各两副。金戒指四枚,又钻石的二枚。手镯三对,金的倒有二对。自内至外,四季衣服粗穿的俱备三套四套,细穿的各二套。几丝罗缎如纺绸等衣服皆在粗穿之列。棉被八条,湖绉的占了四条。毯子四条,

第一章　五四文学革命时期小说创作的主题研究

外国绒的占了两条。十字布乌贼枕六对，两面都挑出山水人物。大床一张，衣橱二个，方桌及琴桌各一个。椅、凳、茶几及各种木器，都用花梨木和其他上等的硬木做成，或雕刻，或嵌镶，都非常细致，全件漆上淡黄、金黄和淡红等各种颜色。玻璃的橱头箱中的银器光彩夺目。大小的蜡烛台六副，最大的每只重十二斤。其余日用的各种小件没有一件不精致，新奇，值钱。在种种不能详说（就是菊英的娘也不能一一记得清楚）的东西之外，还随去了良田十亩，每亩约计价一百二十元。

很多人都称赞菊英娘办得好，而事实上，这并不是一场真实的婚礼，而是一场"冥婚"，小说中的菊英在8岁时不幸病逝，十年之后，她的母亲仍然惦记着自己的女儿，觉得女儿已经满18岁了，应该给她找个好婆家了。于是，菊英的母亲便怀着人死后仍然生存的原始信仰，不辞辛苦地努力为女儿择婿，终于功夫不负有心人，这位母亲终于为女儿找到了合适的人家，这家的儿子也是英年早逝，正好和菊英婚配。在选定了吉日后，菊英的母亲为他们举行了隆重、热闹的"冥婚"仪式。在这部作品中，作者以略含嘲笑的笔调叙述了菊英母亲为这场婚礼所耗费的精神、体力与金钱，描绘了人们对于这种毫无意义的事情所倾注的饱满热情。在荒唐的物质铺张、忙碌的人物行为中，反衬出人物精神的空白与生命本质的无意义，也对宗法制乡镇中愚昧的生活方式进行了揭露。

《黄金》中的史伯伯原是个农村小有产者，在陈四桥这个农村小镇上有一定的社会地位，但由于他年老力衰，儿子又太小，无法挑起整个家庭的经济重担，所以家道中落，最后竟然连日常的生活开销都成了问题，面对史伯伯的家庭变故，这个小镇上的人们并没有伸出援助之手，相反，他们幸灾乐祸，经常奚落史伯伯一家，而且还经常说出一些难听的话来侮辱史伯伯一家，史伯伯终于陷入凄惶不可终日的窘境，最后又不可避免地跌入破产的深谷。这篇小说通过史伯伯家道衰落后一连串的遭遇，淋漓尽致地写出了陈四桥这个农村小镇上市民的趋炎附势及人与人之间关系的冷漠。

《屋顶下》和《桥上》这两篇作品中的批判性更强，《屋顶下》这篇作品通过婆媳之间的矛盾对封建顽固势力进行了批判，"恶婆婆"这一形象维护着封建社会中婆婆在家庭中的地位，封建宗法思想已经深入了"恶婆婆"的骨髓，如果她一直这样凶神恶煞，那么必然会给她带来不可逃脱的悲剧命运。《桥上》将文化批判的眼光投注在乡镇小商人在资本主义经济侵略下濒于破产时的恐惧心理上。作者敏锐地揭示出资本主义经济侵略中国乡村的事实，清晰地将资本主义吃人的本质，形象地展现在读者面前。

总体来说,王鲁彦的乡土小说深刻地揭示了国民形形色色的情态,其主旨是以匕首戳开封建文化的面纱,疗救国人的魂灵,促使国人觉醒。

二、彭家煌的小说创作

彭家煌(1898—1933),字蕴生,别字韫松,又名介黄,笔名曾用韦公,湖南湘阴人,是来自洞庭湖畔的寓居上海的青年作家。1919 年从湖南省立第一师范毕业。1924 年进入上海中华书局工作。1925 年进入商务印书馆编译所工作。1931 年初加入中国左翼作家联盟。1931 年 7 月,彭家煌被国民党当局逮捕,出狱后疾病缠身。1933 年 9 月 4 日病逝于上海。

彭家煌的作品被茅盾誉为当时最好的乡土小说之一,他仿照鲁迅的笔法,用诙谐幽默,甚至调侃的喜剧手法来刻画那种痛苦到精神和骨髓的悲剧。他的乡土小说中人物色彩斑斓,泥土气息扑面而来。《怂恿》《活鬼》《陈四爹的牛》《喜期》等都属这方面的代表作品。

《怂恿》描写了溪镇上的两个家族的世仇,旧恨新仇相互纠缠在一起的故事。溪镇上的封建乡绅牛七是个乡村恶讼师,为人非常狡诈,由于学过一点武艺,于是便在当地横行霸道,虽然牛七"是溪镇团转七八里有数的人物",但却接连两次输在了外号叫"雪豹子"的冯雪河手中。冯雪河是一个地主,财大势大,在官场上也有一定的关系。碍于冯家势力雄厚,牛七虽然屡次输在冯雪河手中,心中也很生气,但只能表面上作罢。冯家开设了一个裕丰肉店,为了发泄心中的不满,牛七经常想方设法对肉店进行报复。有一次,牛七趁裕丰肉店的店倌禧宝到政屏家收购了两头肥猪,并在没有付款的情况下将猪杀了的机会,指使政屏到冯家闹事,由于开罪不起牛七,政屏一家只能听命行事。牛七先是怂恿政屏到冯家告状说没有给钱便杀了自己的猪,要求冯家把猪还原为原来的样子,然后又怂恿政屏的妻子到冯家去上吊,这样就可以栽赃给冯家一条人命,这样事态就会扩大,冯家就会没法收场。同时派人到政屏娘子的娘家叫了五六十个短衣赤足的大汉去冯家闹腾。但是事情的发展并没有按照牛七的意愿顺利进行下去,政屏的娘子刚到冯家要上吊,就被冯家的长工发现了,并且将她结结实实地搂在了怀中,在抢救她的过程中,她还受了"上下通气"的侮辱。在这一闹剧中,牛七再一次输在了冯雪河的手中,而政屏夫妇却成了这一闹剧的牺牲品。这篇作品对封建宗法制度下乡民的愚昧和乡村统治者的刁钻狡猾进行了无情揭露,辛辣地讽刺了乡民的劣根性,特别是对政屏娘子上下通气的细节描写,深刻揭露了那些愚昧而又下流的乡俗勾当和卑鄙的封建宗法给政屏娘子这类生活在最底层的中国妇女带来的痛苦。

第一章　五四文学革命时期小说创作的主题研究

《活鬼》也是一篇富有喜剧性的作品,它通过农村小学一个厨子利用向学生讲鬼故事做烟幕来捣鬼的情节,讽刺了旧中国某些农村中流行的小孩子娶大媳妇的风俗习惯。小说中的一个富农家中有五六百亩地,由于人丁不兴旺,这个富农非常恼火,于是便放任自己的妻子与其他男人接触,但也没有取得多大效果,在他快要断气时,他仍然觉得自己家中人丁不兴旺,不放心就这样走了,于是便让家中人筹划着为自己十三四岁的孙子荷生取了一个比他大十几岁的媳妇,办完这件事后,富农才放心归天。之后,荷生家经常闹鬼,家中的瓦片上经常会落下石块,于是荷生便请在小学中当厨师的好朋友来家中帮忙驱鬼,厨师来了之后,家中宁静了很多,家中宁静了,厨师便不用待在荷生家了。但厨师走了几天之后,荷生家又闹起了鬼,他家的瓦片上又往下掉石块,并且还有一个黑影走向房间,荷生见了之后,立马拿枪朝那个黑影开了一枪,黑影被荷生吓跑了,第二天,荷生又去找厨师去他家驱鬼,但怎样也找不到厨师了,原来这一切都是厨师制造出来的,被荷生打了一枪之后,厨师吓得跑了,再也找不到了。作品写得诙谐、含蓄,妙趣横生,可以看作是彭家煌的又一篇代表作。

《陈四爹的牛》中陈四爹是个上了岁数的地主,非常吝啬和贪财,他的放牛倌"猪三哈"也曾经有过幸福的生活,但后来老婆被拐卖了,从此之后他便开始变得懦弱,懦弱到别人打他的左脸,他会把右脸也贴给别人打,无论对待什么人总是"嘻,嘻,嘻!是,是,是!"他有阿Q精神,想着到有财有势的陈四爹家里去放牛,那么别人也会高看他一眼。能给陈四爹放牛他很得意,还做起了美梦:

　　猪三哈很得意,虽则他没被陈四爹赞赏过,没被人们赞赏过,牛总是他看的,这九十九分是陈四爹的福分,也有一分是他的力量。他想他于今抖起来了,他有了职业了,加倍的努力,加倍的努力,希望陈四爹发财,帮助陈四爹发财,陈四爹没有一男半女,作兴给好衣服他穿,给好饭他吃,请他睡到上房里去,甚至于给他娶老婆,比抛皮占去了那个还美,甚至陈四爹百年之后,他承受他的全部财产,这虽不能办到,但陈四爹发了财,至少他可以得点好待遇。

但是事情却并没有像猪三哈想的那样发展,他喂不饱牛时,陈四爹也会不给他饭吃,但"猪三哈"都忍过去了,就是这样懦弱的"猪三哈",仍然摆脱不了悲剧的降临。"猪三哈"竟然把陈四爹的牛给看丢了,为此,陈四爹大怒,骂他:"早就疑心他是贼骨头,靠不住""明天牛如果还在这里,猪三哈我也不能再容他的。如果牛不见了,只要找着了那贼骨头,是不放手他的",听

· 29 ·

到这些,猪三哈的生活希望都破灭了:

  猪三哈听着,渐渐神经紧张起来,他抖颤着,又一蹭一蹭的两手紧抱着身子走开了。东走西走,不知不觉走到他自己的屋门前,他心里一跳,想起了老婆于今不知是怎样了,于今不知还同抛皮要好不?她心中还有我周某不?他怯羞的走近门,贼一般的去窥探,里面传出一阵一阵谑笑声,唧唧哝哝的情语声,但那不是抛皮的声调,却像曾经嘲笑他戴绿帽子的那人的声音。于是他的身子又抖颤着,眼泪汪汪的在门上亲了两嘴,紧抱着身子一步一回头的向田野的僻静的池塘边走去。忽然,他在池边站住了。他瞧着池中闪耀的星星的倒影,默察着池水的幽静,肠胃咕噜咕噜响了两下,寒风在褴褛的衣衫里一来一往之后,他抖了两抖,就把手朝上伸直了,仰着头让眼泪遮住了世间的一切。"牛丢了,真对不住您啦,陈四爹啊,我在这儿祝您往后福寿双全吧!妻啊,我去了,你好好的去寻快乐吧!人们啊,世人不再有猪三哈,黑酱豆供你们玩笑了!"

  池水激荡了一下,随即就平静了。

  然而对于"猪三哈"的死,陈四爹没有表现出任何同情,而是仍然沉浸在自己丢失牛的痛苦中,嘴里还在叹息被野兽吃剩的牛肉卖不上好价钱。小说主要写的是"猪三哈"的遭遇,但却以"陈四爹的牛"为题,对陈四爹的愚昧无知进行了深刻批判。

  《喜期》讲述了乡村少女黄静贞的悲惨一生。黄静贞聪明漂亮,和族弟从小青梅竹马,彼此深爱着对方。但她的父亲却不支持二人恋爱,为了一点钱财,一定要把自己的女儿嫁给张家的儿子,张家的儿子不但跛,而且还傻,黄静贞奋起反抗,绝食数日。眼见战乱骤起,黄静贞的父亲想尽早把她嫁入张家,于是不顾黄静贞的反对,匆匆嫁女。新婚之日,突然闯进来几个大兵,大肆抢、杀、奸,新郎被活活杀死,黄静贞也难逃厄运,被大兵强奸,苏醒之后,黄静贞感到自己受了极大的侮辱,跳塘自尽。小说采用对比手法,将少女黄静贞梦幻里的温暖、幸福与现实的冷酷、灰暗进行比较,将"喜期"的吉庆和乱兵的残暴相对照,有力鞭答了封建礼教和军阀混战给人民带来的灾难。

三、台静农的小说创作

  台静农(1903—1990),字伯简,曾用名孔嘉、青曲等,未名社的代表作

第一章 五四文学革命时期小说创作的主题研究

家,出生于安徽西部的霍丘县。1918 年于叶集明强小学毕业后,就读于汉口中学,1925 年春初,台静农与鲁迅相识,并且结下了深厚的友谊。1927 年后,台静农曾任教于辅仁大学、厦门大学、山东大学及齐鲁大学等,抗战后,举家迁四川,任职国立编译馆。1946 年赴台,后任台湾大学中文系教授。在任二十年间,奠定了台大中文系学术传统,贡献卓著。1972 年退休,仍任辅仁大学、东吴大学讲座教授,从事教学和写作。1990 年,台静农因患食道癌在台北台大医院逝世。

由于从小就在乡间长大,所以台静农的作品大多反映了乡间极端闭塞的生活,尤其是处于社会底层的人民的辛酸和凄楚。《天二哥》《红灯》《烛焰》《负伤者》和《拜堂》等都是台静农的代表性作品。

《天二哥》通过写拥有天神般身躯的天二哥,却死于麻木不仁中,反映了旧中国农村的落后和愚昧国民的劣根性。小说中的天二哥,既不是恨世者"范爱农",也不是封建科举制度的牺牲品"孔乙己",他魁梧的体魄下藏着一个愚昧、麻木不仁的灵魂。作为嗜酒如命的酒徒,他的死显得毫无意义。作品的悲剧不在于天二哥的死,而在于他延续着阿Q式的性格。作品再一次反思鲁迅倡导的民族灵魂重塑的启蒙问题。作品中,一个天二哥就把周围迷信、落后、闭塞、恃强凌弱的社会现实暴露无遗,把生活在这个环境中的人物命运——像猪在泥潭中打滚的那种命运表现得极为深刻。

《红灯》是一个将母爱实现在天国里的辛酸而又凄惨的故事。小说中,得银的母亲就只有得银这一个儿子,在得银三岁时,他的父亲不幸去世,母亲一个人含辛茹苦地把他抚养长大,得银长大后非常老实,靠在集市上卖饺子来养家。在 23 岁那年,他被迫当起了土匪,以致最后被士兵开刀示众。得银的母亲听到这个消息后非常悲伤,有一次,她梦到儿子"血着身子,也没有穿衣裳"。为了不使儿子在阴间受苦,她决定向李家二表嫂的儿子李发去借钱,打算"钱借到了手时,除了买二斤钱纸外,要买半刀金银箔,给他叠些金锭银锭;再给他黏一套蓝衣,一套白衣……一件大褂,一件马褂。"但李发没有借钱给她,她又想到要卖掉饺挑子,但是饺挑子让儿子放在张三那里了,她便去讨,结果却遭到了张三的一通辱骂和恐吓。无奈之下,她忽想可以在七月半的鬼节上,偷偷地去有钱人的超渡处所,暗中唤自己的儿子来领钱。她又听别人说,鬼节这天晚上需要放河灯,这样那些被营长杀头的雄鬼们就不会成为游魂野鬼了。于是,她在家里找出了去年未用完的一块红纸,又向杨太太的园里去讨来一根竹子,最终做成了一盏河灯,并把它放进了河中。作品的结尾,老人在人们的热闹打趣声中,悲哀地看着河面上远远飘走的小红灯,觉得儿子已经得到了超度。这类作品主要采用了"以乐景写哀"的方法,气氛越写得热闹,越使人感到悲怆。

《烛焰》中的吴家大少爷病重，于是家里人便想到了用冲喜的方法来给他驱逐病魔。一名叫伊的姑娘的远亲表叔来她家提亲，希望她能够嫁给这个吴家大少爷，伊聪明且漂亮，本来可以找到一个很好的夫家，但她的父母认为女儿本来就是别人的，所以嫁给谁都一样，于是便答应了吴家的亲事。伊出嫁时哭得很伤心，但即便这样也改变不了她要嫁到吴家的命运，她走后，她的母亲看到"在香案上，左边的烛焰，竟黯然萎谢了，好像是被急风催迫的样子"，于是感到了一种不祥。她又想到女儿出嫁时的哭声，"好像那盛礼，并不是喜事，是将女儿拖送到恶命运的领土去。"果然，伊嫁过去没几天，吴家的大少爷便去世了，伊从此成了寡妇。悲剧是将人生有价值的东西毁灭给人看，台静农的乡土小说似乎专门展示"毁灭的东西"。成亲应该是人生终身大事，可是在乡村底层生活的人们，迫于经济和乡村固有的成见，将大事变成了"小事"。

　　《负伤者》讲述了主人公吴大郎的悲惨故事，吴大郎憨厚老实，但经常被他人欺负，不但他的脚被乡绅恶霸砍伤，就连他的妻子也被霸占了，还平白无故地被关押了起来，最后警察署长仅以十几块大洋的代价逼他在卖妻契约上画押。走投无路之下，吴大郎只能背井离乡，寻求活路。作品不仅展示农村黑暗、闭塞、落后、恐怖的生活场面，反映了"人间的辛酸和凄楚"，而且包含作者对宗法制乡镇生活愤怒的批判。

　　《拜堂》写了在大哥死后，汪二并没有听父亲的话将嫂子卖掉，而是和可怜的嫂子结成了夫妻。这无可厚非的一件事在当时可是一件大事，他们二人就像做什么见不得人的事情一样，只是请了善良的田大娘和赵二嫂为他们的婚事做主，并且是在半夜三更时匆匆拜堂成的亲。小说以叔嫂拜堂的旧风俗描绘，从侧面烘托出汪二们的"喜事"是建立在深切的苦难之上的题旨。需要说明的是，这部作品融入了地方方言，例如：

　　"大娘，你开开门。哈在纺线呢。"她站在门外说。
　　"是汪大嫂么？在那里来呢，二更都打了？"田大娘早已停止了纺线，开开门，一面向她招呼。
　　她坐在田大娘纺线的小椅上，半晌没有说话，田大娘很奇怪，也不好问。终于她说了："大娘，我有点事……就是……"她未说出又停止了。"真是丑事，现在同汪二这样了。大娘，真是丑事，如今有了四个月的胎了。"她头是深深地低着，声音也随之低微。"我不恨我的命该受苦，只恨汪大丢了我，使我孤零零地，又没有婆婆，只这一个死多活少的公公。……我好几回就想上吊死去……"
　　"嗳，汪大嫂你怎么这样说！小家小户守什么？况且又没有个牵头;就是大家的少奶奶,又有几个能守得住的?"

"现在真没有脸见人……"她的声音有些哽咽了。

"是不是想打算出门呢?本来应该出门,找个不缺吃不缺喝的人家。"

"不呀,汪二说不如磕个头,我想也只有这一条路。我来就是想找大娘你去。"

"要我牵亲么?"

"说到牵亲,真丢脸,不过要拜天地,总得要旁人的;要是不恭不敬地也不好,将来日子,哈要过活的。"

在这段对话中,台静农融入了皖西的地方方言,入木三分地刻画出了汪大嫂的身份、性格和思想,突现了人物和故事的真实性,使人如见其人、如历其境。

总体来说,台静农能将眼光紧紧地锁定中国宗法制度在乡间演出的一幕幕人间悲剧,以朴拙、悲愤之笔,描摹了乡野民间的凄凉、酸楚人生。鲁迅对台静农的小说评价相当高,认为"在争写着恋爱的悲欢、都会的明暗的那时候,能将乡间的死生、泥土的气息,移在纸上的。也没有更多,更勤于这作者的了。"(《且介亭杂文二集·小说二集序》)

四、许杰的小说创作

许杰(1901—1993),原名许世杰,1922年开始发表小说。他的小说笔法多变,往往是用双重视角来描写乡村的故事,他一方面把"童年记忆"中的乡村景色描写得美丽动人,作品中屡屡出现的"枫溪村"充满着宁静和谐的浪漫色彩,给人以眷恋之情;另一方面,他又在这样的基调上涂抹上凝重而又灰暗的色彩,以示乡村的黑暗和混沌。因此在他的作品中呈现出两种不同的情感,一种是对封建宗法制度统治下非人道的野蛮风俗的抨击,另一种是对家乡浓郁乡土色彩的习俗的欣赏。许杰的代表作《惨雾》,被人们称作"文学研究会"乡土小说的力作。这部作品客观地描写了家乡鲜血淋漓的宗族械斗,人性恶的丑行被刻画得惊心动魄。作者非常巧妙地描写了新婚妇香桂在械斗过程中所处的两难境地,一方是她的夫家,另一方是她的娘家,械斗的悲剧苦果正落在了这个新婚妇的头上:丧夫和丧弟的双重痛苦使她昏厥坠楼而人事不省。从中我们不难看出作者赋予作品的深刻寓意——对于灾难深重的中国人身上所存留的那种冥顽不化的自戕、内耗的国民劣根性的无情控诉和批判。《赌徒吉顺》描写吉顺成为赌徒后最终"典妻"的故事,不仅刻画了无辜的妻儿所遭受的非人待遇,同时也通过赌徒吉顺的心理变化过程,细致地刻画了在层层压迫之下的农民被生活所抛弃时的畸变性格。《台下的喜剧》惟妙惟肖地描写了乡民对乡村少妇金纱和演戏小生幽会被捉奸挨打一事的不同心态,这些人有的斥责他们败坏了村上的名誉,有的咒骂他们不知羞耻,有的兴奋地通报捉奸过程,有的表现出复仇后的快慰,在叙写一幕爱情悲剧的同时也写出了乡民们的"喜剧性表演",从而有力地揭示了乡村社会的人们在传统的封建礼教道德观念长期浸淫中的麻木心态。《贼》描写了王姓农民,在老婆被大兵霸占、房屋被大兵烧毁后死里逃生,饥饿中的他踅入枫溪镇民的后门,欲找东西吃,却被视作贼给痛打了一顿的故事。在这抓贼的队伍中,还包括12岁的孩子和奶孩子的媳妇,不仅写出了枫溪人强悍的民风,也揭示了乡民心态的麻木和冷漠。

　　许杰的作品中存在着很多的心理描写,如《惨雾》在紧张激烈械斗过程的冷静描写中,从心牵两头的回门媳妇香桂紧张忐忑痛苦不安的内心描绘,揭示传统陋习的冷酷野蛮;《出嫁的前夜》真切展示婚非所爱婚姻的出嫁前夜,女主人公矛盾苦痛的心理;《小草》着意剖露受尽欺凌的乡村少妇决意自尽前复杂痛楚的内心;《子卿先生》在馄饨店老板与子卿先生周旋的客观叙写中,极有层次地展示子卿先生企图调戏糟蹋馄饨小妹的心理活动,刻画封建乡绅的傲气好色。许杰还善用以人物的幻觉或梦境的描写来坦露人物的内心世界。如《大白纸》中以良来幻觉中香妹鬼影的出现,揭示良来对转嫁远山吞情人的日夜思念;以被绑去远山吞的香妹与来哥幽会被捉沉潭的梦境,展示受到封建伦理道德压迫摧残的女子惊恐忐忑的内心。《到家》以被殴打后的旭东朋友送枪相助的梦境,衬托出了备受欺凌的青年复仇的决心。这些细腻生动的心理描写的融入,使许杰的乡土小说在客观冷静的写实的风格中不时透露出浪漫的气息。

五、蹇先艾的小说创作

　　蹇先艾(1906—1994),笔名罗辉、赵休宁、陈艾利、蒚生等,贵州遵义人,原籍四川巴县。1919年,蹇先艾前往北京师范学校附属小学读书,后进入北平大学法学院读书。1926年他加入文学研究会,翌年出版了第一部短篇小说集《朝雾》,后来《踌躇集》《酒家》《还乡集》《乡间的悲剧》《盐的故事》等短篇小说集相继出版。抗战爆发后,他回到贵阳与谢六逸、李青崖等组织"每周文艺社",创办宣传抗战的《每周文艺》,主编贵州日报副刊《新垒》。1937—1951年期间,曾任教于贵州大学。此后,他曾先后担任多项职务。1994年,病逝于贵州。

第一章 五四文学革命时期小说创作的主题研究

蹇先艾一生致力于乡土小说创作,故乡是他文学创作的根基和源泉。《在贵州道上》《水葬》《乡间的悲剧》《踌躇》等是他的代表作。

《在贵州道上》叙述了"我"在贵州山道上乘轿的一路所见所闻与所感。作者以冷静的笔调描写了贵州境内险山深壑、石梯云雾的地貌环境以及山民困苦的生活和蒙昧的精神状态。

《水葬》描写了贵州"古已有之"的一种水葬习俗。根据当时的风俗,抓到小偷,不经过官府,可以由村人私下将其水葬。穷苦农民骆毛,偷窃未成却被别人抓住,按照山村的习俗,不由分说地被以"水葬"论处。村民对这"古已有之"的封建陈规已经习以为常,就连"牺牲"者也毫无异议。然而骆毛还有一个年迈多病的老母亲,在儿子死后,村民不忍将实情告诉她,她还在毫不知情地苦苦等待儿子归来。作者在不动声色的客观写实中对野蛮残忍的习俗和村民的麻木、愚昧进行了强烈批判。

《乡间的悲剧》讲述了一个被遗弃的农村妇女的不幸命运。祁大娘因为常年像男人那样干活,皮肤晒得黝黑紫红,她不仅要在田地里干活,还要每年为城里的地主挑几担"进贡"。她的丈夫祁银跟随地主少爷上京城当仆役,一去好几年,杳无消息,祁大娘独力照顾孩子,下地干活,毫无怨言。然而,在京城谋事的地主少爷,将少奶奶的丫头嫁给了祁银。祁大娘精神坍塌了,最后在绝望中投井自尽。这部小说在人物性格、人物语言以及场景描写上,都具有了浓郁深厚的贵州乡土气息。

《踌躇》讲述了草药贩子朱二一家的悲苦生活。朱二一家原本有不少生计来源:朱二摆草药摊子;朱二妻子替人缝洗衣服;朱二的大儿子卖报;朱二的小女儿打猪草养猪。然而天有不测风云,朱二的妻小皆因饥寒交迫、贫病交加,不能继续贴补家用,朱二的草药生意也难以为继。无奈之下,朱二只能离家,为生计奔波。小说重点刻画了朱二面对妻子踌躇难安的心理,为了家庭生计,他不得不出去寻找生路,然而他又不愿意离开家人。小说通过对这一家人悲惨现状的描写,勾勒出了一个包涵着辛酸与泪水的贫穷世界。

总之,蹇先艾的小说在感情上普遍显得沉郁、凝重和灰暗,正如他自己所言:"……我所写的那些故事,大多数是令人愤懑和悲痛的,因此调子就往往显得有些低沉,使人读后感到沉闷和压抑……"。

六、许钦文的小说创作

许钦文(1897—1984),原名许绳尧。1920 年,许钦文在北京上学期间曾在北京大学旁听过鲁迅的《中国小说史》课程,因同乡之谊与鲁迅交往甚密。1922 年发表了处女作短篇小说《晕》,1926 年出版短篇小说集《故乡》,

颇受好评,被归为"乡土作家"之列。1984年去世,作品有《许钦文小说选集》(短篇小说集)《许钦文小说集》《许钦文散文集》等。

许钦文早期的乡土小说多以个人的身边琐事为题材,常在第一人称的平朴叙述中展开故事,写田园牧歌的浪漫和童年记忆的美好,注重抒发伤感的乡愁,不注重小说的结构和人物的刻画,且常显露出模仿的痕迹。但从《疯妇》开始,许钦文改变了以往的浪漫主义曲调,开始仿照鲁迅的小说,将笔墨转到对故乡农人生活的描写,开始注意人物性格的刻画和作品结构,以冷静客观的描写替代了平朴的叙述,用尖锐犀利、愤忧深广的格调来深刻地批判封建文化对人性的戕害。《鼻涕阿二》讲述了松村女孩子菊花从小被别人称作鼻涕阿二,乡村维新时她进入夜校读书,因被人传"被木匠阿龙自由恋爱"而被迫嫁给农民寿头阿三,但阿三划船不幸淹死。丈夫死后,菊花被卖给钱师爷,做了钱师爷的小老婆,受到了钱师爷的宠爱,从此有钱有势,但做了"主人"的菊花却将自己曾经遭受到的侮辱与虐待毫不留情地施加给了别人。这种"好日子"并没有持续多久,钱师爷病死后她也在贫病中惨死。小说借菊花的命运沉浮反映了旧中国妇女的生活遭遇,以悲剧的形式深刻地揭露了一个妇女在封建势力的笼罩下的命运,对这个社会制度进行了诘问。《石宕》用平易质朴的笔墨描写了惨剧发生后血泪斑斑的惨状,全篇没有人物形象和性格的细腻刻画,只是叙写着石匠们的悲惨生活和遭遇,用场景的生动描绘和声音的传神摹写创造了惨剧的感人氛围。《难兄难弟》截取农人有金临死前的一幕,写出在高利贷剥削下农民的悲惨命运。《步上老》以第一人称的简洁叙述刻画了一个穷苦朴实的农民形象,《模特儿》用第三人称的朴素讲述勾勒了一个苦苦挣扎的乡村寡妇身影。在他后期的乡土小说中,不仅写出了农人的不幸,还力图揭示病因,包含着五四启蒙后的新人道主义观念。

对许杰、彭家煌、王鲁彦、台静农、蹇先艾以及许钦文等人的小说作品进行分析,我们可以了解到五四文学革命时期乡土小说的一些基本特点。这主要体现为以下两个方面。

第一,哀其不幸、怒其不争,讽刺与哀怜,同情与批判,形成了乡土小说喜剧与悲剧相交融的美学风格。乡土小说作家的很多作品都表现出用乐景写哀情的风格。台静农的《拜堂》,写的是汪二与寡嫂成亲拜堂的故事。本来小说写的是成亲的喜事,但作者用很多细节,写出了旧时代社会底层民众卑微的生存境遇,以及封建观念对他们自身的束缚和世人对他们的嘲讽。

第二,乡土小说作家多以批判的眼光审视故乡风习,对蒙昧、落后的乡村文化给予讽刺与批判。例如,许杰的《惨雾》写两个村庄的村民为了小事进行械斗,导致流血伤亡事件。

第二章 革命文学时期小说创作的主题研究

　　以五四文学革命作为开端的中国现代文学经过十年的发展,进入了一个新的历史阶段,这一阶段,新的文学队伍随着 20 世纪 20 年代末期中国社会政治革命的剧烈动荡发生了新的组合,出现了许多小说名家,如茅盾、巴金、老舍、沈从文等。茅盾以大气磅礴而闻名,他的《子夜》等名篇,具有开阔的社会视野,开启了"社会剖析小说"的先河。巴金在这一时期的小说,立意反抗,充满激情,"激流三部曲""爱情三部曲"的出现奠定了其现代小说名家的地位。老舍的小说着眼现代市民阶层的喜怒哀乐,对"市民世界"进行了细致的描摹。沈从文的小说以城乡二元视角书写故乡湘西的自然美、人情美,在中国现代小说中别具一格,《边城》成为超越时代和国界的经典之作。此外,这一时期具有影响力的小说还有新感觉派小说、左翼小说等,这些小说的创作让革命文学时期的小说变得更加丰富多彩。在本章内容中,我们将对这些小说名家及其作品进行简要阐述。

第一节 革命文学的倡导与左翼文学思潮

一、革命文学的倡导

　　左翼文学思潮的萌生可以追溯至 20 世纪 20 年代前期共产党人对革命文学的积极倡导。1921 年、1922 年,共产党人李大钊、邓中夏等提出了文学需要走向革命的观点。1923 年,《新青年》季刊创刊号上宣称中国的革命与文学运动"非劳动阶级为之指导,不能成就"。同时,沈泽民、恽代英、蒋光慈等共产党人以及部分进步人士先后在《先驱》《新青年》《觉悟》等杂志上发表文章,有意识地引导新文学向无产阶级革命文学过渡与发展,呼吁无产阶级文学的出现以振兴中华。

　　随着共产党人和进步人士对革命文学的积极倡导,1924 年前后出现了一些具有明显无产阶级革命倾向的文学团体，如由蒋光慈、沈泽民等组织的"春雷社"、由杭州之江大学学生发起的"悟悟社"等。"春雷社"通过《觉悟》编辑出版周刊性的《文学专号》，发表了多篇有关革命文学的论文以及《哀中国》等进步诗歌。而"悟悟社"出版的进步刊物《悟》，也以"提倡革命文学、鼓舞革命性"为宗旨，积极宣扬无产阶级革命的主张。这些文学团体的兴起充分反映了进步青年渴望革命的积极性与迫切性，在积极推动无产阶级革命文学发展的同时，也昭示着中国左翼文学思潮发生的历史必然性。

1927年，国共两党第一次合作破裂，轰轰烈烈的大革命失败了。严峻的革命形势和阶级斗争对文学艺术提出了新的要求。这一时期，国际无产阶级文学运动蓬勃发展，马克思主义理论不断输入中国，中国的无产阶级革命文学蓬勃发展起来。无产阶级革命文学的基本理论主张是由后期创造社和太阳社成员首先提出的。1928年1月，创造社的《创造月刊》和《文化批判》先后发表了郭沫若的《英雄树》、成仿吾的《从文学革命到革命文学》、李初梨的《怎样地建设革命文学》等文章；太阳社的《太阳月刊》发表了蒋光慈的《关于革命文学》等文章，这些文章多角度地阐述了无产阶级革命文学的基本理论主张。

革命文学的倡导，得到了许多进步知识青年的热烈响应。但是由于革命文学倡导者急功近利，没有很好地把握中国的国情，对于马克思主义理论的理解也存在片面性，再加上创造社、太阳社内部存在宗派情绪，同时又受到当时国内外"左"倾思潮的影响，导致他们的文学见解和政治认识都有许多明显的错误。反映革命文学的主张上，他们过分夸大了文艺的社会功能，忽视了文艺本身的特性；反映在政治上，由于对于中国革命的性质和任务的认识还存在偏差，导致敌友不分。这一时期产生了一场围绕无产阶级革命文学的论争。鲁迅在论争中先后发表了《文艺与革命》《"醉眼"中的朦胧》《文学的阶级性》《铲共大关》《上海文艺之一瞥》《我的态度气量和年纪》等文章，批评了创造社、太阳社暴露出的问题，对革命文学的发展提出了自己中肯的观点。具体来说，鲁迅与创造社、太阳社的论争，主要是围绕着以下几个问题。

一是关于文艺与政治的关系。革命文学倡导者强调文艺作为革命的武器，有创造生活、组织生活的重大作用。而鲁迅认为无产阶级革命文学确实具有为革命斗争服务的功能，但不可能代替武装斗争。倡导者过分夸大了文艺的作用，忽视文艺本身的技巧，甚至把政治价值与艺术价值对立起来，鲁迅则辩证地认识到文艺在为政治服务的同时，也不能忽视其自身的表现技巧和艺术效果。

二是关于文艺与生活的关系。革命文学倡导者认为文学是要"反映阶

第二章　革命文学时期小说创作的主题研究

级的实践的意欲",而鲁迅则批评倡导者是唯心主义的,因为离开实际生活,阶级的意欲根本无从体现。

三是关于作家世界观改造的问题。革命文学倡导者们提出要让革命文学作家实现从小资产阶级向无产阶级的转变,并宣称他们早已获得无产阶级意识,但实际上这种转变并不是轻而易举的事,鲁迅清醒地认识到要想真正实现思想的转变,需要认真学习马克思主义著作,不断批判自己,否定旧的意识。

此外,茅盾也写了《从牯岭到东京》《读〈倪焕之〉》等文章,指出革命文艺不能只是一种狭义的政治宣传工具,而应注意体现出"文艺的本质"。

总之,无产阶级革命文学的倡导和论争,开拓了新文学的题材、主题、人物等,扩大了无产阶级革命文学的影响,同时,论争又促使了论争双方积极从事马克思主义文艺理论的学习,纠正了某些倡导者们的错误理论,为"左联"的成立作了思想上和理论上的准备。

二、左翼文学思潮的兴起

随着革命形势的发展和阶级斗争的需要,迫切地要求革命作家团结起来。中国共产党对论争的双方做了细致的思想工作。1929年秋,党指示原创造社、太阳社的成员和鲁迅等革命作家联合起来,成立革命作家的统一组织,并指派冯乃超、沈端先、冯雪峰等人筹备这一工作。1930年3月2日,中国左翼作家联盟(简称"左联")在上海成立。"左联"是革命文学论争之后,革命作家逐渐克服宗派情绪走向团结的结果,是左翼文艺运动成为一种有组织的革命运动的标志。成立大会会议选举沈端先、冯乃超、钱杏邨、鲁迅、郑伯奇、田汉、洪灵菲七人为"左联"常务委员,并且通过了"左联"的理论纲领和行动纲领,决定成立马克思主义文艺理论研究会、外国文化研究会、文艺大众化研究会等机构,决定同国际左翼文艺运动建立联系,同国内革命团体建立密切关系等。鲁迅在成立会上作了著名的《对于左联作家联盟的意见》的讲演,总结了无产阶级革命文学倡导时期的经验教训,为左翼作家的进一步发展指明了方向。

"左联"是在中国共产党领导下成立的革命作家的统一组织,它的成立标志着无产阶级文学运动进入新的建设时期,推进了革命文学运动和文艺大众化运动的发展,促进了马克思主义文艺理论的翻译介绍,文坛上从此掀起了左翼文艺运动的高潮。

"左联"从成立到1936年解散,在这段时间内,做了一系列的工作,取得了一系列的成就。

第一,粉碎了国民党的文化围剿。随着左翼文艺运动的高涨,国民党在对苏区红军实行军事"围剿"的同时,还对左翼文艺运动实行了文化"围剿",残酷镇压左翼文艺工作者。1931年2月7日,"左联五烈士"柔石、胡也频、殷夫、冯铿、李伟森就在上海龙华国民党警备司令部被秘密枪杀。面对残酷的政治高压、文化围剿,"左联"采取各种灵活策略,发起了中国自由运动大同盟,开展了文艺思想的斗争,突破了国民党对进步刊物的查封,始终不屈地斗争在左翼文化战线上。

第二,传播了马克思主义文艺理论。"左联"在成立大会上,设立了马克思主义文艺理论研究会,加强了对马克思主义文艺理论的翻译和介绍,使马克思主义文艺理论得到了较广泛的传播。例如,鲁迅翻译了普列汉诺夫的《艺术论》,瞿秋白翻译了马克思主义经典作家的主要理论著作,并写了《马克思恩格斯和文学上的现实主义》《恩格斯和文学上的机械论》《关于列宁论托尔斯泰两篇文章的注解》等文章,对马克思主义经典作家的文艺思想作了系统全面的介绍与阐述。

第三,积极推动文艺大众化运动。"左联"设立了文艺大众化研究会,把大众化作为创作目标,开展了具有广泛群众基础的文艺运动,密切了文艺与革命的关系。在"左联"的影响下,不同文化领域也相继建立了类似的左翼组织,成立艺术剧社、剧联、影联等,开展文艺大众化运动。

第四,文学创作取得了令人瞩目的成就。"左联"成立后,对初期革命文学创作存在的错误倾向进行了批评,否定了将人物描写变成"时代精神号筒"的简单化写法以及概念化、公式化的弊病。文学创作的题材与主题发生了显著的变化,许多作家创作了许多优秀作品,如鲁迅的大量杂文和小说集《故事新编》,茅盾的《子夜》,田汉、洪深的戏剧,中国诗歌会成员的诗歌等,都以其思想和艺术上的新开拓奠定了无产阶级文学的基础,显示了左翼文坛的实绩。同时还涌现出艾芜、沙汀、殷夫、萧军、萧红、张天翼等一批文学新人,为文坛带来了诸多生气和活力。

第五,自觉地加强了同世界文学,尤其是同世界无产阶级文学的联系。"左联"设立国际文化研究会,大量翻译外国作家的作品,其中翻译最多的是苏联作品,影响最大的有高尔基的《母亲》、绥拉菲摩维奇的《铁流》、法捷耶夫的《毁灭》、肖洛霍夫的《被开垦的处女地》等早期无产阶级文学作品。西方进步作家雷马克的《西线无战事》、辛克莱的《屠场》、巴比塞的《火线上》、杰克·伦敦的《野性的呼唤》、德莱塞的《美国的悲剧》、马克·吐温的《汤姆·莎耶》、小林多喜二的《蟹工船》等优秀作品也先后被翻译介绍到中国来。另外,鲁迅先后与郁达夫、茅盾等主编过《奔流》与《译文》杂志,主要译介了易卜生、惠特曼、托尔斯泰、莱蒙托夫、裴多菲、契诃夫、果戈理等作家的作

第二节　社会剖析小说的创作
——对社会的深刻剖析

社会剖析小说的产生是有一定的必然性的,严家炎认为:"社会剖析派在中国产生,是有其历史必然性的。只要以托尔斯泰、巴尔扎克为代表的重视社会解剖的欧洲现实主义能够传入中国并在这块土地上生根,只要马克思主义唯物史观的社会科学能够传入中国并在这块土地上生根,只要这两种思潮能够在文学实践过程中相互结合并确实造就出一批社会科学家气质的作家,那么社会剖析的形成就是不可避免的。"[①]茅盾是社会剖析小说的代表作家。

茅盾(1896—1981),原名沈德鸿,字雁冰,小名燕昌。1896年7月4日出生于浙江省桐乡县乌镇。有丙生、蒲牢、玄珠、方璧、微明等九十多个笔名。茅盾的父亲是前清秀才,思想较为开明,对茅盾产生过一定的影响,但遗憾的是父亲早逝。茅盾的母亲是名医之后,从小就非常喜欢读书,聪明上进,通晓文史,对时政也非常关心,所以茅盾受母亲的影响很大。他能够走上文学创作道路也很大程度上受到了母亲的影响。

1909年夏,茅盾进入湖州府中学堂,一学期后转入嘉兴府中学堂,在辛亥革命中成为革命党的义务宣传员,他向往民主与自由,曾因反对学校的专制教育而被开除过学籍。1913年,他考入北京大学预科,在此期间,北大进步、开放的校风让他进一步接触了新的思想,阅读了许多介绍新思想的读物。这段时间为他后来走进社会,从事革命文学活动和社会活动打下了很好的基础。1916年他以优秀的成绩预科毕业,却因家境困窘而被迫辍学。后经人介绍进入上海商务印书馆编译所任文学编辑。

从1921年开始,茅盾同时在文学和政治两个舞台上崭露头角,一出现便显示出领袖的风范。在文学活动中,参与发起成立文学研究会,并将他主编的《小说月报》由一个"鸳鸯蝴蝶派"的刊物改革为新文学的第一个纯文艺刊物。3月,又与欧阳予倩等在上海成立了民众戏剧社,并参加了《戏剧》月刊的创办,发表了大量文学批评和论文,成为新文学初期重要的文学组织家、批评家和理论家。在革命活动中,1921年3月作为第二批成员加入马

[①] 严家炎.中国现代小说流派史[M].北京:人民文学出版社,1995:179.

克思主义研究小组,同年7月中国共产党成立时,转为第一批正式党员,还担任了中共中央的联络员。

1922年后,茅盾和文学研究会同仁,同时与鸳鸯蝴蝶派、学衡派和创造社展开了论战,在用唯物主义的观点来解释文学与人生、文学与革命、文学与社会等方面处于先锋地位。1925年底,他担任国民党上海特别市党部宣传部长,并当选为国民党第二次全国代表大会的正式代表。1926年初赴粤,担任国民党中央宣传部秘书(毛泽东任代理部长)。1927年在大革命高潮中,奉中共中央指令,赴武汉任中央军事政治学校的教官,后改任汉口《民国日报》总编辑。大革命失败后,奉命去南昌,但由于生病而错过了震惊中外的"南昌起义"。1927年8月中旬,几经周折回到上海。

1928年7月,茅盾迫于国内白色恐怖的形势,东渡日本,写成了带总结性的文学论文《从牯岭到东京》《读〈倪焕之〉》等重要论文。1930年4月,茅盾回到上海,参加了刚刚成立的左联的工作。在此期间,茅盾的小说创作进入了爆发期。

1937年上海"八·一三"战事发生后,由文学、文季、中流、译文四个杂志社合办的周刊《呐喊》,公推茅盾为主编(后改名《烽火》由巴金接编),同时担任《救亡日报》的编委。同年底,上海沦陷后经广州去长沙。1938年活跃于汉口、香港、广州。1939年3月抵达新疆,任新疆学院教育系主任、新疆文化协会委员长、中苏文化协会新疆分会理事等职。1940年5月,杜重远、赵丹等文化名人被盛世才逮捕,茅盾在中共地下党的帮助下逃离新疆,经兰州到西安,巧遇周恩来和朱德,搭乘朱德的车队抵达延安。1941年1月7日皖南事变后,茅盾在中共地下党的秘密安排下离开重庆,经桂林到香港,主编了《笔谈》半月刊,创作了长篇小说《腐蚀》、散文集《见闻杂记》等。1941年12月9日太平洋战争爆发后,又在中共东江纵队的护送下离开香港,历时两个多月到达桂林。1942年底茅盾赴重庆主编《文艺阵地》,创作了中篇小说《走上岗位》等。1945年,发表了他唯一的剧本《清明前后》。抗战胜利后,1946年3月离开重庆,经广州、香港前往上海,年底应邀赴苏联访问。1947年从苏联回国,年底又经上海去香港。1948年年底秘密离港前往解放区大连、沈阳。1949年2月到北平(北京),7月参加第一次全国文代会,被选为全国文联副主席和文协(后改为作协)主席。后历任全国政协常务委员,文化部长,《人民文学》《译文》《中国文学》主编,全国政协副主席等。1979年11月,在第四次文代会上当选中国文联名誉主席、中国作协主席。1981年3月27日病逝于北京。

20世纪30年代是茅盾小说创作的黄金时代。他总结了前期小说创作的经验和教训,自觉地运用马克思主义分析中国现状,全景式地反映了刚刚

第二章　革命文学时期小说创作的主题研究

逝去的,甚至正在发生的社会冲突,先后创作了长篇小说《子夜》《林家铺子》《春蚕》《秋收》《残冬》等作品。这些作品展现了20世纪30年代初期社会生活,成功地塑造了中国社会各阶级、阶层人物的形象。茅盾以这些小说的成就,开创和主导了20世纪30年代的一个重要文学流派——社会剖析小说派,对中国现代文学产生了深远的影响。

《子夜》是茅盾的代表作,它开创了社会剖析小说的先河,为以后的无产阶级文学提供了宝贵的经验。《子夜》所描写的是发生在1930年中的事情。这时候,大革命的失败导致了大资产阶级和民族资产阶级都倒向反动派,中国正处在一个黎明前的最黑暗的时刻——子夜。一方面,由于连年不断的天灾战祸,封建地主和官僚资本家对广大劳动人民进行了更大的掠夺和剥削,加剧了中国农村封建经济的迅速瓦解和外国金融资本的进一步侵入,中国社会的性质愈加沿着殖民地的道路急趋直下,广大劳动人民感觉自己头上的三座大山更加沉重了;另一方面,在中国共产党的领导下,空前壮阔的人民革命运动也正在蓬勃地开展起来。广大农村的革命运动日益高涨起来,城市的革命力量也有了很大的发展,但这一时期发生了第二次"左"倾冒险主义错误。中国的命运如何,中国革命何去何从,成为当时的思想意识领域里一个重要的问题。这就极大地激发了茅盾创作《子夜》这部作品的兴趣,他决定用小说艺术地描绘现实生活。

《子夜》以20世纪30年代初的大都市上海为背景,以民族工业资本家吴荪甫和买办金融资本家赵伯韬之间的矛盾斗争为主线,通过吴荪甫的破产,形象而深刻地表现了20世纪30年代中国社会半封建半殖民地的性质。

《子夜》的主人公吴荪甫是20世纪30年代典型的民族资本家,也是小说中刻画得最为出色的一个人物形象。吴荪甫曾经去过欧美,学习过欧美等国家先进的技术,回国后,他雄心勃勃,希望用自己的所学在国内大干一番。他希望通过自己的努力摆脱帝国主义的控制而发展壮大民族工业,为了实现这一理想,他和孙吉人等民族资本家一起组建了益中信托公司,并一口气吞掉了8家小工厂,准备要好好地干一番事业。但事情并没有如他所愿,在吞掉8家小工厂之后,吴荪甫发现自己已经和被自己吞掉的那8家小工厂一样,面临着被吞并的危险,但与那8家小工厂不同的是,想吞并他的益中信托公司的是有美国资本作后台的买办资本家赵伯韬。为了达到自己的目的,赵伯韬对吴荪甫进行了经济封锁,导致吴荪甫没有办法继续吞并其他小工厂。一向高高在上、充满自信的吴荪甫在赵伯韬面前接连失败,加之由于军阀混乱导致他所兼并的那8个小工厂的产品无法销出,结果导致资金周转出现困难,陷入困境。无奈之下,吴荪甫便向工人转嫁危机,导致工人罢工。为了扭转形势,吴荪甫启用了精明且能干的屠维岳,并且让他来处理工人罢工问题,而他自己也涉足了以前根本看不上的公债市场,甚至不择手段地大搞公债投机,还收买了赵伯韬的情妇来获取情报。最后,吴荪甫为了打败赵伯韬,还压上了自己的公馆和汽车,结果因为姐夫杜竹斋的拆台而一败涂地、一无所有。

茅盾笔下的吴荪甫是一个十分饱满和富有性格特征的典型形象。他精明干练、自信果敢、贪婪残酷,是个具有法兰西资产阶级性格的工业"王子"和"骑士"。他心中有远大的理想,他希望通过自己所学能够在国内干一番大事业,雄心勃勃地想摆脱帝国主义的控制,独立发展自己的民族工业。但是他生不逢时,20世纪30年代中国的社会不可能让他实现他的理想,即使他有天大的本领,也仍然不能扭转历史的车轮,他挣扎的结果只能落了个"螳臂当车"的悲惨下场。

《子夜》中除了吴荪甫这一主人公外,还刻画了一系列成功的典型形象,例如赵伯韬、屠维岳等。赵伯韬是买办资产阶级的代表,在他身上揭示出买办阶级的那种凶狠、骄横、奸诈和精神空虚、荒淫无耻的特质。他是地地道道的帝国主义的忠实走狗,在美帝国主义的指使下,他垄断了公债市场,与吴荪甫他们唱对头戏,控制住中国的民族工业。他依靠帝国主义的撑腰,在当时的上海社会进行捣乱。他过着极端荒淫无耻、空虚奢侈的生活。这里反映了腐朽的资产阶级思想意识对中国社会的侵蚀已经达到了极端可怕的程度,这也是帝国主义侵入中国以后的产物。屠维岳这个人物形象是对吴荪甫形象的一个补充。他的精明、干练、机警都使我们看到了主人公吴荪甫的影子,但他又阴险卑劣、忠心耿耿,善于邀功取悦而又不露声色,具有作为一个资本家的奴才和爪牙的另一方面的性格特色。

《子夜》还通过展开广阔的社会生活场景,成功地刻画了中小资本家、流亡地主、经济学教授、青年诗人、大学生、交际花、富家小姐、工人革命者等90多个各具特色的形象,这些人物和众多的矛盾随着吴荪甫与赵伯韬的斗争这一主线有条不紊地逐步铺开,展现了一幅规模宏大、形形色色的中国20世纪30年代大都市的画面。

《子夜》在艺术上取得了较高的成就,概括来说主要包括以下几方面。

第一,从主题来看。这部作品追求主题的重大性和时代性,对20世纪30年代的中国社会进行了全景式的描绘,对当时的社会矛盾展开了深刻的剖析。

第二,从结构来看。这部作品追求宏大而且严谨的结构,整部作品以吴荪甫遇到的矛盾为中心来展开,从而辐射出一系列其他事件和人物,形成多线并存、交错推进的蛛网式的密集结构。

第三,从人物来看。这部作品中人物众多,作品注重从错综复杂的社会

第二章 革命文学时期小说创作的主题研究

关系特别是经济关系中去表现人物性格的多面性与复杂性,并且在对人物进行深入分析时揭露人物的内心真实世界。

第四,从艺术表现上来看。作者运用多种艺术手法塑造了形象鲜明、个性迥异的艺术形象。除了采用传统的肖像描写、语言描写、行为描写以及细节描写来刻画人物外,作者还非常擅长对人物作出色的心理刻画,尤其是对人物的下意识和幻觉的描写增强了整个作品心理分析的色彩。

当然,《子夜》也存在一些较为明显的不足,如对工人与革命者的形象刻画显得比较单薄和概念化,农村这条线索在作品中也并没有得到充分的展开等。尽管《子夜》存在疏漏和不足,但这些并没有影响它成为一部难得的小说巨著。它是中国现代文学史上第一部以科学世界观为指导,科学地分析中国社会本质、深刻地揭示了20世纪30年代中国社会矛盾的小说,是运用革命现实主义方法熔铸生活、再现生活的出色成果。

《林家铺子》是一篇优秀的社会剖析小说,写于上海"一·二八"战争后民族矛盾十分尖锐的时期。小说中的林老板非常精明能干,在风雨飘摇的中国社会中,他战战兢兢地维持着自己的生意,使自己的店铺能够在不安定的社会背景下存活下去。然而,尽管如此,他最终仍然逃脱不了破产的厄运。在这部作品中,作者把矛头直接指向了国民党的黑暗统治,对其进行了无情的揭露,正是由于国民党的统治黑暗,林老板才无法摆脱厄运。例如,国民党反动派利用抗日来发国难财,到处征收"困难捐",并且以禁卖东洋货为借口到处搜刮钱财,如果哪个店铺的老板不出钱,就会将货物全部"封存";卜局长看中了林老板的女儿,并要娶她为妾,并暗示林老板,如果自己娶不到他的女儿,那么林老板会有很多不便之处。最终,在众多的压力之下,林老板的生意再也经营不下去了,而且选择了逃跑,而他的逃跑导致了朱三阿太、陈老七、张寡妇等家破人亡的惨剧。这部小说通过林老板的悲剧描绘了20世纪30年代的中国外受日本帝国主义的侵略,内受国民党高压统治下民不聊生的图景,对当时社会的黑暗现实进行了深刻揭露,对国民党反动派进行了控诉,对底层劳动人民表示了极大的同情。

《春蚕》《秋收》《残冬》三篇连贯性短篇小说被称为"农村三部曲"。

《春蚕》以"一·二八"事变前后江南农村为背景,通过老通宝一家春蚕丰收破产负债的悲剧,对"蚕花丰收、蚕农愈困顿"的畸形社会现象做了生动的描绘,反映了20世纪30年代初中国农村的悲惨现实。小说一开始便写了老通宝一家自耕农下降为贫农,生活困顿还负了债。老通宝把全部的希望寄托在春蚕上,他渴望春蚕丰收可以改变他的现状,在他的精心呵护下,春蚕果然取得了大丰收,然而,春蚕越多,亏损越大,全村人都增加了债。老通宝家损失就更大了。是谁造成老通宝破产的灾难?作者用艺术形象做了生动的回答。首先是帝国主义的经济侵略,是洋鬼子使"世道越变越坏"。其次是国民党的黑暗统治,"地主、债主、征税、杂捐一层一层的剥下来"。再次是战乱加速了农民的破产。"一·二八"战争后"上海不太平、丝厂都关门",往年收茧人"像走马灯似的在村里巡回",今年则"换替着来了债主和催粮的差役。"小说深刻地揭示了造成30年代农民破产的社会原因,指出了日益贫困直至破产是半殖民地半封建中国农民的共同命运。

《春蚕》在艺术上是成熟的,这主要表现在以下几方面。

第一,作者善于运用富有典型意义的生活片段来描写人物的性格命运,以小见大,包含了丰富的内容,以增强小说的艺术效果。例如,从全文来讲,作者只写了老通宝一家春蚕生产的全过程,却展现了20世纪30年代中国农村的面貌,提出了"世界究竟变到哪里去"的尖锐的社会问题,展示了农村革命的必然性。

第二,通过行动语言及其心理描写来塑造人物形象。不仅主要人物老通宝、阿多形象鲜明,次要人物也个性突出,如荷花的风骚、六宝的泼辣在他们针锋相对的吵骂中活灵活现地表现出来。

第三,逼真的风俗画和浓厚的乡土气息使《春蚕》独具特色。那对江南水乡的自然风光、生气昂然的桑林的描写也为刻画老通宝的性格和命运做了铺垫。

《秋收》中写了通过春蚕致富的想法又在老通宝的头脑里蓬勃生长,只不过这次他把希望寄托在种稻子上,他想方设法赊来了豆饼来施肥,全家辛苦灌溉,终于等到了秋天,田里的稻子成熟了,结果米价格却大跌,老通宝一家的生活现状仍然没有得到改变,反而又欠了一屁股债。

《残冬》中写了老通宝的儿子多多头通过父辈的经验教训明白了靠苦干来改善处境只不过是幻想,在当时的社会背景下,本本分分靠劳动来致富是根本不可能的。于是,在一个夜晚,他和陆福庆等人摸进了反动武装保卫团"三甲联合队"的驻地,缴了他们的枪,走上了武装革命斗争的道路。

从整体上看,"农村三部曲"不仅对农村经济凋敝的原因进行了揭示,也表现了新一代农民与老一代农民的不同之处。在以老通宝为代表的老农民身上,我们可以看到的是勤劳、落后、迷信和守旧,在老一辈农民的眼中,造反是不会得到好下场的,所以他们都规规矩矩地活着,他们希望通过自己的辛勤劳动得到致富的效果,然而,他们老老实实、本本分分换来的是更加的贫困。而新一代农民从老一辈的经验中得到了教训,他们懂得要反抗,明白只有反抗才能得到想要的生活。在《残冬》中,老通宝的儿子多多头已经走上了武装斗争的道路。准备去寻觅一条彻底翻身求解放的革命之路。从"农村三部曲"中,我们可以看到茅盾对农村问题的关注,既写出了"老中国儿女"在时代变化波动中的内在灵魂世界,也写出了新一代农民对新的生活目标方式的追求。

总体来说,茅盾的小说内容深刻,结构完整,情节紧凑,小说中对社会问题进行了深刻剖析。

第三节 家族小说的创作
——对封建家族抗争的描写

在20世纪的中国文坛,巴金无疑是对封建家族制度和封建礼教批判最为深刻的作家之一。家族是贯穿巴金小说创作的一个重要主题,他以自己亲身的体验,通过对封建家族制度抗争的描写,揭露出封建家族制度、封建礼教的罪恶。

巴金(1904—2005),原名李尧棠,字芾甘,出生于四川成都一个官僚地主家庭,曾祖父、祖父、父亲都曾为官。巴金的母亲待人宽厚,是一个疼爱孩子、体谅下人的贤妻良母。母亲的教导使年幼的巴金懂得去爱一切人,不管他们是贫是富,懂得去帮助那些处于艰苦处境中需要帮助的人们。因为母亲的爱与教导,使童年的巴金和"下人们"建立了深厚的友谊。不幸的是,由于父母早逝,年幼的巴金在家庭中受到他房长辈的欺压,开始接触到社会冷酷、残忍、不合理的一面,真切地感受到家庭专制对年轻人身心的摧残,因此对社会上一切压制人性发展的专制制度都深恶痛绝,这些家庭影响对巴金后来的文学创作产生了难以估量的影响。在封建大家庭中,他目睹一些可爱的年轻生命横遭摧残和"下人"们孤苦无告地惨死的情状,产生了对旧家庭的愤激和憎恨,萌生了初步的反抗意识。五四运动的爆发使他受到了新思潮的洗礼,他开始大量阅读《新青年》及西方文学和社会科学著作,逐步接受反帝反封建、科学民主等进步思想,时代思潮唤起他的觉醒。1920年,巴金进入成都外国语专门学校学习,在这里,他广泛接触了西方文学及社会科学著作。1921年参与半月社和均社等社会团体工作。巴金的文学生涯开始于1922年的诗歌创作。1923年5月,巴金与三哥尧林离开四川,赴上海、南京、北京等地求学。1925年,巴金与朋友一起组织民众社,办《民众》半月刊。在上海、南京等地求学与养病的三年半时间里,巴金结识了很多信仰无政府主义思想的青年,并于1925年初与寓居美国的俄国著名无政府主义者爱玛·高德曼通信,高德曼的《无政府主义》使巴金第一次接触到无政府主义理论。所以,巴金早期思想尽管很复杂,但主要信奉安那其主义,即"无政府主义"。无政府主义强调摧毁一切束缚人性自由的组织和制度,巴金主要师从安那其主义中克鲁泡特金一派,强调互助、合作、自我牺牲。1927年初,巴金赴法国留学,1929年初回国。在翻译外国文学、思想文化作品的同时,巴金创作了长篇小说《家》《春》及"爱情三部曲",中篇小说《死去的太阳》,并出版了多部短篇小说集,如《复仇集》《光明》等。20世纪30年代起,巴金定居上海。他担任大型刊物的编辑,出版书籍,从而支持了进步作家的文学创作,为发展进步文艺事业做出了重大贡献。抗战爆发以后,巴金投身到抗日救国斗争的洪流中。他辗转多地继续从事出版工作,并创作诗文,完成了宣传抗战的小说《火》(三部曲),还创作了长篇小说《秋》《憩园》《第四病室》《寒夜》等。抗战胜利后,巴金结束迁徙流离生活,定居上海,继续在文化生活出版社从事出版和翻译工作。1949年7月,在第一次全国文代会上,巴金当选全国文联委员。1949年10月1日,巴金应邀登上天安门城楼,参加中华人民共和国成立的开国大典。1950年,巴金担任上海市文联副主席,曾经两次去过朝鲜前线进行采访,编有《生活在英雄们中间》《保卫和平的人们》两本散文通讯集。2005年10月17日,巴金因病在上海逝世。

巴金是杰出的小说家、散文家,是卓有成就的翻译家、编辑家和出版家,他被称为"二十世纪的良知"。他的作品受到很多国家读者和学者的热爱和关注,一部分作品被译成英、俄、日、法等十余种文字。

1931年春,上海《时报》开始连载一部题为《激流》的小说,这就是后来被誉为"新文学史上拥有最多读者的一部小说"[①]——《家》。这部家族小说以五四运动前后的四川成都为背景,写出了一个大家族由盛到衰的崩溃过程,深刻地揭示了高家中深受资产阶级启蒙教育,追求个性解放的青年一代与顽固的维护封建家长制度、封建礼教的高老太爷、高克明等人的斗争。高家表面书香门第,诗礼传家,但掩盖在这层帷幕之后的却是内部的相互倾轧,明争暗斗,腐败龌龊。以高老太爷、高克明为代表的封建卫道士,极力遵循礼教和家训,压制一切新生事物,甚至不惜以牺牲青年人的生命为代价。这就大大加深了新与旧、维护者与叛逆者之间的矛盾,并使青年人遭受了巨大的精神痛苦。在《家》中,就有梅的抑郁而死,瑞珏的难产而死,鸣凤的投湖自杀等,这些女性的不幸遭遇,都是封建礼教的迫害导致的,作者对他们的死亡表达了深切的同情,对封建礼教进行了强烈批判,对敢于向封建家族抗争的觉慧、觉民等给予了热情的赞颂。

高老太爷是巴金笔下个性鲜明的封建家庭统治者形象。他是封建势力的代表和封建道德的化身。他掌控着家族的经济财产大权,拥有对所有家庭成员一切活动的决策权。他位于家庭等级的顶端,是高公馆这个黑暗王

---

① 司马长风.中国新文学史(中卷)[M].香港:昭明出版社,1978:41.

第二章 革命文学时期小说创作的主题研究

国的君主,他的话就是法律,谁也不敢违抗。偌大的公馆,有权体现并实现个人意志的只有他一个人。他最爱说的一句话就是:

> 我说是对的,哪个敢说不对?我说要怎样做,就怎样做!

这是高老太爷也是整个专制制度的霸道宣言。他一生历经宦海沉浮,终于广置田产,兴修宅院,创立下这份大家业,实现了中国封建社会最圆满的家庭形式——四世同堂。但这个子孙满堂、权倾一族的人,临终前也会陷于孤独和无助。他排斥一切新的东西,把进步学生的正义活动称之为"胡闹""捣乱",蛮横地限制觉慧的自由,禁止他参加学生活动;他把下人看成是"物品",可以随意处置,从而摧残了鸣凤和婉儿两个美丽的青春。他送觉民兄弟进洋学堂,不仅没有培养出他理想的接班人,反而制造了这个家庭的叛逆者,加速了它的崩溃;他以为"金钱"能给家族带来发达和兴盛,然而,"金钱"只促成子孙的堕落。当他知道他所统治的高公馆已经危机四伏时,他才意识到,他的家长权威已经扫地,他感到了从来不曾有过的绝望和悲哀,陷于孤独和无助。

觉新是对自身悲剧命运有所意识却又无力加以改变的牺牲者。在中国现代文学史上,这是一个不朽的艺术典型。这个形象,深刻体现出封建主义不只是作为一种现实的社会制度出现,更是作为一种传统文化的存在,弥漫在人们所思所为的空间,"内化"在人物的灵魂中。觉新相貌清秀、聪慧好学,他原本对自己的未来有美好的设想和憧憬,对婚姻自由和幸福有着强烈的追求。然而,长房长孙的特殊身份使他早早地被楔入封建宗法制家庭框架中。在以高老爷为首的封建家长制的重压下,觉新养成了百依百顺的性格,于是,他的聪明才智被毁灭,他的理想化为泡影,他只能按着祖父的意志去生活,把维护封建家长的秩序作为自己的职责,对两个弟弟严加管教,但与高老太爷不同,他并不是一个完全失掉人性的人,在他的心底又有着是非爱憎的界限,在叛逆者同封建家长的冲突中,他同情觉民、觉慧的叛逆行为,也理解夺去自己幸福和前途的是整个封建礼教、封建传统、封建迷信,但在强大的封建势力面前又无力反抗,只有伤心的痛哭,忍受着精神上的折磨,不敢承担不孝的罪名,正是因为他的这种软弱,才导致梅和瑞珏两个女性的悲剧命运。可以说,觉新本身是封建礼教的牺牲品,但同时他也是封建礼教的帮凶。觉新的悲剧很大程度上源于他把自己的价值完全依附于家族制度之上,丧失了一个最为宝贵的东西——对个性的绝对追求。《家》中觉新的性格至今仍常被人们谈起,这种性格特点的确已超出了人物形象本身,成为某种具有普遍性的性格悲剧。尤其是在我们这个有着悠久的中庸传统的国度里,读者往往能依据各自的生活经历与内省体验,或多或少地从这个人物身上认出自己。

觉慧是作品中的理想人物,是一个幼稚而大胆的叛逆者,他是在封建大家庭中成长起来的,但五四新文化运动带给了他新的思想和力量,他第一个站起来反抗旧家庭。他不顾祖父的禁令,参加学潮,热心于结交新朋友、讨论社会问题、编辑刊物、创办阅报社等社会活动,他不坐轿子,同情和怜悯穷苦人。他主张人与人之间应该平等,大胆和仆人鸣凤相爱。他积极参加反帝反封建的爱国学生运动,办刊物,印小报,传播新思想,和同学们一起到督军署前请愿。他反对窒息青年生命的封建家长制,公开支持觉民抗婚,主张年轻人应自己主宰自己的命运。他反对封建迷信,驳斥陈姨太在高老太爷病重时搞的"捉鬼"和"血光之灾"的无稽之谈,反对把瑞珏搬到城外分娩。觉慧的这种思想和行为,对于封建秩序和道德观念是具有冲击力量的。个人反抗、人权平等、人道主义是他的基本思想,这种思想使得觉慧和封建家庭不调和,他最终第一个冲出旧家庭的牢笼,飞向广阔的天地,去寻找新的人生。

但作为封建家庭中的一份子,觉慧身上也具有软弱幼稚的一面,他仍然是无法完全摆脱环境和生活带来的局限,他的思想还带着旧家庭的烙印。觉慧曾经宣誓要娶鸣凤为妻,鸣凤也用真心爱着觉慧,将他看成是自己的幸福所在,然而,在觉慧的潜意识中,仍然没有完全摆脱一个少爷爱着一个丫头的观念,他一方面爱着鸣凤,但又感叹鸣凤要是一位小姐该有多好。在强大的封建势力面前,觉慧动摇了,在鸣凤投湖自尽后,这个曾经深爱她的觉慧经过了思考之后竟然决定放弃鸣凤。在他与祖父和家庭的关系上,一方面是新与旧的对立,另一方面他们之间也有割不断的血缘关系。所以,觉慧既不满祖父,在祖父临死时又感到悲痛;既对家庭充满憎恨,在离开家庭时,又对家中爱他的人充满依恋之情。他的这种复杂感情,是真实的,合乎情理的。尽管他有种种局限,但他毕竟是新生的力量,他的反抗给黑暗的高墙内的青年们带来了一线光明。这部作品虽然没有正面具体描写觉慧离开家庭以后所走的道路,但对封建大家庭的反叛,是知识分子走上民主革命的起点,觉慧性格的发展逻辑,是完全符合当时的环境气氛和时代精神的,这种背景就给觉慧这些年轻人的叛逆性格提供了现实的根据,这在巴金塑造的众多的寻求革命道路的知识青年的形象中,觉慧是最光彩夺目的一个。

除了以上人物外,《家》还刻画了其他一些生动的人物形象。如纯洁、刚烈,敢于以死向封建专制抗议的鸣凤,善良厚道的女子李瑞珏,温顺驯良地吞咽着旧礼教恶果的小姐钱梅芬,勇敢地争取个性解放的青年觉民和琴,以及荒淫残忍的假道学冯乐山,狡猾贪婪的四老爷高克安,腐化堕落的败家子五老爷高克定,专横愚顽的土豪周伯涛等。这些不同阶级、不同地位、不同思想和不同性格的人物,一起在高公馆这个黑暗的王国里,上演着腐朽或新生的戏剧。

《家》除了具有深刻的思想主题之外还具有鲜明的艺术特色,这主要表现在以下几个方面。

第一,它植根于现实生活,作者巧妙地把他所要描写的封建大家庭的生命史,置于广阔的时代背景中予以展示。小说通过风云变幻的五四时期的社会背景,成功地揭示了封建大家庭的崩溃以及新一代觉醒的历史必然性。《家》所描绘的人物与事件,虽然具有一定的理想色彩,但贯穿整本小说的仍然是来自社会现实的一些真情实感。

第二,小说中成功地塑造了一些鲜明的人物形象,小说采用传统的对比手法来突出人物个性,在尖锐复杂的矛盾冲突中刻画人物性格。比如,觉慧与觉新、觉慧与觉民,以及梅与瑞珏的性格,都通过对比显得更加鲜明。

第三,小说的情节结构具有鲜明的民族特色,它以动荡时期封建大家庭内部旧势力的斗争为主线,按时间发展的顺序来安排故事情节。首尾完整,线索分明。

第四,这部作品的语言朴实无华,不尚雕琢,在朴实的叙写中又含有浓郁的抒情因素。而重叠、反复、排比、倒装等修辞手法的运用,不仅使其显得清新活跃,而且还能激起读者丰富的想象和情感。

第五,作品中的场面描写和心理刻画也很出色。如欢宴小年夜、祭祖大典、夜赏礼花等场面,都写得细致逼真。富有生活气息。《家》中的心理描写多运用内心独白和梦境的形式,如鸣凤投湖前的内心倾诉,觉慧的日记、梦境等都细腻地刻画了人物的内心世界。

第六,作品中还有一个显著特点是始终充满强烈的感情。巴金是带着热情创作的作家,他与笔下的人物同命运共呼吸,有时忍不住自己站出来讲话,有很强的主观色彩。

第四节 现代市民小说的创作
——对"市民世界"的描摹

在现代文学史上,老舍是现代市民小说创作的代表性作家,他用艺术的方式将市民阶层的命运和追求引入文学领域,使现代文学的"根"更深地扎在中国普通市民的精神文化的土壤之中,向人们展示了一个丰富多彩的"市民世界"。

老舍(1899—1966),原名舒庆春,字舍予,北京满族正红旗人。父亲舒永寿是一名保卫皇城的正红旗士兵,1900 年阵亡于八国联军侵略北京的炮火中。父亲去世后,家里的生活非常艰难,靠母亲终年给人家洗衣服、缝补来维持。母亲坚强乐观、善良朴实的品格给了他很大的影响。老舍一家所居住的小羊圈胡同住的大多是穷困的平民,有拉车的、卖艺的、当兵的、做小买卖的等。这样的生活环境使得老舍对社会的世态和下层劳动人民的艰辛生活有了亲身的体验,也为他以后的创作提供了丰富的题材和基本的写作基调。

1905 年,老舍开始读私塾,1913 年,考入北京师范学校。1918 年师范毕业后任北京方家胡同公立小学校长。1919 年,五四运动爆发,个性解放意识、反封建意识对老舍产生了深刻的影响,为他成为作家创造了条件。1922 年,老舍赴天津南开学校中学部任国文教员。1923 年,在《南开季刊》上发表了第一篇小说《小铃儿》。

1924 年夏,经北京缸瓦市基督教会主持、北京基督教联合会会长宝广林等人推荐,老舍到了英国,9 月起,在伦敦大学东方学院华语学系任讲师。这期间,他阅读了大量英国及其他欧美国家的文学作品,受到狄更斯等作家的影响,创作了三部长篇小说《老张的哲学》《赵子曰》《二马》。1929 年夏,老舍离英回国,途经新加坡时停留半年,写作了童话体长篇小说《小坡的生日》。

1930 年春回到上海,从 1930 年到 1937 年,老舍先后辗转任教于齐鲁大学和山东大学,日常在教学之余坚持写作散文、短篇小说,利用假期创作了长篇小说《大明湖》《猫城记》《离婚》《牛天赐传》《骆驼祥子》等,还为文学史贡献了《月牙儿》《断魂枪》《新时代的旧悲剧》等短篇小说杰作,并开始写作创作经验集《老牛破车》。

1937 年 7 月全面抗战爆发。11 月 15 日黄昏,老舍忍痛告别妻子和三个幼小的儿女,只身离开济南。11 月 20 日,抵达汉口,开始了被他自己称为"八方风雨"的离乱生涯。1938 年 3 月,中华全国文艺界抗敌协会正式成立。嗣后,老舍被推举为常务理事和总务部主任,主持"文协"工作,组织出版"文协"会刊《抗战文艺》,直至抗战胜利。

1942 年 4 月,老舍迁居重庆郊外的陈家桥石板场,后又迁居北碚。这时,夫人胡絜青带着儿女来到了重庆,在相对安静的生活环境中,老舍重新开始了小说创作,并实现了对幽默风格的回归。经过一个时期的努力,老舍终于在 1943 年岁梢动笔创作百万字的长篇小说《四世同堂》。此前,老舍为了积极参与抗战宣传,完成了《残雾》《国家至上》《张自忠》《面子问题》《大地龙蛇》《归去来兮》《谁先到了重庆》《桃李春风》(又名《金声玉振》,与赵清阁

第二章　革命文学时期小说创作的主题研究

合著)、《王老虎》(又名《虎啸》,与萧亦五、赵清阁合著)9部话剧作品。

1946年3月,应美国国务院邀请,老舍与曹禺一起赴美讲学,至1949年12月回国。这期间创作、出版了长篇小说《四世同堂》《鼓书艺人》,中篇《我这一辈子》、中篇小说集《月牙集》、短篇小说集《贫血集》《东海巴山集》《微神集》等。长达百万字的长篇小说《四世同堂》,包括《惶惑》《偷生》《饥荒》三部,被称为"北京市井风俗的百科全书"。

1949年12月回国后,老舍在北京度过了他生命中的最后17年。先后担任了北京市和全国人民代表大会代表、全国政协常委、中国文联副主席、中国作家协会副主席、北京市文联主席等职,积极投身于新中国的文化艺术建设事业,留下了话剧《龙须沟》《茶馆》、小说《正红旗下》(残篇)等重要作品。1951年12月,为了表彰老舍创作《龙须沟》对教育人民和政府干部的贡献,北京市人民政府授予他"人民艺术家"的奖状。1966年,老舍自沉于北京太平湖。

老舍关心激荡社会中"人"的命运。他笔下市民王国中的形象可以分为老派、新派和"正派"三种类型,而塑造最为成功的是老派市民形象,老舍作品中所体现的强烈的文化批判意识与国民性批判意识主要是通过这类市民形象来完成的。他还刻画了一系列城市底层市民形象,反映了他们艰辛而凄苦的生活。

《离婚》是老舍在济南期间创作的一部优秀长篇小说,小说通过对北平财政所几个科员家庭风波的描写,展现了老北京灰色的市民生活和折中、敷衍、妥协、怯懦的市民性格,批判了整个旧中国的社会制度和形成市民性格的文化系统。小说主要描写了国民党财政所里几个小职员的工作以及家庭生活,围绕着"离婚"一词,描写了几对夫妇的婚姻故事,内容非常细碎。作品精心塑造的张大哥形象是老舍最熟悉的北平老市民的典型。他非常喜欢帮别人说媒,这几乎成了他的职业,他在其中享受着乐趣,张大哥的婚姻观念是"宁拆一座庙,不破一门婚"。张大哥是反对离婚的,因为离婚意味着对一种现存既定秩序的破坏,因此张大哥一辈子都在谨谨慎慎地维持着现状,维持着既成事实的"婚姻"。

在这部作品中,老舍不无深刻地道出了以张大哥为典型的传统市民敷衍、怯懦的人生态度与折中、妥协的中庸处世哲学,从而在冷静中审视传统文化的内核以及整个社会的文化心理,表达了对以婚姻制度为代表的传统社会文化制度的深刻反思,显示了老舍强烈的文化批判意识。

如果说张大哥等代表的是老派市民形象,那么《离婚》中的张天真、小赵等人就是老舍要批判的新派市民的典型。对于张天真,老舍是这样描写的:

>高身量,细腰,长腿,穿西服。爱"看"跳舞,假装有理想,皱着眉照镜子,整天爱吃蜜柑。拿着冰鞋上东安市场,穿上运动衣睡觉。每天看三份小报,不知道国事,专记影戏院的广告。

由上述描写可知,张天真是东方文化与西方文化杂交和混合所塑造的畸形的新派市民形象,他一味追求"洋式"的浪漫的生活情调,讲虚荣、讲摆设、不中不西。

对于这些洋派青年,老舍采取了毫不留情的鄙夷与嘲讽的态度。这些青年一味尚新、虚荣、堕落而浅薄,在他们身上,传统文明失落了,道德失范,价值混乱。老舍对这一类型的批判与讽刺,既体现了他对西方文明包括五四以后引进的西方新潮的反思与批评,也体现了老舍对外来思潮的排斥与拒绝态度。

老舍笔下的第三类市民类型是"正派"市民,或者说是理想市民,主要有《二马》中的李子荣、《四世同堂》中的钱默吟等,其中尤以《四世同堂》中的钱默吟为代表。《四世同堂》包括《惶惑》《偷生》《饥荒》三部,被称为"北京市井风俗的百科全书"。作品以北平城内一个普通的小羊圈胡同为背景,以胡同中老祁家为中心,表现了十几户人家的屈辱、悲惨、坎坷的遭遇,描写了北平下层市民在抗战过程中不同的精神面貌。作品深刻地表明,民族的社会心态、民众的觉醒意识在一个民族兴衰存亡的过程中起着关键的作用。小说中钱默吟是一个诗人,在抗日战争爆发之前,他沉浸在自己的世界中,过着"闭门饮酒栽花"的悠闲生活。但当残酷的战争到来之后,当儿子仲石壮烈牺牲之后,当自己无故被捕并受尽折磨之后,他身上爆发出了传统文化中的道德力量,处处闪耀着坚韧不屈的民族气节与焕然一新的精神面貌。这些"正派"形象身上承载着老舍探索新的社会的理想。这是一种对中国文化转型的出路的探索,因此具有思想启蒙的意义。

此外,老舍的小说中还刻画了一系列城市底层贫民形象,最具有代表性的当属《骆驼祥子》。

《骆驼祥子》描写了一个外号为骆驼、名为祥子的人力车夫的人生悲剧。祥子本是一个由乡间流落到城市,希望靠自己的勤奋苦干来谋取生活的青年农民。他的生活理想就是拉上自己的车,做一个"独立自由的车夫"。为了实现这个理想,祥子省吃俭用,终于买了辆车。他不知道自己的生日是哪一天,就把买车的日子作为自己的生日。但是好景不长,祥子在兵乱中丢失了自己的车,虽然得到了三匹骆驼,但是大病一场,还换来个"骆驼祥子"的绰号。回到人和车厂,祥子继续埋头拉车,希望通过卖骆驼的30块钱和平时积攒的钱再买一辆新车,谁知这些钱财竟然被孙探长勒索个精光。在和虎

第二章 革命文学时期小说创作的主题研究

妞成亲之后,本想这次可以拥有一辆新车子,并且以后都能安心拉车了,但生活好像故意和他过不去一样,虎妞的死彻底粉碎了祥子的梦想。祥子在经历了这三起三落之后,终于导致了他的生活理想在现实面前的最终破灭:在他所喜欢的小福子上吊自杀之后,他曾有的对生活的信心与追求完全消失,并进而自甘堕落,抽烟、酗酒、偷东西、玩女人、出卖朋友、找人寻衅闹事,沦为一个地地道道的流氓无产者。

祥子三起三落的生活遭遇是一个悲剧,造成这种悲剧的原因主要包括以下几种。

第一,人吃人的黑暗社会。人吃人的黑暗社会是造成祥子悲剧的主要原因。为了生存,祥子被迫离开家人到城市去谋生,本想通过自己的劳动过上理想的生活,但现实一次次地摧毁了他的梦想,并最终把他推向了深渊。

第二,祥子的性格问题。祥子虽然是体力上的强者,但在心理上却常常是个弱者。当经历一次次的打击后,祥子便慢慢有了得过且过的想法。而且他非常缺乏自制能力,虽然他曾经对虎妞干涉他的生活方式的企图有所抵制,但最后还是妥协和听从于虎妞。当他对一些事情想不明白时,他没有想办法去解决,而只会一遍遍地诘问自己。

第三,祥子的婚姻。虎妞连诱带骗,与祥子发生关系。这种婚姻是对祥子自尊心的打击,因此势必会导致尖锐的冲突。虎妞从小养成的好逸恶劳、善于心计的恶习以及深受剥削者家庭影响的泼辣粗俗、善于支配人的性格与祥子纯朴善良、向往独立的本性也是相互矛盾的。虎妞的纠缠对祥子简直成了肉体与心理的双重折磨。因此对祥子来说,虎妞也是一个悲剧的原因。

《骆驼祥子》这部作品具有深刻的思想意义,这主要表现在以下几个方面。

第一,这部作品通过祥子这个平凡车夫的生活故事,写出了挣扎在社会最底层的劳动者的喜怒哀乐和辛苦劳顿。在小说的开头,祥子是个只会梦想和为了梦想而努力劳作的人,他诚实,勤俭,爱面子,有干劲,而在小说的结尾,在经历过命运的打击和生活的折磨之后,祥子万念俱灰。小说就是通过这样一个令人惊心的对比,表现了对生活在社会最底层的普通劳动者的同情和怜悯。

第二,小说借助祥子的命运悲剧,表现了老舍创作时的悲观主义情绪。在20世纪二三十年代,有一种很浓厚的悲观主义情绪笼罩了老舍。这种情绪借助创作寻找宣泄口,其表现手段是:在主题上倾向于写人物和世界无法协调的悲剧命运,在形式上借助幽默的美学风格。

第三,小说通过对小人物命运的沉痛揭示,传达出作者对文化问题的本质思考。虽然小说中所写的祥子最终无法逃脱最终的命运结局,但祥子为什么最终会堕落?而且堕落得如此彻底?作者借助现实主义的有力武器提供了祥子沦陷的内因,也就是祥子在性格和文化意识上的弱点和缺点。作品中类似对国民愚钝心态的描写蕴涵了作家深切的悲哀。文化批判并不是《骆驼祥子》的首要主题,却是老舍生平所有创作的总主题。在《骆驼祥子》中,这个主题借一些线索得到了局部的也是深刻的展示。

作为老舍享有世界声誉的长篇小说,《骆驼祥子》在艺术上也取得了很高的成就。

第一,在结构上,小说以祥子遭遇的一系列事件为主干,一线串珠式地组织构思,安排情节,紧凑集中,落笔谨严,布局妥帖,使祥子的性格在广阔的社会环境和人际关系中得以充分展开。以祥子的"三起三落"为发展线索,以他和虎妞的"爱情"纠葛为中心,两相交织,单纯中略有错综。

第二,在叙述和语言上,具有鲜明突出的"京味儿"特色。作品把对祥子及其周围各种人物的描写放置在作者所熟悉的北平下层社会中。从开篇对于北平洋车夫"门派"的引言,到虎妞筹办婚礼的民俗的交代,从对于北平景物的情景交融的描写到骆驼祥子拉车路线的详细叙述,都使小说透出北平特有的地方色彩。

总体来说,《骆驼祥子》是中国现代文学史上为数不多的以挣扎在社会最底层的小人物为主人公展开叙述线索,并取得了艺术上的巨大成功的小说之一。

第五节 新感觉派小说的创作
——对现代大都市的审视

20世纪30年代初期,新感觉派异军突起。新感觉派的小说第一次用现代人的眼光来打量上海,用新异、现代的形式来表现现代大都会的城与人。他们的创作,使原来依附于浪漫抒情小说的中国现代主义形成了独立而完整的小说流派。新感觉派小说的最大特点在于真正地以现代人的眼光观照现代大都市,在新文学史上第一次把都市当作独立的审美对象,于快节奏中表现现代大都市的生活。他们写都市的日常生活、世态人情,喜欢用感性的笔触塑造富于现代城市气息和特征的舞女、少爷、水手、姨太太、资本家、投机商,以及典型的都市环境,在写作过程中对资本主义社会的腐朽进行了披露。施蛰存、刘呐鸥、穆时英等人是新感觉派小说的代表作家。

第二章 革命文学时期小说创作的主题研究

一、施蛰存的小说创作

施蛰存(1905—2003),出生于杭州,幼年随父母去苏州,后随家迁居松江。中学毕业后,先后就读于上海大学、震旦大学法文特别班。1928年秋天以后,帮助刘呐鸥做上海水沫书店工作,先后参加过《无轨列车》《新文艺》等刊物的编辑。1932年主编大型文学月刊《现代》。抗战爆发后先后在云南大学、厦门大学、上海暨南大学、上海华东师范大学任教几十年。2003年,施蛰存在上海逝世。

施蛰存是中国新感觉派取得成就最高的作家,20世纪30年代是其创作的辉煌时期,《将军底头》《李师师》《梅雨之夕》《善女人的行品》等都是这一时期的代表作品。下面将对《将军底头》和《梅雨之夕》进行简要分析。

《将军底头》以描写主人公花惊定"性爱与种族"冲突的基本主题,展现了灵魂真实的艺术魅力。花惊定是大唐的武官,但由于他的祖父是吐蕃人,所以他身体中流淌着吐蕃的血液,正因为如此,他本能地厌恶汉人,并萌发出背汉归国的念头,在他的潜意识中,他反叛大唐的念头从来没有消失过。直到他遇到了一位美丽的巴蜀汉族少女,花惊定被这位少女深深地吸引,他不允许其他人追求这位少女,对于其他追求者,他将其斩首示众。为了这位汉族少女,花惊定潜意识中反叛大唐的念头竟然消失得无影无踪,并下意识地在少女居住的门前徘徊了七次,以致最后被吐蕃人砍掉了头颅,虽然如此,他仍然策马来到了心心念念的少女身边,无首将军隔岸遥望,虽然荒诞不实,但却揭示了将军灵魂深处固执的欲念,以及至死也无法摆脱的强悍力量。

《梅雨之夕》这部小说没有多少情节,大部分内容都是内心独白,在一种层层递进、往复回环的圆熟的心理描写中,传达了都市薄暮中一种蠢蠢跃动而又带有强烈的自我抑制性的幻美。青年职员"我"在一个梅雨绵绵的傍晚打着伞步行回家,在街头看到了一位没有打伞的姑娘,"我"被姑娘的美貌所吸引,打算送她一程。在结伴而行的过程中,"我"发现这位姑娘非常像自己的初恋情人,而这位姑娘脸上的香粉,又让我嗅出了妻子身上的味道,这样一来,这位姑娘、初恋情人和妻子三者合为一体,将"我"的心理流程,描绘得惟妙惟肖。在和这位姑娘分别后,我打算坐车回家,坐上车后,我仍然无意中撑开了为姑娘所打的那把伞,回到家后,听到妻子的声音,仿佛是又听到了刚才那个姑娘的声音。小说将"我"的心理变化的层层波澜和性意识的潜能描绘得自然得体,艳而不俗,使作品洋溢着清新、淡雅的格调。

这部小说以舒缓的笔调、细腻的描写,展示了主人公"我"的心理流程,小说故事情节较少,可人物心理剖析十分细腻,真实、生动,充分展示了"我"是如何被潜意识驱使渴望又惴惴不安地去亲近美貌女性的心理状态。小说描写的中心是潜意识的展示,通篇对人物心理的描写,包括幻觉、错觉引起的心理转换及性心理运行衍变过程都十分细腻。

总体来说,施蛰存以西方现代派小说的创作技巧作为精神支柱,追求幻美的艺术,体现了创作主体的高度的个性化。

二、刘呐鸥的小说创作

刘呐鸥(1905—1940),原名刘灿波,台湾台南人。1920年进入日本青山学院学习,后来进入日本应庆大学文科学习,1926年毕业。毕业后进入上海震旦大学法文班学习。学习结业即滞留上海。1928年开始从事文学创作。曾任汪精卫政府机关报纸《国民新闻》之国民新闻社长一职。1940年在上海被枪杀。

刘呐鸥是中国"新感觉派"小说的最早尝试者,是介绍日本新感觉派的第一个人,也是最早认识到上海的都市现代性的作家,先驱性的人物。

《两个时间的不感症者》是刘呐鸥的代表作。作品描述了在赛马场买赌赢了的H先生,与一位放荡的女性邂逅,两人相约去喝冷饮。这位女性又找到事先约好的男青年T,三人同去舞场。两男一女经过饮、抽、谈、舞一个小时的历程后,这位放荡女性应别的男人之约吃饭,独自翩然而去,丢下H和T目瞪口呆。小说通篇贯穿了作者的主观感受,作者的主观心理对客观外界的新感觉外化出来,作者以视觉、听觉、嗅觉、触觉等方面写出了赛马场的狂热、紧张、欢喜、失望的气氛。小说还侧重地表现了中国现代都市人两性关系中的本能欲望。

三、穆时英的小说创作

穆时英(1912—1940),笔名伐扬、匿名子等,浙江慈溪人。父亲是上海银行的高级职员,穆时英10岁时随父到上海求学并在上海长期生活,读中学时就爱好文学。1929年,他进入上海的光华大学中国文学系读书,一方面潜心研究外国现代派文学,一方面开始进行小说创作。穆时英以其年少多产、风格独特著称。自此,与刘呐鸥、施蛰存等形成中国文坛上的新感觉派作家群。1933年夏,穆时英从光华大学毕业,同年,父亲去世,家道自此衰落。穆时英的精神受到了很大刺激,思想日渐消沉,文学创作也转入低

第二章 革命文学时期小说创作的主题研究

迷。1934年前后,曾参加当局的上海市图书杂志审查委员会,并与左翼文化界产生过激烈论战,成为国民党当局的御用文人。1936年赴香港处理家事,抗战爆发后滞留香港,曾在《星岛日报》任职。1939年3月,穆时英和许地山、戴望舒等一起出席了中华全国文艺界抗敌协会香港分会成立大会。同年11月返回上海,1940年5月,出任伪职,主持汪精卫伪政权的《中华日报》和《国民新闻》等,为时不过一个月,即遭国民党特工暗杀。

穆时英被称为"新感觉派的圣手",是真正意义上的新式洋场小说家。《上海的狐步舞》《夜总会里的五个人》等都是穆时英的代表性作品。

《上海的狐步舞》描述的是在夜色中发生的一组生活片断:在城郊铁路线附近发生的黑社会之间的仇杀,谋杀者反被杀死、杀伤;富豪刘氏父子各自的寻欢作乐——儿子与庶母偷欢作乐,还在舞厅里与别的异性调情,父亲睁一只眼闭一只眼,只顾自己去嫖妓;不修边幅的作家在夜色下徘徊,自以为是在做"都市黑暗面检阅",却被一个穷老婆子拉去,要她自己的儿媳妇陪作家过夜,赚两个活命钱……在这放射线一般向四面八方展开的都市风景线上,作品中描写的舞厅,构成了一个中心场景,也形成了作品的节奏顿挫。在这里"道德给践在脚下,罪恶给高高地捧在脑袋上面",在这里到处充塞的是舞厅、妓院、赌窟、烟馆,丑与恶经过作家主观情感的浸润而被渲染着。

作者根据自己的感觉需要把互不关联的画面自由地立体地组合在一起,描绘出大都市繁华与恐怖、堕落与悲苦相生的病态。如小说对舞会场面的描写:

> 蔚蓝的黄昏笼罩着全场,一只saxophone(乐器萨克斯管)正伸长了脖子,张着大嘴,呜呜地冲着他们嚷。当中那片光滑的地板上,飘动的裙子,飘动的袍角,精致的鞋跟,鞋跟,鞋跟,鞋跟。蓬松的头发和男子的脸。男子的衬衫的白领和女子的笑脸。……酒味?香水味,英腿蛋的气味,烟味……

这一段描写,运用蒙太奇叙事视点,造成一种电影式的形象感、运动感和节奏感,写出了大都市现代人(包括作者自己)的生活情绪与人生感受。作者还让时间交叉,不断跳跃空间,捕捉令人眼花缭乱的光、影、色、声杂糅的动感十足的蒙太奇镜头。如:

> 电车当当地驶进布满了大减价的广告和招牌的危险地带去,脚踏车挤在电车的旁边瞧着也可怜。坐在黄包车上的水兵挤箍着醉眼,瞧准拉车的屁股蹬了一脚便哈哈地笑了。红的交通灯、绿的

> 交通灯、交通灯的柱子和印度巡捕一同地垂直在地上。交通灯一闪,便涌着人的潮、车的潮。这许多人,全像没了脑袋的苍蝇似的!一个 Fashion Mode! 穿了她铺子里的衣服来冒充贵妇人。电梯用十五秒钟一次的速度,把人货物似地抛到屋顶花园去。女秘书站在绸缎铺的橱窗外瞧着全丝面的法国 Crepe,想起了经理的刮得刀痕苍然的嘴上的笑劲儿。主义者和党人挟了一大包传单蹀过去,心里想,如果给抓住了便在这里演说一番。蓝眼珠的姑娘穿了窄裙,黑眼珠的姑娘穿了长旗袍儿,腿股间有相同的媚态。

这些画面上明显地传递出作者主观情感上的狂乱与危机感。

另外,作者还通过色彩鲜明的语言,造成强烈的画面感。譬如:

> 上了白漆的街树的腿,电杆木的腿,一切静物的腿……revue 似地,把擦满了粉的大腿交叉地伸出来的姑娘们……白漆腿的行列。沿着那条静悄的大路,从住宅区的窗里,都会的眼珠子似地,透过了窗纱,偷溜了出来淡红的、紫的、绿的,处女的眼光。

这是从行进中的汽车里观察的结果,给我们带来了新奇的感受。作者不是客观地描写对象,而是把某种主观的感觉投射到对象中去,使其生命化、个性化。

在奢侈、放纵和醉生梦死的情景中,穆时英总是有挥之不去的忧伤和凄凉,使得他的作品具有复调的意味,一方面是在极尽豪奢纵欲之能事,将大上海的畸形消费、忘情挥霍和富人天堂的生活场景渲染得酣畅淋漓,与此同时,他又经常保留着一只旁观和批判的冷眼,比如在舞厅中落寞独坐的那位独身者,和在街头徘徊、旁观、邂逅到拉客的暗娼的作家,不但将作品中的叙事视角从第三人称的客观叙事转换为作品中的人物的主观叙事,增加了亲见亲历的直接感受,更重要的是,它为作品提供了冷峻的思考和批判的视角,不会让读者迷失在淫靡香艳之中。总体上来说,这部作品对 20 世纪 30 年代上海滩十里洋场那种腐败污浊的市风,对那种纸醉金迷、熙攘喧嚣、畸形发展的都市生活进行了深刻的揭露和批判。

《夜总会里的五个人》采用了共时态平行叙事和交叉叙事的方式,描写了五个失意和绝望的人苦中作乐的情态。同在"1932 年 4 月 6 日星期六下午":在校园里的大学生郑萍失恋了;在交易所炒黄金的金子大王胡均益破产了;拥有令人羡慕的职业的市政府一等书记缪宗旦被告知失业了;苦苦思索的怀疑主义者季洁面对着各种文本的《哈姆莱特》彻底幻灭了;曾经艳绝一时的交

第二章　革命文学时期小说创作的主题研究

际花黄黛茜,这一天年满28岁,感叹韶华易逝,对未来充满焦虑了。这五个失意的人都在当晚来到了夜总会,他们都具有明显的"都市病",他们的感觉中浸淫着败落破产的痛苦和无法排遣的颓败情绪,他们在周末的晚上走进夜总会,企图在疯狂的音乐中寻求刺激,麻醉灵魂,发泄痛苦。胡均益在走出舞厅后开枪自杀身亡,其余四人在数天后再次凑集在他的葬礼上,每个人都在感叹着自己的辛酸和末路。在作品中,最为悲惨的还不是这五个被生活挤出来的人,而是被生活压扁了的舞厅乐手约翰生,他的妻子临产,老板却不许他回家,还得在舞厅照应客人,就在舞会进行中,他的孩子和妻子因难产相继去世——这为地狱天堂的对比,增添了更加狞厉的色调。小说正是通过描写这些人物孤独而失落的心,来反射都市人生的"心理荒原"。

作者通过色彩、声音的描写和渲染,表现出夜总会里垂死的欢乐,而这家夜总会坐落在一条布满了从欧洲移植来的各种店铺的大街,在霓虹灯的变幻下,呈现了典型的新感觉派特点的描写:

"《大晚夜报》"卖报的小孩张着蓝嘴,嘴里有蓝的牙齿和蓝的舌尖。他对面那只蓝霓虹灯的高跟鞋尖正冲着他的嘴。

"《大晚夜报》"忽然他又有了红嘴,从嘴里伸出红舌尖来,面对的那只大酒瓶里倒出葡萄酒来了。

红的街,绿的街,蓝的街,紫的街,……强烈的色调化装着的读书啊!霓虹灯跳跃着——五色的光湖,变化着的光湖,没有色的光湖——泛滥着光湖的天空,天空中失去了酒,有了烟,有了高跟鞋,也有了钟……

作品中快的节奏使人强烈地感受到急风暴雨、电闪雷鸣,瞬息万变的气概。这里的一切都在作者的心理印象之中,是断续的组合,是由形体、声音、光线、色彩诸多因素构成的动态的、闪现的、散乱的景、物、人的奇异图景。

与诸多拒绝当年大上海的作家相比,穆时英对上海的审视和表现,却既有认同和投入,又有感伤和失落,既有批判和鞭笞,又有赞赏和玩味,乃至在理性上对上海的纸醉金迷、声色犬马表示厌弃,但在情感和笔触上却又不知不觉地沉溺其中。因此,如同许多评论者所言,自从穆时英以来,现代中国的都市风情,才有了它的出色的书写者。穆时英从都市的声光色影、歌厅舞榭中,捕捉到了正在崛起的东方大都市的瞬间印象,从消费者的角度炫耀了上海特有的那种邪僻中又具有惊人魅力的"恶之花"的美。近些年来,在重新审视中国现当代文学与中国的现代性都市化进程中,穆时英的创作更引起新的关注。

第六节　左翼小说的创作——对革命思想的展现

左翼小说是在大革命失败后至抗日战争爆发前夕适应无产阶级领导的历史需要而发展起来的一种新兴小说,左翼小说不仅在当时推动了中国文学现代化的历史进程,而且深刻影响了其后20世纪中国文学现代化追求历史和文学的整体面貌。蒋光慈、丁玲、柔石、沙汀、张天翼、叶紫和艾芜等都是左翼小说的代表作家。

一、蒋光慈的小说创作

蒋光慈(1901—1931),又名光赤,自号"侠僧",安徽霍邱县(现属于金寨县)人,早年参加过学生运动,后在上海参加社会主义青年团。1921年留学苏联,专攻政治经济学,1924年秋归国后至上海大学社会学系任教,倡导文学革命,并与沈泽民等组织"春雷文学社"。1928年编辑《太阳月刊》,并与钱杏邨、孟超等组织太阳社。之后,曾主编过《时代文艺》《海风周报》《新流月报》《拓荒者》等。1930年被选为"左联"常务委员会候补委员。1931年8月,蒋光慈病逝于上海。

蒋光慈早期的小说创作几乎都是与自身的生活同步的。1925年"五卅"运动后,即写出第一部中篇小说《少年漂泊者》。《少年漂泊者》描写贫苦的农民青年汪中,双亲被地主害死,他只身漂流在外,做过书僮、茶役、店员、乞丐,参加过"二七"大罢工,蹲过监狱,最后投奔革命。通过这些经历,一定程度上反映了辛亥革命后至北伐战争前的中国社会动态,是蒋光慈小说中现实成分较强的一篇:作品是书信体的,借汪中之口说:"一个人当万感丛集的时候,总想找一个人诉一诉衷曲,诉了之后才觉舒服些。"这为求"舒服"的情感宣泄,使作品染上浓重的主观色彩。书中插入男女恋爱故事,以及汪中失去双亲后进行疯狂报复的幻觉,都带着初期左翼小说的共性。《少年漂泊者》的问世,在读者中引起很大反响。小说的主人公汪中这一人物形象,曾经激励过一些青年走向革命道路。

1927年4月,上海工人武装起义后,蒋光慈就完成了自己早期更具代表性的中篇小说《短裤党》,小说描写了起义的领导者杨直夫、史兆炎和忠诚的工人党员李金贵等,这是最早塑造的共产党人形象。这部小说还描写了李金贵的妻子——共产党员女工邢翠英,当李金贵牺牲后,邢翠英产生了变态的疯狂心理,她背着组织只身怀刀冲入警署杀人为丈夫复仇,结果牺牲了

第二章 革命文学时期小说创作的主题研究

自己的生命。作者赞扬这种冒险主义的情绪和行动。这也是初期左翼文艺创作中有代表性的现象,在大革命失败之后,一些年轻的左翼作家从革命高潮时的精神昂奋,一下子跌落到茫然的惶惑、迷惘中,感到了理想失落的痛楚,被一种幻灭感笼罩着。于是无论诗歌、小说、散文中都有一些作品表现了这种幻灭感。又由于小资产阶级的急躁、冒进情绪,另一些作家怀着强烈的义愤,恨不得一个早上就把敌对势力消灭掉。于是,《短裤党》中邢翠英式的个人复仇行动,在更多小说中出现。《短裤党》是现代文学史上第一部大规模、正面表现中国共产党领导的革命斗争的作品,在革命文学的历史上具有重要意义。

1930年,蒋光慈创作了《冲出云围的月亮》,开始有意识地纠正自己创作上的消沉倾向,迅速反映了青年知识分子的分化,企图指出他们应走的道路。小说叙述了女学生王曼英向往革命,当了一名女兵,大革命失败后,颓废自弃,开始堕落放纵,后来被对革命充满坚定信念的李尚志用爱情唤起重新生活的勇气。爱情的拯救和重生,与革命纠缠在一起,革命拯救了爱情,最终也替换了爱情。该小说中的王曼英作为大革命失败后的"时代女性"形象,显示了作者对于光明前路的艰苦探索。由于强调对重大历史事件做及时反映,蒋光慈的作品就具有了强烈的宣传鼓动性,并特具一种历史沸腾时期昂扬的激情与艺术追求力,但也缺乏对生活从容的观察思索与充分的形象化。

蒋光慈的最后一部作品《田野的风》(原名《咆哮了的土地》)是首次以长篇小说的形式热情地表现农民的觉醒,再现农民运动风云变幻的作品,标志着作者小说创作在思想和艺术上已趋于成熟。小说放弃了对知识分子革命者的颓废情绪和浪漫行为的描写,较为专心致志地去写工农的革命斗争,描写农民形象,如刘二麻子、李木匠等带有农村流浪汉特征的农民。但未能彻底地摆脱"革命的罗曼蒂克"。这部小说的成功在于对张进德及革命知识分子李杰这两大人物的刻画上。对张进德的描写主要体现在他回到家乡,发动群众,与当地的土豪劣绅做斗争,又能够对当地农村长期存在的文化心理与风俗习惯进行冷静的思考。当农民武装被包围时,他能够率领大家奔向金刚山,表现出他果断的性格。但是他的性格缺乏发展,对内心世界的刻画比较少。相比之下,对李杰的描写就比较深刻,既对他的性格特征进行了描写,又论述了其性格的发展。李杰因为恋上农民姑娘而遭到家里人反对,离家出走后参加革命,他具有较高的理论修养,看到对农村的改造不是出在"将作恶的父亲杀死"这一问题上,而是在于提升"农民觉悟"。作者将这样的任务置入时代的大潮下,深入地剖析其思想内部所存在的血亲观念、家庭伦理等问题,在斗争中揭示出他的复杂情感。

《咆哮了的土地》艺术上有很大突破,细节描画精致,使小说的生活现实感大大增强,长篇结构也独具匠心。对于蒋光慈来说,这是突破了早期"革命浪漫蒂克"的套路,转到"革命现实主义"的一次努力。小说实际上也反映了当时农村革命根据地的建立,并预示着革命风暴之后的胜利前景。这种对于新事物的及时反映与热烈讴歌,展示了蒋光慈文学创作时代性与思想性方面的鲜明特征。

二、丁玲的小说创作

丁玲(1904—1986),原名蒋冰之,出身于没落的封建世家。她的母亲是具有民主革命思想的女性。少年时代的丁玲跟随母亲认识了一些著名的女革命家,这对她有深刻的影响。18 岁后曾就读于共产党人办的平民女子学校和上海大学。这些经历使她很早就萌生革命的思想,强烈追求个性解放,特别同情妇女的命运。1924 年,因好友王剑虹与瞿秋白结婚后不久病逝,丁玲受到情感创伤,离开上海到北京,在这座古都结识了青年诗人胡也频,二人由于志趣相同,很快确定了恋爱关系,1925 年秋,他们在北京结婚。在胡也频的诗歌里,曾有多首写到他们甜蜜而浪漫的爱情,但生活的贫困漂泊和前行无路的思想境况,也时时在其间投下阴翳。

1927 年 12 月,丁玲发表了她的处女作《梦珂》。1928 年 1 月,丁玲发表了《莎菲女士的日记》,这是她的成名之作。这篇小说的发表,"震惊了一代的文艺界",并使丁玲成为现代文学史上冰心之后最负盛名的女作家。而《莎菲女士的日记》也成为郁达夫的《沉沦》之后,又一篇长时期毁誉并交之作。

1929 年初,丁玲与胡也频、沈从文合办"红黑书店"。1930 年 5 月,加入中国左翼作家联盟。1931 年 2 月胡也频遇难后,丁玲出任左联机关刊物《北斗》的主编、左联党团书记,更为激进地投身到左翼文学运动之中。1933 年 5 月,丁玲被国民党特务绑架,囚禁在南京。1936 年 9 月,丁玲在中共地下党的帮助下,逃离南京。1942 年参加延安文艺座谈会以后,丁玲写作的报告文学《田保霖》等作品,得到了毛泽东的称赞。抗战胜利后,丁玲从陕北转往华北,在晋察冀边区参加了土改运动,并以此为题材创作了长篇小说《太阳照在桑干河上》,1986 年 3 月 4 日,丁玲逝世。

《梦珂》是丁玲的处女作,作品所讲述的,已经不是传统守旧家长与渴望新生活的青年的"父子冲突",而是年轻知识女性走出家庭以后的境遇,也不是抽象地提出问题,而是展开描述了梦珂进入现代都市之后仍然彷徨无路的状况,表现了都市资本主义生活对这位年轻女性天真个性的压抑、扭曲和

第二章 革命文学时期小说创作的主题研究

改塑。小说的主人公梦珂是一个败落的封建家庭的女儿,她由于不满足父母为她包办的婚姻,而听从远房姑母的安排,离开了家乡到上海去读书。梦珂长得非常漂亮,即便如此,她也不希望通过自己的外貌来当交际花,而是想凭借自己的努力获得自己所需要的一切。于是,她到处寻找工作,做过模特,也去电影公司考试过,并且抵御住了所有被她的容貌吸引的人的纠缠,梦珂就是希望通过自己的努力去得到更好的生活。当她看到贫弱的女性被欺负时,她会挺身而出为她们打抱不平,一次,一位女模特受到了欺负,她挺身而出,并且还亲自为女模特穿上了衣服,为此她惹恼了红鼻子教员,对于她的帮助,女模特表示了自己的感谢,并且表示了自己的愧疚之情,听到模特这样一说,梦珂坚强地说:"这值什么!你放心,我是不在乎什么的!"从这些事中可以看出梦珂拥有一个知识女性坚强的勇力和正义感。梦珂似乎是作家心中一种人生观念的体现者。五四的浪潮退后的革命时期,到大城市读书是知识女性的理想,同时还意味着女性能真正地参与社会生活事件。在梦珂的一系列救助活动中,作者意识到了女性参与社会事件的时候是被众人围观的,围观女性的人有善意的、怀有敬佩之心的,还有不怀好意的。梦珂是个单纯、幼稚、富有正义感的少女,抱着对艺术和爱情的美好追求,从她身上我们看到了一种盲目反叛社会,反叛生活,反叛男性的情绪,一种偏执的女性优势心理。

《莎菲女士的日记》是丁玲的成名作,小说的主人公莎菲是一个患肺病的敏感的少女,面对善良柔弱的苇弟,莎菲感到既安慰又满足,但她和苇弟只有感情的牵扯而没有两性的激动,一直突破不了彬彬有礼的交往路线,莎菲为此而非常苦恼。直到遇到了凌吉士,莎菲才有了性的激动,她被凌吉士帅气的外表所吸引,对于这个男子,莎菲的心情是非常复杂的,她觉得凌吉士既带给了自己对爱的冲动和欲望,但他又再一次让自己绝望,因为莎菲觉得凌吉士根本不懂爱情,他无法让她的心里充满了满足感。莎菲就这样终日沉溺在爱情的痛苦与饥渴中而无法自拔。由于莎菲患有肺病,所以作品中多次写到了死亡,从某种意义上讲,莎菲的死亡意识是一种对现实的否定和批判,也可以解释为一种采取自我毁灭和自杀的消极死亡。小说结尾,当莎菲最后决心放弃凌吉士的时候,她一边在内心里想着"我胜利了",同时也在鄙夷自己。这样的结局确实是暗淡的,但也可以说,恰恰是从这一角度,预示了"新女性"自我意识距离真正的确立还需要经过相当漫长的路程。

这部小说用日记体小说的形式来展开莎菲的恋爱心理,写她内心的冲突。她既是大胆、开放的,又是在中国土地上生长起来的,在日记中便常有自责,也常懊悔,说一些要拯救自己之类的话。小说又写灵肉的冲突,细腻地写出了她的矛盾心理。她明知凌吉士很庸俗,从心底看不起他,又难以摆脱对他美貌的狂热迷恋,也有忘了自尊与骄傲之时。此外,还写她感到周围有人在关心她,却没有真正了解她的人,写她的深刻的孤独感。这也是塑造莎菲形象的重要一笔。小说没有写莎菲究竟何去何从。莎菲是孤独的,她的感情圈子也很狭窄,对外部更广阔的世界,至少是知之不多。但人们可以料到,一旦她接触到足以使她精神振奋之事,例如革命斗争,她很快就会兴奋起来,毫不犹豫地踏上一条新的道路。但也并非没有投到凌吉士怀抱中的可能。所以,小说客观上提出了一个问题,像莎菲这样个性主义的青年,即使已经把个人的命运握在自己手中了,她能把握好自己的命运吗?莎菲就是出走了的娜拉,她的表现正在回答"娜拉走后怎样"。1928年的莎菲引起文坛的震动,但这也许是中国现代文学史上最后一次"个性解放"的震动。出走了的莎菲不可能永远是莎菲,或进或退她必有抉择。

《莎菲女士的日记》之后,丁玲继续写了一些以不同阶层的女性为主人公的小说。接着,丁玲在题材上又从描写知识分子革命者转到描写工农。1931年,以当年十六省大水灾为背景,写成了《水》。

《水》是丁玲开始努力地表现工农生活的新起点,对当时左翼文学创作也是有影响的。但因为对工农群众的生活和思想感情还较生疏,尚难以塑造出有血肉的工农人物形象。"水"含有象征的意义,既是描写自然灾害的洪水给农民带来的苦难;又是指不堪的政府、地主的趁机打劫,愤怒地奋起反抗的农民,也像洪水一样凶猛,是可覆舟之水。《水》带着新闻纪事性,反映生活比较表面化,而且常常在工农的嘴里加进去一些粗俗的秽语。

三、柔石的小说创作

柔石(1901—1931),原名赵平复,浙江宁海人。1917年秋,他考入台州省立第六中学。1918年夏,考取了官费的浙江省立第一师范学校。1921年10月,参加了晨光文学社。1923年开始文学创作。1924年春,他到慈溪普迪小学任教,教学之余坚持文学创作。1925年元旦,出版了第一部短篇小说集《疯人》。1925年2月,柔石到北京大学当了一名旁听生。1928年到上海从事革命文学运动。1930年3月中国左翼作家联盟成立,柔石曾任执行委员、编辑部主任。同年5月以左联代表资格,参加全国苏维埃区域代表大会。1931年1月在上海被捕,同年2月7日被杀害,是著名的"左联五烈士"之一。

在柔石短暂的一生中,他发表了长篇小说《旧时代之死》,中篇小说《三姊妹》《二月》,短篇小说《人鬼和他底妻底故事》《为奴隶的母亲》等。下面主要对其在革命文学时期创作的《二月》和《为奴隶的母亲》进行简要介绍。

第二章　革命文学时期小说创作的主题研究

《二月》描写了青年知识分子的苦闷、彷徨，主人公萧涧秋是一个小资产阶级知识分子的典型，他没有父母和家庭，应同学陶慕侃之邀到芙蓉镇任教，在这里，他和陶慕侃的妹妹陶岚以及新寡文嫂陷入感情的漩涡。萧涧秋到了芙蓉镇之后，希望过上平静的生活，然而，这个芙蓉镇仍然充满了凄凉与苦难、浅薄和庸俗。怀着人道主义的思想，他希望自己可以帮助新寡文嫂和她的女儿，然而他的帮助却给文嫂带来了各种流言蜚语，这些流言蜚语让文嫂喘不过气来，并且失去了对生活的信心，为了消除这些流言蜚语，萧涧秋提出了要和文嫂结婚，谁知这真的是将文嫂逼到了绝路。陶慕侃的妹妹陶岚一直喜欢萧涧秋，对于陶岚和文嫂，萧涧秋始终以高尚的情操和坦然的态度处之。为了成全萧涧秋和陶岚，文嫂选择自杀来成全他俩。这使萧涧秋跌入了痛苦的深渊。他既无勇气冲破世俗的樊篱，又不甘心沉溺于生活的"浊浪"而随波逐流，最后无奈之下只身离开了芙蓉镇。小说还成功地塑造了一个新时代女性形象——陶岚，她反对封建束缚，要求性格独立，表达了作者对妇女解放的思考。《二月》体现出五四后觉醒的一代知识分子无路可走的精神困境，以及小资产阶级知识分子的性格与社会现实的矛盾冲突。

《为奴隶的母亲》它取材于浙东司空见惯的"典妻"乡俗，就是把妻子像典当物品一样典当出去。这篇小说第一次以被出典的妻子为正面描写对象。柔石抓住了母爱这一特点，成功地描摹出母亲的心理世界，控诉了封建习俗践踏人的尊严、封建社会吃人的本性。小说中的穷苦母亲春宝娘，受生活所迫，被丈夫"典"给了邻村的李秀才三年，去李家充当传宗接代的工具，春宝娘蒙着奇耻大辱哭着离开了当时只有五岁的春宝，当春宝病重的消息传来，她却不能回去看望：

> 她是时常记念着她底春宝的病的，探听着有没有从她底本乡来的朋友，也探听着有没有向她底本乡去的便客，她很想得到一个关于"春宝的身体已复原"的消息，可是消息总没有；她也想借两元钱或买些糖果去，方便的客人又没有，她不时地抱着秋宝在门首过去一些的大路边，眼睛望着来和去的路。

在李家的三年，她生下了秋宝，三年期满后，她又不得不离开还在怀中吃奶的秋宝。结尾写了在她返回原来的家时，她的春宝已经不认得这个娘了：

> "春宝，跟你底娘去睡！"
> 而春宝却靠在灶边哭起来了。他底母亲走近他，一边叫：

"春宝，宝宝！"

可是当她底手去抚摸他底时候，他又躲闪开了。

男子加上说：

"会生疏得那么快，一顿打呢！"

她眼睁睁地睡在一张龌龊的狭板床上，春宝陌生似地睡在她底身边。在她底已经麻木的脑内，仿佛秋宝肥白可爱地在她身边挣动着，她伸出两手想去抱，可是身边是春宝。这时，春宝睡着了，转了一个身，他底母亲紧紧地将他抱住，而孩子却从微弱的鼾声中，脸伏在她底胸膛上，两手抚摸着她底两乳。

沉静而寒冷的死一般的长夜，似无限地拖延着，拖延着……

贫穷和陋俗剥夺了春宝娘做人的尊严，让她两次和自己的孩子分离，罪恶的社会不仅剥夺了她作为人妻的权利，也剥夺了她作为母亲的权利。作者以严谨的现实主义态度，从现实生活中取材，在平凡中开掘出社会和心灵的双重悲剧。把劳动妇女在阶级压迫下所受的精神摧残和心灵折磨写得这样深刻、触目惊心的作品在中国文学史上是少见的。

总体来说，柔石的小说创作具有深厚的人道主义思想，经历了由关注小知识分子的个性解放到探索知识分子的人生道路，再转向表现下层人民所受的阶级压迫这一过程。

四、沙汀的小说创作

沙汀（1904—1992），原名杨朝熙、杨子青，出生于四川安县一个破落的封建家庭。他从小随舅父经常出入四川农村和小市镇之间，对于地方军阀在四川农村的基层统治和豪绅集团的腐败情形非常熟悉。大革命失败后在四川参加过党所领导的革命活动。20世纪30年代初流落上海时与成都省立第一师范的同学艾芜相遇，开始练习写作，并向鲁迅先生请教。1937年抗日战争爆发后即回川。1938年秋与何其芳、卞之琳共赴延安，任鲁迅艺术学院文学系代主任。又随贺龙转赴晋西北和冀中抗日根据地。1941年皖南事变后避居故乡山区。新中国成立后担任全国和四川省文学界的领导工作，后历任中国作家协会副主席等职务，但仍不倦地在撰写自己的回忆录，直到1992年去世。

沙汀的小说以极强的幽默感和浓烈的地方色彩著称。他的成名作《法律外的航线》，剪辑了长江航线上一艘外国商船上的一连串镜头，既写出了帝国主义对中国人民的欺凌，又从侧面展示了两岸农村燎原的革命

第二章　革命文学时期小说创作的主题研究

烈火。这一部小说与《老人》等篇在创作上的主要意图都是反映当时的土地革命运动。

《凶手》《兽道》《在祠堂里》《龚老法团》等优秀的短篇小说的推出,标志着沙汀在创作上走向了成熟。这些作品表现出沙汀是一个最能刻写旧中国农村黑暗生活,有着农民幽默气质的小说家。这些作品散发出泥土的气味,沉闷、闭塞、阴暗,具有时代、阶级烙印的黑色基调。如《凶手》描写哥哥被抓了壮丁,还被人强迫亲手枪毙了当了逃兵的弟弟;《兽道》描写灭绝人性的军阀士兵强奸了一个坐月子的妇女,从而逼得她的婆婆发了疯;《在祠堂里》描写了一位争取自由的弱女子,在五四运动发生十几年后的内地,被活活地钉死在棺材里。《龚老法团》中的龚春官已是年过半百的老监生,作为县级政权和政客的一种附庸,昏庸老朽却走红运,当上了虽只有空名但不干实事又有实惠的农会会长。沙汀的这些作品,注重从表现人物性格出发来谋篇布局,塑造具有独特个性的典型人物形象。他的创作被称为"暴露小说",在左翼文坛别具一格。

总体来说,沙汀是抗战之后最杰出的讽刺小说家之一,是鲁迅之后,赵树理之前,在讽刺中国农村现实方面具有鲜明的民族特色的作家,被评论家杨晦誉为"农民诗人",具有和鲁迅相似的沉郁厚重的讽刺美学风格。

五、张天翼的小说创作

张天翼(1906—1985),学名张元定,字汉弟,号一之,笔名张天净、铁池翰等,祖籍湖南省湘乡县东山乡双泉村,出生于南京。在杭州读完小学和初中,1925年秋到北京,次年考入北京大学。1927年加入中国共产党,1929年正式开始职业写作生涯,1931年加入左联,抗战爆发后,一直在长沙等地从事抗日救亡工作和文艺活动。解放后历任中央文学讲习所副主任、中国文联委员、中国作协书记处书记、《人民文学》主编等职,于1985年逝世。

在革命文学时期,张天翼发表的短篇小说集有《从空虚到充实》《小彼得》《蜜蜂》《反攻》《移行》《团圆》《万仞约》《追》《春风》和《同乡们》,还发表了著名短篇小说《包氏父子》《笑》《脊背与奶子》《华威先生》,长篇小说《鬼土日记》《齿轮》《一年》《洋奇侠》《在城市里》,中篇小说《清明时节》和《奇怪的地方》等。下面我们主要对《包氏父子》《笑》进行简要分析。

《包氏父子》中的老包是一个在大公馆干了三十多年的老门房,他企图摆脱贫困而卑微的奴隶地位,望子成龙,便把"往上爬"的思想寄托在儿子包国维身上,期望他走"学而优则仕"的道路,自己也好当当"老太爷",于是他千方百计地筹钱将儿子送进洋学校。进了洋学校之后,包国维并没有像父亲希望的那样努力读书去改变自己的命运,而是整天混在花花公子郭纯们的行列里去,而且在那里愿意扮演一个"走狗"的角色,在别人面前还不承认老包是自己的父亲。最后,小包因打架斗殴被校方除名,面对这一打击,老包晕了过去,他的希望最终破灭了。这反映了当时普遍存在的攀高结贵的病态心理和小生产者想改换门庭的庸俗思想。老包的悲剧,不妨说是一出宗法制社会文化心理在半封建半殖民地旧中国的世俗悲剧。

《笑》中的九爷仗势欺侮反抗农民的妻子,于令人窒息的气氛中控诉了土豪劣绅的鱼肉乡民,无恶不作,蕴涵着强烈的阶级义愤。张天翼的讽刺经常带一点"油滑",这种"油滑"并不是无聊肤浅,而是因为对讽刺的对象怀着严肃的愤怒而故意采取的一种丑化手段。

总体来说,张天翼的小说于嘲讽中露出锋芒,挞伐中透射沉思,体现了独特的简捷明快、冷峭夸张、幽默泼辣的讽刺风格。

六、叶紫的小说创作

叶紫(1912—1939),原名余昭明,又名余鹤林,湖南益阳人。出生在殷实小官吏之家,其父亲、姐姐都是积极投身革命的共产党员。叶紫曾在长沙华中美术学校、中央军事政治学校武汉分校学习,大革命失败后叶紫的父亲、姐姐牺牲,叶紫开始了颠沛流离的生活,他当过兵,做过小学教员、报刊编辑,1933年6月加入左联,1934年在白色恐怖环境中加入中国共产党。1933年第一次以叶紫为笔名发表短篇小说《丰收》,引起文坛注目。随后又写了一些散文及乡土小说《火》《电网外》《偷莲》《鱼》《山村一夜》《湖上》《星》等,描写的农村苦难生活具有生活的原生态性。1935年在鲁迅支持下,自费出版了短篇小说集《丰收》,收入《奴隶丛书》。1935年患严重肺病。病中写作和出版了中篇小说《星》及短篇小说集《山村一夜》。抗日战争爆发后,因贫病交困离沪返湘。1939年不幸英年早逝。

叶紫的大部分创作都充满着对阶级敌人的强烈仇恨,其中掺和着自己的血泪,从正面表现了农民的苦难、觉醒与对生活的期冀。

叶紫1935年的短篇小说集《丰收》被鲁迅编入"奴隶丛书"并亲自为该书写序,《丰收》所作的序中指出:"作者还是一个青年,但他的经历,却抵得太平天下的顺民的一世的经历,在辗转的生活中,要他'为艺术而艺术'是办不到的。"这篇小说的内容,鲁迅给予了概括:"这就是作者已尽了当前的任务,也是对于压迫者的答复:文学是战斗的!"《丰收》短篇小说集由6个短篇组成,包括《丰收》《火》《电网外》《夜哨线》《杨七公公过年》《向导》。这些作品抨击了黑暗社会现实,表达了对于人民觉醒和斗争的希望。

第二章　革命文学时期小说创作的主题研究

《丰收》是叶紫的代表作,小说描写云普叔一家在死亡线上挣扎,歉收灾害年景老人和孩子饿死,卖房鬻女,勤苦劳作,而在难得的丰收年景,全家人血泪换来的丰收,却被苛捐杂税一抢而光,云普叔一家陷入更加悲惨的境遇。作品有力地鞭挞了以何八爷为代表的地主劣绅对农民的巧取豪夺。小说也同时写出了青年农民立秋的觉醒,给小说增添了一些亮色,也预示了革命风暴的即将来临。

《火》是《丰收》的续篇,小说描写了农民对交租的反抗,像云普叔那样的农民终于站起来了,站起来反抗了,抗租的群众汇合到雪峰山工农红军的革命洪流里去了。小说中,抗租农民的强大和反动统治的垂死挣扎形成了鲜明的对比。

《电网外》中的王伯伯是一个勤劳的农民,当红军离自己的家乡越来越近,而反动派军队打算架设电网对其阻击的时候,很多人都被迫离开了自己的家乡,王伯伯因为不舍得自己的家而选择留下,结果是自己的房子被烧毁,儿媳和孙子被杀害,家破人亡,面对这一惨状,王伯伯并没有退缩,他不甘心就这样被迫害,于是他跳下本来打算上吊的小凳子,"背起一个小小的包袱,离开了他的小茅棚子,放开着大步,朝着有太阳的那边走去了。"

与其他作品相比,叶紫的作品更加具有鲜明的时代特色,他不仅写出了旧中国农村的贫困状况,还写出了农村在斗争中的胜利,也对光明前景进行了描绘;他不仅写了老一代的农民,也对新一代的农民形象进行了塑造,对于老一代的农民,他既写了他们的苦难与保守,同时也写了他们的觉醒与反抗。在他写的人物身上,总是闪烁着强烈、浓郁的革命乐观主义的色彩。

七、艾芜的小说创作

艾芜(1904—1992),原名汤道耕,四川新繁县人。1921年考入成都省立第一师范学校。1925年因不满学校守旧的教育和反抗旧式婚姻而出走,漂泊于中国西南边陲和缅甸、马来亚、新加坡等地,当过家庭教师、小店杂役和报纸编辑。1932年加入"左联",开始发表小说。这一时期主要有短篇小说集《南行记》《南国之夜》《山中牧歌》《夜景》和中篇小说《春天》以及散文集《漂泊杂记》等。抗日战争爆发后,艾芜辗转于汉口、桂林、重庆等地,曾任教于重庆大学中文系,主要作品有短篇小说集《荒地》《黄昏》《秋收》《冬夜》《童年的故事》等,中篇小说《落花时节》《乡愁》《一个女人的悲剧》,长篇小说《故乡》《山野》等。解放后,艾芜先后任重庆市文化局长、中国作家协会理事、全国文联委员等职,著有长篇小说《百炼成钢》,短篇小说集《夜归》《南行记续篇》,散文集《初春时节》等。

短篇小说集《南行记》是艾芜的成名作,共收入八篇小说,它以一个漂泊知识者的视角描写了边疆异域下层人民的生活,刻画出小偷、烟贩子、滑竿夫、强盗、赶马人、流浪汉等各式各样具有特殊命运的流浪者形象,表达出作者对黑暗社会的愤怒和对下层人民的深切同情。在表现他们性格上的特异色彩时,总能挖掘出潜藏在畸形生活和怪戾言行下的灵魂美来,充分展现他们那种在恶劣的环境下强烈的求生存意识和顽强的与命运抗争的精神。

《人生哲学的一课》是《南行记》的第一篇,小说采用第一人称手法,塑造了一个坚强、刚毅的青年流浪者形象。"我"身无分文光着脚板漂泊来到昆明街头,卖草鞋碰了壁,拉黄包车也不成,鞋子又给人偷去了,几乎是走投无路,但无论遇到多少挫折,都洋溢着对未来充满无限向往的乐观主义精神,"至少我得坚持到明天,看见鲜亮的太阳,晴美的秋空"。在与环境搏斗中,始终坚信:"就是这个社会不容我立足的时候,我也要钢铁一般顽强地生存下去!"这种勇敢地向生活挑战的坚定不屈的态度,贯穿于艾芜后来的许多作品中,成为他创作的一个显著特色。

在艾芜早期小说中最具代表性的是《山峡中》,小说描写了一群被不合理的社会抛出正常生活轨道的人们的流浪生活。他们过着流浪、行窃,甚至杀人越货的生活。这种几乎是刀锋上觅生路的艰难处境,迫使他们不得不将身受重伤的同伙小黑牛无情地抛入江中,小黑牛"在那个世界里躲开了张太爷的拳击,掉过身来在这个世界里,却仍然又免不了江流的吞食"。虽说危险的生存环境使他们的心变得冷硬,但仍不乏爱憎分明和对美好生活的憧憬。

小说成功地刻画了外号叫"野猫子"的年轻姑娘形象,她是"山贼"头领魏老头的女儿,她强悍、泼野、狡黠。对于强盗那些扯谎、行窃、耍刀等本事样样精通,她参与策划把小黑牛抛入江中,当"我"意欲离开他们时,她规劝、引诱不成,便以强力相威胁。其实这一切她也是不得已而为之,纯粹出于残酷的社会对他们的本性和心灵的扭曲,"天底下的人谁可怜过我们?!个个全对我们捏着拳头,我们是在刀尖上过日子,要是心肠软一点,还活到今天吗?"因此她"伸起腰杆""抬起头"和这个吃人的社会抗争。但是,在她的"野"性外衣下面,也包藏着感人至深的人性灵光,她常常哼唱着一首民歌小调:"江水啊/慢慢流/流呀流/流到东边大海头/那儿呀,没有忧/那儿呀,没有愁",真实地流露出内心对美好生活的渴望与追求;当"我"在一队官兵面前掩护了"野猫子"后,他们悄然离去时,她趁"我"熟睡时特意在"我"枕边留下三块银元,体现了她重人情、讲义气的传统美德。

总之,艾芜早期小说中的漂泊、浪漫与传奇的特色,不仅开拓了现代小说反映现实的新领域,而且在左翼现实主义文学流派内,发展出一种充满着浪漫主义情调的小说。

第七节 京派小说的创作
——对人性和人生的探寻

"京派"小说是指 20 世纪 30 年代活跃在北平及北方城市的作家群,其主要阵地是天津《大公报》文艺副刊、《骆驼草》《水星》《文学月刊》等。京派的作家大都是北大、清华、燕京大学的师生,学院的文化气氛较浓,重视介绍世界文化,追求道德与艺术的"健康与纯正",对人性和人生进行了深刻探寻。代表作家主要有沈从文、萧乾、废名、萧红等。

一、沈从文的小说创作

沈从文(1902—1988),原名沈岳焕,出生在湖南凤凰的一个军人家庭,曾祖母和祖母是苗族,母亲是土家族,身上流着湘西边地军人和少数民族的血液,这对他后来的人生和创作产生了重要影响。沈从文在湘西的生活经验,还使他从小就形成了对于自然和日常人事的亲近之感,并且从这种带着强烈兴趣的亲近之中,获得了对自己的特殊教育。它是以自然现象和人生现象为一本永远也读不完的大书而进行的不停息的自我教育过程。1922 年受五四运动的影响,他离开湘西只身来到北京求学。这位喝着沅水长大的湘西少年,为叩开文学之门,带着乡下人的纯真与质朴,带着对家乡的挚爱与眷恋来到令人仰慕的北平,住在大学周围那些阴暗潮湿的公寓里,多少次因为拖欠房租被撵而改换住处,衣衫褴褛却如饥似渴地流连在图书馆里汲取文学的滋养,浩瀚的群书激发了他的创作热情,而湘西的旖旎风光,奇异古朴的民俗风情,以及故乡土地上那些令人难忘的小人物,又启迪了他的创作灵感,他终于用手中的笔,对湘西儿女的生命状态作了富有地方色彩的描写,从而形成了自己独特的艺术风格。1923 年,沈从文开始发表作品,1927 年出版第一部短篇小说集《蜜柑》。1928 年到上海,与胡也频、丁玲编辑《红与黑》《红黑》杂志。1932 年,在青岛大学教书时利用暑假写出了《从文自传》。1934 年 10 月,《边城》出版,同一年《湘行散记》中的篇章也陆续发表。抗战全面爆发后,南下途中,沈从文返乡,直到 1938 年启程去西南联合大学中文系任教。这一特殊时期短暂的家乡生活,他创作了散文集《湘西》和小说《长河》。1949 年,沈从文处在人生命运和事业的分水岭,现实的压力一度使他精神崩溃。这之后他转入了文物研究领域,在文学之外又拓开了另一块安身立命之地,发表和出版了以《中国古代服饰研究》为代表的一系列物质文化史的研究成果。1988年病逝于北京。

　　沈从文的小说题材非常宽阔,反映的社会生活也相当丰富。在那些最能代表他田园牧歌情调的作品中,不仅描写了边地人们美好、善良、朴实的人性,而且也表现了作者的理想人生。因此他笔下的人物五彩斑斓,从地主资本家到生活在最底层的船夫、水手、渔民、猎户、木工、石匠;从官僚政客、军阀武夫到娼妓、巫师、土匪、刽子手;从工人、农民、商人到青年学生、大学教授、医生等等,真可谓三教九流无所不有。在诸多的人物描写中,作者泾渭分明,将乡下的现实人生与都市人生两个层面作为小说创作的载体。在赞美湘西山民纯朴善良的品德的同时,又揭露了远离边城的都市人的道德堕落和人性沦丧。《边城》《湘行散记》《长河》《从文自传》《八骏图》《湘西》《萧萧》等都是沈从文的著名作品。下面将对《边城》进行简要分析阐述。

　　《边城》全篇以翠翠的爱情悲剧作为线索,用诗意的笔法表现了湘西的风情美和人性美。小说情节简单,画面纯净,充满诗情画意,而笼罩在全篇之上的是一种无奈的命运感。在作者的笔下,边城的人们都具有美好善良的天性,悲剧的起源似乎是一连串的误解。

　　在作品中,地处湘川黔三省交界的边城茶峒,青山绿水,非常美丽。秀丽的自然风光教化着茶峒白塔下面两个相依为命的摆渡人。老舵公年逾古稀,却精神矍铄。翠翠情窦初开,善良而清纯。他们依着绿水,伴着黄狗,守着渡船,向来往船客展示着边城乡民的古道热肠。小说古朴而又绚丽的风俗画卷中,铺衍了一个美丽而又凄凉的爱情故事。当地的船总顺顺因喜欢结交朋友且慷慨助人声望颇高。他的两个儿子都很出众,老大叫天保,像父亲一样豪放豁达;老二叫傩送,像母亲一样沉静、秀逸超群。在端午节去看龙舟赛时,翠翠与外祖父失散,失散后,翠翠遇到了船总的小儿子傩送,并且得到了傩送的帮助才能顺利地返回渡口。从此翠翠心中便记住了这个帮助过她的少年,并经常会惦记他。而傩送的哥哥天保在见到翠翠之后也爱上了她,并且虔诚地派人说媒。此时,傩送也被王团总看上,他情愿以碾坊为女儿的陪嫁而与之结为亲家。在这样的情况下,傩送不要碾坊要渡船,与哥哥天宝相约唱山歌让翠翠选择。天宝自知唱歌不是弟弟的对手,也为了成全弟弟,遂外出闯滩,不幸遇难,傩送因哥哥的死悲痛不已,他无心留恋儿女之情便驾舟出走了。疼爱着翠翠并为她的未来担忧的外祖父为了孙女的幸福去找船总顺顺,顺顺则以为大儿子的死与老船夫有关,对老船夫很冷淡。老船夫心中郁闷,在一个雷雨交加的晚上,伴随白塔的坍塌而死去了,留下翠翠孤身一人。翠翠不愿离开渡口,她仍然守着渡船,一边接送四方客人,一边等待着傩送的归来。而"这个人也许永远不回来了,也许明天回来!"

　　随着小说中故事的展开,《边城》描述了河街繁华祥和的码头市井,湘西

第二章 革命文学时期小说创作的主题研究

淳朴厚道、善良笃信的世道民风。

  茶峒地方凭水依山筑城,近山的一面,城墙如一条长蛇,缘山爬去。临水一面则在城外河边留出余地设码头,湾泊小小篷船。船下行时运桐油青盐,染色的栲子。上行则运棉花棉纱以及布匹杂货同海味。贯串各个码头有一条河街,人家房子多一半着陆,一半在水,因为余地有限,那些房子莫不设有吊脚楼。河中涨了春水,到水逐渐进街后,河街上人家,便各用长长的梯子,一端搭在屋檐口,一端搭在城墙上,人人皆骂着嚷着,带了包袱、铺盖、米缸,从梯子上进城里去,水退时方又从城门口出城。

河街虽有"一营士兵驻老参将衙门",有地方的"厘金局(税收征稽)",却仿佛并不存在,琳琳琅琅"五百家",各处是一片繁忙的劳作、古朴的店铺、悠闲的生活景致。

  一营兵士驻扎老参将衙门,除了号兵每天上城吹号玩,使人知道这里还驻有军队以外,其余兵士皆仿佛并不存在。冬天的白日里,到城里去,便只见各处人家门前皆晾晒有衣服同青菜。红薯多带藤悬挂在屋檐下。用棕衣作成的口袋,装满了栗子榛子和其他硬壳果,也多悬挂在屋檐下。屋角隅各处有大小鸡叫着玩着。间或有什么男子,占据在自己屋前门限上锯木,或用斧头劈树,把劈好的柴堆到敞坪里去一座一座如宝塔。又或可以见到几个中年妇人,穿了浆洗得极硬的蓝布衣裳,胸前挂有白布扣花围裙,躬着腰在日光下一面说话一面作事。……
  船来时,远远的就从对河滩上看着无数的纤夫……带了细点心洋糖之类,拢岸时却拿进城中来换钱的。大人呢,孵一巢小鸡,养两只猪,托下行船夫打副金耳环,带两丈官青布或一坛好酱油、一个双料的美孚灯罩回来,便占去了大部分作主妇的心了。

这些客观生动的描写,反映了沈从文当年对"河街"生活细腻的观察,对湘西民俗风情的谙熟,直观与遐想的特写抓住精彩的瞬间,给人以鲜活的生活场景。

《边城》中无处不美,山美、水美、人美。少女翠翠是小说的中心人物,是作家理想中的"自然女性"的化身。在青山绿水怀抱中长大的翠翠皮肤黑黑的,一对眸子清如水晶,单纯善良,伶俐乖巧。忠厚善良的老船夫,五十年如一日撑船摆渡,不管白天黑夜,刮风下雨。他从不思索自己职务对于本人的意义,只静静地忠实地在那里活下去。小说中出现的其他人物,如秀拔脱俗的傩送、谦和正直的天保、慷慨好义的船总、热诚质朴的杨马兵,无不保持着先辈们传下的热情朴实的做人的美德。小说中处处洋溢着健康优美、自然真挚的人性美。在作者的笔下,边城俨然是一个安静平和的桃源仙境。一切都是淡淡的,又是那样和谐与静美,是抒情诗也是风情画。

《边城》这部作品的艺术特色主要包括以下几方面。

第一,完美的结构。《边城》共21节,一气呵成;而各节又自成起讫,每一节都是一首圆润的散文诗,体现了作品的写作风格:缓缓的情节发展、细腻的心理刻画、清丽的语言描绘。可以说,该部作品没有扣人心弦的悬念,没有跌宕起伏的情节,篇章布局更像一首长长的散文诗。

第二,质朴的语言。小说中的句子简短,平白如话。小说还使用了许多充满泥土气息的湘西边地日常用语。单纯古朴的语言风格与小说中展示的当地淳厚的民风相适应。

第三,细致的心理描写。作者擅长以一种细致入微、逼真传神的心理刻画揭示人物内心世界。如对情窦初开的少女翠翠心理的生动写照:刚刚萌发的爱情使翠翠内心充满迷乱和孤寂,也羞于对别人说,包括和自己最亲的外祖父。当祖父试探地问她在天保和傩送兄弟两人中更喜欢哪一个时,她立刻娇嗔地把话题岔开,真实地展现了一个初涉爱河的少女的羞涩。

第四,描绘具有诗情画意的湘西边地风景和风俗,为展开故事情节、刻画种种人情美创造氛围。作者像一个画家一样采用静态写生手法绘出了一幅幅美丽的边地茶峒的风景画,清澈见底的溪流、古老的碾坊、水车,河上的方头渡船、攀渡的缆绳,河岸上的白塔、绿意逼人的翠竹、婉转的鸟啼声,无不写得逼真细腻,美不胜收,使人读来如置身湘西边地水光山色之中。

二、萧乾的京派小说创作

萧乾(1910—1999),蒙古族后裔,生于北京。自幼贫苦,做过各种杂役。在北新书局当学徒时开始喜好文艺。1930年后,就读辅仁、燕京大学。1935年大学毕业后,接替沈从文编《大公报·文艺》副刊。1939年后赴欧洲留学,兼《大公报》驻英记者。1944年在欧洲战场采访。1949年参加香港《大公报》起义。新中国成立后从事编辑工作,一直笔耕不辍。1999年去世。

第二章 革命文学时期小说创作的主题研究

萧乾早期的小说,都包含着"城中两个世界"的结构。虽然他没有沈从文、废名那种乡村经历,但他的第一步确实是从"京派"的文化氛围中走出来的。他是凭着一个城市中的"乡下人"的独特身份,从"童年视角"出发,写下了《篱下》《矮檐》等一系列短篇。单以这些中国语汇里人们熟知的"寄人篱下""在人屋檐下,怎敢不低头"所能暗示的意象和主题,就可以理解作者所要抒发的人间炎凉、冷热和不平等的遭遇了。而小说中无一例外的坚忍的"妈妈"形象(寡母或者弃妇),自然包含作者对自己母亲的追忆。萧乾的人物描写功夫也着实深厚,如《印子车的命运》《花子与老黄》《邓山东》诸篇。这些城市下层的引车卖浆者流,一律典型地具有京派小说人物自爱、自重的性格。

萧乾的小说主要有两个方面的内容。一是从"童年视角"出发来表现人生。《篱下》《俘虏》《邮票》等短篇小说,代表了这方面的成就。一个天真无邪的孩子无法理解寄人篱下的痛苦及造成不合理现实的社会根源。可鄙的姨夫、凶恶的厂主给孩童幼小的心灵留下永远无法去掉的烙印。宗教题材的作品也是萧乾创作的一个重要方面,如《昙》《参商》《鹏程》等就表现了作者"反宗教"的态度。一些作品揭露了中外传教者的伪善,也为受辱者鸣不平,从中可见作者的古道热肠。

萧乾虽是后起的京派作家,却表现了京派具有的多样性,在继承传统与创新上均有建树,拥有京派的宽容与大度。

三、废名的小说创作

废名(1901—1967),原名冯文炳,湖北黄梅人。1916年到武昌湖北第一师范学校读书,毕业后任小学教师。1922年考入北京大学预科,两年后进入本科英文系,这一时期开始文学创作,并曾加入语丝社。1929年,受聘于国立北京大学中国文学系任讲师。1930年和冯至等创办《骆驼草》文学周刊,刊物体现了周作人的平淡隐逸的文艺思想,遂成为京派作家的一个阵地。1949年任北大国文系教授。1952年调往长春东北人民大学(现在的吉林大学)中文系任教授。1967年因癌症病逝于长春。

废名作品有《竹林的故事》《桃园》等,这些作品使他成为京派小说的鼻祖,也是诗话小说的开拓者。

《竹林的故事》所描写的意境超凡脱俗,刻意营造了一个理想的世外桃源,渲染了小说人物纯美的心灵。小说的主人公"三姑娘"是自然、青春、娇美、善良、纯朴的人物化身,是一种纯净美的象征。她从河边翠竹掩映的茅草屋中走来,充满着青春的气息,她对幸福的憧憬和淡淡的哀怨,都融化在那一片青翠欲滴的绿竹世界里了,"三姑娘"的性格像竹子一样的挺拔和有气节,"三姑娘"和竹林已经融为一体,升腾为一种纯净美的象征。在这里作者既表达了对劳动的亲近,又把现实的哀伤化作了对理想世界的景慕。

在《桃园》这部作品中,作者将一个充满生机的桃园镶嵌在败落的城墙与衙门之间,建立在废墟与荒草之上,他要给这个世界涂抹一层诗意,他将这诗意抹在死亡的边缘(杀人场),建立在衰败之旁的破败的城墙,建立在沿有诗意的荒草之上。这个梦的世界是作者通过少女阿毛那双"亮晶晶"的眼睛看到的。这个世界不大,却那么深,并抗拒着周围的存在。作者在这凄冷颓败的世界上增补出一个梦中的桃园,王阿毛"替城墙栽了一些牵牛花",每到春天,阿毛的心中便充满了一个"红"字。然而王阿毛在秋季的黄昏里却病了,病使她的桃园萧杀而寂寞,而这美丽的梦就像玻璃做的桃子,十分脆弱,很容易破碎。因此,可以说,桃园象征着一个理想的天地,一个带有变幻的神秘色彩的乐园。桃园作为笼罩在这个冷酷世界上的诗意光环,它与周围现实的冲突,它难以存留,既让人为它的美丽而神往,又为它的衰败而无限感伤。

废名笔下的乡土,虽然不乏泥土的气息,但已把世间人物消融在仙逸的自然事物和幽静超然的心田里了,这种理想化的情致恰恰是废名小说突出的特征,再加上诗化的语言空灵的境界,将废名的小说比作一曲"牧童短笛",一首"唐人绝句",再恰当不过了。

四、萧红的小说创作

萧红(1911—1942),出生于黑龙江呼兰县城一个封建地主家庭。原名张廼莹,曾用笔名悄吟、田娣。乳名荣华,学名秀环,后由外祖父改名为廼莹。远祖张岱,萧红祖父张维祯一代从阿城县福昌号屯迁到呼兰。萧红父亲张廷举,早年毕业于黑龙江省立优级师范学堂,长期担任官吏,具有浓厚的封建统治阶级思想。他对萧红冷漠无情,促使萧红最终走上背叛地主家庭的道路。母亲姜玉兰,生一女三子,萧红是第一个孩子。1919年8月母亲病故。同年12月,父亲张廷举续娶,继母梁亚兰对萧红姐弟感情一般。1925年,"五卅"惨案发生后,呼兰县也掀起反帝爱国热潮,萧红第一次参加学生运动。在萧红上小学期间,由父亲包办把她许配给呼兰县驻军邦统汪廷兰之子汪恩甲。1930年,萧红因反抗包办婚姻,离家出走,不久与萧军认识。1934年与萧军一起到上海,与鲁迅交往密切。1937年9月28日,萧红、萧军与上海的一些文化人撤往武汉。1940年,萧红与萧军已经分手两年,后与端木蕻良同去香港,在贫病交迫中坚持创作,出版中篇小说《马伯

第二章 革命文学时期小说创作的主题研究

乐》，长篇小说《呼兰河传》。1941年12月，萧红在香港医院病逝。

在中国现代文学史上，萧红是个天才的短命女作家。她仅以31岁颠沛流离、短促悲凉的生命，留下了卷帙可观、风格独特的小说、散文、诗歌和戏剧等多种体裁的文学作品，代表作有小说短篇小说《弃儿》《王阿嫂的死》等，中篇小说《生死场》《马伯乐》等，长篇小说《呼兰河传》，散文《天空的点缀》《失眠之夜》《在东京》《火线外二章：窗边、小生命和战士》《饿》《回忆鲁迅先生》《桥》，长篇组诗《砂粒》等。在这里，我们主要对《生死场》进行简要分析。

《生死场》出版于1934年，这部小说以东北沦陷前后的生活为背景，在恣意描写东北人民在帝国主义和封建主义压迫的双重灾难下的"生的坚强"与"死的挣扎"的同时，触目惊心地凸显了女性的生存的命题。全书共有十七节，第一节至第九节描写的是以跛脚的二里半和麻面婆、丧夫再嫁的王婆和赵三以及年轻夫妇金枝和成业这三家为代表的20世纪20年代哈尔滨附近农村中农民悲苦的生活和愚昧闭塞的风气，呈现出了"生死场"的历史图景；第十节至第十七节讲述的是日军的侵略和农民的觉醒、反抗。小说以"麦场""菜圃"铺开了乡村生活的背景。"罪恶的五月节""蚊虫繁忙着"地主的逼租、乡村女人的痛苦等自此埋下了仇恨的种子。人祸刚过，大灾又至，"传染病"使乱坟岗埋了很多村里的人。"年盘转动了"，民国旗换成了青天白日旗，日军像"黑色的舌头"肆虐着村里的每家每户，糟蹋年青的妇女。李青山拿出当年成立"镰刀会"的勇气，号召忍无可忍的乡亲们投奔革命军，发誓不做亡国奴。家破人亡的二里半终于告别山羊，告别温情的最后的守候，毅然地和李青山上城参加革命。

在这部小说中，萧红塑造了众多的女性形象，其中比较具有代表性的是王婆、月英和金枝。王婆后嫁了三个男人，年轻时死了女儿，年老时儿子又因当"红胡子"被官府抓去枪毙了。对生活失去信心的王婆悲愤地自杀了，但却又在下葬时活了过来。月英"生就的一对多情的眼睛，每个人接触她的眼光，好比落到绵绒中那样愉快和温暖。"但自从她患了瘫病，开始承受了另一种人生的悲惨，得到的不是关怀，而是丈夫稍尽义务后，任她自生自灭，想喝口水都没有人管：

"你……你给我一点水吧！我渴死了！"
声音弱得柔惨欲断似的：
"嘴干死了！……把水碗给我呀！"
一个短时间内仍没有回应，于是孱弱哀楚的小响不再作了！
啜泣着，哼着，隔壁像是听到她流泪一般，滴滴点点地。
月英被折磨得不成人形，最后凄惨死去。

> 三天以后，月英的棺材抬着横过荒山而奔着去埋葬，葬在荒山下。死人死了，活人算计着怎样活下去。冬天女人预备着夏日的衣裳，男人们计虑怎样开始明年的耕种。

小说中这故作的轻松淡漠，散发出对女性无声的死亡的无奈，更能让人从内心深处对其感到悲悯与不平。

金枝在被动的情景下被成业俘获，怀了孕，女人们，包括她母亲和她自己，都认为这是一件非常丢人的事。女人们骂她："上河沿去跟男人，没羞的，男人扯开她的裤子？""河沿不是好人去的地方"。母亲无地自容"像是女儿窒息了她的生命似的，好像女儿把她羞辱死了"。金枝自己也羞愧无比，她"过于痛苦了，觉得肚子变成个可怕的怪物"……后来，金枝与成业结了婚，婚后，成业的庸俗、自私和霸道显露无疑。在盛怒之下，他竟将女儿摔死了！十几年后寡妇金枝进城谋生被男主顾强暴。狼狈不堪的她投向尼姑庵，然而，日军的掳掠早已使人去庵空。

> 尼姑庵红砖房子就在山尾那端。她去开门没能开，成群的麻雀在院心啄食，石阶生满绿色的苔藓。她问一个邻妇，邻妇说："尼姑在事变以后，就不见，听说跟造房子的木匠跑走的。"

连最后的庇护所都没有，金枝最终变得无处可去。

除了描写这些女性的生存环境的恶劣之外，萧红还对生育带给女性的痛苦进行了描绘，麻面婆在生孩子时痛楚难忍，禁不住哭闹，大骂丈夫："我算死在你身上！"金枝也未逃脱这种痛苦的经历，"她在炕角苦痛着脸色，她在那里受着刑罚"；五姑姑的姐姐的经历最为可怖，现场描摹的真切和大胆，血淋淋的，由于难产，她被折磨得奄奄一息，"土炕上扬起灰尘。光着身子的女人，和一条鱼似的，爬在那里"。正当她按本地乡村的规矩，光着身子在扬起灰尘的土炕上挣扎时，丈夫不耐烦地举起大盆凉水泼在她的身上……这种对痛苦不堪的"生育的刑罚"的渲染描写，从另一个层面强化了女性生存的悲剧意味。

为了突出小说的主题，萧红在语言的运用方面采用了一种散文化的写法，并运用了多种修辞手段，更加形象地展现出了人物的特点。比如写抱着草进屋的麻面婆像母熊：

> 过了一会儿，她又出来取柴，茅草在手中，一半拖在地面，另一半在围裙下，她是拥着走。头发飘了满脸，那样，麻面婆是一只母熊了！母熊带着草类进洞。

第二章 革命文学时期小说创作的主题研究

总之,《生死场》使我们在聚焦中看到了乡村生活平静下的种种压迫和痛苦,又跟着时间的推移,将小乡村置于时代剧变的大背景下,表现了农民丢掉幻想,面对现实,抵御外侮的抗争精神。由景及物而及人,从生活的表层挖掘东北人民处于水深火热之中的根源,即封建思想,传统恶习,地主盘剥,官吏威逼,汉奸通敌,外族入侵剥夺了人们本应有的幸福的、自然化的生活。

第三章 战争时期小说创作的主题研究

抗日战争爆发之后,大片国土沦陷,全国实际上分为共产党领导的解放区、国民党统治区和日伪统治下的沦陷区三大部分,文学也因此形成了解放区文学、国统区文学和沦陷区文学同时并存的现象,涌现出大批优秀的作家,这些文坛上的精英,一方面,自觉地继承五四以来新文学的革命精神和战斗传统;另一方面,他们又以作家高度的责任感和使命感,在艰苦卓绝的环境中,全身心地投入到民族解放的斗争之中。

第一节 政治领域分割与文学创作

抗战爆发后,中国形成了解放区、国统区、沦陷区三个政治空间。"解放区"是指共产党领导的地区,"国统区"是指国民党领导的地区,"沦陷区"则是指日本帝国主义占领的地区。中国现代文学也在这三个政治空间里继续发展。

一、解放区文学

战争时期,中国共产党领导下的民主政权的建立和人民生活的改善,为文学的发展提供了较为优越的社会条件。再加之自抗日战争开始以来,一批国统区的作家奔赴延安,为边区和敌后抗日民主根据地的文艺运动增添了骨干力量。这些都使得解放区的文学创作不断蓬勃向前发展。对于解放区的文学,可以分为以下三个阶段。

第一个阶段:形成与发展阶段。1937—1942年为形成与发展阶段,1936年中国文艺协会在陕北保安成立,1938年最初在延安发起的街头诗运动,多次掀起高潮并波及到晋察冀边区等各个解放区。各类文艺社团组织、报纸、期刊如雨后春笋出现在各解放区。延安曾出现两次文艺人才聚合的高峰,第一次是1937—1938年,第二次是1939—1941年。文艺人才大汇集是解放区文学思潮发展的基础和保证。解放区文学呈现出新鲜活泼、丰富多彩的大繁荣、大发展势头。

第二个阶段：成熟阶段。1942—1949年为成熟阶段，解放区文学成熟的主要标志是毛泽东文艺思想的完整形成，它既是解放区文学的灵魂又是解放区文学思潮最为显著的成果。1942年毛泽东《在延安文艺座谈会上的讲话》对新文化运动以来解放区文艺的发展作了系统的、科学的总结，澄清了困扰革命文艺发展的几个主要问题，明确了文艺发展的基本问题，为解放区文学的健康发展和以后新的社会主义文艺建设指明了方向。在文艺座谈会召开的同时，文艺界随着延安整风运动开展了以反对宗派主义、反对主观主义、反对党八股为宗旨的整风运动。延安整风后，文艺界的显著变化就是重心由原来的对艺术的追求转移到作家立场、观念的改造和转变上，掀起了长时间的深入农村、深入部队、深入火热的群众生活的热潮。这个时期，一大批中、长篇小说的陆续写作和出版，说明解放区文学取得了丰硕的成果，其中有柯蓝的《抗日英雄洋铁通》、赵树理的《李有才板话》，欧阳山的《高干大》，柳青的《种谷记》，孙犁的《荷花淀》，草明的《原动力》等。特别是丁玲的《太阳照在桑干河上》、周立波的《暴风骤雨》以及贺敬之等人的歌剧《白毛女》曾荣获斯大林文学奖，最早为解放区文学赢得了国际荣誉。

第三个阶段：拓展期。新中国成立初期为拓展期。新中国成立后，解放区文艺工作者大多走上各个文化部门的领导岗位，解放区文艺运动中形成的思想理论和工作经验成为新中国社会主义文艺建设的基本指导思想和精神营养，工农兵文学思潮在新的历史条件下得以强化和发展。

总体来看，解放区的文学创作基调是明朗朴素的，即使在世界文学史上，也显出其特色。

二、国统区文学

国统区的文学运动与文学创作，是在中华民族全民抗战的背景下兴起与发展的，"抗战"这一特殊的背景，不仅直接决定了这一时期国统区文学运动的走向，而且也制约了文学创作的思想内容及相关倾向。对于国统区的文学，可以分为以下三个阶段。

第一个阶段：1937年7月7日至1938年10月时期的文学。1937年抗日战争的爆发，使中国的社会生活和文艺运动发生了很大的变化。战争初期，作家们面对全国人民高涨的抗日情绪，纷纷放弃原定的写作计划，投身到抗日救亡的实际工作中去，创作了一批能够迅速反映现实斗争，为人民大众所喜闻乐见的各种小型抗日作品。这些作品的大量涌现，构成了抗战初期抗日文学创作的特色。

昂扬激愤的英雄主义是这一时期国统区文学创作的基调,文学活动均以救亡的宣传动员为中心。此外,这一时期,国统区文艺界抗日民族统一战线内部围绕着文艺要不要为抗日战争服务,针对战争初期创作上一度出现的公式化现象,引起了"与抗战无关"论的论争。接着,由于张天翼的小说《华威先生》被日本报刊译载,引起了关于文艺作品能否暴露抗战阵营内部黑暗问题的讨论。总体来说,这一时期的文学创作具有以下几个显著的特征。

第一,战前并不发达的报告文学和通讯成了最热门的体裁。新闻性、纪实性作品受到欢迎。

第二,诗歌朝广场艺术方向发展,具有鼓动性、宣传性和战斗性。

第二个阶段:1938年10月后抗战进入相持阶段的文学。这一时期,日本侵略军集中了大部分兵力和几乎全部伪军,对中国共产党领导的敌后抗日根据地进行了残酷的"大扫荡"。抗日根据地军民开展了艰苦的斗争,坚决地进行反"扫荡"、反"蚕食"斗争,敌后战场逐渐成为抗日战争的主要战场。此时双方的财力、物力、后勤保障都极为短缺,凸显了战争的残酷性。初期受速战论鼓动的昂扬激奋的社会心理,已经慢慢平息,人们开始正视战争的残酷性和取得胜利的艰巨性,正视战争的残酷与艰难,正视现实中的黑暗,这一时期的文学创作题材更深入到民族生活的方方面面,深刻地揭露与批判了现实的黑暗势力和解剖民族痼疾,同时在历史中发掘民族美德,寻找民族脊梁以作为现实的借鉴。另外,这一时期的作家也开始面对自己,探询知识分子的历史道路。

第三个阶段:抗战后期到解放战争时期。这一时期的文学再一次与民主运动结合,讽刺成了主调,许多创作都带上喜剧性的批判色彩。

三、沦陷区文学

沦陷区文学是抗战文学的重要组成部分之一。日本侵略者在沦陷区不仅从政治上扶持汪伪傀儡政权,在文学上也扶持豢养一批汉奸文人,大肆鼓吹所谓"大东亚文学"与"和平文学",但这些汉奸文学虽然充斥在各种报刊上,却受到广大读者的冷落与鄙视和抵制。

东北沦陷区文学历时最长,是全国抗战文学的先导。东北沦陷初期,一批进步作家以哈尔滨为活动中心,以长春《大同报·夜哨》、哈尔滨《国际协报·文艺》等副刊为主要阵地,发表创作和翻译作品,揭露殖民地的黑暗,表现人民的苦难生活,讴歌抗争精神。东北沦陷区的"乡土文学"揭示沦陷区

第三章 战争时期小说创作的主题研究

人民真实的生存困境与不屈不挠的民族生存意志,反思民族危难的内在根源,带有浓重的乡思乡愁。

华北沦陷区文学既出现了以周作人为代表的闲适文学,也出现过以梅娘、袁犀为代表的"华北满洲作家群"。华东、华中、华南沦陷区1940年后处于汪伪政权的统治下,其文学中心主要在上海。上海沦陷后,一些未曾撤离的地下进步文艺工作者大都能坚持岗位,以各种方式与敌伪进行斗争。上海沦陷区所产生的作家、作品数量,与其他沦陷区相比,居于首位。具有代表性的如陆蠡的散文《囚绿记》;师陀的长篇小说《结婚》《荒野》,短篇小说《邮差先生》《孟安卿的兄弟》;钱锺书的短篇小说集《人·兽·鬼》;唐瞍的短篇小说《稻草上》《海和它的子女们》;秦瘦鸥的长篇小说《秋海棠》等。同时,青年作家的文学创作成就也引人注目,出现了以张爱玲、苏青为代表的市民文学。张爱玲的小说集《传奇》、苏青的自传体小说《结婚十年》着力于女性与家庭、婚姻题材,以女性的立场与视角对女性的人生进行了探索。

总体来说,沦陷区文学的作家在不自由的环境里艰难地创作:一部分作家在"乡土文学"的旗帜下描写沦陷区人民的真实的生存困境与不屈不挠的民族生存意志而又富于乡土气息的现实主义作品;一部分作家则从战争的自我体验出发,转向对作家(知识者)自我的平凡性,对于软弱的凡人的历史价值,对于人的日常平凡生活的重新肯定与发现。

第二节 解放区的小说创作
——对光明的强烈追求

1942年5月,中共中央在延安整风运动的基础上召开了文艺座谈会,毛泽东在会上发表了《在延安文艺座谈会上的讲话》(以下简称《讲话》)。《讲话》把马克思主义基本原理同中国革命具体实际相结合,运用辩证唯物主义和历史唯物主义的世界观和方法论,阐明了中国共产党对文艺的基本方针,论述了文艺与人民、文艺与政治、文艺与生活、文艺与时代、内容与形式、继承与创新、普及与提高、世界观与文艺创作等一系列重要问题。在《讲话》精神的指引下,解放区文艺工作者深入前线、深入基层、深入生活,开展了轰轰烈烈的工农兵文学运动。他们按共产党人的世界观改造自己,从最广大的人民群众的生活和斗争中发掘创作题材,用中国老百姓所喜闻乐见的风格创作,写出了大量新颖的作品,代表了"新的人民的文艺"的成绩。赵树理、丁玲、孙犁、周立波等都是这一时期的代表作家。

一、赵树理的小说创作

赵树理(1906—1970),原名赵树礼,山西沁水人。出身贫寒。他靠父亲借债读了几年书,但并没有因此摆脱贫困。他从小就参加农业劳动,同时对家乡的地方戏曲等民间文艺样式也非常熟悉。20世纪20年代中期的大革命前后,曾就读于长治山西省立第四师范学校,接受五四新文学运动的影响,思想左倾,迭遭迫害,蹲过一年国民党监狱,其他时间则流离失所,到处漂流,在这其中进一步体会到农民的困苦,产生了代他们说话的强烈愿望。他通晓农业生产与北方农村风俗习惯,爱好并擅长民歌民谣和多种民间艺术,掌握了丰富的民间语言,为后来从事文学创作积累了大量生活经验和民间艺术营养。20世纪30年代初开始发表文学作品。1937年加入中国共产党,在晋东南抗日根据地从事报刊编辑等宣传文化工作,也下乡指导过减租减息、土改运动,赵树理长期致力于文艺的通俗化、大众化工作,写出了许多反映农村社会生活、深受广大群众欢迎的小说。1943年后陆续发表了《小二黑结婚》《李有才板话》《孟祥英翻身》、《李家庄的变迁》《福贵》《邪不压正》等,是解放区最重要的农村题材作家。1949年后继续深入农村生活,笔耕不辍。在五六十年代发表的《登记》、"锻炼锻炼"》《实干家潘永福》《三里湾》和长篇评书《灵泉洞》(上集)等,也曾引起广泛关注。历任中国文联常务委员、中国作协理事、中国曲艺家协会主席等职,曾任《曲艺》《人民文学》编委,中国共产党第八次全国代表大会代表,全国人民代表大会第一、第二、第三届代表。1970年去世。

赵树理是我国真正熟悉农村、热爱人民的杰出作家之一,在中国现代文学史上占有重要地位,并做出了独特的贡献,"他的笔下出现了翻身农民的崭新形象,而且他所塑造的农民形象,从思想、感情、习性、气质,到观察、思考、表达的,都具有地道的农民的特质"[①]。下面主要对他的代表性作品《小二黑结婚》和《李有才板话》进行简要分析。

《小二黑结婚》取材于发生在山西左权县山村的一个真实的爱情悲剧。赵树理把悲剧改为喜剧,描写了新一代农民小二黑与小芹自由恋爱,遭到双方家长二诸葛、三仙姑的反对和村里封建恶势力金旺弟兄的迫害,最终在区政府的支持下,恶势力被惩治,落后人物被教育,有情人终成眷属的故事。作品讴歌了青年农民的自由恋爱和农村中新生力量的成长,揭露了封建恶

---

① 唐弢.中国现代文学史简编[M].北京:人民文学出版社,2001:446.

第三章 战争时期小说创作的主题研究

霸势力,批判了老一代农民封建落后的思想,是一曲新社会、新思想的颂歌。

小二黑和小芹是中国新文学中最早出现的新农民形象。他们是小说中的主人公。他们不仅年轻富有朝气、心灵纯洁健康、性格朴实开朗,更主要的是具有新时代青年的特质。小二黑是村里青抗先队长、民兵英雄,在一次反扫荡中打死过两个敌人,受到边区政府的奖励。小芹是一个活泼大方、端丽秀美的农村姑娘。由于家庭环境和所受教育的影响不同,小二黑表现得较为和善,有时还有些腼腆,而小芹则更为泼辣,而他们反对父母包办婚姻、反抗黑暗势力的斗争性格则又是相通的。他们信任人民政权,敢于为自己的美好生活而斗争,把个人自由、幸福同革命事业联系起来,最终取得了胜利。作者歌颂了青年人的胜利、新政权的胜利,对当时的广大农村青年起到了很大的鼓舞和教育作用。

二诸葛与三仙姑这两个落后人物是作品中写得最为成功的形象了,他们是老一代落后农民的典型。二诸葛是个善良而又胆小怕事的老农民,深受封建迷信和封建旧道德的毒害。三仙姑与二诸葛不同,她对于封建迷信并不如二诸葛那么虔诚,却以鬼神捉弄别人。她深受旧社会包办婚姻之害,因而形成了变态心理与放荡生活。作者对三仙姑的讽刺和批判要多于二诸葛,但最后还是把他们塑造成了旧社会的受害者。二诸葛和三仙姑最终以不同的方式和旧思想旧习俗决裂了。作者通过这两个人物的转变,表现了新社会对封建思想和旧的道德习俗的彻底否定,歌颂了新思想、新道德的胜利。

兴旺兄弟是根据地农村封建残余势力的代表。他们混进新政权后,劣性不改。当图谋侮辱小芹、报复小二黑的恶行暴露后,他们被区政府扣押判刑。小说在当时的背景下提出了坏人混入新政权的问题,显示了赵树理难能可贵的现实批判精神。

《小二黑结婚》在民族化、大众化方面显示出独特新颖的艺术风格,这主要表现在以下几方面。

第一,在结构形式上,小说创造性地吸收了我国古典小说和民间评书的特点,故事有头有尾,前后衔接连贯,过渡自然,把情节发展的来龙去脉交代得清清楚楚。

第二,小说充满了我国民间文艺幽默、乐观的精神,而这种幽默、乐观的精神又是通过新的革命现实内容反映出来,因此具有新的时代特色。

第三,在人物塑造上,运用我国传统小说的白描手法和细节描写,先简要介绍人物,然后通过人物的言行表现人物的性格,不作过多的背景渲染。

第四,作品的语言是经过作者加工提炼的群众语言,平易自然而又准确生动,无论是人物的对话还是一般的叙述描写,都具有口语化的特点。小说以清新活泼、地地道道的农民口语为基础，广泛吸收了民间语汇和修辞手法，形成了通俗、朴素、顺畅、机智和明快的语言风格，富有浓郁的生活气息和地方色彩。

第五，作者善于用小故事刻画人物的性格，如用"米烂了"写三仙姑的变态与作假，通过"不宜栽种"写二诸葛的迷信迂腐。在这些故事的叙述中，包含了善意的嘲讽与幽默。小说较少心理描写，也不注重肖像的描写，而是把人物放到矛盾冲突中去，通过他们的行动来刻画性格，写得简练而流畅。

《李有才板话》是赵树理继《小二黑结婚》之后所写的又一篇成功之作，被誉为"解放区文艺的代表之作"。小说从更为广阔的社会背景上展现了抗日战争最艰苦的时期，根据地农村地主与农民之间尖锐复杂的矛盾和斗争，热情歌颂了解放区农民的斗争精神和他们的胜利。作品着力塑造了李有才的形象，他了解农村的社会、历史状况，有一定的阅历和斗争经验，性格豪爽但又冷静深沉。同时，他还是一个民间艺人，有卓越的艺术才能，在黑暗环境逼迫下，他用快板作特殊武器进行斗争，以幽默风趣的语言表示对地主阶级的不满，表现他的鲜明是非感和强烈爱憎。这种快板由"小字辈"人物传开去，成了揭露敌人的有力武器，使地主阎恒元的阴谋诡计无法得逞。正因为如此，阎恒元才把他看作是眼中钉肉中刺，决心把他撵走。但因为阎恒元无法一手遮天，所以他的阴谋一直没有得逞，"小字辈"仍在斗争。李有才人称"气不死"，是老槐树下的头号"能人"，是农民中的诸葛亮。他集中了老一辈农民身上那种顽强的革命精神与务实态度，强烈的反抗意识和遇事不慌、等待时机复仇的坚韧性格。

小说中的阎恒元是封建势力的代表。抗战前他长期把持村政权；抗战期间，阎家山虽然成了抗日根据地，建立了民主政权，但村政权仍然操纵在他手里。他伪装开明、守法，骗得章工作员的信任，他和他的儿子都当上了村政府的委员。他们骗取了"模范村"的招牌，招摇撞骗，为非作歹，捆人打人、罚钱、押地、瞒上欺下，抵制党的减租减息的政策，把阎家山搞得乌烟瘴气。然而，以李有才和"小字辈"为代表的广大农民群众，在县农会主席老杨的组织领导下，经过曲折复杂的斗争，终于识破了阎恒元的阴谋，清算了他们的罪行，纯洁了民主政权，使阎家山发生了根本的变化。这说明即使在人民已经掌握政权的解放区农村，封建地主势力仍不甘心灭亡，他们想尽一切办法妄图维持他们的统治，解放了的农民不可放松对他们的警惕性。这在当时具有重大的现实意义。

与其他小说相比，这篇小说的一个重要特点就是配合情节发展，加入大量假托李有才"创作"的清新活泼的快板词。比如快板词这样讽刺阎家山被评为模范村：

第三章　战争时期小说创作的主题研究

　　模范不模范,从西往东看:
　　西头吃烙饼,东头喝稀饭。

　　西头是富裕的姓阎的本家,东头是外来开荒与家道败落的杂姓。对阎恒元用假改选的手段连任村长,李有才给编的快板是:

　　村长阎恒元,一手遮住天,
　　自从有村长,一当十几年。
　　年年要投票,嘴说是改选,
　　选来又选去,还是阎恒元。
　　不如弄块板,刻个大名片。
　　每逢该投票,大家按一按,
　　人人省得写,年年不用换,
　　用他百把年,管保用不烂。

　　村农会主席张得贵没有骨气,凡事都听阎恒元的,快板词讽刺他:

　　张得贵,真好汉,
　　跟着恒元舌头转:
　　恒元说个"长",
　　得贵说"不短",
　　恒元说"方",
　　得贵说"不圆";
　　恒元说"砂锅能捣蒜"
　　得贵说"打不烂";
　　恒元说"公鸡能下蛋",
　　得贵说"亲眼见"。
　　要干啥,就能干,
　　只要恒元嘴动弹!

　　这些快板词采用农民能听得懂的语言,表达人物而非叙述者的观点情绪,直接加入叙述过程使其更见声色,强化了作品的泥土气息和民族化风格。
　　总体来说,《李有才板话》故事完整,叙述有头有尾。作者从李有才写起,由他引出了阎家山各种类型的人物,接着叙述了这些人物之间的矛盾和纠葛,推动了故事情节的发展。各节之间衔接紧密,形成波澜,曲折发展,并巧妙地通过李有才这个人物贯穿起来。在表现方法上,赵树理把来自于生活的真实情节和典型性的人物结合在一起,把抒情的描写融化在故事的叙述之中,取得了通俗明朗的艺术效果。他还吸收民间通俗文艺和说唱文学的经验,在故事中穿插"板话"这种简洁有力而活泼有趣的艺术形式,省略了过程的交代,从而使小说更为简洁流畅。

二、丁玲的小说创作

抗日战争初期,丁玲先后创作了《我在霞村的时候》《在医院中》等许多思想深刻的作品。随后,在毛泽东延安文艺座谈会"讲话"精神的鼓舞下,以饱满的热情投身于根据地的革命斗争,用文艺形式积极反映我党我军和人民群众火热的斗争生活。1948年,丁玲写成著名的长篇小说《太阳照在桑干河上》,1952年荣获苏联斯大林文艺奖金,并被译成多种文字,在各国读者中广泛传播。

《我在霞村的时候》描写了一个在日军侵华战争中蒙难的年轻女性贞贞的遭遇。贞贞原本是一个善良而又活泼脱俗的女子,不愿意去做米铺老板的填房,而想与喜欢自己的穷汉子夏大宝结婚,但事情没有如她所愿,无奈之下,她想到天主教堂做修女,但却意外落入了进村劫掠的日军手里,沦为军妓,受尽蹂躏。她曾经痛不欲生,但凭借着"总得找活路,还要活得有意思"的朴素信念生存了下来。为了报复日军,她和抗日队伍取得了联系,并且利用自己特殊的身份为抗日做出了很多贡献。贞贞最后因为染上性病而被送回家乡,回乡之后,她感受到了从未有过的压力,这些压力来自她的亲人和父老乡亲。那些势利守旧的乡亲听说她回乡之后,成群结队地来看"破鞋",尤其是村中的妇女,他们没有表示出对贞贞丝毫的同情,而是笑话着贞贞被那么多人睡过,他们觉得自己非常圣洁,因为自己没有被人强奸。另外,由于贞贞归来后根本无法面对自己的父母和夏大宝,对于父母来说,女儿的生还不如死掉,对于夏大宝来说,他那份虽然痴情在心理上永远无法得到平衡。逃离了敌人魔掌的贞贞,却在自己的乡亲中感受到沉重的精神压迫,几乎难以做人。最后她不得不离开家乡,奔赴延安。作家用一种从容而深沉的笔调,把深藏在心底里那份复杂的女性情感表露了出来,写出了被命运推进重重灾难中的贞贞高尚纯洁的灵魂和倔强不屈的性格。通过人物灵魂的透视,展露了特定环境里人们长期受到封建思想、小市民习气毒害所造成的精神麻木。同时,小说随着作家层层深入地揭示,也引导着读者对沉重历史进行深深的思索。

第三章 战争时期小说创作的主题研究

《在医院中》写一个从大城市来到延安的女青年陆萍,她对根据地医院中的种种冷漠、不讲卫生和不负责任的现象非常不满,院长和指导员都是小农出身的干部,不懂管理,思想保守,满足现状,对工作缺乏责任感;不少医护人员没有受过任何专业训练,不懂护理知识;医院对病人也敷衍塞责,轻率地就给病人截肢;病房的卫生没人打扫,病人的苦痛没人过问。人们感兴趣的,倒是捕风捉影地制造谣言,传播绯闻。陆萍以一个医生的职业道德和责任心不断地向上级提意见,可是不仅毫无效果,反而被视为不能正确对待解放区的个人主义者。在这部作品中,丁玲大胆赞扬了女医生陆萍同小生产者习气的斗争精神,艺术地揭示了小生产者愚昧、保守的思想作风对创造精神的扼杀。第一次提出了反对小生产者思想习气的问题,这从整个文学发展史上看有着不可磨灭的独特贡献。

《太阳照在桑干河上》是丁玲的代表作,也是中国现代文学史上第一部反映土改运动的长篇小说。作品以华北地区桑干河畔农村暖水屯为背景,真实生动地反映了土改运动期间农村尖锐复杂的阶级斗争状况,揭示出了各个阶级不同的精神状态,进而展现了中国农民在共产党领导下所发生的历史性巨变。小说成功地塑造了张裕民、程仁等一系列农民形象。张裕民、程仁并不那么"高大",有的论者甚至认为小说对他们"行动的积极性"表现不够。然而不能否认,其中的正面人物都写得相当真实,使读者感到可信、可亲。从实际生活出发,把人物放在一定的历史条件下和斗争环境中加以分析,既努力发掘他们要求翻身、敢于革命的本质,又注意到千百年来封建生产关系在他们身上产生的影响,这说明丁玲在歌颂他们斗争精神的同时也不掩饰他们存在的弱点、缺点,把他们写成成长中的英雄人物。作品里的人物大多是性格鲜明的,如勇敢坚决、略带一点鲁莽的积极分子刘满,干脆利落的妇联主任董桂花,泼辣能干的羊倌女人周月英等。不同人物之间形成了一种对应关系,比如写黑妮是为了说明钱文贵的阴险,当然也为了表现程仁的思想矛盾;写刘教员是为了反衬任国忠。任国忠、白娘娘的表现则表明了封建统治具有深广的社会基础,说明了土改斗争牵动社会面的深广。作者通过这些人物展示了复杂的社会关系,表现了土改斗争的曲折艰难。

小说无论在思想上还是在艺术上都取得了突出的成就,主要表现在以下几方面。

第一,作者循着生活的脉络,把延续千百年的中国农村封建关系和社会状况生动地表现出来,从而相当深刻地表现了土改斗争的艰巨性和复杂性。这使得它比一般同类题材的作品显得更真实深刻。在这个仅有百来户人家的暖水屯村里,阶级关系虽然基本清楚,但人们的社会现实关系却犬牙交错、错综复杂,这正是以宗法关系为基础的农村社会的基本特征。作品没有把农村错综复杂的社会关系简单化,而是真实地展现了农村复杂的各种社会关系,如,恶霸地主钱文贵,他的家庭关系十分复杂。他的二儿子是八路军战士,大女婿是村治安委员,大哥钱文富和弟弟(黑妮的父亲)都是贫农,堂兄钱文虎是村工会主任,侄女黑妮与长工程仁有恋爱关系,儿媳是富农顾涌的女儿。这一系列矛盾、关系,不仅反映了土改运动面临的极其复杂的情况,而且构成了作品的宏大气势。

第二,与复杂的矛盾关系相一致,作品塑造了众多丰满复杂的人物形象。在反面人物方面,恶霸地主钱文贵是一个贯穿全书的中心人物。他出生于庄户人家,从小爱跑码头,以后和县里、乡上的官僚阶层有了联系,逐渐在暖水屯形成了一种特殊势力。论土地,他不算多,罪行累累却杀人不见血,村里大事小情都由他在暗中操纵着。他虽不是乡长,也不当甲长,可是人人都得恭维他,给他送钱、送东西。他善于隐蔽自己,具有十分灵敏的政治嗅觉和谋略才能。作家没有有意地把他塑造成穷凶极恶、十恶不赦的坏人,而是突出了他的老谋深算、阴险狡猾、手段高明。因为没有刻意丑化,这个人物反倒有血有肉,显得真实。在正面人物方面也写得具有启发性。作品在塑造正面人物时,没有有意拔高,把他们写成"完人"。如暖水屯农民的土改运动带头人——村党支部书记张裕民和农会主任程仁,作品既写出了他们作为土改带头人所具有的勇敢沉着、大公无私的品德和斗争精神,也写出了他们曾一度表现出来的消极、顾虑、犹豫,并进而写出了他们怎样在斗争中克服弱点而成长起来。

第三,全书共58节,近40个人物,写了一个农村土改斗争从酝酿到发动群众,几经曲折终于斗倒地主的过程,波澜起伏,疏密相间,故事线索纷繁,然而主次分明,繁而不乱。这样宏大的结构对反映巨大规模的农村土改斗争及其复杂性十分适合,同时也充分显示了作者高度的艺术概括能力。

纵观丁玲战争时期在解放区的创作,可以归纳出以下几个特征。

第一,在创作题材上,丁玲的小说由相对狭隘和单纯的女性题材进入到阔大的立体的社会生活题材以及具有史诗意味的重大政治题材,而又不忘对女性的关注。

第二,在创作视角上,丁玲的小说由更注重对人物内心世界的探究到更注重展现外界壮阔复杂的现实世界,而又始终不放弃对人物心灵的展示和剖析。

第三,在创作风格上,丁玲的小说由比较单一的柔而乏刚的女性风格,发展到不仅具有女性的柔细,而且兼备男性刚健的刚柔相济的风格。

第四,在创作理想上,丁玲的小说实现了史诗性长篇小说的突破。

第三章 战争时期小说创作的主题研究

三、孙犁的小说创作

孙犁(1913—2002),原名孙树勋,河北省安平县人。在安国、保定上小学、中学期间,开始接触五四时期的文学作品,并深受其影响。1933 年高中毕业后,无力升学,漂泊北平,读书、写稿、在市政机关和小学当职员。1936 年夏,到白洋淀边的安新县同口镇小学教书。1938 年春,孙犁参加了中国共产党领导的抗日宣传活动,从此开始了他的革命和文学生涯。1939—1943 年,孙犁随部队转战于冀西及冀中一带,先后在晋察冀通讯社、晋察冀文联、晋察冀日报社、华北联大等做编辑与教员。1944 年春奉命赴延安,在鲁迅艺术文学院任研究生和教员。1945 年 5 月发表短篇小说《荷花淀》,引起文学界的瞩目。1946 年到《冀中导报》编《平原杂志》,并参加土地改革工作。1949 年 1 月天津解放,孙犁随《冀中导报》进入天津。新中国成立后,孙犁在《天津日报》社当编辑。其间,他创作并发表了长篇小说《风云初记》,中篇小说《铁木前传》。孙犁晚年的创作与心态引起了人们特别的关注。孙犁晚年,既是他创作的又一辉煌期,又是他人生中最苦闷、最忧愤,并产生虚无感、幻灭感的一个时期,充满着种种的心理矛盾。1995 年出版《曲终集》后,他决然封笔,不再写作,不再读书,甚至闭门谢客,断绝了与朋友的书信往来,走向了完全的自我封闭。2002 年 7 月 11 日,孙犁卧病 7 年之后,在天津病逝。

在解放区的短篇小说家中,孙犁以其对审美理想的独特追求和艺术上的独创性为解放区文学开辟了一片新的园地。孙犁在审美理想上主张对日常生活中人性美和人情美的极力张扬,追求极致的和谐、极致的美。在艺术风格上注重现实主义写实手法和浪漫主义诗意抒情的有机融合,达到于朴素中见妩媚,于简约中溢出充实的艺术效果。《芦花荡》《荷花淀》等都是孙犁的代表性作品。

《芦花荡》讲述了抗日战争时期白洋淀一个老头找日本鬼子报仇的故事。战争时期,一个老头子非常自信地带着两个寻找队伍的女孩进入队伍所藏身的苇塘,但由于他的过于自信,其中的一个女孩被日本鬼子的枪射中,受了伤,女孩受伤之后,老头非常自责,于是第二天便去找日本鬼子报仇:

老头子向他们看了一眼,就又低下头去。还是有一篙没一篙地撑着船,剥着莲蓬。船却慢慢地冲着这里来了。

小船离鬼子还有一箭之地,好像老头子才看出洗澡的是鬼子,只一篙,小船溜溜转了一个圆圈,又回去了。鬼子们拍打着水追过去,老头子张皇失措,船却走不动,鬼子紧紧追上了他。

眼前是几根埋在水里的枯木桩子,日久天长,也许人们忘记这是为什么埋的了。这里的水却是镜一样平,蓝天一般清,拉长的水草在水底轻轻地浮动。鬼子们追上来,看着就扒上了船。老头子又是一篙,小船旋风一样绕着鬼子们转,莲蓬的清香,在他们的鼻子尖上扫过。鬼子们像是玩着捉迷藏,乱转着身子,抓上抓下。

一个鬼子尖叫了一声,就蹲到水里去。他被什么东西狠狠咬了一口,是一只锋利的钩子穿透了他的大腿。别的鬼子吃惊地往四下里一散,每个人的腿肚子也就挂上了钩。他们挣扎着,想摆脱那毒蛇一样的钩子。那替女孩子报仇的钩子却全找到腿上来,有的两个,有的三个。鬼子们痛得鬼叫,可是再也不敢动弹了。

老头子把船一撑来到他们的身边,举起篙来砸着鬼子们的脑袋,像敲打顽固的老玉米一样。

他狠狠地敲打,向着苇塘望了一眼。在那里,鲜嫩的芦花,一片展开的紫色的丝绒,正在迎风飘撒。

在那苇塘的边缘,芦花下面,有一个女孩子,她用密密的苇叶遮掩着身子,看着这场英雄的行为。

小说不仅塑造了一个老英雄的形象,还塑造了两位少年英雄的形象,通过这两个形象的塑造,读者可以联想到苇塘里坚持抗战的队伍。从苇塘的歌声可以想见他们不怕艰险,豪迈乐观,斗志昂扬。阅读这篇小说可以感受到,在敌后抗日根据地,男女老少都发动起来了,都在为抗争日本侵略做斗争。

《荷花淀》是孙犁的代表作,是《芦花荡》的姊妹篇。这是一部战争题材的小说,但从小说的整个艺术构思与话语组织来看,又是一篇完全诗意化了的小说。它以战争为背景,写一次激烈的伏击战。但作者有意淡化战争的气氛,甚至把双方激战和对抗的过程也全然省略,三言两语之间如同神话一般便结束了战斗,夺取了胜利。读《荷花淀》时,人们似乎得不到战争体验,感受到的是一派诗意。作品中不仅写了日常生活中的"家务事,儿女情",而且还刻画了在美丽的白洋淀生活着的具有真善美品质的人物形象。比如,水生告诉妻子自己"第一个举手报了名"时,妻子没有热情鼓励,也没有豪言壮语,只是嗔怪地说了一句"你总是很积极的",非常真实细腻,于生活细微处折射出生活的本真之美。水生的女人勇敢、要强、乐观,同时又怀着对丈夫深沉的爱情。可以说,她的身上融合了"传统妇女的美德与新时代解放妇

第三章 战争时期小说创作的主题研究

女的新特征"。

在艺术上,孙犁运用诗化的语言,书写了诸多细节和场面,从中展现人物的人情美和人性美。小说开篇水生嫂"月下编席"的那段描写,景色被渲染得很有诗意:

> 这女人编着席。不久在她的身子下面,就编成了一大片。她像坐在一片洁白的雪地上,也像坐在一片洁白的云彩上。她有时望望淀里,淀里也是一片银白世界。水面笼起一层薄薄透明的雾,风吹过来,带着新鲜的荷叶荷花香。

这段描写很有诗意,消解了战争残酷的背景和场面。小说写荷花淀伏击战时,也有一段景物描写:

> 那一望无边际的密密层层的大荷叶,迎着阳光舒展开,就像铜墙铁壁一样。粉红色荷花箭高高地挺出来,是监视白洋淀的哨兵吧!

这段景物描写,通过奇妙的比喻,使景中有情,很好地抒发了作者对抗日军民的深切之爱。

又如写水生媳妇对丈夫的体察入微:"她望着丈夫的脸,她看出他的脸有些红涨,说话也有些气喘","笑的不像平常",温柔的女人觉察到了水生的反常,经过再三追问,终于知道自己的丈夫第二天就要到大部队上去打鬼子了:

> 很晚丈夫才回来了。这年轻人不过二十五六岁,头戴一顶大草帽,上身穿一件洁白的小褂,黑单裤卷过了膝盖,光着脚。他叫水生,小苇庄的游击组长,党的负责人。今天领着游击组到区上开会去了。女人抬头笑着问:
>
> "今天怎么回来的这么晚?"站起来要去端饭。水生坐在台阶上说:
>
> "吃过饭了,你不要去拿。"
>
> 女人就又坐在席子上。她望着丈夫的脸,她看出他的脸有些红涨,说话也有些气喘。她问:
>
> "他们几个哩?"
>
> 水生说:

"还在区上。爹哩?"

女人说:

"睡了。"

"小华哩?"

"和他爷爷去收了半天虾篓,早就睡了。他们几个为什么还不回来?"

水生笑了一下。女人看出他笑的不像平常。

"怎么了,你?"

水生小声说:

"明天我就到大部队上去了。"

女人的手指震动了一下,像是叫苇眉子划破了手,她把一个手指放在嘴里吮了一下。水生说:

"今天县委召集我们开会。假若敌人再在同口安上据点,那和端村就成了一条线,淀里的斗争形势就变了。会上决定成立一个地区队。我第一个举手报了名的。"

疼爱丈夫的水生嫂一时不知说什么好,她的"手指震动了一下,像是叫苇眉子划破了手,她把一个手指放在嘴里吮了一下"。由于水生媳妇在专注地听水生讲话,又突然听到丈夫要走的消息,所以心里为之一震,一不小心"苇眉子划破了手";然而,她又不想让水生看到自己划破了手,怕他着急,于是就"把一个手指放在嘴里吮了一下"。只是"划破了手"与"吮了一下"这两个不经意的小动作,把一个钟爱自己丈夫的妻子不忍与他分离,又极力克制自己感情的复杂内心准确地表现了出来。

四、周立波的小说创作

周立波(1908—1979),原名周绍仪,出生于湖南益阳。上中学时已开始了文学活动,1931年加入了中国左翼戏剧家联盟,1932年加入了"左联",从事"左联"的党团工作和报刊编辑工作。抗日战争爆发后到晋察冀根据地任战地记者,写了大量的报告文学,结集为《战地日记》和《晋察冀边区印象记》。1946年冬到东北参加土地改革运动,创作了反映土改的长篇小说《暴风骤雨》。新中国成立后,他先是创作了反映新中国成立初期工业建设的长篇小说《铁水奔流》,后创作了反映我国农业合作化运动的长篇小说《山乡巨变》。此外,他还写了大量的短篇小说,结集为《铁门里》《禾场上》《卜春秀》等。1979年9月25日,周立波因病在北京逝世,终年71岁。

第三章 战争时期小说创作的主题研究

周立波在战争时期,最为重要的小说作品便是反映解放区土地改革运动的《暴风骤雨》。小说共分为两部,第一部以赵玉林为主要人物,写的是从1946年党中央"五四指示"下达后到1947年《中国土地法大纲》颁布前,东北地区松花江畔一个叫元茂屯的村子在工作队领导下,斗垮恶霸地主韩老六,打退土匪进攻的故事;第二部以郭全海为主要人物,写的是1947年10月《中国土地法大纲》颁布后土改运动进一步深入的斗争。而整部小说,可以说大规模地、完整地再现了解放区土改运动的进程。

在这部小说中,周立波成功地塑造了赵玉林、郭全海等贫苦农民的形象。赵玉林由于深受日本帝国主义以及恶霸地主韩老六的双重压迫,生活极端贫困,其母亲因饥饿而死,其妻子为生存不得不讨饭;郭全海的父亲因受到韩老六的迫害而死,自己在13岁时则被迫成了韩家的马倌,这使得他对韩老六十分憎恨。他们在工作队进村前,一直过着被压迫、被奴役的生活,而在工作队进村后,他们由于受到启发,在心中熊熊燃起了革命的火种,任何力量也无法将其扑灭。在这里,周立波特别强调了土改运动所具有的群众基础,并强调了进行土改运动的重要性与必要性。当然,周立波在塑造赵玉林、郭全海等贫苦农民的形象时,也对他们的弱点有所涉及,如赵玉林缺乏斗争经验、郭全海的斗争意志不够坚定等。不过,其更侧重表现的是他们积极勇敢、勤劳朴实、大公无私、不怕牺牲的高尚品格。

这部小说就其结构而言较为单一,情节和人物也较为单纯,但其故事突出,线索清楚。具体来说,整部小说围绕着土改斗争的过程这一主线,写了一场场斗争,并让所有的人物都参与到斗争之中,还在斗争中插入了一些能够增加读者兴味的情结或细节,从而对读者产生了极大的吸引力。

总的说来,这部小说描绘出了土地改革这场波澜壮阔的革命斗争的画卷,并把中国农村冲破几千年封建生产关系的束缚发生的翻天覆地的变化展现在读者的面前,进而热情歌颂了中国农民在共产党领导下冲破封建罗网,朝着解放的大道迅跑的革命精神。

第三节 国统区的小说创作
——对黑暗的深刻揭露

抗日战争爆发后,中国现代文学进入了新的发展阶段。国统区在"中华全国文艺界抗战协会"和军委会政治部第三厅等组织机构领导下,"文章下乡、文章入伍",开展形式多样的抗日救亡运动,以不俗的创作成绩有力地配合了抗战,并在冷静观察、分析和解释现实的基础上创作出了一系列揭露国统区黑暗现实的暴露讽喻小说,路翎是这一时期的代表性作家。

路翎(1923—1994),原名徐嗣兴,江苏苏州人。20世纪40年代初在胡风主编的《七月》杂志上发表作品,抗战期间先后出版了中篇小说《饥饿的郭素娥》《蜗牛在荆棘上爬行》,长篇小说《财主底儿女们》,1950年到朝鲜战场体验生活,写了短篇小说《初雪》《在洼地上的战役》,曾引起争论,1955年因胡风"反革命集团案"受到牵连,1979年平反。1994年,路翎因脑溢血猝然而逝。

《财主底儿女们》是路翎最重要的作品,作品以上海"一·二八"战争为背景,描写了苏州巨富蒋捷三一家的破败。小说的独特之处在于选择"财主底儿女们",即出身于剥削阶级家庭的知识分子作为描写的主要对象,并将他们放在民族矛盾极其尖锐的时代环境中加以刻画,既注重对大动荡时代知识分子的心理挖掘,又客观地展示了知识分子寻找正确道路的艰难与痛苦。

全书共分为上下两部,第一部从"一·二八"战争写到"七七"事变前,以苏州大财主蒋捷三一家在内外多种力量冲击下分崩离析的过程为中心,穿插交错地描写蒋家儿女们分别在上海、南京、苏州的活动及他们各自不同的思想面貌。第二部以"七七"事变写到苏德战争爆发,以描写蒋家小儿子蒋纯祖在社会大动荡中经历的曲折生活道路为主,穿插描写蒋家其他儿女在抗战后所过的平庸麻木的生活。

蒋捷三的三个儿子代表了知识分子的三条不同道路。老大蒋蔚祖是父亲的掌上明珠,聪明乖巧,举止温文尔雅,通晓诗琴书画,但性格柔弱畏缩,缺乏男子汉的血性和时代的朝气,他妻子金素痕出身一个破落家庭,秉承了父亲的狡黠与阴毒,她为了财产踏入蒋家高门深院,利用蒋家对长子的器重,不择手段地索取金钱,弄走了蒋家大部分古玩珠宝,因此结交一个年轻的珠宝商人,过着放荡的生活。面对妻子的胡作非为,蒋蔚祖无可奈何,最后气愤得窒息,终于发疯,竟至沦为乞丐,最后跳江自杀,完结了这个豪门阔少的一生。蒋蔚祖的性格悲剧,折射出柔弱型传统知识分子在欲望高涨的现代社会所面临的尴尬乃至绝境。老二蒋少祖从外地回来后,便和金素痕展开了一场关于家庭财产的争夺战,但因蒋家儿女不团结,互相猜忌,面对厉害、阴鸷的女人,束手无策,最后在法庭上败诉。老三蒋纯祖是一个新派人物,是蒋家第一个叛逆者,厌恶旧家庭的铜臭生活,离家到日本求学,回国后又投身民主运动,追求现代文明,追求民主自由,在当时的知识界有一定的影响,但他灵魂深处自私虚伪,对恋人始乱终弃,对妻子又感到厌倦,有突出的妥协性、动摇性,终使他的思想发生了逆转,成了无聊的政客和醉心于封建传统文化的复古派。

第三章 战争时期小说创作的主题研究

在蒋家的三个儿子中,蒋纯祖是蒋家儿女在叛逆道路上走得最远、最执着的一个,他始终在追求探索自己的生活道路,但又一直处在彷徨苦闷、迷茫幻灭之中的青年知识分子,他曾不顾家人的劝阻,毅然奔赴战云密布的上海,投向民族解放的战争的热潮。在他身上既有爱国的小资产阶级知识分子的革命性,又有狂热性、软弱性和动摇性。他的精神世界充满尖锐的矛盾,心境无法得到片刻的安宁。他在爱人民的信仰与爱自己的安慰中剧烈地颠簸,在自诩自足与自怨自责中痛苦地徘徊。作者对这个人物是当作英雄来讴歌赞美的,但最后还是含着眼泪把他送上死亡之路。在中国现代文学史人物画廊之中,蒋纯祖的性格是最为复杂、思想斗争最为激烈的人物之一。

《财主底儿女们》是一首"青春的诗",在这首诗里"激荡着时代的欢乐和痛苦,人民的潜力和追求,青年作家自己的痛哭和高歌!"作家对人物心理的书写细腻而深刻,重在揭示其灵魂的复杂、丰富性以及心灵搏战的过程,流露出无可奈何的忧伤和悲恸,热切追求失落后的失望和沉痛。这些构成了路翎小说沉郁、悲凉、热情、激越的美学风格。

第四节 沦陷区的小说创作
——对人生的深刻思考

所谓的"沦陷区",就是通常所说的被占领区,即日本侵略者一方所谓的"和平地区",亦即抗战的一方所说的"敌伪地区",中国人称之为"沦陷区"。沦陷区在日本侵略者实际控制下,其文学作品一般都要发表在日伪政权控制下的报纸副刊或文学刊物上,文学创作带有自己的鲜明特征。张爱玲和钱锺书是沦陷区重要的小说家,他们的作品中对人生进行了深刻思考。

一、张爱玲的小说创作

张爱玲(1920—1995),原名张瑛,祖籍河北丰润,出生于上海。出身于满清没落的贵族世家。父亲是典型的旧派人物,母亲却深受新文化的影响,新旧文化错位下的父母关系不和,最终离婚,这给张爱玲幼小的心灵留下了阴影,也为她日后的创作提供了某些特殊的背景。1937年"八一三"事变后,张爱玲在母亲的安排下参加大学入学考试,在母亲家住了几天后,她返回了父亲家,在父亲家受到了继母的挑唆被父亲毒打,并且被囚禁了半年左右。1939年9月张爱玲入香港大学文科学习,1941年12月太平洋战争爆发,张爱玲随同学报名当防空员,直接经历了港战的前前后后,这一经历更扩张了她生命感受中的悲观色彩。

1942年,张爱玲返回上海后,两年间在沦陷区上海的《紫罗兰》《万象》《杂志》《天地》《古今》等刊物上发表了大量风格独特的小说和散文作品。1944年2月,她与卸任的汪精卫政府宣传部政务次长胡兰成相识并很快相恋、成婚,由于胡兰成生性风流,这一段感情持续到1947年6月即告决裂。1952年,张爱玲赴港,因谋生为美国驻香港新闻处翻译美国文学作品。1955年11月,张爱玲赴美,次年与美国作家赖雅结婚。在美国,她用英文写作,未获出版商和读者认可,只能依赖各种写作基金、在大学当驻校作家和研究员、为香港电影公司编剧等方式维持生活,辗转流徙,很不安定。1967年10月,赖雅生病多年后去世。1968年,台湾皇冠出版社陆续重新出版张爱玲的作品,此后她的经济状况得到改善。1972年起她定居洛杉矶,开始了二十多年的隐居生活,1995年9月8日于美国孤独离世。

张爱玲小说创作的主题是现代的,旨在写出现代人虚伪中的真实、浮华中的朴素,表现不彻底的平凡人的苍凉人生。题材选择上大多是婚恋、家庭题材,远离政治和重大事件,张爱玲从日常生活中发现人的本质是琐碎和麻烦,找到了自己表达的合适路径。《倾城之恋》《金锁记》等都是张爱玲的代表性作品。

《倾城之恋》是张爱玲的成名作。小说的女主人公白流苏是在上海封建旧式大家庭中难以立身的离过婚的女性。白流苏出嫁以前是大家闺秀,但所嫁非人,最终只能以离婚收场,离婚后回到了娘家居住,在娘家,她感受到了封建大家族中的尔虞我诈和世态炎凉,她发现,自己除了尽快把自己嫁出去之外,无路可走。一次偶然的机会,她结识了华侨富商范柳原,于是便拿自己做赌注,想博取范柳原的爱情,争取一个合法的婚姻地位。范柳原是一个华侨在英国的私生子,回国继承产业受到族人的许多刁难,因此早早看穿了世情,他需要一份惺惺相惜的爱情,却并不愿意落入婚姻的罗网。白流苏却只要一纸婚契,她是离了婚的女人,知道爱情不能长久,而婚姻能提供生存所需的一切,她只是想生存,生存得好一点而已。因缘际会,这两个人进行了一场"风里言、风里语"的恋爱,两个算盘打得精的人,谁也不肯轻易付出真心——在流苏这一方面,更有受到家庭内部压力的难言之痛。香港战争突然爆发,彻底改变了他们的命运。在战争的背景下,他们得到了一种相互的珍惜和理解。

这篇小说很大程度上把张爱玲在港战中感受到的"文明的毁灭"这一思想背景中"惘惘的威胁"呈现了出来。战争经验对许多作家来说都是至关重

第三章 战争时期小说创作的主题研究

要的。就20世纪的许多西方文化人来说,两次世界大战使得他们突然之间对人性与文明失去了信心。在大规模的世界性战争的背景下,港战实在不过是一个小插曲,可是这个小插曲已经证明了文明的部分毁灭。张爱玲在港战中突然体会到生命和文明的脆弱,未来是什么样已经难以把握。一个人如果感到自己是活在一个失去了根基的世界上时,再美好的生活也不过是"苍茫变幻的浮世",所有的乐趣已经再也避不开强颜欢笑的感觉。

《金锁记》发表于1943年11月,小说的主人公曹七巧是麻油店曹老板的女儿,嫁给姜公馆患有骨痨病的二少爷为妻,受尽大家族内的冷眼和轻蔑。虽然与二少爷生了一儿一女,但她在情感上得不到满足,她暗恋姜家的三少爷姜季泽,然而季泽虽然全身遗少的毛病,吃喝嫖赌样样来得,对七巧也不是没有非分之想,但打定主意不惹自己家里人。七巧的感情没有着落,日积月累的压抑只能促使她一天天变态。感情上的不能满足,很大程度上便促使她把欲望转移到财产上。十多年后,她的丈夫、婆婆相继去世后,她得到了一份家产。对曹七巧来说,这份家产是她用自己的青春和十多年的痛苦换来的,因此对这份家产,她表现出超乎常人的在意。姜家老太太去世后,三房分家,姜季泽来向七巧表白多年压抑的感情,这对曹七巧来说是一件非常幸福的事情,因为自己希望的感情终于得到了,但最终理智让她清醒,她细细套问季泽的话,他果然是"筹之已熟"。姜季泽荡尽自己分内的家产,竟然利用七巧对自己的感情,图谋她的产业,这彻底毁灭了七巧对他人的信任,于是暴怒的曹七巧赶走了姜季泽。姜季泽走后,曹七巧突然跌跌绊绊冲上楼:

> 她要在楼上的窗户里再看他一眼,无论如何,她从前爱过他,她的爱给了她无穷的痛苦。单只这一点,就使他值得留恋。多少回了,为了要按捺她自己,她拼得全身的筋骨与牙根都酸楚了。今天完全是她的错,他不是个好人,她又不是不知道,她要他,就得装糊涂,就得容忍他的坏,她为什么要戳穿他?

从此曹七巧坠入了被金钱所控制的无底深渊而不能自拔,也逐渐被毁灭了人性,甚至人性中最宝贵的母性。七巧的儿子长白和女儿长安,是张爱玲笔下典型的受上辈积孽压迫的畸形子女,苍白、脆薄、无性格,如纸糊一样的人物。七巧对儿子的态度,主要偏于占有欲与控制欲,也表现出一定程度上的"恋子心理",儿子长白娶亲后,七巧觉察出了某种威胁:

这些年来她的生命里只有这一个男人,只有他,她不怕他想她的钱——横竖钱都是他的。可是,因为他是她的儿子,他这一个人还抵不了半个……现在,就连这半个人也保留不住——他娶了亲。

她不能看见长白与儿媳芝寿在一起,她觉得芝寿抢走了她的儿子,对芝寿是又羡慕又怨恨,因而总是虐待媳妇。她还经常让长白住在她那里,套问他的床第之事,甚至将儿子和儿媳的床第隐秘公之于众,最后折磨死了儿媳。

而对待女儿长安,她以她的粗俗、泼辣和疯子般的精明,轻轻巧巧就毁灭了女儿的教育、婚姻和爱情。曹七巧和女儿长安之间是没有任何感情的,二人之间存在更多的矛盾甚至是仇恨。当女儿患有痢疾时,作为母亲的曹七巧不但没有细心呵护,反而让女儿抽鸦片。在女儿非常小的时候,她就给女儿缠足,为的是限制她和别人有过多的接触。长安将近三十岁仍然没有出嫁,曹七巧便经常埋怨女儿。姜季泽的女儿可怜长安的遭遇,就给她介绍了一个男朋友童世舫。

姜季泽的女儿长馨过二十岁生日,长安去给她堂房妹子拜寿。那姜季泽虽然穷了,幸喜他交游广阔,手里还算兜得转。长馨背地里向她母亲道:"妈想法子给安姐姐介绍个朋友罢,瞧她怪可怜的。还没提起家里的情形,眼圈儿就红了。"兰仙慌忙摇手道:"罢!罢!这个媒我不敢做!你二妈那脾气是好惹的?"长馨年少好事,哪里理会得?歇了些时,偶然与同学们说起这件事,恰巧那同学有个表叔新从德国留学回来,也是北方人,仔细攀认起来,与姜家还沾着点老亲。那人名唤童世舫,叙起来比长安略大几岁。长馨竟自作主张,安排了一切,由那同学的母亲出面请客。长安这边瞒得家里铁桶相似。

长安和童世舫二人之间虽然没有过多的谈话,但彼此对对方都有好感,很快便订婚了。对于他们的订婚,曹七巧刚开始是欢喜的,因为女儿终于可以出嫁了,这是她一贯的性格特点,但很快,她便开始羡慕女儿的幸福,这种幸福深深地刺痛了这个情感上得不到满足的曹七巧的畸形心理:

长安带了点星光下的乱梦回家来,人变得异常沉默了,时时微笑着。七巧见了,不由得有气,便冷言冷语道:"这些年来,多多怠慢了姑娘,不怪姑娘难得开个笑脸。这下子跳出了姜家的门,趁了

第三章 战争时期小说创作的主题研究

心愿了,再快活些,可也别这么摆在脸上呀——叫人寒心!"依着长安素日的性子,就要回嘴,无如长安近来像换了个人似的,听了也不计较,自顾自努力去戒烟。七巧也奈何她不得。

在长期的情感压抑下,曹七巧没有办法容忍他人幸福,包括自己的女儿、儿子和儿媳。于是,她便开始造谣生事,想毁掉女儿的婚姻和幸福。她最先在长安面前造谣说童世舫有很多老婆,然后又痛斥长安不知廉耻,甚至猜测长安是未婚先孕。她对自己的女儿软硬兼施,无奈之下,长安放弃了和童世舫的婚姻,但二人取消婚约之后还是做了一段时间的朋友,并且相处融洽。但即使是这种关系,曹七巧仍然无法容忍,于是她背着女儿让儿子邀请童世舫来家中做客,轻描淡写两三句话就打死了童世舫的心:

世舫挪开椅子站起来,鞠了一躬。七巧将手搭在一个佣妇的胳膊上,款款走了进来,客套了几句,坐下来便敬酒让菜。长白道:"妹妹呢?来了客,也不帮着张罗张罗。"七巧道:"她再抽两筒就下来了。"世舫吃了一惊,睁眼望着她。七巧忙解释道:"这孩子就苦在先天不足,下地就得给她喷烟。后来也是为了病,抽上了这东西。小姐家,够多不方便哪!也不是没戒过,身子又娇,又是由着性儿惯了的,说丢,哪儿就丢得掉呀?戒戒抽抽,这也有十年了。"世舫不由得变了色。七巧有一个疯子的审慎与机智。她知道,一不留心,人们就会用嘲笑的,不信任的眼光截断了她的话锋,她已经习惯了那种痛苦。她怕话说多了要被人看穿了。因此及早止住了自己,忙着添酒布菜。隔了些时,再提起长安的时候,她还是轻描淡写的把那几句话重复了一遍。

"她再抽两筒就下来了",一句话就将童世舫打入了地狱。童世舫心灰意冷,起身告辞,带走了长安的"最初也是最后的爱"。

《金锁记》突出地表现了张爱玲对败落的旧式家族、衰微的旧文化以及这晦暗背景下旧式人物病态心理的犀利洞察和融古典、现代为一体的高超的艺术表现技巧。小说展示的主人公曹七巧性格变态的过程以及所体现的心理深度——从一个性格有点刚强的普通女人,到戴着情欲和黄金的枷锁一步一步心理变态,最后对下一代疯狂地进行折磨和报复,会使人情不自禁产生毛骨悚然的感觉。七巧的故事,粗看起来是市井女子嫁入豪门后心理变态的故事,但与一般此类小说不同,张爱玲处处注意七巧一步步变态背后的心理逻辑,这样,这个故事就不是一个外在于读者的感伤或猎奇的故事,而是有某种对人的深层心理的洞察性发现,在激起读者的恐怖感的同时,留给我们一种苍凉的启示。

总体来说,张爱玲潜心勾勒人性,直视人生,将一对对怨偶、一个个家庭怪胎,镶嵌在苍凉、复杂、险恶、不可理喻的社会背景之中,无意描绘惊心动魄的矛盾冲突和时代的历史画卷,也无大喜大悲的事件和情节,有的只是日常生活的琐碎以及琐碎之中流露出的人性。她以女性的视角、女性的审美经验,去审视人生,并在直抒胸臆、大胆暴露之中将笔触探向女性最为幽密的内心世界,找到了被历史所遮蔽的那一部分女性的记忆和表达方式,显示了女性写作咄咄逼人的锐气和锋芒,而慈母爱女的淡出,仍不失为一种机智的女性文化策略,不失为一种超前的女性写作。

二、钱锺书的小说创作

钱锺书(1910—1998),字默存,出身于江苏无锡一个书香门第。父亲钱基博是江南才子,国学大师。家学的滋养,父亲的管教,给钱锺书以潜移默化的影响。1929年,钱锺书以国文和英文两科特别优异的成绩,被清华大学破格录取。在清华大学,他博览群书,手不释卷。1933年,刚从清华大学毕业,即被上海光华大学外文系聘为讲师。1935年,以遥遥领先的成绩考取了英国庚子赔款奖学金,赴英国牛津大学留学。其夫人杨绛一同前往,自费留学。钱锺书获得副博士学位后,又与杨绛一同转入法国巴黎大学高级研修班。1938年回国后,钱锺书被清华大学聘为教授。此时,因华北沦陷,北京大学、清华大学、南开大学等高校被迫南迁,在云南昆明成立了西南联合大学(简称西南联大)。钱锺书开设了"欧洲文艺复兴""当代文学""大一英语"三门课程。1939年,钱锺书辞去西南联大的教职,回上海探亲养病。这时,任国立湖南蓝田师范学院中文系主任的父亲来信来电,称病要钱锺书来湖南照料。于是公私兼顾,钱锺书奔赴偏远的湘西,任蓝田师范外文系主任。1941年,钱锺书回到上海,完成了学术著作《谈艺录》初稿,出版了第一部作品集《写在人生边上》。1946年,钱锺书的短篇小说集《人·兽·鬼》由开明书店出版。1947年,钱锺书出版了长篇小说《围城》,一时"洛阳纸贵"。1949年,钱锺书谢绝了英国、香港、台湾等地大学的高薪聘请,举家北迁,重返他的母校清华大学任教。后被调到中国社会科学院文学研究所长期担任研究员。1958年,由钱锺书选注的《宋诗选注》出版。20世纪六七十年代,钱锺书在艰难动荡之中,完成了《管锥编》这部四卷本的皇皇巨著。1998年12月19日,钱锺书因病在北京逝世。

《围城》是一部描写知识分子的小说,被誉为"新《儒林外史》"。小说描

第三章 战争时期小说创作的主题研究

写了抗战期间中国城乡的种种世相,既有对城乡丑恶状态的揭示,又有对教育界腐败的讽刺。1944年动笔,两年后写成。"围城"出自法国成语"被围困的城堡",指在婚姻问题上,"城外的人想冲进来,城里的人想逃出来"。"围城"在小说中具有象征意味,小说表现了主人公方鸿渐在爱情、事业、家庭的三座"围城"面前的人生窘境。

方鸿渐是一个从中国走向世界,又从世界走回中国的知识分子,这一出一进,空间的位移带来的是思想情感立场的转变,有了中西文化汇合的游学经历,使其对待人和事的时候有了更为复杂的行为态势和价值判断。然而,一次次的"走",其结果只是没有出路的"围城"人生。小说写了方鸿渐先后和四个女人发生过的恋爱或婚姻关系。和妖冶风流的鲍小姐鬼混,结果受骗而终;和谙于情场斗法的留法文学博士苏文纨"恋爱",却搞得身败名裂,最终爱上了苏小姐的表妹唐晓芙,但苏文纨从中挑拨,和表妹说了方鸿渐的所有事情,唐晓芙知道后,与方鸿渐分手。分手后,方鸿渐与赵辛楣等人接受内地三闾大学的邀请去当教授,同行者有助教孙柔嘉小姐等。到了应聘学校后,方鸿渐却成为派系斗争漩涡中的牺牲品,落得个郁郁寡欢的境地,并由此与孙柔嘉的孤独思乡之情相投合,同病相怜中,二人开始恋爱结婚,走入"围城"。结婚之后各种矛盾逐渐增多:方家的酸腐、孙家的势利、方家妯娌的无事生非、孙家姑妈及女佣的挑拨,使原本矛盾重重的方鸿渐与孙柔嘉的婚姻变得更加难以维持,最后两人终于分手。失掉家庭继而失业的方鸿渐身心疲惫地独自面对未知的明天,造成了悲剧性的结局。

小说成功塑造了方鸿渐这一人物形象。方鸿渐性格的主要特征是虚浮、软弱、动摇、无能、追求享受。封建家庭教育和资产阶级教育,使他变成了一个不谙世事的纨绔子弟。对待恋爱婚姻,他优柔寡断:回国船上,因经不起性感妩媚的鲍小姐的诱惑而与其同居;他本来不喜欢苏文纨,但又不忍心拒绝她的亲近;他深爱着唐晓芙,最后又无可奈何地分手;他对孙柔嘉本无好感,却招架不住她的追求与其结婚。但方鸿渐也并非一无是处:他善良、机智、诚实,有正义感和民族气节。他为了表达对现实的愤慨,辞去了报馆的工作。总之,在方鸿渐身上优点和缺点得到了和谐统一:既爱好虚荣又诚实质朴,既自卑自贱又自尊自信,既不谙世事又机智聪明。他既不是英雄也不是坏人,他是20世纪40年代中国病态社会中的一个畸形知识分子。方鸿渐是一个在中国文学史上罕见的充满矛盾的典型形象。

《围城》的主题思想意蕴是丰富深刻的、艺术成就是突出的,这主要表现在以下几方面。

第一,作者以毫不逊色于《儒林外史》的笔法,对当时的政治现实和教育制度给予了辛辣的讽刺和无情的嘲弄,同时又通过一群中上层知识分子精神病态的揭示,实现了对传统文化的深刻反省和批判。

第二,作者以高超的心理描写,显示出了人们在面对生命中种种不可避免的选择时的精神困惑,剖析了人性的根本,展示了人生的真谛。作为全书的中心意象的"围城",其实就是一个"城外的人想冲进去,城里的人想逃出来"的"城堡",它象征着一个充满期待与懊悔、寻找与失落的人生连环结。

第三,作品中讽刺运用明显,因此,《围城》被称为是一部"中国现代杰出的讽刺小说"。作者凭借他渊博的知识和卓越的联想能力,对中外风俗、典故、名人逸事等运用自如,在谈天说地中,掺入讽喻的意趣,在热辣的喜剧高潮之中仍能酿成足够的悲凉气氛。

第四,《围城》的语言简洁、新奇,同时又含义精确。作者往往在娓娓叙述中巧妙设譬,把讽刺锋芒直指社会时弊,贴切隽永,耐人寻味。如通过主人公之口,把女人与"政治家"相提并论,结论是"女人不必学政治,而现在的政治家要成功,都得学女人",尖锐地抨击了国民党达官显宦的腐败。这种精譬妙喻与寓意深刻的格言警句,在作品中随处可见。

第五,作者善于采用精微曲折的细节描写。如方鸿渐一行住的"东亚大旅社",卫生之差、蚤虱之多,令人难以相信;另一旅店出卖生蛆的风肉,客人向伙计指出,伙计立刻将蛆抿抹在风肉上,还说这不是蛆是"肉芽"。这些细节描写表面上看写的是人们日常生活,实际上渗透着作者对国统区腐败、落后、停滞的社会现实的不满与批判。

第六,作家勾画负面知识分子形象,善于用尖刻的笔法描摹人物,戳穿其阴暗内心,嘲笑其言行举止的虚假性。方鸿渐买博士文凭时,引柏拉图、孔子、孟子哄骗撒谎的典故为自己的荒唐行为辩护,认为自己买文凭哄骗父母,是"孝子贤婿应有的承欢之志"。连用几个中西典故,细腻逼真地写出了方鸿渐自我解嘲和自欺欺人的心理,增加了讽刺的力量和批判的力度。

第七,《围城》好用比喻,善用比喻,使小说充满机趣,令人忍俊不禁。如写苏文纨:"那时苏小姐把自己的爱情看得太名贵了,不肯随便施与。现在呢,宛如做了好衣服,舍不得穿,锁在箱里,过一两年忽然发现这衣服的样子和花色都不时髦了,有些自怅自悔。"这个比喻把矜持漂亮的大龄女博士的复杂心理写得活灵活现。

三、苏青的小说创作

苏青(1914—1982),原名冯允庄,出生于浙江宁波城西浣锦乡的一个书香门第。幼年时,由于父母忙于各自的学业,她跟随外婆在乡下居住,并养成了爱说话的习惯和直接爽快、稍显鲁莽的脾气。直到6岁时,她才回到冯

第三章　战争时期小说创作的主题研究

家,并在祖父的教育下大大提高了语言表达能力。1933年,她考入了南京中央大学英语系,并在此期间接触了大量的西方文学作品,扩大了自己的视野。1934年,她结婚并随丈夫到上海定居,没多久因怀孕生产从南京中央大学退学。后来,她因一连生了四个女儿被婆家嫌弃,于1942年冬与丈夫离婚。之后,她为了养活自己和孩子,开始进行写作,发表了《结婚十年》《续结婚十年》《生男与育女》《论夫妻吵架》《做媳妇的经验》《好色与吃醋》《恋爱结婚养孩子的职业化》《第十一等人》《我的女友们》《论离婚》《再论离婚》《论红颜薄命》《女性的将来》《谈男人》《谈性》《看护小姐》《敬告妇女大众》等众多的小说与散文作品。1982年12月7日因病去世,终年68岁。

苏青在战争期间的小说创作,大都以自己的经历为摹本,将自己视为中国普通女性中的一员加以细细记述,进而对女性的普遍境遇、女性的内心渴望、女性的天职、男女的交往等各方面的问题发表了独到的见解。《结婚十年》和《续结婚十年》是她最有代表性的两部小说作品。这两部小说作品侧重于女性个人经验的摩挲和诉说,自审自述,自怜自爱,析己度人,以哀伤而不失节制的记述演绎女主人公生活的变故。

《结婚十年》实际上是苏青对自己从18岁开始的十年婚姻生活的自述。小说的主人公苏怀青最初听从家人的安排与一同长大的徐崇贤办了一场中西合璧的婚礼。婚后,两个人有过一段甜蜜的生活。但不久,苏怀青因头胎生女而受到了公婆的歧视。后来,她随丈夫到了上海,因实在无聊便开始给报馆投稿,还可获得稿费弥补家用。就在她刚干出点名堂时,便因小姑的造谣不得不停止这份工作。之后,由于家庭经济的拮据、夫妻间矛盾的增多以及苏怀青始终未给婆家添男丁,两人最终在十年后选择离婚。

《续结婚十年》延续了《结婚十年》的故事,主要描写了苏怀青离婚后的生活。她虽然摆脱了夫妻间的争吵和烦恼,但生活却因经济拮据而陷入了困境。为了生存,她不得不与各种人物周旋。

总的来说,这两部小说中所描写的都是凡人小事,近似小市民的生活体验,琐碎但生动细腻,有生活的烟火气。而苏怀青这个人物,有着异样的女性眼光,既想自己能养活自己,又不能容忍丈夫的不负责任,对家庭撒手不管;既为柴米油盐而勤恳活着,明白夫妻间"没有狂欢,没有暴怒,我们似乎只得琐琐碎碎地同居下去",又不甘寄食于人,受人之气,让丈夫无视自己;既能毅然决然离开丈夫,又在离婚后后悔不已。苏怀青的经历也表明,在男性为社会主体人群的时代,即使是胸无大志的妇女想要一份安宁与幸福也不可得,"男尊女卑"的观念造就了女性随时可至的不幸。

第四章 十七年时期小说创作的主题研究

20世纪五六十年代,战争、农村、工业、历史是这一时期小说创作重要的题材领域。创作界的主体或是来自延安根据地、参加过革命战争的革命文艺工作者,或是来自中国农村富有才华的青年。与此相类的权威期待与批评观,影响、制约了小说创作的整体状况和小说的形态,创作手法以革命现实主义为主。在体裁方面,长篇小说和短篇小说受到了重视,涌现出了诸多优秀的作品,展现了中国的革命历史进程与中国农村的发展。其他题材如工业题材小说作品也是硕果累累。

第一节 文学创作方针的提出与文学运动

一、文学创作方针的提出

(一)第一次全国文代会

1949年7月2日至19日,中华全国文学艺术工作者代表大会(简称全国文代会)在北平召开。毛泽东在会上进行了讲话,朱德致贺词,周恩来作政治报告。在会议结束前,郭沫若作了《为建设新中国的人民文艺而奋斗》的总报告,周扬作了关于解放区文艺运动的《新的人民的文艺》的报告,茅盾作了关于国统区文艺运动的《在反动派压迫下斗争和发展的革命文艺》的报告。会议成立了以郭沫若为主席,茅盾、周扬为副主席的全国文艺界的组织——中华全国文学艺术界联合会(简称文联)。会后又接着成立其下属的各个协会。

中国新文学以第一次全国文代会的召开为起点,进入了当代文学阶段。这次文代会是解放区和国统区两支文艺队伍的汇合,在毛泽东文艺思想的指导下,对五四以来新文艺工作的成绩与经验进行了系统的总结。会上把毛泽东《在延安文艺座谈会上的讲话》(以下简称《讲话》)作为新中国文艺事

第四章 十七年时期小说创作的主题研究

业的总方针,指出新中国成立以后,文艺必须为人民服务,首先为工农兵服务的总方向,并提出了社会主义时期文艺的新任务。

在文学批评的标准上,毛泽东虽然在《讲话》中承认文艺批评"是一个复杂的问题,需要许多专门的研究",但他还是提出了文艺工作者应遵守的"基本的批评标准",将其划分为"政治标准"和"艺术标准"两项,并明确政治第一性和艺术第二性的先后次序和重要性高低的等级。在具体的创作实践中,政治、艺术标准的具体含义会根据不同的形势发生相应的变化,但是,作品中所呈现的政治立场,作品对于现实政治的效用,是否坚持了"社会主义现实主义"的创作方法,往往成为对作品进行评判的主要因素。

当时中国当代文学面临着三个文学传统与资源,分别是五四新文学传统与资源、30年代文学传统与资源、延安工农兵文学传统与资源。郭沫若将五四以来的文艺发展概括为两条路线之间的斗争,这两条路线分别是自由资产阶级的为艺术而艺术的路线和无产阶级的为人民而艺术的路线。这两条路线斗争的最终结果表明"任何文艺工作者如果不接受无产阶级的领导,他的努力就毫无结果。"茅盾在对国统区文学进行总结的时候,对国统区文学中存在的问题进行了深入的分析,并指出这些问题之所以出现,其根源在于"未经改造的小资产阶级知识分子在生活思想各方面和劳动人民是有距离的",茅盾认为,国统区作家应把"争取进步、改造自己"作为今后努力的目标。自毛泽东发表《讲话》以后,解放区所形成的延安艺术理念,对包括国统区文艺在内的各个领域产生了重要的影响。到了第一次全国文代会时,对服务人民政治和表现工农兵为核心的文学理念进行了公开、广泛的提倡,并表现出对全国文艺界混乱局面进行清肃趋势。

新中国成立以后,对各个领域进行了恢复和建设。在文学领域,文学要为工农兵服务的理念在不断的文艺批判与斗争运动中得到了贯彻与落实,这也成为十七年文学时期小说创作的首要任务。可以说,第一次全国文代会确立的文学的主要任务与功能在很大程度上决定了中国文学,尤其是小说创作对主题的选择。

(二)"双百"方针

毛泽东在1956年5月2日的最高国务会议上提出了"双百"方针,即"百花齐放,百家争鸣"的方针,它是发展艺术和科学事业的方针。其主要内容是发扬社会主义的艺术民主和学术民主,主张"艺术上不同的形式和风格可以自由发展,科学上不同的学派可以自由争论","艺术和科学中的是非问题,应当通过艺术界和科学界的自由讨论去解决,通过艺术和科学的实践去解决"。"双百"方针以辩证唯物论的对立统一学说为哲学基础。经过实践证明,"双百"方针是发展、繁荣我国文化艺术和科学的最正确、最科学的方针,它能够有力地推动我国文艺界和科学界的思想解放及文艺创作的发展和繁荣。

双百方针的提出有着特定的国内外背景。从国内看,对阶级斗争状况、中国面临的经济和文化建设状况、知识分子政治态度和思想状况的分析,为"双百"方针的提出提供了重要的依据和条件。1956年,随着社会主义改造的基本完成,以及社会主义制度的基本确立,全国工作的重心开始由阶级斗争转向经济建设转变。在思想文化领域,需要发扬民主,对"左"倾思想进行纠正,调动一切积极的因素,特别是调动广大知识分子的积极性。正如毛泽东在《关于正确处理人民内部矛盾的问题》《在中国共产党宣传工作会议上的讲话》中,阐述"双百"方针提出的背景和意义时说:"它是根据中国的具体情况提出来的,是在承认社会主义社会仍然存在着各种矛盾的基础上提出来的,是在国家需要迅速发展经济和文化的迫切要求上提出来的。百花齐放、百家争鸣的方针,是促进艺术发展和科学进步的方针,是促进我国的社会主义文化繁荣的方针。"

就国际形势来看,50年代中期,苏联和东欧发生了一系列重大的政治事件,这也是"双百"方针政策产生的重要背景。尤其是在1956年2月,苏联共产党第20次代表大会上,赫鲁晓夫作了《关于克服个人崇拜及其后果》的秘密报告。具体到文学艺术领域,苏联文艺政策的调整以及文艺思潮的变动对我国的文学创作产生了直接的影响。

正是在这样的国内外背景下,才有了"双百"方针的郑重提出。1956年4月28日,毛泽东在中共中央政治局扩大会议上的总结讲话中,明确指出:"艺术问题上的百花齐放,学术问题上的百家争鸣,我看应该成为我们的方针。"5月2日,毛泽东在有党外人士参加的最高国务会议上,正式提出了"百花齐放,百家争鸣"的方针。

二、文学运动

十七年文学思潮的发展首先体现在一系列的文艺批判运动中,这些文艺批判与文艺斗争是对社会主义文艺理论的重新建构,同时也是确立文学新规范、新秩序的重要部分。这一时期,重要的文学批判运动主要有以下几个。

(一)对萧也牧创作的批评

主要是批评萧也牧的《我们夫妇之间》等小说。《我们夫妇之间》写知识

第四章　十七年时期小说创作的主题研究

分子出身的干部李克与工农出身的张同志,虽然家庭背景、文化水平、生活爱好有很大差异,但结婚后融洽而幸福,被当作"知识分子和工农相结合的典型";待到战争结束进入城市之后,思想感情裂痕出现并加深。后来矛盾终获解决,夫妻之间的感情又回复如初。对这一短篇,批评者责难它"依据小资产阶级观点、趣味来观察生活,表现生活",表现了"离开政治斗争,强调生活细节"的那种创作方法,其写作动机是为了迎合"小市民的低级趣味"。

(二)对电影《武训传》的批判

1950年底,在新中国成立前后完成摄制的历史传记电影《武训传》开始在全国公映。这部电影主要讲述了清末山东堂邑县贫苦农民武训"行乞兴学"的过程,目的是为了反映旧社会贫苦农民文化翻身的要求。在电影上映之后,京津沪等地报刊发表了不少赞扬的文章。但同时也出现了一些批评的声音,《文艺报》发表贾霁的《不足为训的武训》,对武训形象及其称赞者提出尖锐批评,并重新刊载鲁迅杂文《难答的问题》。紧接着《人民日报》发表社论《应当重视电影〈武训传〉的讨论》(1951年5月20日),使得对《武训传》的讨论骤然变为批判。其中,《应当重视电影〈武训传〉的讨论》是由毛泽东撰改的,在这篇社论中,毛泽东认为武训的行为不应该提倡,因为武训的乞讨行为实际上是一种对反动的封建统治者的屈服。在这篇社论的引导下,全国舆论对电影《武训传》进行了大批判。这次批判开启了名为讨论、实为政治批判的新中国文艺运动的先河。这部电影的编导孙瑜、主演赵丹以及对这部电影表示赞扬的数十人被公开点名批评,并进行自我检讨。最后,周扬发表了《反人民、反历史的思想和反现实主义的艺术》,使对电影《武训传》的批判逐渐走向尾声。

(三)对俞平伯《红楼梦研究》的批判

1952年,俞平伯将他在1923年出版的著作《红楼梦辨》进行增删、修改,改名《红楼梦研究》进行出版。在此期间,他还写了一些评价、研究《红楼梦》的文章。青年批评家李希凡、蓝翎对俞平伯的观点和研究方法进行了批判,并提出了不同的看法,他们在《关于〈红楼梦简论〉及其他》等文章中指出,俞平伯从主观唯心论出发,采取了反现实主义的观点,因袭了旧红学家们脱离社会和形式主义的考证方法,将《红楼梦》的内容概括为"色""空"观念、"怨而不怒"的风格,对作者的创作方法进行了严重的曲解。他们认为俞平伯将《红楼梦》歪曲成了一部自然主义的写生作品,否认了《红楼梦》的现实意义。李希凡、蓝翎对俞平伯研究的批判,引起了毛泽东的重视与干预。他在给中共中央政治局《关于红楼梦研究问题的信》中指出,"看样子,这个反对在古典文学领域毒害青年三十余年的胡适派资产阶级唯心论的斗争,也许可以开展起来了"。受到毛泽东的影响,原本属于学术方面的争论,逐步演变为政治上的思想斗争,在全国范围内展开了一场批判胡适派资产阶级唯心论的思想斗争。中国文联和中国作协主席团连续8次召开联席扩大会议,在这几次会议上,做出了改组《文艺报》领导机构的决定。对俞平伯《红楼梦研究》的批判表明,一切学术问题都是政治问题,对历史文化应进行"批判地继承",应将唯物主义的阶级论作为依据。

(四)对胡风"反革命集团"的批判

胡风一直以独立的文艺理论家的姿态活跃于文坛。他的文艺思想丰富并且复杂,尤其是在对现实主义的认识上,他有着独到的见解,并逐步形成了自己的理论体系。他认为作家应具有"主观战斗精神",强调主体对客观的"熔铸"与"拥入";提倡对人物"精神奴役的创伤"进行深入的挖。此外,他认为现实主义的关键是创作方法大于世界观。胡风的这些观点在20世纪40年代就引起了强烈的争议。

新中国成立后,胡风的这些观点显然与为工农兵服务的要求不符。1952年,在文艺整风期间,《人民日报》转载了胡风派成员舒芜的检讨文章《从头学习〈在延安文艺座谈会上的讲话〉》,并在年底召开了胡风文艺思想讨论会,对胡风理论上的错误进行纠正。1953年,《文艺报》的第2期刊登了林默涵的《胡风的反马克思主义的文艺思想》,第3期刊登了何其芳的《现实主义的路,还是反现实主义的路?》,这两篇文章对胡风的文艺思想进行了清算。胡风针对不同的批判提出了自己的异议,他向党中央递交了长达30万字的《关于解放以来文艺实践情况的报告》,对自己的文艺观点进行了详细的阐述,并驳斥了林默涵、何其芳的观点。与此同时,他还提出了改进文艺组织领导方式和改革文艺工作的建议,指出文艺界在共产主义世界观、工农兵生活、思想改造、民族形式、题材等方面存在着问题,有待进一步解决。1955年1月,《人民日报》开始对胡风的观点进行批判,毛泽东将胡风的报告进行公开发表。

(五)反右派运动

1953年斯大林去世后,苏联、东欧的社会主义国家出现了政治、思想的"解冻",要求在政治、经济、文化体制和思想意识等方面进行变革。面对这样的环境,一些关切中国文学发展前景并且对50年代以来的文学现状表示不满的作家,开始寻求变革。毛泽东从建立中国模式的现代国家出发,在1956年提出了"双百方针",并进一步明确了辨别香花、毒草的六条标准,其

第四章 十七年时期小说创作的主题研究

中,社会主义道路和党的领导成为最重要的两条标准。随着"双百"方针的提出,时代政治与知识分子之间的紧张关系在一定程度上得到了缓解,文艺界出现了比较宽松活跃的气氛,并涌现出一批探索文艺创作的理论性文章,如何直的《现实主义广阔的道路》、陈涌的《关于社会主义现实主义》、王淑明的《论人情与人性》、钱谷融的《论"文学是人学"》,等等。这些文章对现实主义真实性、典型性、文艺创作中的人情与人性、文艺与生活的关系、歌颂与暴露以及人物性格的塑造等多方面的问题进行了论争。在文学创作方面,呈现出两种不同的倾向,一种是对现实矛盾进行揭露,突破了长期以来只准歌颂不准暴露的禁区,这类作品主要有王蒙的《组织部新来的青年人》、李国文的《改选》等;另一种是对人物复杂的情感世界的揭露,突破了被长期封锁的人性、人情禁区,这类作品主要有邓友梅的《在悬崖上》、宗璞的《红豆》等。然而,这种宽松的氛围持续的时间并不长,1957年6月8日,《人民日报》发表社论《这是为什么?》,并接连发表由毛泽东亲自撰写的社论《文汇报在一个时期内的资产阶级方向》《文汇报的资产阶级方向应当批判》,号召"组织力量反击右派分子的猖狂进攻","打退资产阶级右派的进攻",一场反右派运动在全国迅速展开。全国约有56万人被划分为政治上的右派,其中既有像冯雪峰、丁玲一样的老作家,也有像王蒙、刘绍棠一样的文坛新秀,这些"右派"被开除公职、下乡改造,并要接受大会的批判。这场反右派斗争使很多作家中断了文学创作。

1965年,虽然没有再出现大规模的斗争运动,但是文艺与政治斗争仍旧具有十分紧密的联系。文学思潮在对历史进行清算的同时,也不断开拓着新的方向。

(六)60年代的文艺批判

1958年,提出了"修正主义文艺概念"和"建设共产主义的文艺的口号",1960年冬,中共中央对国民经济实行"调整、巩固、充实、提高"的方针,文艺界也开始在政策上进行调整,对一些曾经受到错误批判的作家作品进行平反。之后,提出了文学创作题材多样化的观点,并指出文艺应扩展到"为以工农兵为主体的全体人民服务"。1962年8月,中国作协在大连召开农村题材短篇小说创作座谈会,邵荃麟指出应重视写好"中间状态"的人物。对之前受到错误批判的剧作家海默等人进行平反,对曾经遭受批判的《洞箫横吹》《同甘共苦》《布谷鸟又叫了》等作品进行了重新审视,并对其进行了肯定。

1962年9月,毛泽东在中共八届十中全会上提出了"千万不要忘记阶级斗争"的口号,并指出"利用小说进行反党活动,是一大发明"。从1963年开始,在哲学、史学、文学艺术等领域开展了全面的批判运动。1964 年,文艺界再次进行整风,极其重视意识形态领域里的阶级斗争,批判修正主义、抵制帝国主义的和平演变以及要防止资本主义复辟。1965 年 11 月,上海《文汇报》刊登了姚文元的文章《评新编历史剧〈海瑞罢官〉》,预示一场更大的政治风暴的到来。

第二节 革命战争题材小说的创作
——对革命战争的诉说

1949 年正处于百废待兴的时候,一切新的生活都刚刚开始,唯一与新的生活紧密相连的历史,就是已经被实践证明为胜利了的昨天的战争。刚刚结束不久的抗日战争和解放战争成了众多作家竞相反映的热门题材,战争题材的文学创作在 20 世纪 50 年代以后达到了空前的繁荣。梁斌、杨沫、吴强、茹志鹃、曲波和欧阳山都是这一时期的代表作家。

一、梁斌的小说创作

梁斌(1914—1996),原名梁维周,河北省蠡县人。1927 年参加共产主义青年团,从此在冀中家乡一带进行革命活动。1931 年他参加了河北保定二师学潮的护校运动。1932 年 9 月,故乡发生了高蠡暴动,对他有很大的影响。1933 年,梁斌流落到北京,加入了"左联",开始了文学创作的生涯。1934 年,他离开北京,考入山东省立剧院。次年,他又回到北京,继续从事文学创作活动。不久,他的第一篇小说《夜之交流》发表。1936 年,梁斌回到家乡,并在次年开始参加地下革命活动,加入中国共产党,曾任救国会委员、冀中地区新世纪剧社社长,进行抗日武装斗争。抗日战争爆发后,他担任冀中区"新世纪剧社"社长,较多地从事革命文艺的领导工作和文学创作活动。1939 年,他兼任蠡县游击大队的政治委员,1940 年兼任冀中文化界抗战建国联合会的文艺部长,晋察冀边区文联委员,1941 年兼任冀中文化干部学校副校长。从 1942 开始在冀中一带做地方工作。1945 年至 1947 年,梁斌先后担任中共蠡县县委宣传部长、副书记等职。1948 年南下,任湖北襄阳地委宣传部长,兼襄阳日报社长。从 1953 年开始《红旗谱》的写作,至 1958 年完成并出版。作者原计划写作五部,作为一个完整的系列。1963 年出版第二部《播火记》,1983 年出版第三部《烽烟图》。1996 年病逝于天津。

第四章　十七年时期小说创作的主题研究

　　《红旗谱》是一部反映民主革命时期农民革命运动的长篇小说，小说以史诗的彩笔，展现了一幅绚丽多姿、壮阔雄浑的农民革命斗争的历史画卷。小说在广阔的历史背景下，通过冀中平原锁井镇两家农民三代人与一家地主两代人的尖锐矛盾和斗争，历史性地概括了大革命前后中国北方农村和城市的阶级斗争状况，深刻展示了新旧历史时期中国农民斗争的不同道路和中国共产党领导农民不断走向自觉斗争的历史进程。"朱老巩大闹柳树林"作为小说的"楔子"，揭开了斗争的序幕，这场斗争以二十八家"对簿公堂"而宣告失败，它是老一辈农民反抗斗争的缩影。正文写了二十五年后，下了关东的朱老忠抱着复仇的决心回到了故乡，然而他那"一文一武"的设计在强大的敌对势力面前仍然是一条看不到希望的途径。朱老明告状等揭示了农民自发斗争的历史曲折性和历史局限性。"反割头税运动"的胜利证明：农民只有在党的领导下，抛弃旧的自发的个人斗争方式走向新的自觉的有组织的集体斗争道路，才能战胜反动黑暗的地主势力。这次斗争虽然失败了，但是它预示着斗争的高潮正在掀起，新一代正在把革命推向一个新阶段。小说通过三代农民不同的生活道路和斗争道路，概括了中国农民从自发反抗到自觉斗争的历史转折。

　　《红旗谱》的突出成就之一就是塑造了朱老忠这一农民英雄的形象。作者把这个人物放到 20 世纪二三十年代北方农村阶级斗争的广阔背景下，描绘其性格的发展和成长。他十几岁时目睹父辈自发反抗惨遭失败，之后背井离乡，二十五年的漂泊生涯，他胸中的仇恨愈演愈烈，同时也造就了他比其父更深沉、更老练的性格。他意识到要打败冯兰池这种势力强大的恶霸地主，绝非易事，下决心培养"一文一武"，积蓄力量，伺机报仇。"出水才看两腿泥"是他坚韧不拔、充满信心的精神写照。但严酷的现实一再教育他，使他懂得了冯兰池之所以强大是因为有反动政权做靠山，穷人只有联合起来才有力量。这时共产党地下县委书记贾湘农对他进行启发教育，使他认清了形势，认清了他与冯兰池父子矛盾的阶级实质，他自觉地、毫不犹豫地踏上了共产党指引的革命道路，在"反割头税"斗争中发挥了重大作用。他从一个草莽英雄成长为无产阶级的坚强战士。

　　小说还成功地塑造了严志和的形象。他是一个地地道道的农民，善良、朴实，有时表现出逆来顺受的软弱，他只希图能得到一个最低条件的温饱生活。然而，受压迫的地位和苦难的生活也必然使严志和身上迸发出反抗的火花。他经历了反复的思想斗争，甚至也有过动摇，但是终于在党的教育和朱老忠的帮助下走上了革命的道路。严志和的思想发展，集中表现出中国大多数农民由隐忍到逐步觉醒的思想历程，揭示了历史发展的丰富内容，具有深刻的典型意义。

《红旗谱》中的其他人物形象,如朱老明、朱老星、伍老拔和运涛、江涛、大贵、春兰等,也都塑造得相当成功。

《红旗谱》具有鲜明的民族风格和取得了突出的艺术成就,这主要表现在以下几方面。

第一,其故事内容、人物风貌、生活风俗乃至于风俗画、风情画,如赶集市、走庙会、过除夕等都具有独特的民族情调和浓郁的地方色彩。

第二,它成功地继承了中国古典小说的传统手法,在这个基础上形成了自己的艺术风格。小说的故事性很强,开头部分便相当富有戏剧性,此后尖锐紧张的矛盾冲突此起彼伏。

第三,作品在刻画人物性格的时候,每每着重于他们的行动和对话,常把他们置于尖锐的矛盾冲突中,以大幅度的外部动作来揭示其内心波澜。

第四,在结构上,运用多事件串连的结构方式,即一个序幕,两个主峰,几个生活事件串连一线,既使故事主干突出,又相对独立,层次分明。这是古典小说常用的结构技法。

第五,在语言运用上,朴实、通俗、生动、浑厚。作者以冀中农村生动的口语为基础,吸取古今文学的语言精华,融会成新鲜活泼、简明生动的语言体式,使之既有浓厚的乡土色彩,又具有较强的表现力。

二、杨沫的小说创作

杨沫(1914—1995),原名杨成业,湖南湘阴人,出生于北京一个没落官僚地主家庭,因厌恶父母腐朽的生活方式和反对封建包办婚姻,中学毕业即离家出走。先后担任小学教员、家庭教师和书店职员。1936 年参加中国共产党,曾从事妇女工作、报刊编辑、电影编剧工作。1949 年回到北京,曾任北京市妇联宣传部长、北京市文联主席等职务。20 世纪 50 年代后主要从事文学创作,主要作品有长篇小说《青春之歌》《芳菲之歌》《英华之歌》(被誉为"青春三部曲")、中篇小说《苇塘纪事》、短篇小说集《红红的山丹花》、长篇报告文学《不是日记的日记》《自白——我的日记》等。1995 年在北京病逝。

《青春之歌》是杨沫的代表作,是杨沫以亲身经历为基本素材创作而成的、带有浓厚"自叙传"色彩的长篇小说。小说以 1931 年"九·一八"事变到 1935 年"一二·九"运动这一历史时期为背景,正面描绘了北平的爱国学生运动,表现了主人公林道静的成长历程。林道静出生于北平一个官僚地主兼大学校长的家庭,其生母是佃农的女儿,她从小便失去了母爱,在继母的虐待下长大成人,为了逃脱被继母献给公安局长胡梦安做小妾的命运而离

第四章 十七年时期小说创作的主题研究

家出走,投奔在河北杨庄小学任教的表哥张文清,但该校校长余敬唐又想把她献给县长做姨太太。林道静走投无路,纵身跳入了大海,恰巧被回乡的北京大学学生余永泽相救。和余永泽相识后,二人很快确定了恋爱关系,她跟随余永泽回到了北平,起初二人在一起非常甜蜜,但这种甜蜜的同居生活非常短暂,他们之间很快出现了难以弥合的裂痕:林道静意识到自己只是被当作花瓶来养着,余永泽自私、庸俗和市侩,由于他的这些特点,直接导致了共产党员卢嘉川的被捕。经常痛苦的思想斗争,林道静下定决心离开余永泽,并且积极参加革命运动,走上了抗日救亡的道路,并且在抗战的过程中逐渐成熟,加入了中国共产党,成长为一名优秀的战士。

小说的中心是林道静的成长。作者通过她的人生道路揭示了20世纪30年代中国知识分子走向革命的共同特点:他们接受革命常常是从个人遭遇和理论认识开始的;从个人奋斗、幻想个人英雄式的事业,到参加集体的阶级斗争、树立革命的英雄主义;他们从民族矛盾进而认识到阶级矛盾,从求民族的解放到求阶级的解放;从对劳动人民自上而下的人道主义同情到同呼吸共命运的阶级感情。林道静这一形象正是作者自身的体验和上述理性认识相结合的产物。

这部作品的艺术成就主要表现在以下几方面。

第一,小说以林道静为中心,塑造了众多知识分子形象,如为民族解放事业和共产主义理想献身的卢嘉川、林红、江华;林道静早期的同居者、胡适思想的追随者余永泽;从读书救国的幻想回到现实、投身革命的王晓燕和她的父亲;曾经怯懦动摇,经狱中锻炼而变得勇敢坚强的许宁等。这些形象真实地展示了动荡年代知识分子的复杂生存状态和精神状态。

第二,小说具有浓郁的抒情色彩。小说中对于人物的内心世界、情感的微妙变化,描写细腻,充满了诗情。小说细致地描绘了林道静和余永泽决裂的心理历程。从不甘"寄人篱下",到看出余永泽的自私、平庸、琐碎,再到二人政治上的分歧,是林道静对余永泽的感情逐渐淡化的过程,是林道静逐渐克服自己对于爱情的软弱、缠绵的过程,也是林道静向革命靠拢思想初步转变的过程。这是小说写得最为精彩的部分。

三、吴强的小说创作

吴强(1910—1990),原名汪大同,江苏涟水人。1933年加入左联,1934年开始发表一些散文和短篇小说。1938年参加新四军,在部队从事文化宣传和文学创作工作,亲自参加了山东、淮海、渡江等战役,为其日后的创作积累了丰富的素材。解放战争时期,他亲历了苏中、莱芜、孟良崮、淮海、渡江等著名战役,开始酝酿长篇小说《红日》。1949年,创作报告文学《英雄的业绩》。全国解放初期,调至华东行政区和上海市工作,并从事文学创作。1953—1954年,连续写了两部中篇小说《他高高举起雪亮的小马枪》《养马的人》。1957年出版描写莱芜、孟良崮战役的巨著性长篇小说《红日》,影响很大,备受好评。1978年发表短篇小说《灵魂的搏斗》,1979年出版反映抗日战争时期反清乡斗争的长篇小说《堡垒》(上部),但影响都不及《红日》。此外,还出版有散文集《淮海前线纪事》,小说散文集《心潮集》和文艺评论集《文化生活》等,1990年逝世于上海。

《红日》以人民解放军一支常胜部队和国民党整编七十四师的殊死较量为中心,通过涟水、莱芜、孟良崮三个战役,表现华东野战军粉碎国民党东线重点进攻的历史过程,揭示了"小米加步枪"的解放军得以战胜现代化装备的敌军的根本原因,显示了毛泽东军事思想的光辉和革命战争的威力。小说表现的是大规模革命战争,展现的是战争生活的整体。既写了运筹帷幄、决胜千里的军事行动,又写了情趣盎然的后方生活;既写了战斗的失利,又写了战争的成功;既写了壮怀激烈的革命英雄主义,又写了真挚笃诚的阶级友情和纯真动人的爱情。像这样多方面地描写革命战争,艺术地再现波澜壮阔的解放战争的真实图景,在当代军事题材文学作品中是少见的。

小说重点描写了涟水战役、莱芜战役和孟良崮战役,借以反映整个华东战场之全貌。涟水保卫战因战斗的失利而产生的愤怒情绪,造成形势的严峻。莱芜大捷围歼了李仙洲部的数万敌军,使战局发生了重大转折,军威大振,士气高昂。最后,我军在孟良崮全歼国民党第七十四师的战斗过程,描写得扣人心弦。小说还把纷繁的日常生活图景错落有致地同几个战役交织在一起,对战争生活作了多方面的描绘,每一个画面都写得真实感人,使整个小说张弛相间,虚实合度,疏密得当。

小说成功地塑造了敌我双方高级军事将领的艺术形象。人民解放军军长沈振新和副军长梁波是两个具有不同个性和气质的优秀指挥员。军长沈振新是贫农出身的经过长征的老干部,他是身经百战、经验丰富的我军高级指挥员,他有坚强的革命意志,也有鲜明的爱憎情感,还有勇于自我批评的精神。他高瞻远瞩,运筹帷幄,遇事沉着冷静,坚决果断,驾驭着全军的胜负。他爱战士,爱群众,爱亲人,对下级既严格要求,又关心体贴,有着深厚的无产阶级情谊。副军长梁波开朗乐观,谈笑风生,富有幽默感。他既有政治家的风度,又有高度的军事素养。在全军接受失败的考验的关键时刻,他调来工作,以他敏锐的观察力很快感到了这个军的优缺点。他用极端负责的精神和兢兢业业的工作帮助干部和战士们迅速克服了消极和急躁情绪,

第四章 十七年时期小说创作的主题研究

使全军能够在今后的战斗中建立更大的功勋。张灵甫是国民党军整编七十四师师长,是蒋介石手下一员得力的干将,有丰富的战争经验和才智,正因为遇着这样的对手,我军第二次涟水战役才一度失利,孟良崮战役也才表现得如此的残酷和激烈。作者刻画这个人物,没有简单地把他当作正面人物的陪衬,而是赋予他以独立的地位。作者用了一定的篇幅较完整地塑造了这个反共的国民党高级将领的形象,深刻地揭露了他色厉内荏的纸老虎的本质。并以犀利的笔锋,挖掘了他丑恶的灵魂。他的骄纵、矜持、狡诈、虚伪都具有相当的典型意义。

这部作品在艺术上具有显著的特色,概括来说主要包括以下几点。

第一,在结构安排上,全歼七十四师的孟良崮战役是故事的高潮。为了不断推进到这个高潮,小说对涟水战役只进行了侧面的描写,莱芜战役成为过渡。层层铺垫、步步深入,敌我双方的战斗准备最后汇聚到一点,揭开了孟良崮战役的序幕。

第二,在人物塑造上,作者不仅能够从战斗的场景和过程中来表现,而且也善于从日常生活中来刻画人物。在日常生活的言谈话语中,在人与人的日常接触中,在富有性格特点的生活细节中,多方面地揭示人物的思想、作风和个性。

第三,作品中大量运用生动、细腻的心理描写,更深一层地从人物的内心世界来表现人物。

四、茹志鹃的小说创作

茹志鹃(1925—1998),祖籍浙江杭州,生于上海,是一位具有独特艺术风格的当代著名女作家。幼年丧失父母,家贫,靠祖母做手工过活。1942年初中毕业,曾任过小学教员。1943年参加新四军,一直在军区前线话剧团和军区文工团工作。1947年加入中国共产党。1955年转业到上海,任《文艺月报》编辑,作协上海分会理事。历任《上海文学》编委,中国作协理事。她在部队文工团时已从事文学创作活动,写过一些歌词、快板、秧歌剧等。转业之后,她致力于短篇小说的创作,出版小说集《关大妈》《黎明前的故事》。1958年发表了《百合花》,以细腻的笔触、清新的文风受到茅盾的赞赏,声誉鹊起。此后发表的短篇收在《高高的白杨树》《静静的产院》《百合花》等短篇小说集中。其中许多作品被翻译成日文、法文、俄文、英文、越南文等。1977年发表小说《出山》,重新开始创作,并写下了《冰灯》《剪辑错了的故事》《草原上的小路》《儿女情》《家务事》《着暖色的雪地》等新作,文风柔美中见刚强。这些作品收集在短篇小说集《草原上的小路》里。其中《剪辑错了的故事》获 1979 年全国优秀短篇小说奖。还有长篇小说《她从那条路上来》，散文集《惜花人已去》等，1998 年，茹志鹃去世。

《百合花》是茹志鹃的成名之作，也是她在十七年时期反映战争生活的作品中最优秀的代表。下面将对这部作品进行简要阐述。

《百合花》取材于 1946 年的人民解放战争年代的生活，选择了前沿包扎所里小通讯员和新媳妇这两个平凡的人物作精心的描绘，展示了他们各自美好的心灵，歌颂了革命队伍中人与人之间的美好关系与情感，讴歌了子弟兵对人民的忠诚和人民对子弟兵的敬爱，表现了军民团结、生死与共的深刻主题。

作品中的小通讯员，原是个"帮人拖毛竹"的青年，从他送"我"到前沿包扎所的路上的动态以及与"我"的对话中，可以看出他是一个憨厚、朴实，还带有几分天真稚气的青年。他有一颗关心同志、处处为别人着想的美的心灵。去包扎所的路上，当他发现"我"走不动时，他放慢了脚步，并且站在路边等我；当他知道借来的被子是新媳妇唯一的嫁妆时，他感觉非常不好意思，并想要送回去。这些虽然都是平常的小事，但却反映出了小通讯员的善良。当他看到敌人扔的手榴弹在人缝中乱转时，他没有选择逃跑，反而扑了上去，他为了人民群众献出了年轻的生命。通讯员这种自我牺牲精神，正是他平时关心他人的高贵品质发展的必然结果。

作品中，新媳妇的形象也描写得非常生动。她是一个普通的农家少妇，勤劳、纯朴。新媳妇的出场十分自然而优美，给人以赏心悦目的快感，正好与结尾时的庄严肃穆形成强烈的对比：

> 门帘一挑，露出一个年轻媳妇来。这媳妇长得很好看，高高的鼻梁，弯弯的眉，额前一溜蓬松松的留海。穿的虽是粗布，倒都是新的。我看她头上已硬挽挽的挽了髻，便大嫂长大嫂短的向她道歉，说刚才这个同志来，说话不好别见怪等等。她听着，脸扭向里面，尽咬着嘴唇笑。我说完了，她也不作声，还是低头咬着嘴唇，好像忍了一肚子的笑料没笑完。

新媳妇的性格塑造是通过她与小通讯员的关系，或者说是以小通讯员的最后牺牲为代价来完成的。刚开始小通讯员去找她借被子时她不借，后来"我"去了她便借了，她觉得有点对不住小通讯员，所以在小通讯员接过被子，慌慌张张地把衣服的肩膀处挂了一个口子时，她马上找来针线要帮他缝好，小通讯员却不好意思地挟了被子就走。但这个口子小媳妇记在了心里。后来，她到包扎所帮忙，在众多的伤员中，她一眼便认出了那个口子，见到这

第四章 十七年时期小说创作的主题研究

个口子之后,她立即就变成了另一个人。作品写道:

> 我回转身看见新媳妇已轻轻移过一盏油灯,解开他的衣服,她刚才那种忸怩羞涩完全消失了,只是庄严而虔诚的给他拭着身子,……等我和医生拿了针药赶来,新媳妇正侧着身子坐在他旁边。她低着头,正一针一线在缝他衣肩上那个破洞。医生听了通讯员的心脏,默默的站起身说:"不用打针了"。我过去一摸,果然手都冰冷了。新媳妇却像什么也没看见,什么也没听到,依然拿着针,细细的、密密的缝着那个洞。我实在看不下去了,低声地说:"不要缝了"。她却对我异样的瞟了一眼,低下头,还是一针一针的缝。

作者不厌其烦地一遍遍地渲染小通讯员肩上那个破洞,一步步地将新媳妇的感情闸门打开,也一步步把作品推向了高潮。她主动地、虔诚地给小通讯员解衣服,拭身子,流着眼泪为小通讯员缝补衣肩上的破洞,含泪将自己新婚用的百合花被子盖在了小通讯员身上。作者正是通过这条精心设计和挑选的有着"象征纯洁与感情的花"的被子,最终完成了作者对战争中的人性美和人情美的歌赞。

这篇小说从选材立意到人物塑造,从艺术手法到格调色彩,都表现出茹志鹃小说特有的清新、柔婉、优美、俊逸的艺术风格。

这部小说的艺术特色主要表现在以下几方面。

第一,视角独特,小说虽然是写战争,但并没有描写战场上敌我双方的进退胜败,而是专注于战争中人与人之间的情感碰撞和交流。

第二,语言清新,富有抒情意味。茹志鹃的作品是小说,也像散文、像诗,字里行间的委婉优美的诗情,时时拨动着读者的心弦。

第三,用细节来表现人物性格。在《百合花》中,作者就用"破洞""馒头""菊花""百合花"被子(作者精心设计和挑选的象征纯洁和感情的花)等一系列细节描写,表现了"我"和小通讯员、新媳妇和小通讯员之间的真挚、纯洁、朴素的情感。

五、曲波的小说创作

曲波(1923—2002),出生于山东黄县。1938年加入八路军,曾在山东地区作战,曾经任连、营指挥员。1945年抗日战争胜利后,跟随部队到东北作战。解放战争初期,担任过大队和团的指挥员,曾经亲自率领一支英勇善战的部队前往东北牡丹江的深山密林和敌人进行周旋,进行了艰难的剿匪战斗。新中国成立后,他在工业建设战线上进行工作。1955年,他开始从事业余文学创作。1957年,他的第一部长篇小说《林海雪原》出版。其后,也创作了一些作品。2002年,曲波在北京病逝。

长篇小说《林海雪原》是作者根据自己的亲身经历创作的,是一部具有史诗风格的作品,深受读者欢迎,其中"智取威虎山"的故事在后来被改编为话剧、京剧和电影,在民众中广为流传。与其他革命战争题材小说宏观展示大兵团战斗场面不同的是,《林海雪原》对一些小的战斗场面进行描写,我方只是东北民主联军中一支由36人组成的小分队,在东北地区进行剿匪斗争。这支小分队由参谋长少剑波的带领,深入林海雪原进行剿匪,而所要剿灭的匪徒是国民党的败兵,他们到东北解放军的后方到处流窜,企图进行疯狂的反扑。小分队在向威虎山剿匪的过程中,抓获了匪徒头子座山雕的一个手下,其外号叫"一撮毛",小分队从他身上搜出了一张匪徒的地下先遣军联络图。在对一撮毛进行审问后,杨子荣向参谋长少剑波提出了一个大胆的想法,即孤身一个人打入敌人内部,里外应和,一举歼灭匪徒。在经过深思熟虑和缜密的计划后,杨子荣化身另一伙匪徒(与座山雕是死对头)的副官胡彪,潜入威虎山,与座山雕等人斗智斗勇,取得了对方的信任。最后,在杨子荣和少剑波的配合下,一举剿灭了座山雕一伙匪徒,剿匪行动取得了全面的胜利。

由于小分队只有36人,又要在人迹罕至的林海雪原展开战斗,面对敌众我寡的现状和特殊的环境,和敌人硬拼是不可行的,必须以智取胜。因此,小说充满了强烈的传奇性和浪漫色彩,具体体现在以下几个方面。

第一,所塑造的英雄人物具有传奇浪漫色彩。侦查英雄杨子荣的形象被塑造得最为丰满,他不畏艰险,在巧妙化装后,孤身闯入匪穴,先用联络图取得匪首座山雕的初步信任,接着又以自己敏锐的洞察力,识破对方用假的解放军对自己的试探,最后凭着自己的机智、谋略将信息顺利地传达到我方。他经受了敌人的层层考验,逐步获得敌人的信任,并且将计就计制定了攻山计划。最后,和少剑波里应外合,剿灭了敌人。

第二,小说情节结构的安排也富有传奇性。全书共有38章,以奇袭奶头山、智取威虎山、消灭座山雕、火烧大锅盔等大故事为主线,中间又穿插着许多完整的小故事。这种结构布局使得小说既波澜起伏,又环环相接,扣人心弦,使得故事富有传奇色彩。

第三,小说的环境、景物描写也表现出浓郁的传奇色彩。例如,能够搅起雪龙改变地形的穿山风、天造地设的奶头山和巨石倒悬的鹰嘴石等都极具神秘气息,增强了小说浪漫主义的传奇色彩。

第四章　十七年时期小说创作的主题研究

六、欧阳山的小说创作

欧阳山(1908—2000),原名杨凤岐,湖北省荆州人。16岁时开始文学创作,1933年参加"左联"。1946年写出长篇小说《高干大》。新中国成立后,他又创作了《英雄三世》《前途似锦》等。1957年开始创作长篇巨著《一代风流》。全书共五卷,第一卷《三家巷》和第二卷《苦斗》先后于1959年、1962年出版,第三卷《柳暗花明》的前五章于1964年在报纸上连载。"文化大革命"结束后,欧阳山继续创作《一代风流》,最终完成出版了第三卷《柳暗花明》、第四卷《圣地》和第五卷《万年春》。1997年,欧阳山校改五卷本《一代风流》,将全书定名为《三家巷》,共分4卷,删去原来的第二、三、四、五卷书名。2000年,欧阳山病逝于广州。

《三家巷》以20世纪20年代的广州为背景,讲述了一条小巷中周、陈、何三个家庭的历史演变的故事。其中周家是手工业工人家庭,陈家是买办资本家家庭,何家是官僚地主家庭,他们在对时政的态度上,有着各自的立场和不同的反应,但他们又是近邻,而且周陈两家还有着亲戚关系。作者以这三家之间的关系为主要描写内容,其中涉及了很多历史事件,如五四运动、大革命、"五卅"惨案、省港大罢工、北伐战争等,展现了当时的社会变迁。

《三家巷》在艺术上取得了突出的成就,具体表现在以下几个方面。

第一,小说成功地塑造了周炳这个复杂的人物形象。周炳是小说的主人公,出身于工人家庭,具有正直善良、吃苦耐劳的美好品质。他非常痛恨剥削阶级,对劳苦大众深感同情,但又多愁善感、思想幼稚。另外,他同陈何两家有世亲关系,因此,受到了封建主义和资产阶级思想意识的熏染。周炳的性格体现出了多方面、复杂的特点,一方面他敢于反抗黑暗的现实,追求革命;另一方面,他又表现出革命失败后的消沉,沉溺于儿女情长,沾染有与工人出身不相容的脂粉气。可见,对周炳形象的塑造与当时的艺术陈规表现出明显的不同,他是手工业工人和知识分子的结合,属于"革命＋恋爱"的情节类型,是革命叙事与家族叙事的重合。这与无产阶级英雄的性格特征是不相符的,但这样的人物形象却打破了对当代文学有关阶级本质的规定,满足了不同层次读者的审美要求。实际上,周炳的典型意义在于他的形象概括了中国工人阶级开始走向政治舞台的时期,从倾向进步、成长到自觉地参加革命的过程。爱情与革命联姻这种古老的叙事成规总是以爱情为革命的动力和润滑剂,使得革命具有了迷人的青春浪漫色彩,而革命又赋予爱情崇高的道德力量。因此,周炳这一形象也就具有了深刻的社会意义和艺术价值。

第二,小说的语言具有鲜明的民族特色和地方气息。作者在小说中运用了中国古典小说的白描手法和结构手段,将周、陈、何三家的变迁、分化和斗争表现得起伏跌宕,引人入胜。在语言方面,小说采用"东西南北中外古今法"熔铸普通话、广东方言和古语为一种丰富多彩又未免驳杂的现代文学语言,展现了一幅绚丽的南方风情图,具有浓郁的地域色彩。

第三节 农村生活题材小说的创作
——对农村矛盾的揭示

在 20 世纪五六十年代,农村生活题材的作品占了相当大的比重,尤其是 1953 年农村开始大规模的社会主义革命——合作化运动,吸引了大多数作家的关注。这一时期出现了许多农村生活题材小说的作家,柳青、赵树理、浩然、李准、马烽等都是这一时期的代表作家。

一、柳青的小说创作

柳青(1916—1978),原名刘蕴华,陕西省吴堡县人。1934 年开始写作活动,并且翻译介绍外国作品。1936 年加入中国共产党。1938 年到延安,先后在陕甘宁边区文化协会、部队和文艺界抗敌协会工作。这一期间写的短篇小说,部分收入短篇小说集《地雷》。1943—1945 年,柳青到陕西米脂县民丰区三乡做乡文书,对他思想感情的变化有很大影响,创作了长篇小说《种谷记》。解放战争期间,创作了以战争生活为题材的长篇小说《铜墙铁壁》。1952 年起到陕西省长安县安家落户,历时 14 年,其间曾担任长安县委副书记,积累了丰富的创作素材,创作了散文特写集《皇甫村的三年》、短篇小说《王家父子》、中篇小说《狠透铁》。多卷长篇《创业史》(第一部)于1959 年问世,它标志着作者思想和艺术已进入了新的发展阶段。1973 年,柳青抱病回城,并对《铜墙铁壁》和《创业史》第一部进行了修改;同时,他还争分夺秒地从事《创业史》第二部上、下卷的创作和修改,1978 年 6 月 13 日不幸离开人世。

《创业史》是一部探索中国农民历史命运和生活道路的多卷本长篇小说。原计划写四部:第一部写互助组阶段,第二部写农业生产合作社的巩固和发展,第三部写合作社运动高潮,第四部写全民整风和大跃进,至农村人民公社建立。但后期由于一些原因,作者的写作计划被迫中断,在中国当代文学史上只留下一部残缺不全的史诗性著作。

第四章 十七年时期小说创作的主题研究

《创业史》(第一部)虽然写的只是一个互助组建立、巩固和发展的过程,但它反映的却是从私有制到公有制的根本转变,是一场涉及中国农民命运的伟大的革命。小说通过描写下堡乡蛤蟆滩的广大贫苦农民在党的领导下,组织起来走共同富裕的合作化道路,反映了社会主义在中国农村发生发展的历史,真实地表现了农村社会制度经历深刻变革中农民的思想、心理,人与人关系的艰难而曲折的变化过程,以及各种复杂的矛盾斗争。

小说中塑造了众多生动鲜明的农民形象。梁生宝是作者塑造的当代农村新人形象,是农业合作化的带头人,也是社会主义创业者的典型。他是一个普通农民,却有比普通农民更高的思想境界。为了使广大农民摆脱贫困,走社会主义道路,他朝气蓬勃,踏实肯干,富于自我牺牲精神,以党的利益为重,把自己的一切热情、智慧、时间和精力都投入党所号召的事业。不管碰到多么大的困难,总是那样坚定沉着,以"八条绳也拽不转"的决心迎难而上,毫不后退。买稻种,克己奉公;分稻种,公而无私;进山割竹,大智大勇;在占魁入组问题上,宽怀大度,时时处处表现了一个共产党员的高贵品质和道德情操。此外,作者还通过梁生宝对父子关系和爱情问题的处理,展现了他的美好情操。梁生宝这一富有鲜明时代特征的英雄形象,既是现实生活中先进人物的艺术概括,也是作者社会政治思想及美学理想的深刻体现。但从艺术角度看,这一人物有拔高的弱点。

梁三老汉是一个勤劳、务实、耿直而又思想守旧的老一辈农民形象。作为一个老式农民,私有制观念和小农经济的生产方式、生存方式,使他因循守旧,对梁生宝走合作化道路不能理解,甚至反感;另外,由于他的阶级地位、旧社会艰难的创业经历和新时代给予他的美好印象,使他本能地在精神上与党和政府很贴近。他梦想依靠个人力量创立家业,当上"三合头瓦房院长者",不赞成儿子领导的互助组,可又处处替儿子担心,十分关切合作化的命运。最后在事实的教育下,从反对"梁伟人"到对儿子及其所从事的事业的信服、支持。作家通过描写梁三老汉互相矛盾对立的双重性格,一方面写出了私有制对老一代农民的影响之深,另一方面又写出了党对他们引导和帮助的重要性,从而证明了"严重的问题是教育农民"的道理。梁三老汉形象的塑造,概括了相当深广的社会历史内容,真实再现了老一代农民告别私有制接受公有制所经历的艰难、痛苦的思想历程。同时说明,在党的正确路线指引下,我国广大农民群众是能够走上社会主义道路的。梁三老汉的形象是一个真实度、典型性非常高的形象。

小说中其他一些人物,如蛤蟆滩上的"三大能人":郭振山、郭世富、姚士杰,以及高增福、冯有万等也都是极有个性的形象。

小说通过人物之间的对比,展现人物不同的性格内涵。小说不仅通过人物前后的变化形成对比,还以不同人物形成对比,突出人物的不同性格。通过对比,一个个鲜明生动、性格各异的不同阶级、阶层的人物形象出现在读者面前。而在对比中,又着重突出了梁生宝这一主要人物形象。

这部小说具有鲜明的艺术特色,概括来说主要包括以下几个方面。

第一,结构恢弘阔大,具有史诗的规模和特点。小说通过梁生宝父子两代人的遭遇和新旧两种不同创业方式的对比来构建艺术框架,并有机地联系特定时代的种种历史事件,形成了一幅宏大壮阔的历史画卷。历史的广度与深度在严谨的艺术结构中得到统一。从内部结构讲,一条红线(公有制战胜私有制)贯串五组矛盾,即梁生宝与梁三老汉,梁生宝与姚士杰,梁生宝与郭世富,梁生宝与郭振山,梁生宝与徐改霞之间的矛盾,五组矛盾有主有次,时隐时显,互相交错。从外部结构讲,开始有"题叙",回顾旧社会劳动人民的创业史实际是一部"劳苦史、饥饿史和耻辱史",从而写出了新社会创业的历史背景。中间三十章是正文,其中上卷十七章,以活跃贷款为中心,解决一个必须走互助合作道路的问题;下卷十三章,以进山割竹为中心,解决怎么走互助合作道路的问题。最后是"结局",斗争初步取得胜利,灯塔农业社成立,但又预示着新的矛盾斗争即将展开。这样第一部的"结局"又成为第二部的"题叙",故事从一个高潮过渡到另一个高潮,使作品具有内在连续性的多卷的史诗的性质。

第二,心理描写细致入微,哲理性的议论传达多层面的价值观。小说中人物的心理描写细致入微,真切生动,而字里行间又多见作者的评价、认识、观点和倾向。这些哲理性的议论,传达了作者及时代的多层面的价值观念。如对于梁生宝遇事爱思考的个性的描写,对富农姚士杰仇恨新社会的阴暗心理的揭露,对富裕中农郭世富卖粮作弊心理的刻画,对郭振山、徐改霞、梁三老汉矛盾心理的分析,都是很精彩的。

二、赵树理的小说创作

20世纪五六十年代,赵树理反映农村生活题材的小说代表作品有《三里湾》和《锻炼锻炼》。

《三里湾》是赵树理创作的唯一一部长篇小说,它通过华北老解放区一个村庄的秋收、整党、扩社、开渠的铺叙,表现了合作化运动在农村引起的思想动荡和人与人之间关系的重新排列组合。小说的精彩部分是对王金生、范登高、马多寿、袁天成四个家庭的描写,其中尤以马多寿的"马家院"的描写最为精彩。这是一个带有浓厚封建主义色彩的院落,小农的自私、狭隘、守旧和宗法观念随处可见。这个家庭的主要成员外号分别是"糊涂涂""常

第四章 十七年时期小说创作的主题研究

有理""铁算盘""惹不起",从这些外号就可以知道他们的为人。马多寿和大儿子"铁算盘"都精于计算,大事小事都由他们拿主意,遇到不好对付的场面,马多寿则装糊涂,让妻子"常有理"和儿媳"惹不起"去抵挡。由于他们家地多劳动力少,所以便采取一切手段去让互助组帮他们干活。在这样的家庭中有两个进步分子,一个是三儿媳妇菊英,另一个是小儿子有翼,菊英和有翼是这个家庭中最受排挤的两个人。后来,菊英分了家,有翼参加了革命。随着开渠成功,他们和互助组中大部分成员纷纷入社,一个封建家庭自然被拆解了。

这部作品延续和发扬了赵树理一贯的特点。十分注意运用传统的古典小说和民间说书的手法并加以发展创新,形成自己特有的艺术手法。他把人物融入故事之中,通过连贯完整的故事情节刻画人物。他注重故事连贯,使故事情节有助于人物性格的表现。在人物性格刻画上,主要是通过人物自身的言语行动来表现性格特点,这样,就使他的人物总是与故事情节结合在一起,处于行动之中。在人物关系的描写中,多用烘云托月的手法,从这一个人物的眼里看出另一人物的思想行动,使人物之间联系紧密,互为映衬。

总体来说,《三里湾》在风格上仍然保持了作家那种明快、质朴、幽默、乐观的调子。赵树理在小说创作民族化大众化的探索上,做出了宝贵的贡献。

《锻炼锻炼》是赵树理反映农村人民内部矛盾的"问题小说"的代表作之一,也是在特殊的时代背景下产生的特殊文本。作品以1957年秋的农村"整风运动"为背景,围绕争先合作社对外号"小腿疼""吃不饱"这两个落后女社员的教育过程,叙述了社主任王聚海和以杨小四为代表的几个青年干部所采取的不同工作方法之间的矛盾冲突。

合作化以后,农民的土地交了公,劳动也成了集体性的劳动,每天由领导安排具体劳动任务,在劳动力短缺和劳动积极性普遍不高的情况下,不参加劳动的人就会受到严厉批评。小说就从杨小四如何整治这两个落后农民写起。第一个冲突高潮是杨小四利用大字报的形式公开批判这两个社员,于是引起了"小腿疼"大闹社办公室,但终于被干部利用法律和政权的力量所制服。小说是这么描写的:

小腿疼一进门一句话也没有说,就伸开两条胳膊去扑杨小四。……杨小四料定是大字报引起来的事,就向小腿疼说:"你是不是想打架?政府有规定,不准打架。打架是犯法的。不怕罚款,不怕坐牢你就打吧!只要你敢打一下,我就请得到法院!"……小腿疼一听说要罚款要坐牢,手就软下来,不过嘴还不软。她说:"我不是要打你,我是要问问你,政府规定过叫你骂人没有？""我什么时候骂过你？""白纸黑字贴在墙上你还昧得了？"王聚海说："这老嫂！人家提你的名来没有？"小腿疼马上顶回来说："只要不提名就该骂是不是？要可以骂我就天天骂哩！"杨小四说："问题不在提名不提名，要说清楚的是骂你来没有？我写的有哪一句不实，就算我骂你！你举出来！我写的是有个缺点，那就是不该没有提你们的名字。我本来提着的，主任建议叫我删去了，你要嫌我写得不全，我给你把名字加上去好了！""你还嫌骂得不痛快呀？加吧！你又是副主任，你又会写，还有我这不识字的老百姓活哩？"支书王镇海站起来说："老嫂你是说理不说理？要说理，等到辩论会上找个人把大字报一句一句念给你听，你认为哪里写得不对许你驳他！不能这样满脑一把抓来派人家的不是！谁不叫你活了？""你们官官相卫，我跟你们说什么理？我要骂！谁给我出大字报叫他死绝了根！叫狼吃得他不剩个血盘儿，叫……"支书认真地说："大字报是毛主席叫贴的！你实在要不说理要这样发疯，这么大个社也不是没有办法治你！"回头向大家说："来两个人把她送乡政府！"

辩论中干部们句句逼人，不断上纲上线，甚至把"毛主席"的大帽子也拿出来，逼得农民无话好说。农村干部即使水平低，即使是对待落后的群众，也不应该不做耐心细致的思想工作，而只会用"罚款""坐牢"和"送乡政府"来欺侮人。

小说的第二个冲突高潮是杨小四设计圈套让村民难堪的事件。杨小四头一天晚上开社员大会宣布第二天集中拾自由花，等到第二天本来不愿出工的妇女都上工了，这时他突然宣布改为集体摘棉花，并批评那些受骗上当的妇女是出于自私的目的才出工的，所以不但必须强迫参加劳动而且还要写检讨。杨小四这样布置社员的劳动：

  谁也不准回村去！谁要是半路偷跑了，或者下午不来了，把大字报给她出到乡政府！

社员出工就这样变成了强制性的劳动。

小说第三个冲突高潮又回到"小腿疼"等人身上，原来她们以为第二天是自由拾花，于是就自己单独去拾花，结果变成了"偷棉花"，并被当作犯罪接受群众的批斗。

第四章　十七年时期小说创作的主题研究

她(小腿疼)装作受委屈的样子说:"说什么?算我偷了花还不行?"有人问她:"怎么'算'你偷了?你究竟偷了没有?""偷了!偷也是副主任叫我偷的!"主席杨小四说:"哪个副主任叫你偷的?""就是你!昨天晚上在大会上说叫大家拾花,过了一夜怎么就不算了?你是说话呀还是放屁哩?"她一骂出来,没有等小四答话,群众就有一半以上的人"哗"地一下站起来:"你要造反!""叫你坦白呀叫你骂人?"三队长张太和说:"我提议:想坦白也不让她坦白了!干脆送法院!"大家一起喊:"赞成"。

这段冲突的对话、气氛都写得相当逼真。从小说的情节发展来看,是干部们诱民入罪,然后利用群众的盲目性来整治落后的农民。可是,小腿疼等人究竟犯了什么罪?赵树理自己也说:

这是一个人民内部矛盾问题,王聚海式的,小腿疼式的人,狠狠整他们一顿,犯不着,他们没有犯了什么法。

支书王震海的最后一段话是点题之笔,一方面说明王聚海的工作方法已落后于形势,另一方面认为他的做法正助长了那种好吃懒做、损人利己的倾向。"锻炼锻炼"本是王聚海评价别人的口头禅,现在被支书用到了他身上。对两种工作方法的这一褒贬态度,正呼应了农村"整风运动"和"大跃进"的时代背景和政治思潮,是作品的显在主题。但与此同时,作者通过"摆出事实"的朴素叙述,间接地反映了20世纪50年代后期的农村现实,"小腿疼"和"吃不饱"的形象正是当时农民缺吃少穿和劳动积极性下降的反映,作者在批评她们的自私、懒惰习气的同时,对她们的物质和精神生活处境也抱有曲折的同情,对杨小四等干部的工作作风和"不把人当人"的态度予以质疑和针砭,这是小说的潜在主题,也是作者现实主义精神的可贵体现。作者从摘棉花所引起的一场风波里,看到了某些农民的思想状态和农村工作所存在的问题,成功地塑造了"小腿疼"、"吃不饱"两个个性鲜明的落后妇女的典型形象,对她们好吃懒做、损公利己的行为进行了有力的讽刺和鞭挞。

总体来说,这部小说情节完整,有头有尾,线索单纯;叙事写人多用白描,以人物自己的行动和对话来刻画形象;通过人物间的互相衬托和对照,表现人物性格特征。语言朴实口语化,通俗易懂,简洁洗练,笔调幽默辛辣,生动风趣。小说发表后,反映十分强烈,毁誉兼而有之,曾引起过三次争论。对于这篇作品的讨论,涉及文艺如何反映人民内部矛盾问题,对文艺创作起了一定的促进作用。但应当指出,作品带有明显的时代痕迹,其中人物所采用的解决矛盾的主要方法是不可取的。

三、浩然的小说创作

浩然(1932—2008),原名梁金广,河北省宝抵人。自1949年起立志文学创作事业,长期扎根在北京郊区和冀东农村,先后达40多年。从1950年起到1966年前,先后发表了一百八十多篇短篇小说,这些作品具有鲜明、生动的地方语言和浓郁的生活气息。1966—1976年,浩然写了《西沙儿女》《百花川》等作品。粉碎"四人帮"以后,创作了长篇小说《山水情》《苍生》,中篇小说《弯弯的月亮河》《浮云》和一批短篇小说。他以歌颂新人新事的短篇小说集《喜鹊登枝》《苹果要熟了》《杏花雨》等步入文坛,以描述社会风云的长篇巨作《艳阳天》等闻名,以表现互助合作运动的《金光大道》引起争论,以反映农村改革的《苍生》再次崛起。《大肚子蝈蝈》获第二次全国少年儿童文艺创作二等奖,《苍生》获首届大众文学特等奖。已完成自传体长篇三部曲《乐土》《活泉》《圆梦》。后来又创作了《金光大道》《西沙儿女》等。2008年病逝于北京。

《艳阳天》是浩然的第一部长篇小说,小说以1957年夏季京郊农村东山坞麦收期间巩固合作社的斗争为背景,较为真实地描写了以农业社党支部书记肖长春和积极走社会主义道路的广大农民为一方,以混进党内的阶级异己分子农业社副主任马之悦、地主马小辫、富农马斋等为另一方,围绕着土地分红、闹粮、倒卖粮食、抢粮库、退社等事件,展开了一场激烈尖锐的矛盾斗争,形象地再现了社会主义集体经济在巩固、发展中所经历的种种曲折与反复以及造成的主要原因,刻画了农村各阶层人物的精神风貌和思想性格,歌颂了在斗争中发展的社会主义力量。

肖长春是作者以饱满的热情塑造的一位基层农村干部的形象,他是走社会主义道路的带头人,在他身上所体现出的智慧和魄力,思想水平和领导艺术,以及一个青年人少有的那种处理复杂事物的冷静和克制,都与党组织的坚强领导和广大群众的支持、信赖密不可分。可以说,肖长春的性格是共产党人的优秀品质和人民群众的英雄气概的生动体现。小说还通过他与焦淑红的爱情关系,与小石头的父子关系,与马老四父子的乡亲邻里关系,多方面地表现他性格的丰富性,使这个英雄人物焕发出人情美,成为有血有肉的艺术形象。

这部小说具有鲜明的艺术特色,概括来说主要包括以下几方面。

第一,小说以丰富的情节、完整的结构、生动的形象、明丽的色调,显示

第四章 十七年时期小说创作的主题研究

出鲜明的艺术特色。小说把众多人物、矛盾纠葛、一系列事件,压缩在一个农业社的麦收过程中,这是小说时空结构的特点。

第二,作者对农村生活情趣和绚丽风光的描写,使作品充溢着明丽的色彩。

第三,小说的语言,以京东方言为基础,加工提炼,简练、流畅、明净的文学语言,带有浓厚的乡土风味和地方色彩,做到口语化、个性化。

四、李准的小说创作

李准(1928—2000),原名李铁生,出生于河南孟津县。他从小在农村生活,亲自参加过农业劳动,因而对农村生活以及农民的精神面貌有着深入的了解,这为他以后从事文学创作奠定了重要的基础。从 1952 年起,他开始进行文学创作。到"文化大革命"发生前,他共发表了四十多篇中短篇小说,并有电影文学剧本、话剧、戏曲、散文等作品。进入新时期后,他继续从事文学创作,发表了《黄河东流去》《扁担春秋》《两个青年人的故事》等多部文学作品。2000 年 2 月,李准因病去世。

李准在十七年时期的农村题材短篇小说的创作,在思想性和艺术性上都是不均衡的,但都保持了鲜明的政治倾向和强烈的时代色彩,并敏锐地指出了农村现实生活中的问题;并且注重小说的故事性叙述,常在日常生活中选取有典型意义的情节展开;注重在矛盾冲突中塑造人物的形象,从而使人物立体地呈现出来;语言平易畅达,还散发出浓浓的乡土气息等,具有代表性的作品是《不能走那条路》和《李双双小传》。

《不能走那条路》通过农村中买卖土地这一典型现象进行描述,对新中国成立初期农村的贫富分化以及两条道路的斗争进行了迅速而敏捷的反映,并发出了"不能走那条路"的告诫。小说的主人公宋老定是一个贫农,因土地改革分得了一些土地,再加上种田有房、儿子有副业收入,因而日子过得越来越殷实。但同时,他也产生了成为一个"置业手"的想法。为了实现这一想法,他想方设法想要买下因懒散不愿务农而濒临破产的张栓的土地。可宋老定毕竟是一个善良而本分的农民,没多久便在儿子的启发帮助下认识到了自己的错误,并因自己与张栓的父亲一起受过苦、受过剥削而放弃了购买张栓的土地,并帮助他渡过难关。应该说,宋老定就是 20 世纪 50 年代初期刚刚获得解放的老一代农民的代表。

《李双双小传》通过对李双双与丈夫孙喜旺之间的矛盾冲突的描写,真实而生动地再现了新中国新一代农民的成长。小说一开头,先是对李双双这一名字是如何被叫响的进行了介绍,但这"实际上包含着很深刻的妇女人权的历史内容。这正暗合了整篇作品的题旨:'大跃进'中妇女人权、地位和精神的解放。但是,作为小说,这个主题的实现不能仅仅依靠简单地叙述和介绍,它必须塑造出具有鲜明性格特征的活生生的人物形象。于是作家笔锋一转,详细叙说了李双双写大字报的过程,并从这张大字报引出了李双双平日为争取学文化、开会、参加社里劳动的权利而与丈夫孙喜旺所发生的一连串充满生活情趣和喜剧色彩的家庭纠纷和矛盾的小故事"[①]。可以说,李双双的形象是民族传统美德和社会主义时代精神的完美融合,既有现实性的成分,又有理想化的色彩,她是一个在社会变革过程中争得了平等地位和独立人格的农村青年女性的典型,在一定程度上生动展现了中国劳动妇女的解放历程。

五、马烽的小说创作

马烽(1922—2004),原名马书铭,山西孝义人,现代作家。主要作品有《三年早知道》《我的第一个上级》,长篇小说《刘胡兰传》《吕梁英雄传》(与西戎合作)。

马烽在十七年时期,致力于对农村生活进行表现的短篇小说的创作,主要作品有《孙老大单干》《饲养员赵大叔》《三年早知道》《太阳刚刚出山》《我的第一个上级》等。

马烽的农村题材在短篇小说创作中始终坚持着现实主义原则,因而作品中的内容真实而深刻,最有代表性的作品是《三年早知道》和《我的第一个上级》。

《三年早知道》通过讲述农村合作化运动中饲养员赵满囤的思想变化,对农民的私有观念以及思想变化进行了生动展现。赵满囤的外号是"三年早知道",脑筋十分灵活,但自私自利、贪图便宜,且有着根深蒂固的旧意识和旧思想。他"咬了牙狠了狠心"参加合作社,只是为了避免兄弟分家时将自己心爱的牲口分去;他成为饲养员,只是为了能将自己的牲口喂好;他为了发家致富,私自外出贩卖红枣,还挪用公款给自己买小猪……总之,他是时时为自己着想,处处为自己打算。不过,在集体的帮助和教育下,他逐渐提高了觉悟,开始想为集体做点好事。于是,他利用自己的小聪明使路过的公猪配种员用所带的公猪给自己社的猪先配种,结果导致请公猪配种的邻社配不出种来。由此可见,他这是在用放大的个人主义为集体做好事。后

---

① 金汉.中国当代文学发展史[M].上海:上海文艺出版社,2002:139.

第四章 十七年时期小说创作的主题研究

来,他逐渐认识到了自己的错误,在思想上有了很大的进步,最终成为合作社的主人。应该说,赵满囤这个人物"体现了中国农民在社会变革中公私观念的变化心态,真实、贴切、生动、活灵活现,富有意义,使人发笑而又亲切,因为他体现了农民淳朴而又有点小聪明的幽默风趣个性,是令人难忘的人物典型"①。

这篇小说有着自身鲜明的特色,"把深刻严肃的主题、幽默欢畅的调子、饶有趣味的笔触、起伏曲折的情节,细针密线、有机而和谐地组织成一个统一整体,使整篇小说显得严谨而完美"②。不过,这篇小说也有着自身的局限性,缺乏高瞻远瞩的现代意识和自觉的理性批判精神,因而只是一部"头痛医头、脚痛医脚"的作品。

《我的第一个上级》在现实主义创作原则的指导下,通过幽默风趣的笔触描写了一个不同于一味"高、大、全"的英雄人物——县水利局副局长老田。老田表面看来其貌不扬、暮气沉沉、办事拖拉,但实际上品德高尚、沉着冷静、雷厉风行,当国家利益和人民利益遇到危机时,他便会身先士卒、果断处理。

在对老田这一人物形象进行刻画时,小说采用了欲扬先抑的艺术手法,在一系列容易使人误解的细节和一个比一个紧张的情节中成功地塑造了老田这样一个真切感人的英雄形象。

第四节 工业题材小说的创作
——对工业发展的描写

中华人民共和国成立后,沸腾的社会主义工业建设生活呼唤着新中国的工业文学,一批作家深入到工厂、矿山,几年内写出了新中国文学史上第一批反映现代工业建设和工人斗争生活的中、长篇小说。在十七年时期工业题材的小说中,周而复的《上海的早晨》、艾芜的《百炼成钢》和杜鹏程的《在和平的日子里》是其中影响最大的作品。

一、周而复的小说创作

周而复(1914—2004),原名周祖式,曾任中国人民对外友好协会副会

---

① 雷达,赵学勇,程金城.中国现当代文学通史(下册)[M].兰州:甘肃人民出版社,2006:627.

② 金汉.中国当代文学发展史[M].上海:上海文艺出版社,2002:144.

长、文化部副部长、对外文化联络委员会副主任等职务。代表作品有《上海的早晨》《白求恩大夫》等。

周而复的《上海的早晨》作品描写的是新中国成立后中国民族资产阶级接受社会主义改造的艰难历程，在题材上具有开拓意义。这是一部与工业题材密切相关，但又不是专写工业生产和工人生活，而是以绝大部分篇幅描画了一批民族资本家形象的作品，它的主题是揭示民族资本家在社会主义制度下经历了种种曲折艰难终于接受改造，走上社会主义道路的历程。茅盾在20世纪30年代的《子夜》中曾塑造过一批形形色色的资本家形象，这类形象和作品二十多年来几成绝响。资产阶级在国民党统治下的风雨飘摇中走过来，进入新中国以后，他们的命运、前途如何？《上海的早晨》就以精确的描绘形象地回答了这一问题。《上海的早晨》是继茅盾的《子夜》之后，又一部反映中国民族资产阶级历史命运的鸿篇巨制。作品以新颖的题材、宏伟的规模和独特的人物形象显示出特有的艺术魅力，生动地展示了解放后工人阶级同资产阶级之间的激烈而复杂的斗争，特别着重描写了资产阶级在这场社会主义改造中形形色色各式各样的心路历程和命运归宿。这部作品人物繁多（共有七十余人），仅集中在"星二聚餐会"里的资本家就有十人，作家通过对这些人物的描写，展示了社会主义革命和建设时期民族资产阶级的种种思想状态和精神面貌。这一点是《上海的早晨》最突出的艺术成就。

《上海的早晨》采用大跨度、多线索的艺术结构展示历史画面。故事的时间跨度长达8年，以城市生活为主线，又辅以农村生活为副线，主、副线相互交织又始终贯穿。沪江纱厂总经理徐义德是作家着力塑造的资本家典型。他精明强干、老谋深算、唯利是图、善于应变，号称"十里洋场"的"铁算盘"。通过对他的刻画，小说成功地表现了新旧交替时期民族资产阶级思想性格的复杂多变性。还有卑鄙无耻、坑蒙拐骗、五毒俱全的资产阶级顽固派朱延年；大学毕业后当上经理，既想经商又想谋官职的"红色小开"马慕韩；能拍会吹，左右逢源，吃得开兜得转的冯永祥；老成持重、城府很深的潘信诚等，都是一些各具性格特征的资本家形象。中华人民共和国成立初的三十年甚至直至80年代集中刻画了如此众多资本家形象的作品仅此一部，丰富了当代文学的人物画廊，这在当代文学史上的地位是无法替代的。由于作者对所写人物很熟悉又善于把握住人物性格的核心，把人物放在家庭生活、社会交往、衣着服饰等变化着的环境中刻画人物的复杂性格，加之细腻深刻的心理描写和精神的刻画，使这些资本家形象个个生动丰满，栩栩如生。

但是《上海的早晨》对工人形象和党的领导者形象的描绘则是不成功的，形象干瘪而不丰满，个性也不鲜明，人物感染力不强。作品的个别章节

第四章 十七年时期小说创作的主题研究

说明性叙述过多,有些描写存在拖沓的感觉。总的来说,《上海的早晨》虽难与《子夜》相比,但在十七年时期工业题材的小说创作中,由于它填补了题材领域上的一个空白,还是应该有其文学史价值和地位的。

二、艾芜的小说创作

艾芜(1904—1992),原名汤道耕,笔名刘明、吴岩、汤爱吾等,艾芜是道耕的笔名,他开始写作时,因受胡适"人要爱大我(社会)也要爱小我(自己)"的主张的影响,遂取名"爱吾",后慢慢衍变为"艾芜"。1925年因不满学校守旧的教育和反抗旧式婚姻而出走,漂流于云南边疆、缅甸和马来西亚等地,当过小学教师、杂役和报纸编辑。1932年加入中国左翼作家联盟,开始发表小说。抗日战争爆发后,艾芜辗转于汉口、桂林、重庆等地,从事创作。并任教于重庆大学中文系。出版有短篇小说集《荒地》《黄昏》等,长篇小说《故乡》《山野》等。反映了国统区劳动群众的苦难、抗争和追求。艺术表现上严谨沉郁的现实主义格调,取代了以前抒情浪漫的艺术特色。中华人民共和国成立后,艾芜任重庆市文化局长、中国作家协会理事、全国文联委员等职。他曾重走南行路,出版了《南行记续篇》《艾芜文集》等,以内容新鲜、描写生动、笔调优美而引人注目。其中,《百炼成钢》是新中国成立后工业题材小说中的又一佼佼者,它的出现对于提高该题材作品的思想艺术水平具有举足轻重的作用。

《百炼成钢》以九号平炉的快速炼钢为背景,展现了钢铁战线沸腾的生活和钢铁工人在生产劳动中的种种矛盾斗争。作品将生产矛盾、思想冲突,爱情纠葛,敌我斗争交织在一起,表现了既炼钢又炼人的深刻主题,整部小说情节曲折复杂,故事波澜起伏。在人物塑造上,显示了艾芜一向细腻的特长,作品较少说教和议论,而通过细节描写展示人物的思想性格。尤其在生产劳动和日常生活的描写中,这种细腻手法,使作品充满了生活气息。在一般工业题材作品普遍存在着枯燥单调、概念化、公式化现象的情况下,《百炼成钢》不局限于生产过程的叙述,而是把人物置于广阔的现实生活中展开丰富多彩的生活画面,揭示众多的矛盾冲突,写得比较生动、有情趣,这在当时是比较难得的。

《百炼成钢》描绘了中国第一个五年计划时期工业战线的火热生产景象,同时反映出渗透到生活方方面面的深刻矛盾和斗争,具有鲜明的时代气息。作品从新党委书记上任写起,通过新书记和厂长的一番谈话暗示出当时全国的总形势,即国家基本建设的快速发展和朝鲜战争前线对钢铁的急切供给需求。小说主要以两条线索展开故事:一是快速炼钢,这是整部小说的主线,快速炼钢牵扯着每个人的神经。二是主人公秦德贵和孙玉芬的爱情,此为副线。对爱情的描写,作家没有人为地制造三角关系,而是写得生活味十足。秦德贵这个对敌斗争中的勇士、生产战线的能手,他在爱情的旋涡中却陷入泥沼,不能自拔,真实地表现出人物情感世界的矛盾和苦闷。作者把爱情与生产两条线索交叉展开故事,既增强了作品的思想容量,又丰富了人物的性格。同时小说围绕这些线索表现了两种不同性质的矛盾和斗争:小说主要描写九号炉三个炉长以及厂长、党委书记之间的冲突,这属于人民内部的矛盾;同时作者把阶级敌人李吉民的破坏作为一条副线加以穿插和点染,这属于阶级矛盾。两种矛盾交织在一起,真实地表现出当时社会存在的矛盾斗争的错综复杂性。把小说的两条线索和矛盾斗争联系起来,我们不难发现《百炼成钢》的真正意旨在于写人,写新一代工人的成长,炼钢就是炼人,新的时代造就新的人民,沉渣必然遭到历史的淘汰,这是"百炼成钢"的内在意旨。《百炼成钢》的成功离不开作家对生活中人物的细心观察和敏锐捕捉,作家善于提炼生活素材,从真实的生活中触发创作的灵感,结合艾芜的散文集《初春时节》看这部小说,我们发现,作家走访过的许多劳模人物都自然地写进小说中,但又不是简单的人物速写,而是截取、集中他们的某些性格特征和事迹,加工为意义丰富的艺术典型。

艾芜在写了长篇小说《百炼成钢》之后,又写了一批反映工人生活和精神面貌的短篇小说,如《夜归》《新的家》《采油树下》《输血》等。这些作品讴歌了工人阶级的建设热情和创造才能,赞美了他们崇高的品格和美好的心灵,他的作品一般不正面描写劳动场面和生产过程,而多从侧面描绘人物形象刻画人物性格。因此,他的小说短小凝炼,耐人寻味。艾芜作品的语言平易,叙事朴实自然,感情真挚强烈、格调明朗隽永。

三、杜鹏程的小说创作

杜鹏程(1921—1991),陕西韩城人,原名杜红喜,曾用笔名司马君,现代作家。中共党员。大学毕业。著有长篇小说《保卫延安》、中篇小说《在和平的日子里》,短篇小说作品有《年青的朋友》《速写集》、《杜鹏程小说选》等。杜鹏程的小说多为重大题材,从严峻的斗争与考验中,描写人物精神面貌。《保卫延安》正是他精心创制的一部力作。中篇小说《在和平的日子里》是十七年时期工业题材创作中的优秀之作。

杜鹏程的中篇小说《在和平的日子里》是反映工业生产的作品中比较有突破性意义的一篇。《在和平的日子里》是作者继《保卫延安》之后的又一部力作,是一部从语言形式到思想感情都具有真正的革命风格的作品。《在和

第四章 十七年时期小说创作的主题研究

平的日子里》情节并不复杂,它写了一支劈山开岭修路的铁路工程队几天中的战斗生活。但由于作者在描绘生产建设的过程中,精心地组织进建设者人与大自然,崇高思想与卑鄙人格,先进与保守等几组矛盾,并且在众多的矛盾纠葛中塑造了几个各具典型意义和性格特征的人物形象,就使整部小说显得格外动人心弦。作品自始至终洋溢着一种激动人心的力量。与同类题材的作品相比,《在和平的日子里》最大的特点就是,它揭示生活更深刻、格调更高昂,通过对生活的揭示,经常阐发某种重要的人生课题,把人生哲理和热烈的诗情结合起来使作品产生一种激动人心的力量。如果说《保卫延安》主要反映了战争时期血与火的敌我矛盾斗争。那么,《在和平的日子里则主要揭示了和平建设时期现实生活中的新矛盾——人民内部矛盾。通过对人民内部矛盾的揭示,提出了时代生活中一个重要而有深意的主题——一切革命者、革命干部(包括经受过战争考验的干部)在和平建设的新时期,都必须接受新的考验。反映了祖国社会主义建设的某些本质特征。《在和平的日子里》在反映生活上的这一特点在工业题材小说创作中是具有突破性意义的。《在和平的日子里》的这一深刻思想主题是通过两组对照的人物形象的塑造体现的。阎兴、小刘、张总工程师、韦珍等,这是一批刚刚脱下军装,换上工装的,有着典型的50年代社会主义建设者思想风貌的先进人物和革命知识分子的形象,而梁建则是一个虽然经受了战火考验,但在新的历史条件下,从一个普通的官僚主义者蜕化变质最后对革命人生观发生根本动摇的人。作者正是通过这两组形象的刻画,显示其深刻的思想意义的,梁建这一形象的成功塑造是杜鹏程对中国当代小说人物画廊的一个贡献。《在和平的日子里》另一突破性的贡献在于在普遍存在着对知识分子歧视的年代里,作者较早地大胆地塑造和热情地歌颂了知识分子的正面形象。其中有老一代知识分子张总工程师,也有青年知识分子韦珍。作者揭示了他们在党的教育下新生和成长的过程。《在和平的日子里》艺术上也极为成功,有自己鲜明的特色。杜鹏程特别善于在艰难、险峻、紧张、纷繁的环境中表现人物,同时把人物之间的尖锐矛盾冲突与严峻的环境描写融为一体,使情节跌宕起伏,产生了动人心魄的艺术力量。另外,充满激情的叙述和抒情与对人生哲理的探索精神相互交融,使整部作品达到了诗情与哲理的和谐统一。

另外,在从事长、中篇创作之余,他还写不少反映工业建设和工人生活的短篇小说,如《夜走灵官峡》《工地之夜》《延安人》等。这些短篇小说统一收在《年青的朋友》短篇集中。杜鹏程的短篇小说,从思想到内容到艺术质量在十七年时期工业题材短篇小说创作中都是最优秀的。这些作品刻画了社会主义建设者可贵的品格,同时也揭示了生活中刚显露的一些问题。杜鹏程短篇创作的一个十分突出的特点是,他笔下的很多人物几乎都是一些昨天在战场上流血流汗为人民打江山的英雄而今天又用他们"宽阔而坚定的肩膀,支撑着万里江山"的顶梁柱式的建设者。在艺术构思上,杜鹏程的短篇小说大多是截取现实生活的各个片断,从这个片断不但能听到时代飞速前进的脚步声,同时可以听到历史脚步的回声,把历史和现实联系起来思考,使作品既具有一种深沉的历史感,又有着强烈的时代感。在表现手法上,作者很讲究题材的新颖,构思的精巧,人物刻画比较细腻,注重气氛的渲染烘托。语言上也更注意修饰、推敲,显示了他艺术技巧的日趋圆熟。

四、其他作家的小说创作

反映工业题材的小说,有很大一部分出自业余作家之手,他们身处工业生产第一线,经常把急剧变化的现实中的新鲜生活带到小说创作中来,为小说园地凭添了一股生气。

胡万春是中华人民共和国成立初出现较早的工人业余作家。他1952年开始创作。最早引起注意的是带有自传性质的短篇小说《骨肉》。作品通过一个工人家庭的悲惨遭遇,控诉旧社会。笔法细腻,感情真切,曾被译成数国文字,在1957年世界青年联欢节国际文艺竞赛中被评为世界优秀短篇小说,产生了较大影响。1957年以后,胡万春创作热情日渐高涨,艺术水平上也有明显提高。《步高师傅所想到的》《特殊性格的人》《谁是奇迹创造者》虽带有那个时代的明显痕迹,但都是较为优秀的作品。写劳动竞赛和技术革新中工厂的沸腾生活,工人的劳动热情、智慧,人与人之间的新型关系等都较有新意。在人物塑造上他追求性格的深度,写出了工人阶级的宽广胸怀、豪迈的气概和丰富而美好的心灵世界。60年代的《家庭问题》通过一个工人家庭内部的矛盾提出了更为深刻的引人深思的社会问题,作品中融进了对于现实和未来的哲学思考,增强了作品的思想深度。胡万春的作品热情洋溢,格调粗犷,但有时热情有余,含蓄不够,粗犷有之,细腻不足。

唐克新也是一位出现较早的工人作家,有短篇集《车间里的春天》《我的师傅》《种子》等。早期作品主要反映工厂新貌工人新风,但尚欠鲜明深刻。1959年以后开始探索自己的创作路子。如果说胡万春是热情洋溢、格调粗犷,善于刻画叱咤风云、性格豪强的人物,喜欢铺排热烈的场面,设置尖锐的冲突的话;那么唐克新则恰恰相反,他善于从平凡的日常生活中去探索人物的心灵,构想淡远,笔调朴素无华。他善于抓住人物性格特点,以细腻的笔触铺展开去,从中提炼深刻的富有哲理意味的思想。《种子》《第一课》中人物的刻画和主题的提炼就是如此。1962年发表的《沙桂英》是唐克新的代

第四章 十七年时期小说创作的主题研究

表作。作品一定程度上克服了以前创作上反映生活比较狭窄的缺陷,把人物放在比较广阔的背景上和有深刻社会意义的矛盾冲突中来表现,不但加强了作品的思想深度,人物形象也更为丰满了。

陆俊超是一位极有特色的海员工人业余作家,写了一些反映海员生活的作品。他的《国际友谊号》《姐妹船》《惊涛骇浪万里行》等作品,开拓了短篇小说题材的新领域。他的作品热情奔放、豪迈、宽广、雄壮,洋溢着强烈的海洋生活气息,是我国"海洋文学"的第一批作品专业作家。

陆文夫,1957年前的作品有小说集《荣誉》和《小巷深处》。1957年以后曾下放工厂,1961年开始有反映工业题材工人生活的作品问世。《葛师傅》《修车记》《介绍》《二遇周泰》《棋高一着》等作品的出现,标志着他开始形成自己的艺术风格。此时作家改变了他早期作品中追求曲折惊险情节的毛病,而多从日常平凡的生活事件中发现矛盾,挖掘隐藏在表层活动下面的曲折和波澜。在人物塑造上精雕细刻、层层深入,抽丝剥茧,随情节发展逐步显示人物性格和思想境界。陆文夫的这些作品是60年代较为成功的工业题材小说。

雷加的《春天来到了鸭绿江》也是较早反映工业战线的生产和斗争的作品。它艺术地再现了解放战争初期东北地区工人阶级在党领导下一方面同潜伏的敌人展开斗争,一方面在极其困难的条件下恢复生产的情景,歌颂了工人阶级高度的政治觉悟和劳动热情,比较成功地塑造了何士捷、岳全善等干部和工人的形象,真实生动地反映了东北解放初期工人阶级的精神面貌。《春天来到了鸭绿江》作为一部工业题材的文学作品,较多地描写了生产技术活动,以致见物不见人,影响了人物性格的深入刻画(这也是中华人民共和国成立初期工业题材小说存在的一个通病),给人以沉闷、散乱之感。

萧军的《五月的矿山》也是中华人民共和国成立初期较早出现的反映矿工生活的长篇小说。作为一部反映矿工忘我劳动和英勇牺牲的崇高精神的作品,尽管因为作家思想境界的原因,它还存着某些明显的缺陷(主要是正面工人形象的思想基础模糊,身上过多地带有为作者所欣赏的某些野性)但作品的基本思想倾向和作家基本立场态度还是应该肯定的。然而,由于作品批判了矿山管理干部身上的官僚主义作风(这在解放初期的文学创作中是极其少见的),而受到粗暴的不公正的对待,宣布它为:"一部歪曲现实歪曲人民、歪曲革命,疯狂地宣传反动毒素的书籍。"并与过去对作者所进行的政治批判联系起来,新账老账一齐算,大兴讨伐。这显然已超出了正常文艺批评的界线。

中华人民共和国成立初期反映工业生产和工人生活的作品普遍存在着简单化、概念化、艺术水平不高的情况下,罗丹的《风雨的黎明》是写得比较成功的一部作品。它不但展示了鞍钢解放初期错综复杂的斗争图景,而且在多重的矛盾冲突中集中笔力塑造了几个性格鲜明的工人形象,尤其是老工人解年魁的形象,作者不但倾注了全部的热情,而且寄托了他的美学思考,把他塑造成一个既有工人阶级的崇高品质,又有农民的纯朴气质的优秀人物,使他在同类作品的工人形象系列中闪耀出自己的独特光彩。由于作品反映生活的复杂和独特,结构上也采取了一种独特方式:它不以完整的故事贯穿始终,而是围绕敌我矛盾这条主线,组织了众多的矛盾冲突,勾画出一幅幅激动人心的画面。时而追忆往昔的艰难岁月,时而描绘激烈多变的现实,时而憧憬美好的未来。这种散文式的结构和笔法,灵活、自由,便于从各个角度、各个方面浓化作品的生活色彩,强化和深化作品的主题。评论家冯牧曾指出《风雨的黎明》"描写的是重大题材,反映了过去较少有人接触过的斗争生活","作品在主题思想和艺术创造方法方面"都获得了"无可置疑的成就"。评论界也几乎一致认为"这是一部好小说","它丰满多彩,人物生动,情节曲折,斗争复杂,矛盾多端,引人入胜"。

　　十七年时期的工业题材小说,在原来极为薄弱的基础上取得了上述成绩应该说已是比较可观的了。但它仍不能扭转工业文学相对落后的局面,尤其是与农村题材和革命斗争历史题材相比,更显得落后,不但创作数量少,总体的思想、艺术质量也比较低。不少作品过多地把笔墨浪费在生产过程和劳动本身,目光狭窄,缺乏更为广阔的社会生活背景。在揭示生活矛盾上,较多地注意了生产过程中先进与保守的矛盾,而忽视了社会生活中那些更为复杂、曲折的斗争。所塑造的人物形象也大体上只有先进、保守两大类,有着较严重的公式化、概念化和类型化的不良倾向。从美学范畴的归属上看,虽然基本上属于清一色的现实主义,但过多的理想色彩的涂抹,冲淡和削弱了现实主义的力量,而作品的公式化、人物的概念化、类型化又降低了它的美学价值和审美层次。总的来说,工业题材小说创作远远不能适应和反映轰轰烈烈色彩缤纷的社会主义建设生活。

第四节　历史题材小说的创作
——对历史规律的揭示

　　20世纪50年代末60年代初,当代文学史上出现过一个短暂的历史题材创作的繁荣局面。从中华人民共和国成立后的十七年,战争点燃的精神圣火被高高擎起,以反映战争为主要内容的革命历史题材小说创作成为新中国文学创作的主要话题,并形成了一股热潮。单就长篇小说而论,十七年

第四章 十七年时期小说创作的主题研究

中,国内创作出版的长篇小说达三百部左右,而描写革命历史题材的作品是其中的主要部分。当时在群众中广为流传的长篇小说《红日》《保卫延安》《林海雪原》《野火春风斗古城》《战斗的青春》等作品,均属于革命历史题材范畴,都出版于1954—1961年间,正是这些作品的集体诞生,从而使新中国文学出现了第一次创作高潮。

一、姚雪垠的小说创作

姚雪垠(1910—1999),原名姚冠三,河南邓县人。1938年发表短篇小说《差半车麦秸》,受到文艺界的重视,40年代先后出版了《牛全德与红萝卜》《春暖花开的时候》《戎马恋》《长夜》等中长篇小说。1957年成为右派分子,此后致力于40年代就开始酝酿的《李自成》的写作。1963年出版了第一卷。姚雪垠移居北京后,修改和撰写《李自成》的续作。"四人帮"粉碎后,《李自成》第二、三卷分别于1977年和1981年出版。第四、五卷则是在他去世后不久的1999年出版。全书总计300余万字,是中国现当代文学史上规模最大、篇幅最长的一部长篇巨著。其中第二卷曾于1982年获首届"茅盾文学奖"。《李自成》问世以来,评述很多。大体说来,70年代后期和80年代初期,以赞肯为主,好评如潮。80年代后期始,多种批评包括严厉批评的声音陆续出现,散见于有关的报纸杂志。尤其是关于李自成等农民军将领形象的刻画是否确当,评论界争议最大。这也从一个侧面反映了人们在转型期多元共存的思想艺术观。

《李自成》是新中国文学史上第一部以农民战争为题材的规模宏大的长篇巨著。它的认识价值和美学价值都是不可低估的。

第一,《李自成》这篇小说为人们称道的是它那博大精深的历史内容。全书计划写五卷:第一卷写崇祯十一年十月清军进逼京城,以"潼关南原大战"为中心事件,崇祯在"和战"问题上犹豫不决。农民起义军在"潼关南原大战"中全军覆灭,李自成率少数义军突围出来,在商洛山中收拾残局、惨淡经营、重整旗鼓的情景。第二卷崇祯十二年夏,写李自成经过商洛保卫战,在官军围困中同仇敌忾,战胜时疫,平定了杆子的哗变,突围入豫,联合张献忠,在河南破洛阳,杀福王,声势大振。第三卷写崇祯十五年李自成在河南数次击溃明朝官兵后,连续三次攻打开封,声势越来越浩大,还写了李自成、罗汝才、张献宗三支义军的斗争,同时也描述了义军正孕育着失败的因素。至第五卷,崇祯亡国,李自成山海关战败,清兵入主北京。小说以明末农民大起义这样重大的历史事件为题材,以李自成领导的农民起义军反对朱明王朝的斗争为主线,描写了起义军由起义、受挫、复兴、胜利、直至最后失败的全过程,揭示了形成这一过程的主客观原因;在描写中国农民革命战争中,刻画了各个阶级、集团之间的错综复杂的关系,包括统治阶级内部、义军内部,乃至当时的民族矛盾等等,把重大社会事件、惊心动魄的战争场面、纵横交织的矛盾斗争,与风土人情熔为一炉。展示了明朝末年社会动荡不安、内忧外患的真实图景,艺术地再现了波澜壮阔的农民战争以及明朝统治阶级必然灭亡的历史命运,成为一部明末清初的中国封建社会的百科全书。作者用辩证唯物主义和历史唯物主义观点进行烛照,从而成为"填补历史空白的第一人"(茅盾语)。

第二,《李自成》的突出成就在于作者以精湛的艺术,把历史人物塑造成一批生动、感人的艺术形象,大大丰富了我国当代文学的人物画廊。有人就前三卷作了统计,有名有姓的人物达三百五十多个,囊括了当时社会各阶级、各阶层、各行各业的人物形象之中,自成一个艺术群体,在每个群体中,彼此的个性又迥然不同,相互关联,如网交错,从而构成了一个宏大的形象体系。

李自成是作者用浓墨重彩精心刻画的中心人物。他是古代的农民革命领袖,又是一位高于一般农民起义将领的农民革命英雄。小说通过"潼关南原大战""谷城会""商洛壮歌""李自成突围到鄂西"和"闯王星驰入河南"等主要情节,着力表现李自成政治上高瞻远瞩、英明果断和豁达大度的领袖风度;军事上骁勇善战、有胆有识,置身于惊涛骇浪而能指挥若定的英雄气概;以及坚定刚毅的性格,平易近人的作风。然而,作为历史上的农民领袖,他有帝王思想和迷信思想。阶级的局限和历史的局限,又使他成了悲剧人物。由于地位的变化,作为封建社会农民起义英雄的本身弱点有了较多的暴露。作品从历史真实出发,写出了他奋斗—发展—鼎盛—衰落—失败的过程。

崇祯皇帝是当代文学史上难得的反面典型。小说中的崇祯并未依据概念写成荒淫、无能的一般亡国之君,而是以历史上的崇祯为原型进行艺术再创造,让他具有独特的个性。崇祯在大厦将倾之际,不是醉生梦死,而是励精图治,宵衣旰食,亲理朝政,期待自己成为"中兴之主"。他"果断,有魄力",可是朱明王朝却在他手中灭亡,这是历史的必然,非个人力量所能挽救。作者把崇祯放在特定的历史背景以及紫禁城内具体的生活环境中,通过大量的细节,描写他性格的各个侧面:刚愎自信又悲观多疑,自作聪明又容易受蒙蔽,专断凶残而又故作宽仁大度,自称圣明而实则残忍、卑怯等等特点,交织成一个十分复杂的性格。这一形象,深刻地概括了封建社会后期没落统治阶级垂死挣扎时的许多共同特点。

第三,《李自成》在艺术上也取得了多方面的成功。

首先,宏伟而严谨的结构,富于变化的笔法。面对众多人物,纷繁头绪,

第四章 十七年时期小说创作的主题研究

作者在矛盾冲突线索安排上,采取复线发展的结构方法。以李自成义军与明王朝的生死搏斗为主线,而把当时的民族矛盾、双方的内部矛盾作为副线,在描写中抓住主线,带动副线,副线发展又推动主线,使整体故事线索既主次分明,又纵横交错。在情节组合上,采取分单元集中描写的方法,叙事灵活,新颖别致。既可以纵横驰骋、从容自如地描写历史事件和人物,又可使单元之间情节发展大起大落,大开大阖,形成波澜壮阔之势。在单元转换及同一单元之内,常常采用横云断峰的布局,使文章跌宕多姿。在叙事和描写上,广泛地使用生活化的笔法。在展示残酷、激烈的阶级和民族斗争的同时,浓墨重彩地引进了有关当时的乡土民情,风俗习惯和社会风貌。正如茅盾所说:"时而金戈铁马,雷霆震击;时而凤智鹍弦,光风霁月,紧张杀伐之际,又常插入抒情短曲,虽着墨甚少,而摇曳多姿。"

其次,鲜明的民族风格和中国气派。作者准确地把握民族和地方的特点,真实描摹民族的历史生活,包括乡土民情、风俗习惯、社会风貌和典章制度;吸收民族传统的表现手法,诸如布局谋篇、故事情节、修辞技巧、诗词文告等,进行创造性的运用。那开封相国寺的风光、北京的灯市、豫西的婚嫁习俗、京城元旦朝贺的威仪、米脂一带"送穷"的迷信活动,就连皇帝的抽签、百姓的朝山、术士的卖卜、骚人的诗酒、巫婆的下神,也都惟妙惟肖。在人物刻画上,多用白描手法,让人物以自己的语言行动表现自己的性格。

最后,成功的语言艺术。《李自成》的叙述语言和描写语言,大都简洁明快,句式短,音调铿锵。人物语言,或文或白,或文白参半,因人而异;或俗或雅,或雅俗兼用,视环境而变。就篇章论,李自成和张献忠的谷城会谈,黄道周的廷谏崇祯,是用对话表现性格的范例;就人物论,张献忠、刘宗敏、郝摇旗、牛金星、李岩、红娘子、王长顺以及卢象升、杨锦昌等人物的对话或内心独白,都是个性鲜明,"言如其人",很能表现出他们不同的出身、经历、地位和文化教养。

当然,《李自成》在人物描写方面有明显的现代化的倾向,但这是特定时代的"标记"。有些地方议论过多,有些细节描写过于琐碎。

二、陈翔鹤的小说创作

陈翔鹤(1901—1969),出生于重庆。1922—1925年间参与发起组织浅草社和沉钟社,开始发表作品。早期短篇小说《西风吹到了枕边》及一些剧本,用浪漫主义和现代主义方法表现五四以后青年的苦闷。1927年后一直在山东、吉林等地任教。抗日战争爆发后返回四川,曾担任中国文艺界抗敌协会成都分会常务理事。中华人民共和国成立后,任四川省文联副主席、中国作家协会古典文学部副部长、《文学遗产》主编等职。发表了历史小说《陶渊明写挽歌》《广陵散》,有很大影响。

《陶渊明写〈挽歌〉》是当时率先问世的历史题材的短篇小说。作品描写了东晋大诗人陶渊明的东林寺访友、田间漫步、席间闲谈、榻上凝思等几个晚年日常生活场景,表现了陶渊明对生死问题平静坦然和对世事清醒超越的态度,刻画了他"不戚戚于贫贱,不汲汲于富贵"的旷达宁远、清贫自守的性格。宋文帝元嘉四年,陶渊明已是近六十三岁高龄了。秋天,他到庐山的东林寺去,本想同慧远法师谈谈,但东林寺内办法事,慧远和尚盘腿打坐在大雄宝殿正中,显出一派傲慢、冷漠而又装腔作势的样子,他还拿死来吓唬人。陶渊明对此无比反感,回家后他想将烂熟于心的三首《挽歌》和一篇《自祭文》写出,由于心绪怅惘而终于未能如愿。他躺在床上推敲起诗稿文稿来,"有生必有死,早终非命促……亲戚或余悲,他人亦已歌。"勾起他对生死问题的思考,他忽地又想起了慧远和尚,觉得自己应该就生死问题跟他辩论下去。于是在诗的末尾又加了两句:"死去何所道,托体同山阿。"陶渊明深深地领悟到了"人生实难,死之如何"!

作者对于历史素材进行出色的艺术创造,抓住了陶渊明对生死问题具有朴素唯物主义的认识,善于通过对日常生活的细致描绘,来再现历史人物的生活场景,细腻真切地呈现人物的心理活动;在语言上,典雅而又通俗,流畅且富有情致,能将古典诗词、佛教用语自然地引用到现代汉语的叙述之中,叙述语言质朴平易,人物语言也能生动地凸现其身处乱世不求苟活的达观洒脱的性格特征。这篇小说是当代短篇小说创作题材方面的新开拓。

第五章 20世纪80年代小说创作的主题研究

20世纪80年代,人们对小说发展的大致印象是产生了反思小说、改革小说、寻根小说、先锋小说等创作主题,相对于一个废墟时代的文学,它们表达了对文学新的理解和阐释,展示了丰富而多样的文学内容和形式,它们因此而成为80年代文学的"主流"。20世纪80年代的小说创作在如何超越此前旧的文学观念和小说上下足了功夫,这就使它们拥有了某些保守的性格。

第一节 第四次文代会的召开和新时期文学的复苏

一、第四次文代会的召开

第四次文代会,即中国文学艺术工作者第四次代表大会。它于1979年10月30日至11月6日在北京召开,是新中国成立三十年来文艺界最隆重的大会。出席这次盛会的代表达3200多人,包括从"五四"时期的老作家到崭露头角的新作家整五代人。(第一代是茅盾、叶圣陶、冰心等人;第二代是20世纪30年代革命现实主义文学的完成者巴金、曹禺等人;第三代为20世纪40年代在革命战争烽火中成长起来的、毛泽东思想的忠实贯彻者赵树理、丁玲、贺敬之等人;第四代是20世纪50年代社会主义建设中成长起来的马烽、王愿坚、茹志鹃、王蒙等人;第五代是粉碎"四人帮"后成长起来的蒋子龙、张洁、谌容、冯骥才等人。)因此,丁玲将这场盛会称之为"五世同堂"。这些作家在参会的时候,无不思绪万千,百感交集。

周扬主持这次大会的开幕式,茅盾致开幕词,茅盾指出这次大会的任务是:"总结建国以来文艺路线正反两方面的丰富经验,讨论新时期文艺工作的任务和计划,修改文联和各协会章程,选举文联和各协会的新的领导机构。"研究如何进一步解放文艺生产力,团结广大文艺工作者更好地为实现

"四个现代化"是本次会议的中心议题。这一议题具有广泛的代表性。

邓小平代表党中央国务院向大会祝词。祝词的内容共包括以下几个方面的重要内容。

第一,客观地总结了新中国成立30年来文艺战线的斗争和成绩,基本肯定了"十七年"的文艺路线和文学创作,高度赞扬了广大文艺工作者在同林彪和"四人帮"两个反革命集团的斗争中,所做出的不可磨灭的贡献。

第二,明确地提出了新时期社会主义文艺的任务,指出:"同心同德地实现四个现代化,是今后一个相当长的时期内,全国人民压倒一切的中心任务,是决定祖国命运的千秋大业。"要求文艺工作者要通过塑造四个现代化建设的创造者的形象,来激发广大人民群众的建设社会主义的积极性和创造性。

第三,深刻地阐述了文艺同人民、同生活的关系。邓小平指出:"一切进步的文艺工作者的艺术生命,就在于他们同人民之间的血肉联系,人民是文艺工作者的母亲"。"人民需要艺术,艺术更需要人民。自觉地在人民的生活中吸取素材、主题、情节、语言、诗情和画意,用人民创造历史的奋发精神来抚育自己,这就是我们社会主义文艺事业兴旺发达的根本道路。"

第四,强调了如何改善党和加强党的领导问题,强调了文艺是一种复杂的精神劳动,党对文艺工作的领导,不是发号施令,不是要求文学艺术从属于临时的、具体的、直接的政治任务,而是根据文学艺术的特征和发展规律,帮助文艺工作者获得条件来不断繁荣文学艺术,提高文学艺术水平,创作出真正优秀的文学艺术作品和表演艺术。批评那种横加干涉的衙门作风,废止行政命令、提倡和鼓励"不同形式和风格的自由发展""不同观点和学派的自由讨论",充分发挥文艺家的聪明才智和个人的创造精神。

总之,第四次文代会就是一个倡导自由、文艺民主、思想解放和目标明确的盛会,标志着社会主义文艺工作的历史性转折。

在第四次文代会结束后,1980年7月26日,《人民日报》发表了题为《文艺为人民服务、为社会主义服务》的社论,用"文艺为人民服务、为社会主义服务"的口号取代了过去惯用的"文艺从属于政治、文艺为政治服务"的提法。社论既肯定了该口号在特定的历史背景下曾经起到的积极作用,也着重指出了它在理论和实践方面的不足与局限性。新的口号——"文艺为人民服务,为社会主义服务"则更全面、更科学、更完整地反映了社会主义时代文艺的历史任务,因而更符合文艺规律。这一口号提出后,新时期社会主义文艺的基本方针就成了"二为"和"双百"即"文艺为人民服务、为社会主义服务"和"百花齐放、百家争鸣"。在这两个方针的指引下,广大文艺工作者的创造力被极大地激发了出来,开始了新的文艺之路。

二、新时期文学的复苏

随着第四次文代会的召开,我国文学逐渐复苏并快速发展起来。广大文艺工作者以自己的切身体验,率先写出了一批控诉"四人帮"、怀念老一代革命家的作品,这些作品顺应历史潮流,并传递出了人民的心声。以刘心武的短篇小说《班主任》为先导的"伤痕文学",最先冲破了文学创作中的思想禁锢,绽放出新时期文学的第一束报春花,使人民心底已久的愤懑之情得到了尽情的抒发。"伤痕文学"成为当时反映亿万人民群众的思想、感情、意志、心理、欢乐、痛苦、愤怒和理想的文学现象。它在1984年中国作家协会第四次代表大会上受到了高度赞扬。被称之为"伤痕文学"的一系列带有浓重悲剧色彩的中国短篇小说扣动了亿万人民的心弦,在新时期成为文学主流。"伤痕文学"之所以产生了极大的影响,主要是因为其一方面揭露了"四人帮"给中国人民造成的广泛而深刻的灾难,另一方面对新的历史总体性进行了修复和建构。

十一届三中全会以后,随着党的中心工作的转移,农村和城市经济体制改革以最为迅猛的势头在全国轰轰烈烈地展开。在这样的社会背景之下,一系列作家以经济改革为题材,开始塑造开拓型的改革英雄形象。蒋子龙发表的《乔厂长上任记》就是这一时期改革文学的开山之作。随着改革的浪潮越来越高,改革小说更是大量充斥着文坛。这种小说深刻地反映了我们民族的历史、民族的命运、民族的精神、民族的文化传统,能够在很大程度上激发人们的历史责任感。尽管改革文学带有很强的意识形态色彩,下意识地采取了种种曲折、颠倒和自相矛盾反映现实的方法,但是它反映了那个时期人们的心理愿望,并有效地建构了那个时期人们想象的历史。

20世纪80年代中期,"寻根文学"占据了整个文坛。从1984年12月杭州西湖边一所疗养院里的聚会开始,各种关于"寻根"的论文在全国各大报纸接踵而来,如韩少功的《文学的根》、郑万龙的《我的根》、李杭育的《理一理我们的"根"》、阿城的《文化制约着人类》等。这些文章在文坛引起热烈的反响,标志着"寻根文学"的形成。韩少功曾经明确地提出要寻找已经迷失的梦文化的源头,于是,这一时期一大批优秀的寻根小说问世,如韩少功的《爸爸爸》、贾平凹的《商州初录》、郑义的《远村》、阿城的《棋王》、李杭育的《最后一个渔佬儿》等。

随着改革的不断深化和市场经济建设的步伐加快,整个社会经济体制、政治环境、舆论环境都从"单一社会"向"多元社会"过渡,人们的精神生活也趋于复杂和丰富多彩的多元选择。这一时期,对现代派的评价不再随便贴上社会政治的标签,人们在文学理解与思维世界中也给具备革新、变化等特征的观念、作品留下更为开阔的空间。这一类作品的发表和出版也不再有太大的阻力,尤其是许多主流文学杂志,如《收获》《人民文学》《上海文学》纷纷以"专栏""小辑"的形式推出青年作家创作的"各式各样"的小说。马原、莫言、余华、洪峰、残雪、孙甘露、格非、苏童、北村等青年作家纷纷登上文坛,并以其独特的话语方式进行小说文体形式的实验。他们以前卫的姿态探索存在的可能性以及与之相关的艺术可能性,并以不避极端的态度冲击着文学创作中的传统规范。这都极大地推动了新时期文学的发展。

第二节 反思小说的创作
——对人自身反思的描写

经历了巨大的挫折和创伤之后,随之而来的往往是冷静、严肃、深沉的思考,1978 年 5 月开始的关于"实践是检验真理的唯一标准"的讨论和随后掀起的全国性的思想解放运动以及党的十一届三中全会的召开,极大地解放了人们的思想,推动了时代、社会和文学的进步。人们已经不满足于文学创作只停留在对社会生活和人们心灵造成的创伤的浮泛描绘和控诉上,而需要那种具有更丰富的艺术表现力和更深刻的思想洞察力的作品,也不再需要那种只是一般的反映社会历史发展过程的作品,而是更需要从对历史的再认识中总结经验和教训的深刻之作。应和着这种时代和人民的需求,就在伤痕小说方兴未艾之际,反思小说出现了。反思小说的高潮是在 20 世纪 80 年代初期,但它延续的时间较长。反思小说题材延伸到 50 年代,观照社会的视角更加多样化,人物在特定历史环境中情感、性格的复杂性和矛盾性得到揭示,作品在一定程度上融入作者本人对历史和社会的理性思考。在艺术上,由于表现手法的日趋多样化,人物刻画更加丰满,情节设置、细节安排更加合理,对人道主义的思索也更加深入。

一、王蒙的小说创作

王蒙(1934—),河北南皮人,祖籍河北沧州,1934 年 10 月 15 日生于北京。中国当代作家、学者,文化部原部长、中国作家协会名誉主席,任解放军艺术学院、南京大学、浙江大学、上海师范大学、华中师范大学、新疆大学、新疆师范学院、中国海洋大学、安徽师范大学教授、名誉教授、顾问,中国海

第五章　20 世纪 80 年代小说创作的主题研究

洋大学文新学院院长。著有长篇小说《青春万岁》《活动变人形》等近百部小说,其作品反映了中国人民在前进道路上的坎坷历程。2019 年 9 月 17 日,被授予"人民艺术家"国家荣誉称号。

在 20 世纪 80 年代前期,整个文学创作处在一个政治中心的时代环境里,作家和政治的关系紧密,处在社会关怀中心的作家,也被要求对时代政治负责任,把政治社会的要求变成作家自觉认同的内容。王蒙坚定地强调一个作家应该不断地与时代同步前进,才能获得一个较长久、较旺盛、较开阔的艺术生命力。在这一时期,王蒙创作的小说主要有《蝴蝶》《相见时难》《活动变人形》等。

《蝴蝶》通过讲述主人公张思远在革命运动中的经历,揭示了曲折历史与革命干部的荒诞关系。张思远的身份在革命和政治运动中经历了数次变迁,从投身革命的农村少年小石头到解放后的军管会主任、市委书记,再被打成三反分子、黑帮、大叛徒、大特务,后成了山村里的老张头,革命结束后官复原职直至升任张部长。这一系列身份的变化让张思远产生了一种迷失感,但也促使他寻求真我、反思历史,最后在乡村纯朴的人性、人情中找到了自我,他的人情味和理性精神也逐渐回归,并开始忏悔,真诚地对历史进行了重新认识,同时开始面对现实,看清事实,觉悟到自己异化的原因在于"丢了魂",即没有把人民群众放在心上。小说最后将明天的希望寄托在了"找到了魂"的张部长身上。

《相见时难》发表于《十月》1982 年第 2 期,讲述的是一次具有特殊历史意义的会面。这次会面发生在 30 多年前离开祖国而在 80 年代中国改革开放环境下回归的蓝佩玉与始终坚守革命信念在共和国曲折历史中遭受磨难的翁式含之间。在特殊的"历史空间中",当初的"逃兵"成为贵宾,坚守者则饱受磨难。在实用主义、历史虚无主义和市侩习气的对比下,翁式含信念的坚贞与情感的真挚凸显出来,然而曾经交汇的人生轨迹经过几十年背道而驰,其间的微妙与复杂令他深思,他感到了在新时代新背景下反思历史总结历史的紧迫与艰难,相见之难就在此处。这篇小说的主题与《蝴蝶》一样,但是其时空构架更为阔大,现实感更强,有着更丰富的内涵和耐人咀嚼的人生哲理。从张思远到翁式含,人物身上革命理想主义激情逐渐为历史与现实理性取代,坚守中有反思,崇高中有些无奈。

《活动变人形》描写的是一个具有现代意识的知识分子倪吾诚在旧式家庭中的苦闷、游移和迷惘的悲剧一生。倪吾诚出身于封建地主家庭,但因曾到欧洲留学几年便开始向往西方的物质文明和精神文明,但他的理想和爱好与旧中国的现实环境不相符,而且他虽陶醉于西方文明却并未得其精髓,只是一知半解,其对文明的追求很大程度上变为浅薄的西方式生活享受;对中国的现实、民族命运没有深远的思考和坚定的主张,一生的精力在家庭争斗中消耗而一事无成。这些使得他的心灵与欲望、知识与本领、环境与地位产生了不和谐,由此产生令人可笑可厌甚至可怖的"活动变人形"。

可以看出,这篇小说由历史反思层面进入了文化反思层面。在小说中,王蒙将几千年传统文化禁锢下铸就的人性的残酷、鄙俗、偏执表现得令人窒息,也讽刺了倪吾诚的软弱性。而这种冷静而热烈的双向批判深刻中有一种超脱,痛苦中有一种戏谑,反思意味更加深刻。

总的来说,王蒙这一时期的小说创作淡化了创伤记忆,着重对曲折历史所反映出的深刻哲理和教训进行揭示;没有采取善与恶、是与非、美与丑这种截然二元对立的观念,而是努力对社会历史的丰富性和复杂性进行把握,从而从整体机制上重新认识历史;他也注意在历史变迁中对人物在变动的时代和纷繁的运动中的内心情感波动进行展示,且人物往往是青年时代就投身革命,有着坚定的革命信念和理想激情,后虽经历了迷惘痛苦,但始终葆有革命的信念和对理想的忠诚。

二、张贤亮的小说创作

张贤亮(1936—2014),祖籍江苏盱眙,生于南京。1957年,因发表抒情长诗《大风歌》被划为"右派"。此后他经历劳改、管制、群专、关押。1979年复出文坛,发表《邢老汉和狗的故事》《灵与肉》《土牢情话》《龙种》《河的子孙》《绿化树》《男人的一半是女人》《男人的风格》《习惯死亡》《我的菩提树》《早安,朋友》等短、中、长篇小说。

《绿化树》是张贤亮"唯物论者的启示录"系列小说中最先发表的一部。小说描写被划为"右派分子"的诗人章永璘,通过劳动者美好心灵的洗涤和《资本论》的启悟,经过苦难的历程,最终成为一个马克思主义的信仰者。作品通过主人公在两个月时间里的遭遇,展示其生活、心灵变化的复杂过程,尤其着意描写他在厄运中深层的心理活动和逆境里细腻入微的感受,生动地反映了他身上所发生的脱胎换骨般的转变。马缨花是小说中另一个光彩照人的人物形象。她在章永璘最困难的时候给了他温饱和爱情。这位处于社会底层的劳动妇女对精神生活的向往和追求,显然寄寓了作者的美学理想。小说取材角度新颖,"艰辛得和美丽得都使我战栗的生活"写来雄浑悲壮,渗透着作者对历史、社会、人生和哲理的思索。作品中关于饥饿状态的描写极为真实,也极具震撼力。作者在最初几章用大量篇幅描写章永璘因饥饿而在食物面前呈现的卑贱相,描写他饥饿难熬时心理、生理反应的笔墨是最具光彩、最富魅力的文字。这些浸润着作者血泪情感而又流动着艺术

第五章 20世纪80年代小说创作的主题研究

灵气的出色描写,激起读者对主人公遭遇的强烈怜悯之情。严酷的社会生活,曲折的人生遭遇,美好的灵魂,沉郁的格调,构成了《绿化树》的主色调。小说发表后,轰动文坛,给张贤亮的创作生涯带来辉煌。评论界对小说中塑造的受难知识分子章永璘的艺术形象褒贬不一。持基本否定态度的评论者认为作品明显有"左"的印记,流露出贬低知识分子,把苦难和农民"神圣化"的思想倾向。

《男人的一半是女人》也是作者总题为"唯物论者的启示录"系列小说中的一部。小说描写特殊环境里一对男女特殊形态的情欲和婚姻。作品透过章永璘、黄香久的性爱纠葛,探讨了人类最基本、最低层次的生存需求——性,对人性和人道主义发出了深沉的呼唤,对"极左"思潮进行了痛切的批判。主人公章永璘,是灵与肉的统一体。他性功能的丧失,无疑象征着整体人格的畸变。即使他后来恢复了性功能,但作为人,却被异化了。这个人物形象的刻画,明显地受了作者主观意念的支使。作品刻画得较为生动的人物形象是黄香久,其性格的艺术光彩别具魅力,在更广阔的空间激发着读者对她的为人,对她的命运的深深思索。她是在社会底层粗糙的生活和嘈杂的生存环境中站立起来的活生生的艺术形象。小说前半部分较厚重、自然,后半部分则有些矫情。小说因在新时期创作中首次接触性描写,轰动一时,争议四起。议论的焦点是"性"描写和主人公章永璘的形象。有评论者认为作品中有关"性"的描写过露,章永璘是一个伪君子。多数评论者对小说率先闯入敏感的题材禁区予以肯定,并认为是作者最有力度和深度的作品之一。

就创作思维而言,《男人的一半是女人》和《绿化树》是一脉相承的。两部小说分别细腻而深刻地刻画了在恶劣的生存环境中章永璘刻骨铭心的肉体饥饿和性饥渴的心理体验,从而展示了章永璘这个知识分子,在荒谬而残酷的年代里,人性动物化、非人化的事实,畸形病态的时代可见一斑。小说试图从生理层面和精神层面,展示人物从民间的善良和对马克思主义的研究与信仰中获取"自我超越"的力量。作者将主人公推向命运的深渊,在残酷的现实中张扬其超越自我的人生追求、知识分子的使命感。在《绿化树》中,章永璘为着实现自身的价值和使命,痛苦超越的内涵较为复杂,既有充盈周身的"原罪感",又要直面马缨花编织的纯洁的爱情世界,灵魂深处冲撞着内疚与自责。与《绿化树》相比,《男人的一半是女人》中的"原罪感"没有了。但主人公章永璘实现自身价值的"崇高感"显得非常做作,缺少底气。小说中受难知识分子被阉割、丧失创造力的痛处给读者留下了深刻的印象。

三、古华的小说创作

古华(1942—),原名罗鸿玉,1942年6月20日出生,湖南嘉禾人,电影编剧、作家,原湖南省作协副主席。1961年冬结业于郴州农业专科学校。1962年发表第一篇短篇小说《杏妹》。此后10余年间陆续写了一些中、短篇小说,大多反映农村新人新事。1978年以后,对现实生活有了较深的认识,艺术上也日益成熟。长篇小说《芙蓉镇》发表后,引起文艺界很大关注,荣获首届茅盾文学奖。作品通过湖南山村普通劳动妇女胡玉音劳动发家,屡遭不幸的生活经历,反映了中国农村社会变革的历史进程。短篇小说《爬满青藤的木屋》,获1981年全国短篇小说奖。

长篇形式的反思小说大部分在反映现实生活的同时将镜头拉向历史,《芙蓉镇》是古华的代表作,也是新时期文学的重要收获。小说描写了从农村"四清"运动到粉碎"四人帮"这20多年中,湖南一个僻静山镇在政治风云变幻中的盛衰变迁和人世沧桑,歌颂了十一届三中全会以来中国农村的历史性变革。这部作品立足现实,回顾历史,以普通农民坎坷艰难的生活命运,总结历史的教训,堪称一曲"严峻的乡村牧歌。"

这部小说,主要是通过对有"芙蓉仙子"美称的胡玉音的命运、遭际的描写来体现主题的。胡玉音父母双亡之后就参加了农业社,60年代初又做起了卖米豆腐的小本生意,她善良、勤劳、美丽、富于同情心,生意越做越兴旺。可是,在左倾思潮泛滥的四清运动中,她被政治斗争的风浪一步步逼入绝境——新建的楼屋被没收,丈夫被迫自杀,她也因是"新富农"的寡妇婆而被打入"五类分子"的行列,接受批斗。在那个年代里,人的尊严被肆意践踏。胡玉音虽然柔弱,却意志坚强,她不屈服于命运,"我为什么要死?我犯了哪样法?哪样罪?我为什么活不得?"她终于顽强地活下来了。作为"黑鬼",她和"铁帽右派"秦书田居然由相爱而结婚,对极左路线的代表人物进行了力所能及的抗争。

作品中其他人物形象,如农村基层干部的代表,党的优良传统的体现者,"北方大兵"谷燕山的形象;在长期屈辱生活中形成了外表玩世不恭、内质严肃真诚的独特性格的"右派分子"秦书田的形象;阴鸷歹毒,以整人为乐事的左倾思想代表人物李国香,运动根子王秋赦的形象,也都塑造得相当成功。《芙蓉镇》艺术上最大的特色是将民情风俗与政治斗争紧密地融合在一起,使读者从民俗风情的移易中感受到政治风云的变幻。作者细致地描写了芙蓉镇从解放初的山镇繁荣,民风古朴,生活和谐,到四清运动后变得互不来往、彼此防范,"新"风恶俗笼罩山镇,导致萧条、冷落、空气紧张,直到三

第五章　20世纪80年代小说创作的主题研究

中全会后才重新焕发出青春的活力的整个变化过程,政治斗争冲击着民情风俗,民情风俗反映着政治形势。浓郁的诗情画意是古华小说鲜明的风格。他注重开掘美好的人性,给人以清新隽永的艺术享受。像这样巧妙地寓政治风云于风俗民情图画之中的作品,在《芙蓉镇》之前还是不多见的,作者古华曾在《芙蓉镇·后记》中说:"新的时代提出了新的文学要求,就我来说,面对着这种新的文学要求,既有重新认识生活、剖析生活的问题,也有艺术素养、表现手段的问题。于是我探索着、尝试着把自己二十几年来所熟悉的南方乡村里的人和事,囊括、浓缩进一部作品里,寓政治风云于风俗民情图画,借人物命运演乡镇生活变迁,力求写出南国乡村的生活色彩和生活情调来。这样,便产生了《芙蓉镇》。""寓政治风云于风俗民情图画,借人物命运演乡镇生活变迁",这两句话可以说既概括了《芙蓉镇》的主题思想,又显示了它的艺术特征。《芙蓉镇》作为一部对农村历史进行深切的反思,对极左路线进行深刻的批判的长篇小说,由于它艺术上的独特和成功,荣获了茅盾文学奖。

从小说艺术发展自身来说,"反思小说"浪潮的兴起,也导致了小说艺术自身反思的开始。这一时期,小说创作已经从现实主义的复归阶段进入到深化阶段,从对表面生活的浮泛描写进入到有历史深度的深刻发掘。这就要求小说创作在结构和表现方法上进行变革,不再拘泥于传统现实主义那种单一的、线性的、"讲述"式的"再现"手法,而开始使用时序颠倒、时空跳跃、意识流动、电影剪辑、蒙太奇手法等表现方式。小说对自身艺术的这种审视和反思,促进了小说表现形式的革新和发展。同时,小说创作主体意识和文本意识开始觉醒,它不但极大地丰富了原有现实主义的表现手段,也孕育了一种与传统现实主义小说完全不同的新型的现代主义小说形态,直接导致了20世纪80年代中期先锋派青年作家群及大批新潮小说的出现。

四、卢新华的小说创作

卢新华(1954—),江苏如皋人,中学毕业后前往农村插队,1972年应征入伍。1978年,卢新华进入上海复旦大学中文系读书,期间发表了《伤痕》一书,迅速成名。大学毕业后卢新华下海经商,不久赴美定居。

卢新华于1979年2月在《文汇报》上发表了《伤痕》小说,该小说的发表虽然几经周折,但发表后却备受众人的关注。它讲述的是一个少女在"文化大革命"中所遭受的亲情创伤。主人公王晓华是"文化大革命"中在红色教育中长大、极端崇拜毛泽东和他的思想的"革命小将",拥有狂热的革命激情,当得知她的母亲被划为"叛徒"的消息后,她主动和母亲划清界限,断绝母女关系,离家出走前往农村插队,试图做一个"可以教育好的子女"。然而在插队过程中,无论她怎么努力也改变不了政治贱民的身份,但甚至还因此与自己的恋人分手,生活在无望之中。八年后,王晓华得知母亲的罪名是"四人帮"为达到篡党夺权目的而强加的,悔恨交加,赶回上海看望母亲。然而母亲却因长期遭受批斗、重病缠身,在她赶到前的几小时与世长辞了,这在她的心头留下了一道难以愈合的伤痕。

这部小说虽然只概括了"文化大革命"造成的大悲剧的一个侧面,却挖掘出了一个有深刻的社会意义的题材:"四人帮"对大批革命干部的残酷迫害,造成我们社会上千千万万革命家庭的悲剧。由于作品触及了被"文化大革命"长时间的阶级斗争和政治运动所摧残的人间亲情,揭示了极"左"思潮的精神教化对人性的残害,因此产生了巨大反响,唤醒了中国人久遭压抑的内心情感。

五、周克芹的小说创作

周克芹(1937—1990),原名周克勤,四川简阳人。1958 年毕业于成都农业技术学校,毕业后回乡务农,先后当过农民、民办教师、生产队长、大队会计、农业技术人员、公社和区干部、县文化馆工作人员,对农村生活十分熟悉。1963 年,周克芹发表了自己的第一篇短篇小说《井台上》。"文化大革命"期间辍笔,"文化大革命"之后开始从事专业创作。他凭借《许茂和他的女儿们》迅速成名,成名后发表了一系列小说作品。周克芹的小说深受读者好评,也获得不少荣誉。1990 年,周克芹因病早逝。

《许茂和他的女儿们》首次刊印于四川内江地区《沱江文艺》,《红岩》1979 年第 2 期转载。小说通过 20 世纪 70 年代中期四川沱江流域葫芦坝村农民许茂和他几个女儿的命运遭际揭露了"文化大革命"给农业生产带来的灾难性破坏和在农民精神上造成的严重创伤。小说的主人公许茂是一个老农民,他思想落后自私,性格既沉默固执,又精明狭隘。在合作化高级社时期,许茂原本是一个爽朗、聪慧、爱社如家的积极分子,全身心地投入集体的农副业生产,深受人们尊重。然而随着极"左"思潮和"文化大革命"导致的社会动乱日趋剧烈,他灵魂发生了急剧的变化,他由怀疑到忧虑到自私再到不义,用一个农民的所有聪明智慧拼命地集敛财富。为了贪图小利,他趁孤儿寡母急需现金治病的机会,以低价买下他们的食用油,再抬价转手卖出,对于这类不义的行为,他往往会原谅自己:"比起那些干大买卖的,贪污公款的,盗窃公共财物的来,又算得了什么!"①

许茂将遭受火灾而无家可居的大女儿一家人拒之门外;大女儿病逝后,女婿无钱置办棺材,他竟然舍不得让出家中的木材,因为他断定,失去了大队党支部书记位置的女婿金东水"永远也爬不起来了";四女儿秀云要离婚,他对此激动不已,因为他认为女婿郑百如是个大干部,在葫芦坝上掌着实权,不能得罪,但妇女主任的支持和法院的批准让他不得不接受,但这种不顺心、不愉快在他算计自己的庄稼能在市场卖个好价钱的时候跑得一干二净;未出嫁的七女儿许贞不往家里捎钱,对此他气愤不已,却没找到时机发怒……总之,金钱和利益已经淘空了他的人性和亲情。一系列发生在许茂身上的事将他的势力、自私、不义刻画得淋漓尽致。直到老干部颜少春以工作组组长的身份进入葫芦坝,村里的工作整顿初见成效后,许茂才开始反省自己的人生,他那扭曲的性格也逐渐向着好的方面发展,并重新焕发了对生活的热情。

《许茂和他的女儿们》这部小说采用"家庭纪事"的结构方式,以小见大,从一个家庭人物的纠葛和人物性格的转变来反映整个社会的动荡,真实地再现了 20 世纪 70 年代中国社会风云变幻的社会现实。同时,这部小说也预示了结束动乱之后必将出现的光明、美好的前景。这部小说的艺术特色主要体现在以下三个方面。

第一,在人物刻画上,小说通过人物的命运遭遇和内心世界表现人物性格。主人公许茂之所以是一个变化着的农民形象,主要是因为作者着重从人物性格与时代风云、个人命运与国家命运的关系上去审视这个人物。

第二,该小说的叙述语言淳朴清丽,文笔细腻抒情。

第三,小说在以细腻的笔触描述人物的情感世界时,融入了一些哲理性和抒情性的议论。

六、冯骥才的小说创作

冯骥才(1942—),浙江慈溪人,出生于天津。高中毕业后当过篮球运动员,因伤病转入天津书画社从事美术工作。1977 年底发表长篇历史小说《义和拳》(与李定兴合作),第二年进入天津作协从事专业创作。他的代表作有《铺花的歧路》《雕花烟斗》《啊》《神鞭》等。现任中国文学艺术界联合会执行副主席,中国小说学会会长,中国民间文艺家协会主席,国际民间艺术

---

① 周克芹:《许茂和他的女儿们》,天津:百花文艺出版社,1980 年,第 239 页。

组织(IOV)副主席等职。

冯骥才的小说着重表现人物的精神世界,特别是善于通过审视知识分子的灵魂与人性的变异来反映历史现实。中篇小说《铺花的歧路》和《啊》是冯骥才最为典型的"伤痕小说",以下作具体阐述。

《铺花的歧路》发表于《收获》1979年第2期。该小说讲述了一位女青年的"文革"遭遇和心灵觉醒的过程。主人公白慧是一个单纯的高中生,出于革命的热情投入"文化大革命",并在一次批斗大会上参与殴打一位女教师。女教师的鲜血深深触动了白慧的心灵,加之她的父亲也成为批斗的对象。这使她开始对"革命暴力"和自己的狂热产生了极大的怀疑。尤其当她得知她所伤害的女教师竟是她男朋友的母亲,而且女教师根本就不是她以为的"敌人"之后,精神受到重创,陷入了无法排遣的痛苦与愧疚之中。于是,她毅然离开了家人和一时不能原谅她的男友,自愿去内蒙古草原插队。多年之后她虽然明白了自己也不过是被政治愚弄的对象,可内心却依然不能走出当年所留下的阴影。直到她的男友重新接纳她,化解她的痛苦,她才逐渐走出了阴影。整个作品贯穿着白慧人性意识的觉醒过程:从盲从、狂热到怀疑、矛盾,直至痛苦、悔疚与负罪感。小说一方面表现出了"文化大革命"对包括师生关系和爱情关系在内的正常社会人与人之间的生活关系的扭曲和颠覆,另一方面又表现出了"文化大革命"反人性的历史本质。

《啊》发表于《收获》1979年第6期。这是"伤痕小说"中不可多得的一篇佳作。小说的主人公吴仲义是某历史研究所的科研人员,在"文化大革命"期间因丢失了一封家信而陷入了惶惶不可终日的心理状态。他猜疑甚至相信那封丢失的信已经落入本单位的政工干部贾大真手中,于是主动交待信中涉及的所有内容。虽然他的坦白使他成为被监管的对象,过着"真的不如一条狗"的生活,也给曾经保护过他的兄嫂及其朋友带来了新的苦难,但他却因为不再担惊受怕而"安心了"。然而,命运捉弄人,运动的风暴过后,他回家却发现那封让他神情恍惚并导致重大苦难的家信没有丢失。该小说着重表现吴仲义胆小、多虑、恐惧和脆弱的畸形心理。吴仲义曾是一个热情纯朴的青年,并不胆小怕事。他"随时随地容易激动和受感动;对一切事物都好奇、敏感、喜欢发问,相信自己独立思考得出结论,也相信别人与自己一样坦白,心里的话只有吐尽了才痛快,并以对人诚实而引为自豪"[①]。只是残酷的政治历史造成了吴仲义的精神惊悸,扭曲了他的个性。他与之前截然不同:怕事、拘谨、不爱说话,尤其很少发表对人和生活的看法,缺少主见、过于脆弱,没有风趣也没有生气。

---

① 冯骥才.冯骥才中短篇小说集[M].北京:中国青年出版社,1981:90.

第三节　改革小说的创作——对改革问题的关注

党的十一届三中全会以后,全国工作的重点实现了以发展社会生产力、推进四个现代化建设进程为根本方针的大转移,与之相应的,社会兴奋点也发生了深刻的变化。凡是关心祖国前途、民族命运的人们,无不深切地意识到:只有大刀阔斧地兴利除弊,才能改造滋生各种陈规陋习的旧的社会土壤,根除历史悲剧重演的隐患;只有勇往直前地开拓前进,我们的国家才有摆脱贫穷与落后的希望,我们的民族才有可能立足于世界先进民族之林。在神州大地迅速崛起的改革大潮激励下,广大文艺工作者自觉地将文学创作的主镜头由回首往事、反思历史迅速地转向了新的时代格调、新的生活画面、新的人物风情。于是,"改革小说"迅速兴起。率先对社会变革题材进行开拓的作家是蒋子龙,他创造了"开拓者家族"。张洁的《沉重的翅膀》,以雄浑而又细腻的笔触,勾勒了呼啸翻腾的时代风云,通过社会变革大趋势下的重工业部门所面临的矛盾冲突,揭示了积习深重的社会背景下调整改革的艰难步伐,展现了现代化工业奋力挣脱历史重负而起飞的情景。此后,不少作家都加入到改革小说的创作队伍中,高晓声的"陈奂生系列"以改革与保守的矛盾为主线,但却突出表现改革给社会带来的伦理道德、价值观念、文化心理等方面的变化,力争更为深入全面地对社会蜕变予以表现。张锲的《改革者》、柯云路的《新星》《三千万》,以及水运宪的《祸起萧墙》等,都反映了现代化进程中的改革生活。与此相应,反映农村改革的小说也异彩纷呈,贾平凹的《小月前本》《鸡窝洼人家》《腊月·正月》,周克芹的《山月不知心里事》,张贤亮的《龙种》等都反映改革给中国农民带来的心灵阵痛,从而暴露了传统落后的文化是中国农村改革的巨大障碍。本节以蒋子龙、高晓声、张洁为代表,对他们的改革小说进行分析。

一、蒋子龙的小说创作

蒋子龙(1941—　),河北沧县人。曾在天津重型机械厂工作,对工厂生活的熟悉,为他以后的创作奠定了生活基础。1976年发表短篇小说《机电局长的一天》,1979年发表成名作《乔厂长上任记》,开启"改革小说"的先河,并贡献一大批作品。小说有《开拓者》《一个工厂秘书的日记》《锅碗瓢盆交响曲》《拜年》《蛇神》等,成为中国当代著名的小说家。

蒋子龙的小说以描写工业改革为主,这些小说最突出的特色是其强烈的时代意识和现实关注。蒋子龙对现实工业改革具有强烈的敏感性,能够深切把握到改革的意义及其对社会生产全方位的促动。他将工业改革置于当代中国乃至国际社会的客观宏大背景中予以考察,既凸现出他的现实忧患感和对现实改革的迫切渴盼,又展示出现实社会发展的律动和人们生活文化变迁的纵深图画。深广的现实视野和对现实的热烈关切,使蒋子龙的创作充满理想和激情,表现出强烈的感染力。

《乔厂长上任记》是改革文学的发轫之作。它开了文学描写改革生活的先河,也奠定了蒋子龙在新时期文学创作上的地位。小说以犀利的笔锋和鲜明的形象刻画,深刻揭露了现代化建设中存在的问题和阻力,热情讴歌了新时期工业战线上的创业者。小说中,乔光朴是一个中年干部,他面对历史所遗留下来的种种困难,迎难而上,主动请缨到某电机厂任厂长。他一上任,就表现出了高度的责任感和不屈不挠的工作精神,他采取了一系列大刀阔斧、雷厉风行的改革措施,对阻挠势力进行了坚决有力的斗争,使工厂在短时期内改变了面貌,并充满了发展的生机。乔光朴在工作上敢于开拓,在生活与爱情上也表现出了相应的性格。在作品多角度的展示下,乔光朴的正直高尚、坚韧不拔的人格精神,果敢善断、不畏艰险的性格特征和杰出的企业管理才能等得到了充分的表现,其光彩照人的形象跃然纸上。这个形象是新时期工业改革题材中较早出现的改革者形象,因其人格魅力而博得了广泛的赞誉,成为当代工业改革家的代名词,也成为后来同类形象的难以超越的一个模式。

小说在对当时中国社会中具有一定普遍性的精神衰退现象加以剖析的同时,还以一种理想主义的激情,成功地塑造了乔光朴等人的形象,热情赞颂了开拓者们的积极进取、无私无畏的精神风貌。乔光朴是一个新时期现代化建设的创业者,他不仅有丰富的实践经验和较高的现代化管理水平,而且富于开拓精神,思想敏锐,作风泼辣,一身正气,敢于碰硬,在他的身上集中体现了历史的要求和人民群众的愿望。因此,这一形象一诞生,就引起巨大的社会反响。"乔厂长"很快成为"开拓型干部"的共名。小说在塑造乔光朴形象的同时,还塑造了一个官僚主义者——原厂长冀申的形象。这是一个根本不懂得经济规律,只知道以军事会战和政治运动的方式组织生产的企业领导者,同时又是政治运动培养出来的官僚和政客,他虽然不知道如何抓生产,却知道如何搞政治,会利用自己多年织成的复杂的网,制造磨擦,破坏改革。通过这个形象的塑造,小说形象地反映了改革的艰难和任重道远与我们企业管理的种种弊端。此外,小说中的其他人物也刻画得性格鲜明,各有特点。如机电局长霍大道的知人善任、尖锐直率,党委书记石敢的外冷内热、深沉淳朴,副厂长冀申的圆滑世故、工于心计,等等。这些人物的塑造都在不同程度上避免了一度流行的"模式化""脸谱化"倾向。

不过就蒋子龙本人的作品看,在改革者形象塑造上,他还是力求新变的。比如,在《乔厂长上任记》《开拓者》《狼酒》《人事厂长》等作品中,作者的注意力比较地集中在塑造老一辈共产党人改革者形象上,而在《赤橙黄绿青蓝紫》《锅碗瓢盆交响曲》等作品中,已将目光移向年轻一代开拓者身上。这是"开拓者家族"里第二、第三代成员。他们处在现实生活的新的变革和矛盾中,他们没有老一辈改革者的稳重、顾虑和千头万绪的人事牵连,对待苦恼和挫折有比老一辈更聪明、更机智的应付办法。在老一辈身上我们常看到的那种忙于应付、以至焦头烂额疲惫不堪的现象,在他们身上却通常以机智、乐观、巧于周旋、甚至恶作剧的面目出现了,不达目的誓不罢休。因此,在《锅碗瓢盆交响曲》等作品中,我们看到了蒋子龙以往作品中不易看到的那种轻松、活泼、乐观、欢快的调子,这是因为作者从年轻一代改革者身上看到了希望和未来 1984 年 7 月《人民文学》发表的《燕赵悲歌》,蒋子龙以更大的魄力,更为熟练的艺术手腕,为我们塑造了一个"当代怪杰"农业改革家武耕新的形象。这是中国文学史上从未出现过的一个崭新的农村社会主义新人形象,一个身上彻底摆脱了小农经济和小农意识束缚的新型农民改革家、企业家的形象,一个没有丝毫阿Q气的,既不同于王金生、邓秀梅、梁生宝、肖长春,也不同于许茂、冯幺爸、李顺大、陈奂生的全新的农民形象,是蒋子龙的又一个独特创造。

二、高晓声的小说创作

高晓声(1928—1999),江苏武进人。早年曾在苏南文联、江苏省文化局从事群众文化工作,20 世纪 50 年代,高晓声开始尝试文学创作,并与之后发表了《解约》、"陈奂生系列"等,成为当代文坛上重要的一位作家。

长期的农村生活让高晓声对农民的遭遇与命运有了深刻认识,他的作品总能够透过普通日常生活去揭示农民的思想与愿望、辛酸与苦难。但更为深刻的是,他能够从历史发展、民族性格、文化心理等方面去探索与反思苦难的根源,从而能站在历史高度认识到民族文化心理的弱点与弊病才是"左"倾错误与封建残余得以蔓延的温床,也是新的改革与进步的最为内在与艰巨的阻力。高晓声的这种视角让他有意或无意地延续了鲁迅所开创的"国民性"探讨的取向,也就把农村题材小说的创作推进到一个新的高度。

在高晓声的作品中,最有名的是由《"漏斗户"主》《陈奂生上城》《陈奂生转业》《陈奂生包产》《陈奂生出国》等组成的"陈奂生"小说系列。这些小说以朴素的生活与生动的人物反映了新时期改革以来农民物质生活与精神心理的变化与发展。

陈奂生是一个勤劳、憨实、质朴的农民,在《"漏斗户"主》中,并不懒惰的他长期被饥饿所纠缠着,无法摆脱困境,对现实失望却又并不放弃努力。到了《陈奂生上城》中,陈奂生这个形象又获得了特殊的艺术生命。如果说在《"漏斗户"主》中,我们从陈奂生身上见到了农民那种善良忠厚、诚笃忍耐与怯懦苟且、拘谨奴性同在的状态,那么在《陈奂生上城》中则表现摘掉了"漏斗户"帽子的他在心理与性情上的新变。这时的陈奂生已不再为饥饿所累了。小说通过主人公进城卖油绳、买帽子、住招待所的经历及其微妙的心理变化,写出了背负历史重荷的农民,在跨入新时期变革门槛时的精神状态。小说中,作者在一个层次的激发点上,发掘出了好几倍的心理内涵,并充分运用喜剧风格,使陈奂生的形象达到了作者以前的作品中从未达到的高度。每一个层次的挖掘,都体现了特定人物在特定情景中的特殊心理,都体现了现实主义典型塑造的独特性。同时,它又以其独特性展示了 20 世纪七八十年代之交改革开放初期中国农民所共有的心理倾向,即作为小农生产者性格心理的两个侧面的并存交错:善良与软弱、纯朴与无知、憨直与愚昧、诚实与轻信、追求生活的韧性和容易满足的浅薄、讲究实际和狭隘自私等。《陈奂生出国》与《陈奂生上城》在生存空间的陌生化设置上较为相同,前者是城乡不同,后者则是域外空间。作为一个地道的中国农民,当他以传统农民的价值观念、思维方式、生活习俗进入到美国这样一个极度发达的异域时空,自然也就会有一系列啼笑皆非的事件发生:去餐馆打工想赚美元,用教授家的文物铲草皮、挖地种菜,指责"日光浴"等,发笑时引人深思。农村的经济与社会从传统向现代转变是一项长期而艰巨的任务,摆脱旧的思想意识、价值观念、性情心理的因袭与重负,更是一项长期而艰巨的任务。

"陈奂生系列"悲喜交加地写出了处在社会变革时期的老一代农民如何背负着历史的重荷,步履艰难地迈向新的时代、新的生活,同时通过展示农村经济变革在农民心里引起的反应,形象地概括了社会生活富有戏剧意味的可喜变化。在陈奂生身上,不仅表现出中国农民质朴善良、吃苦耐劳的优良品质,也深深地体现出生活重负下的自卑狭隘、老实巴结。跟随时代的脚步,他虽然也在向着新生活迈进,但还远远没有摆脱历史因袭的束缚。他既善良又软弱,既诚实又轻信,既淳朴憨厚又自私保守。他的性格中明显地缺乏主人翁意识,待人做事都自觉或不自觉地表现出奴性和恕道的心理;同时还有着浓重的盲目满足、自宽自解的"阿 Q 精神"的影子,而这种"阿 Q 精神"又具有了讲实际、求本分的新的社会内容。从鲁迅的《阿 Q 正传》到高晓声的"陈奂生系列",历史已经走过了一段漫长的路,可是我们农民的生活状况、精神面貌仍然停滞在陈旧落后的水平上,这是时代的悲剧还是命运的悲剧——这不能不让我们深思！小说以人物命运的沉浮,反映出历史风云的变幻,从哲理的高度剖析了生活的底蕴,从而具有一种强烈的思辨色彩。

三、张洁的小说创作

张洁(1937—),原籍辽宁。1956年,张洁进入中国人民大学计划统计系,毕业后进入第一机械工业部工作。1979年,她加入中国作家协会,并曾随中国作家代表团参加第一次中美作家会议。次年,她被调到北京电影制片厂工作,之后又成为作协北京分会专业作家,1992年被美国文学艺术院选为荣誉院士。20世纪70年代后期,张洁开始进行文学创作,张洁在小说的创作中总是以鲜明的性别意识关照社会和人生,探讨爱情、婚姻、家庭伦理道德观念等问题,浸润着女性独特的个人经验,别具一格。其作品《从森林里来的孩子》和另一篇小说《谁生活得更美好》先后获得全国优秀短篇小说奖,引起了人们的广泛关注。之后,张洁接连创作了多部作品,在当代文坛具有相当的声誉。

张洁的才能是多方面的,她的小说涉及了多个方面,其中在改革小说的创作上,其荣获第二届茅盾文学奖的《沉重的翅膀》是新时期文坛上第一步反映经济体制改革的长篇小说,也是章节创作中的一次重大发展。作品通过重工业部在体制改革中两种势力的尖锐矛盾斗争,以及几个家庭和人物的命运遭际,深刻揭示了改革中的各种问题,热情歌颂了改革者的积极进取精神,有力地鞭挞了思想僵化、因循守旧的保守势力,相当广泛地展示了当今社会的各种世态,并预示了时代之鹰将努力挣脱历史因袭的重负,在改革中艰难起飞的前景。如此大规模、全方位的艺术表现,显示了作家超人的艺术胆识和创造能力。

小说的背景选在了20世纪70年代末,这时,经济体制改革与反改革的斗争拉开了帷幕。重工业部部长田守成私欲重重,因循守旧。副部长郑子云德才兼备,锐意进取。女处长何婷素质低下,自私贪婪,科长贺家彬是清高正派的知识分子,与何婷关系紧张,极不协调。好干部陈咏明被郑子云亲自点将去连年亏损的曙光汽车厂出任厂长,陈咏明接下了这个烂摊子。与此同时,部领导层的勾心斗角一刻也不曾停止,令陈咏明腹背"受敌",掣肘多多。毕生独身的女记者叶知秋与贺家彬是老同学,她对时代进步有着与年龄不符的敏感与热情。

她与郑子云精神默契,可谓互为知音。叶知秋亲撰的关于陈咏明与曙光汽车厂改革成就的报告文学刊出,在部里引起轩然大波。郑子云报以支持。郑的妻子势利庸俗,郑与她格格不入,家庭在痛苦中维持。田守成等拿郑与叶的交道乱做文章,践踏叶知秋的名誉,但这种手段并未能挫伤叶知秋的斗志。部里投票推选十二大代表,郑子云以绝对优势胜出。田守成用"无毒不丈夫"的心态玩弄阴谋,篡改中央关于党员代表的条件,想用某些硬杠使郑失去竞争资格。郑子云当场将田质问得哑口无言。郑的女儿圆圆为爱情与母亲激烈冲突后决心离开家庭。积劳成疾加上内外压力,郑子云突发心梗。田守成万分得意,然而医生告诉他:郑能够闯过这一关。田守成顿时颓唐,沮丧地想,前面还是鏖战难休。

小说的成功之处在于作者把她的主要笔墨倾注于人物形象的刻画上,多角度地揭示和表现了人物的心灵,展示了人物性格的丰富性。小说不过20余万字,却写了50多个人物,其中郑子云和陈咏明是着力刻画的中心任务。郑子云作为一个知识分子出身的高级领导干部,不仅有着丰富的工作经验、高度的文化素养和精湛的业务水平,还有着特别宝贵的历史使命感和社会责任心。为了探索改革之路,经他提议,让陈咏明接替汽车厂厂长职务。由于陈咏明大胆改革,很快改变了工厂的局面。而在陈咏明遭人攻击时,又是他挺身而出,予以支持。在政治运动中发迹的风派人物田守成部长不断对他刁难打击,郑子云则毫不软弱屈服,体现出了一个时代英雄的宝贵品格。然而这位身居高位的改革家,又是一个有着七情六欲的普通人。不幸的家庭生活常常搅得他心烦意乱,以至于病倒在医院里。正是在这种纷纭的矛盾生活中,作品让我们更加深刻地理解了什么是改革,什么是改革者。陈咏明是作者心目中的中国真正的"脊梁骨"。他是郑子云推荐的曙光汽车制造厂的新任厂长。比起郑子云来,他更有朝气,更有雷厉风行的魄力,在他身上有一种坚毅、果敢、忘我、实事求是的实干家和改革家的气质。他是一个有理想、有远见、有才干的社会主义企业家的形象,也是一个有血有肉、感情丰富的男子汉。

除了人物塑造外,《沉重的翅膀》在艺术形式上也十分值得关注。小说不注重情节的完整与曲折,而以人物的内心感受和戏剧性场面作为全书的骨架,在大幅度的时空跨越中,连接起上至部长,下到普通工人;大到重大政治决策,小到日常家庭生活的人和事,最大程度地包容了广泛的社会生活内容和信息量,增强了作品的深广度和厚实感。

四、路遥的小说创作

路遥(1949—1992),生于陕西清涧县一个农民家庭。1980年发表《惊心动魄的一幕》,获1977—1980年全国优秀中篇小说奖。1982年发表《人生》,获1981—1982年全国优秀中篇小说奖,并被改编成同名电影,获得巨

第五章　20世纪80年代小说创作的主题研究

大反响。1986—1989 年,中国文联出版公司出版了路遥的三卷本长篇小说《平凡的世界》(1986 年出第一部、1988 年出第二部、1989 年出第三部),1987 年荣获第三届茅盾文学奖。

在中国当代作家中,路遥是独具个性魅力的一位。他虽然成长于极"左"路线盛行的时代,但始终不坠文学的宏大理想,努力挣脱时代的桎梏,最终飙升到历史的高度来观察生活和进行写作,在文学创作这条寂寞而又艰辛的道路上,一路攀登,创造了惊人的辉煌。路遥是一位具有自觉的艺术追求和鲜明的艺术个性的乡土作家,他对城乡差异有着深刻的体悟。诚如有论者所言:"路遥作为从农村走进城市的知识分子,他的生活道路具有普遍的意义,他从这一特定的角度观察当代农民的性格心理及其历史命运,他的身上带着城市和农村两个文化层次的烙印。路遥的作品有一个主旋律,就是对农民的深挚理解,对他们生活状况的焦灼与痛苦,以及农村中小知识分子对于生活幸福的追求、人格解放的渴望和对文明的接受和向往。"城乡融合过程的独特感受与陕北高原的文化环境交相浸润,对其小说创作产生了巨大影响,铸就了路遥小说的精神特征。

路遥的创作始于 1971 年。1980 年中篇处女作《惊心动魄的一幕》的发表,把他推上了中国文坛,开始为文学界所瞩目。这部作品深受雨果《九三年》的影响,它的谋篇布局,人物性格设计以至于情节的戏剧化安排,都是雨果式浪漫主义的。在这部作品里,传达出路遥对于他经历过的岁月的表述,但在艺术上还看不到路遥作品的主要特色。作品塑造了一个经受过战火考验的县委书记——马延雄。在中华人民共和国成立初期的社会主义建设中,他踏遍了全县的山山水水,对每个村庄山寨都熟悉得像自己的家。他把人民的疾苦时刻放在心头,想方设法为他们排忧解难,因而深得全县人民的爱戴。1966 年开始,他被打成全县头号"走资派"。他为了防止两派群众组织——"红总"与"红指"争夺他而引起大规模武斗,导致无辜群众流血牺牲,便毅然离开保护他的人民,以自己的生命之躯阻止了群众武斗,刹那间,天地之间翻滚的是一种惊心动魄、雄浑激荡的悲壮感和崇高美。路遥"把人物推举到矛盾冲突的尖端,在激烈的生死搏斗中显示出人物灵魂的力量。"马延雄虽然死于和平年代,但其价值和意义却绝不亚于战争年月的先烈。他通过毁灭自己人生只有一次的生命,挽救了更多人免于流血牺牲,从而使他有限的生命获得了一种超越时空意义的永恒。

中篇小说《人生》的发表,给路遥带来了巨大声誉,是路遥文学创作里程碑式的作品。小说在一个爱情故事的框架下凝聚了丰富的人生内容:农村青年高加林高中毕业后,未能考上大学,回到公社当了民办教师。不久又被挤回乡下,成了农民。当他心灰意冷之时,农村姑娘巧珍炽热的爱情,使他振作起来。一个偶然的机会,高加林又重回县城工作。他抵挡不住中学同学城市姑娘黄亚萍的诱惑,断绝了与巧珍的爱情。当组织上查明他是通过不正当手续进县城而把他重新送回农村的时候,黄亚萍自然与之分手。巧珍则在被抛弃后出嫁。高加林失去了一切,孑然一身回到农村,扑倒在家乡的黄土地上。小说通过城乡交叉地带几个青年爱情故事的描写,既深入开掘了生活中饱含的富于诗意的美好内容,也尖锐地袒露了生活中的丑恶与庸俗。小说的主人公高加林,是一个颇具深度和新意的形象。他那由社会和性格综合作用形成的命运际遇,折射出丰富斑驳的社会生活内容。借助这一人物。小说触及了城乡交叉地带社会的、道德的、心理的各种矛盾,实现了作者"力求真实和本质地反映出作品所涉及的那部分生活内容"的目的。小说的另一主要人物巧珍则是一个丰富而不复杂的灵魂,她"像金子那样纯净,像流水那样柔情",足以使读者的精神为之升华。小说通过高加林和巧珍的爱情悲剧,不仅阐明了爱情的意义,而且揭示了人生的真谛。作者力避人物的简单和主题的浅露,忠实于生活,忠实于人物,因而,小说的主题富于包孕,人物富于立体感。小说发表后,轰动文坛内外,赢得广泛称誉,但围绕着高加林这一形象,也曾引起争议。高加林的身上既显示了当代中国青年进取向上的精神风貌,又镌刻着这一代青年可能具有的种种弱点。在他的身上我们可以清楚地看到这是一个并不完美的新人,但其产生的影响却是深远的。它给人们敲响了警钟:社会中阻碍人才发展的不合理因素必须加以改革。高加林个人命运的悲剧体现了当时一代人的精神追求,因而具有相当大的社会感召力和艺术震撼力。

　　长篇小说《平凡的世界》是一部全景式地表现当代城乡社会生活的作品。全书共三部,在近十年间的广阔背景上,通过复杂的矛盾纠葛,刻画了社会各阶层众多普通人的形象。劳动与爱情,挫折与追求,痛苦与欢乐,日常生活与重大社会冲突,纷繁地交织在一起,深刻地展示了普通人在大时代历史进程中所走过的艰难曲折道路。小说继续着作者表现城乡交叉地带的生活的创作意向,气势雄浑浩大,笔触浑厚朴素。深沉的社会、人生主题及其丰厚的思想力度,众多人物的命运变化尤其是青年人坎坷的人生之路,连同看似拙重的写法,充分显示出作者一贯的现实主义创作方法的独特魅力和历久常新的生命力。但写到城镇生活时,笔力有所削弱。作品第一部以1975年到1978年为时代背景,描写孙少安小学毕业后因贫穷不能升学而回村务农,在土地上艰苦劳作而不得温饱;描写孙少平忍饥受辱,在县城高中读书,毕业后又回乡教书,过着清淡贫苦的日子。第二部以1979年至1981年为时代背景,描写孙少安带领村民承包土地,自己又承包了砖窑,使生活有所好转;描写孙少平在县里流浪打工,受尽艰苦磨炼。第三部以

1982年至1985年为时代背景。描写孙少安走出困境扩大砖窑生产,成为县上有名的农民企业家,并捐助资金建学校;描写孙少平进煤矿,成为一名煤矿工人。在这平凡的世界中,日常生活与社会重大事件交织,展示了平凡世界的苦难和艰难的奋进精神。孙少安、孙少平是《人生》中高加林形象的延续和裂变,他们是作家将高加林个性和灵魂的自身矛盾进行了调整和融合后而产生的新的形象。孙少安更多地保留了优秀的传统精神和文化观念。孙少平则更多地接受了外部世界现代意识和文化形态的影响。他有一颗不安分的、向往现代文明的灵魂,但少了高加林的虚狂,在他身上,显示了新一代农民的出路。他们绝不等同于高加林,这种不同,最突出之点就是他们在渴望改变现实的同时,表现出他们对自己的位置,对现实的生存环境,对父辈们的生活有充分的认识和理解。他们有远大的理想,但没有高加林式的好高骛远;他们有为实现理想的奋斗决心,但没有高加林式的极端个人主义。因此,人们更尊敬、更敬佩少安兄弟,并且唤起人们对他们遭受的苦难的共鸣。

在《平凡的世界》的创作中,纵向的历史骨架与横面的诗的情致的融合,使路遥能抓住社会历史走向,也能以艺术家的视角探究艺术世界中人物命运、精神、价值。作家把笔触伸向了黄土高原的乡村、城镇、工矿和学校,着重在小小的双水村展示出金、孙、田三大家族之间的矛盾纷争与人物命运的沉浮,描绘出不同阶层的人们在改革中文化观念、心理情绪跌宕变化的总体态势。这样既能横向地把握整个社会当前形态。又能对生活的来龙去脉做出纵向的历史考察,从时间与空间、广度与深度上,完整地展示出中国在伟大的改革中雄伟的气势与壮丽的景观,表现出作家对"史诗"品格的执着追求。

五、谌容的小说创作

谌容(1936—),原名谌德容,祖籍四川巫山,生于湖北汉口。1954年考入北京俄语学院,毕业后当过俄文翻译、音乐编辑和中学教师。1975年起开始发表作品,先后出版了长篇小说《万年青》《光明与黑暗》(第一部),小说《谌容小说选》《太子村的秘密》和《赞歌》等。其中,《人到中年》《太子村的秘密》分获1977—1980年、1981—1982年全国优秀中篇小说奖;《减去十岁》获1985—1986年全国优秀短篇小说奖。谌容是一位深具历史使命感和社会责任感的作家,她善于在日常家庭生活中开掘出重大的社会主题,力图"把人间的悲喜剧放在一定的历史范畴,探索决定人物命运的历史渊源,写出最深刻、最本质的反映历史面貌的作品。"①

中篇小说《人到中年》是谌容的代表作,问世后产生了强烈的社会反响。它为谌容带来了巨大声誉。小说描写了眼科医生陆文婷悲剧的一生。陆文婷是一名眼科医生,无职无权也无名无位,工作超负荷而待遇低下,一家四口挤住一间陋室,家徒四壁,生活过得十分清寒。但就是在这样困窘的生存条件下,陆文婷仍任劳任怨地辛勤工作。过重的医务负担,过繁的家务操劳,清贫的物质生活,加上极"左"思潮和世俗偏见带来的精神折磨,导致她身心疲惫,严重心肌梗塞发作而倒在病床上。

小说成功地塑造了陆文婷这位无私奉献,谦抑克己的中年知识分子形象。她迷醉于事业,具有强烈的事业心和报国热忱,将自己的专业与祖国的医学事业发展联系在一起,志存高远;她具有高尚的医德和高超的医术,对每一位患者都不分贵贱一视同仁,悉心治疗,使他们重见光明;她具有高度的社会责任感,为事业牺牲了家庭和个人的利益,即使是在生命垂危之际,她仍在牵挂着自己的病人,而且职业角色未能压倒其天赋的母性、妻性,她对孩子和丈夫深怀歉疚之情,却唯独忘了关心自己。在某种程度上,小说也喻示了中国当代知识女性的现实困境。陆文婷这一形象涵括了一代中年知识分子的共同遭遇,具有深刻的思想价值和社会意义。作者以严肃的现实主义态度和真诚的责任感对知识分子的生存状态进行反思,提示出一个带有普遍性的社会问题——中年知识分子问题,发出了尊重知识、尊重人才、关爱中年知识分子的呼请。而小说将抢救陆文婷作为全篇的构架,就渲染了一种危迫感,突现了抢救中年知识分子刻不容缓的主题。

从谋篇布局上来看,这部小说也有其自身的特色。作品将陆文婷病危时恍惚中的意识活动与抢救陆文婷过程中的现实活动穿插并行,运用时序颠倒、空间跳跃的意识流手法,将传统的情节结构与意识流的心理结构有机统一,既有利于容纳高密度的社会信息,又有利于挖掘人物心灵深处的情愫,从而使小说在谋篇布局上形散神聚。小说中的裴多菲的爱情诗也营造了浓厚的抒情气氛,使全篇犹如东方女性温柔的叹息,显得怨而不怒,哀而不伤。

第四节 寻根小说的创作——对文化的根的追寻

在 20 世纪 80 年代兴起的各种文学思潮中,寻根文学无疑是其中最重要的思潮之一。它一经出现,就引起了学界广泛的关注与讨论。1985 年,

---

① 谌容:《奔向未来》,文艺报,1981 年第 5 期。

第五章 20世纪80年代小说创作的主题研究

韩少功在《作家》第 4 期上发表《文学的"根"》,正式提出了向民族的深层精神和文化特质方面去寻找自我的寻根口号,他说:"文学有根,文学之根应该深植于民族文化的土壤里,根不深则叶难茂。""尤其是在文学艺术方面,在民族的深厚精神和文化物质方面,我们有民族的自我,我们的责任是释放现代观念的热能,来重铸和镀亮这种自我。"此文被人称作"寻根派宣言"。其后,一些中青年作家纷纷应和,形成了"寻根"的热潮。寻根文学思潮的兴起显示了一代青年作家寻找自我、走向世界的强烈欲望。在他们看来以前的"伤痕""反思""改革"文学的路子在一阵情绪的喷发书写后已经显示出枯竭与狭隘来,因而他们的反思触角从一时一地的现实转向民族文化的"根"里,这既是一种社会反思走向文化反思的深化,一种对鲁迅"国民性"批判传统的接续,同时又是一种走向世界的探索。拉美魔幻现实主义既立足于弱势的本民族文化土壤,又融入现代的文学观念和技法,因而成为一种世界文学的新潮流,这些都正好与中国作家的现实困境相合,因而魔幻现实主义成为他们模仿的一个主要对象。"理一理我们的'根',也选一选人家的'枝',将西方现代文明的茁壮新芽,嫁接在我们的古老、健康、深植于沃土的活根上。"既立足民族文化本体,又以现代意识来观照和发掘民族文化本身中的"优根",筛汰"劣根",这既是对作家个人自我意识确立的寻找,也是对民族身份定位的寻找,从而"民族的也就是世界的",实现走向世界的宏伟目标。寻根文学并非一种复古,而是一种现代意识观照下的"理一理我们的'根'"。在反思中他们将目光投向边缘的、地域的、少数民族的文化之中,他们认为:"我们民族文化之精华,更多地保留在中原规范之外。规范的、传统的'根',大都枯死了。'五四'以来我们不断地清除着这些枯根,决不让它复活。规范之外,才是我们需要的'根'。"寻根作家多有知青生活背景,在祖国大江南北上山下乡,与底层民众共同生活的经历为他们提供了可供发掘的民间文化、地域文化的丰富资源,韩少功的楚文化,贾平凹"商州系列"的秦汉文化,莫言"红高粱系列"的齐鲁阳刚文化,李杭育《土地与神》《沙灶遗风》《最后一个渔佬儿》等"葛川江系列"的吴越文化,乌热尔图《七岔犄角的公鹿》《琥珀色的篝火》的鄂伦春狩猎文化,郑万隆"异乡异闻录系列"的东北文化,郑义《远村》《老井》等的太行山区文化,阿城《遍地风流》等的西南各少数民族与北方蒙古族文化,这些形态各异的创作使文坛充满了奇诡的内容和丰富绚丽的风格。

一、韩少功的小说创作

韩少功(1953—),生于湖南长沙,初中毕业后到湘西汨罗江边农村插队,1978年考入湖南师范学院中文系,毕业后在省工会任杂志编辑,后从事专业创作。1988年赴海南创办《海南纪实》和《天涯》。1979年后,韩少功的中篇小说《月兰》《西望茅草地》《飞过蓝天》《风吹唢呐声》等引起关注,成为知名的知青作家,这些作品在当时普遍性的控诉、揭露姿态之外,已表现出独特的个人体验和艺术个性。20世纪80年代韩少功以中篇小说《爸爸爸》开"寻根文学"先河。之后发表的《归去来》《女女女》等一组作品都给文坛带来了巨大的震惊。十年后,他的长篇小说《马桥词典》以其探索和创新意识又一次引起文坛瞩目。这些文学作品在强烈的"寻根"意识和拉美魔幻现实主义影响下以扑朔迷离的形式来发掘和反思民族文化的劣根性,《爸爸爸》是其中的代表。

1985年以前的韩少功,深深地沉浸在知青生活中回忆往事,这一时期的作品基本上都是用传统的叙述方法叙说峥嵘岁月中的丑恶、欺骗、悲惨和苦难。但他的创作并不仅仅是呈现苦难的岁月,而是充满了对个人、对群体的命运的深刻反思。1985年以后的韩少功不仅风格骤变,创作也出现了一个新的高峰。他要实现自己的梦想,要寻找文学之"根",而"文学之根应深植于民族传统文化的土壤里,根不深,则叶难茂"。

《爸爸爸》刚一发表,许多评论家都纷纷撰文,给予很高的评价。这篇"寻根文学"的开山作,不仅奠定了韩少功在"寻根"作家中的地位,同时也确立了他在整个当代小说创作中的地位。《爸爸爸》中时代背景模糊,重点描写一个名为鸡头寨的部落生活方式及其变迁。鸡头寨人的鬼神崇拜、占卜仪式、械斗打冤家等活动,以及日常生活中的种种禁忌与怪诞营造出一个神秘的文化世界。湘西鄂水、衣服民俗、祭祀打冤、迷信掌故、服饰食品、乡规土语,全部囊括在这篇不足3万字的小说中,这个不知时代、地域的鸡头寨成为一个民族文化积淀的"活化石"。《爸爸爸》的情节十分简单:写的是"鸟"部落里的鸡头寨的生存世相和历史变迁。鸡头寨是一个充满了蛇虫、瘴疟、屎尿、异味和许许多多稀奇事的村寨。据传,这个部落是刑天的后代、"凤"的后裔?然而,他们除了把"看"说成"视",把"说"说成"话",把"他"说成"渠",令周围的人感到莫名其妙之外,他们并没有实在的历史记忆。痴呆儿丙崽这个主要人物形象,带着强烈的民族文化隐喻色彩。丙崽的娘是一个接生婆,她的"剪刀剪鞋样,剪酸菜,剪指甲,也剪出山寨一代人,一个未来"。就在这样一幅衰落的图景中,生长出一个奇特的生命——丙崽,他是一个畸形儿、白痴,开篇讲到他的出生就是"他生下来时,闭着眼睛睡了两天两夜,不吃不喝,一个死人相",是一个永远穿着开裆裤的长不大的小老头。他终生的语言只有两句话,一是"爸爸爸",二是"×妈妈"。丙崽是人们随意侮辱取笑、殴打的对象,人性的丑陋、世事的残暴在丙崽身上得以充分凝聚。

鸡头寨的村民们在麻木、愚昧、自私、无知中生存着。因为不承天时,气候反常,鸡头寨歉收,于是炸掉了潜伏着不祥之兆的鸡头峰,谁知祸不单行,竟然因此而引发了同鸡尾寨的一场械斗,结果大败而回,全族的青壮男女不得不"过山"——迁往别处。令人不可思议的是,当灾难来临之际,全寨人竟将命运寄托在丙崽的"爸爸爸"和"×妈妈"上,视其为神圣的"阴阳二卦",成为指点迷津的神灵,成为"丙相公""丙大爷""丙仙"。更令人深思的是,当寨中人因中毒相继死去之后,丙崽"居然没有死,而且头上的脓疮也褪了红,结了壳"。由丙崽身上所折射出的那种群体的令人触目惊心的生存状态,正是漫长的历史中国民苦难而又不觉醒的真实写照。这个劣根还有着顽强的生命力,在全寨老残弱服毒而亡后独他不死,这暗示着文化劣根的难以根除。透过丙崽这样一个奇形怪状、语言不清、没有理性的白痴,韩少功看到了他周围生灵的存在,也找到了进行国民性批判的视点和切口。《爸爸爸》以洒脱和犀利的笔触,不仅写出了原始性愚昧落后的意识的丑态百出、老态龙钟,造就了一种从感官到心理的极端厌恶和绝对不能忍受的情绪,而且从这种深恶痛绝中孕育出和蓄积起一种与之彻底决裂的愿望与意志。

韩少功以现代意识、理性精神来发掘和批判民族文化的劣根,在艺术手法上借鉴拉美魔幻现实主义,推动时代文学从意识到形式的发展迈出重要一步,但强烈的主题先行、观念大于形象等弊病中也隐藏着寻根文学的危机。

二、贾平凹的小说创作

贾平凹(1952—),陕西丹凤人,原名贾平娃,1973 年开始发表文学作品。1975 年西北大学中文系毕业后任陕西人民出版社文艺编辑。他的《满月儿》获 1978 年全国优秀短篇小说奖。1983 年从事专业创作,之后进入到一个高峰期。这一年,贾平凹深入商州地区,试图考察、体验和分析中国农村的历史发展、社会变革与生活变化,尤其是情感、情绪和心理结构的变化。其最初的成果是《商州初录》,接着写出了《小月前本》《鸡窝洼的人家》《腊月·正月》《天狗》《黑氏》《西北口》《古堡》《火纸》《商州世事》等。这些小说都着眼于商州的地理、风情、历史、习俗和普通百姓的生存,为新时期小说提供了风格独特的画面。总之,贾平凹的作品视野开阔,大胆展示商州地区历史人文风貌,具有丰厚的社会文化心理蕴涵和浓郁的地域风情色彩,格调清新自然,韵味隽永深长。

贾平凹注意将实象与虚象相融合,实中有虚,虚中有实,虚实相间。1985 年的《天狗》中,天狗与师傅一家的情感纠葛,是一种实在的意象,而天狗吞月,则是一种具有象征意义的虚像,它包含的是一种民间文化意识。贾平凹将两者结合起来,构造了一种充满灵感的意境。1987年《浮躁》的两篇序言,贾平凹不仅继续他的文学主张,而且提出了在存在之上构建自己的意象世界的艺术主张,提出文学创作上的整体的混沌美,艺术上的追求更加明确、更加丰富。1990年,贾平凹在《静虚村散叶》中则更系统地形成了他的意象主义艺术观。其实在小说创作理论与创作实践的追求上,贾平凹是孤独的、寂寞的,是处在矛盾挣扎中的,但是他没有放弃,一直在坚持着自己,不断前行,不断完善自己的小说创作理论和实践。2003年,他先后担任西安建筑科技大学人文学院院长、文学院院长;2008年凭借《秦腔》,获得第七届茅盾文学奖;2011年凭借《古炉》,获得施耐庵文学奖;2016年12月,成为中国作家协会第九届全国委员会副主席。

以下我们主要对他20世纪80年代创作的《腊月·正月》《商州初录》《浮躁》等小说作品进行分析。

《腊月·正月》讲述了退休教师韩玄子和创业先锋王才的故事。韩玄子熟读"四书""五经",满腹"前朝后代之典故和正史野史之趣闻",俨然商山"五皓",他有知识、有名望、有家庭经济实力,有着平均主义的小农思想造成的狭隘与偏执,在面对农村变革时,他的心态极其复杂,寂寞、怅惘、嫉恨、无可奈何又死不认输。而出身贫寒、地位卑微的普通乡民王才则顺应时代发展的潮流,积极参与经济变革,不无艰难却一步步走上创业道路,他开办食品加工厂,"重农抑商"的千古信条受到挑战,并使韩玄子地位降低、面子失落。于是韩玄子愤愤不平,想方设法算计王才,竭力阻遏王才的发展,而最终使得自己陷入四面楚歌。小说中对韩玄子在竞争中迅速败北的结局安排,充分显示出经济变革对农村社会的人际关系,对农民观念意识、习惯带来的重大变动和令人惊叹的变化,表明了旧的价值观念的动摇和传统心理在农村商品经济大潮的冲击下的解体。而韩玄子这个现代乡儒形象的典型意义,就在于揭示了民族文化心理中的落后、保守因素在现代意识的冲击下所不能不产生的衍变。

《商州初录》是由一段"引言"和《黑龙口》《莽岭一条沟》《桃冲》《一对情人》《石头沟里的一位复退军人》《龙驹寨》《摸鱼捉鳖的人》《刘家兄弟》《小白菜》《一对恩爱夫妻》《棣花》《屠夫刘川海》《白浪街》《镇柞的山》等14个相对独立的短章组成的,以富有诗意的语句描述了商州的美丽。由于商州文化属于秦汉文化,秦汉文化是以儒家思想为核心的,其道德取向高于一切,因而小说中的各种小故事几乎都是在表现道德原则重于物质功利的人情美,写出了商州民风的质朴、善良、大胆、真诚、正义和宽容。商州的民风是古朴的,人的性情粗犷奔放,爱憎分明强烈,道德原则重于物质功利,处处都充满了原始的纯真和旺盛的生命力。

在这部小说中,作品的情节发展和变故也被以传统的方式赋予意义,加以解释,回避了尖锐的矛盾冲突,因而平息了应有的跌宕感,所有的故事均被安全地定位于宁静和谐的格局之中。这正是因为作家对于自己的"文化之根",对于商州这块土地怀有着特殊的亲近之情,才使得他在一种多情、诗化的描述中,自觉过滤掉了那些可能同时存在的愚昧、丑陋、恶的成分,更加突现出了商州文化中的风情和人情之美。

《浮躁》以金狗的命运变化历程为主线较为出色地展示了中国农村改革面临的历史性难题。主人公金狗出身奇特,成年后善撑木排,水性极好,曾救过田中正一命。他当了五年兵,退伍回乡后领头搞起船运。后来,他通过考试以及关系争取到去城里当记者的机会,也离开了深爱着他的小水。在做记者的过程中,金狗因为一篇揭露真相的报道而一举成名,风头正健,但随即卷入到当地田、巩两大家族之间的权力斗争之中。最后金狗愤而辞职,回到生养他的故土州河,决心实实在在地发展水运事业,"使全州河的人都真正富裕起来,也文明起来"。

小说赋予金狗这个形象以正面的、积极的价值,他勇敢果决、聪明过人、审时度势、抱负远大,积极追求自我价值的实现,有着强烈的改变现状的决心并付之行动。

当然,小说也没有回避和掩饰金狗的局限,他的油滑甚至狡诈,他的自我膨胀,他的权力欲望,他对家族斗争的利用和投入,他的自鸣得意,他与小水、英英、石华这三个女人的情感纠葛和利益权衡,等等,都将人们引向对金狗内心深处的"革命"之艰难的体认。历史的阻力、现实的变革、心灵的蜕变共同作用于金狗,使之成为一个"浮躁"的典型,一个既充满活力也缺少底气,既奔向未来也被过去纠缠,既企求完美又先天不足的时代之子。

显然,小说对改革者自身内在冲突的表现,使主人公金狗的形象具有立体感和复杂性。这一形象的价值在于,他不仅展示出改革者命运历程中此起彼伏、此消彼长的权力斗争,映现出惊心动魄的时代风云,更呈现出改革者自身灵魂的裂变。《浮躁》明显超越了《商州初录》的"怀旧"心态,走向了对时代的及时感应与深刻理解。同时,《浮躁》对青年农民浮躁情绪既理解也批评的态度也颇有分寸感。

三、阿城的小说创作

阿城(1949—),原名钟阿城,1949年于清明节出生于北京,籍贯为重庆江津,当代著名作家。阿城中学未读完就先后在山西、内蒙古等地务农,最后到云南插队。1974年在云南遇大画家范曾并习画,1979年回京后以帮人画画为生。考中央美院不中,做过生意,也不成功。1984年开始写小说。有《棋王》《树王》《孩子王》,系列短篇小说《遍地风流》等。现定居美国。1984年创作的处女作《棋王》一经发表,便震惊文坛,先后获1984年福建《中短篇小说选刊》评选优秀作品奖和第三届全国优秀中篇小说奖。阿城近年来小说作品渐少,但一直是海内外汉学家关注的对象。

  阿城的"三王"(《棋王》《孩子王》《树王》)代表着寻根小说的反思高度。中篇小说《棋王》是他的处女作,也是代表作。此文通过"棋呆子"王一生形象,对以老庄为代表的中国古典文化之根进行艺术发掘,独特的人物形象、故事内容和行文风格使其一发表即引起轰动。《棋王》中的王一生作为一名下乡知青,在纷扰烦乱的大环境中,保持着心灵的宁静与人生的超然,只执着于两件事情,"吃"与"棋"。"吃"代表着在物资匮乏时代生存下去的物质世界最基本需求,"一天不吃饭,棋路都乱",他对吃的"精细""吃相难看"正是对生活环境窘迫的反映。而对棋的痴迷则代表着对精神世界的追求,"何以解不痛快?唯有下象棋"。王一生"棋是道家的棋",人生态度也是道家老庄之风,保持着对世俗功利的超脱和个人人格的独立自洁。王一生这个人物形象表面柔弱,家境贫寒,生活窘迫,一直处于生活的弱势中,但他内在精神有"根",从容散淡,在平时的"无为"中修炼棋道、性情,一旦需要"有为"时,便能迸发出惊人的能量,以柔弱胜刚强,无为而无不为。如果说小说前面主要体现淡泊、无为,而在小说结尾也是高潮的九局连环车轮大战中,王一生的执着则体现为顽勇、有为,这使全文的境界为之升华,体现出庄禅古典文化对于现实的积极进取的文化意味来。

  同样是面对社会动荡经历,《棋王》并未如"伤痕""反思"文字那样去渲染时代和人物的悲剧性遭遇,也一改一些知青作家的浪漫主义、理想主义调子。全文以淡泊冷静、平和自然的美学风格来展开叙述,淡泊中有奇崛,平静中有波澜,超越具体的一时一地的政治环境,而深入到文化之根中。以对道家文化的认同与表现来寻求民族文化之优根,也由此来确立个人的自我意识定位,形意一体,从人物形象、文化意蕴、美学风格等多方面都堪称寻根文学的扛鼎之作。季红真评价说:"在这一片纷纭繁荣的气象中,阿城的小说却以其朴素的故事和比故事更朴素的叙述方式,开出一片美学新地,争取广大的读者群,这是极不容易的。"在《遍地风流》系列小说中,阿城的行文多用白描,多动词而少形容词等雕饰,言之有物,言之有骨,汉语文学的简约洗练之风得到更进一步的发展与体现。

第五章　20世纪80年代小说创作的主题研究

四、张承志的小说创作

张承志(1948—　)，回族，1948年生于北京。中国当代最具影响力的穆斯林作家、学者。同时也是"红卫兵"这个名称的创始人。他1978年开始发表作品，处女作为蒙文诗《做人民之子》，第一篇小说《骑手为什么歌唱母亲》获得了1978年全国优秀短篇小说奖。中篇小说《阿勒克足球》获得《十月》第一次文学奖和全国少数民族文学创作奖。早年的作品带有浪漫主义色彩，语言充满诗意，慷慨硬朗，充满了大漠荒原气息。后来的作品转向宗教题材，引起过不少争议。文学之于张承志，不是目的，不是终极，而是工具，是手段，是表达人理想和精神追求的物态载体。80年代以小说创作为主，90年代至今以散文为主。代表性作小说集《黑骏马》《北方的河》《黄泥小屋》；长篇小说《金牧场》《心灵史》；散文集《荒芜雄路》《清洁的精神》等。

小说《黑骏马》主要描写的是宝力格骑着黑骏马寻找童年爱人索米娅的故事。白音宝力格幼年丧母，父亲无暇抚养，为此将其交给在伯勒根草原上的额吉抚养。他在额吉家遇到了和他有相似命运的一个孤儿——索米娅。两个孩子渐渐长大，额吉想让他们结成终身伴侣，但心怀抱负的宝力格一心想到外面读书，将来做一名兽医。宝力格接到通知，要他到苏木参加兽医培训班，索米娅送宝力格去培训班，两个人坐在货箱的羊毛堆里，两个年轻人相互依偎着立下誓言，要结为夫妻，永世相爱，并约定在培训班结束之后就回家结婚。宝力格学成后回到伯勒根草原，意想不到的事情发生了，索米娅居然被草原上的恶棍黄毛希拉所玷污，并且已经怀上了他的孩子。宝力格的精神几乎崩溃，在看到额吉和索米娅居然默默承受这一切后，宝力格发现自己和草原生活的隔阂，愤然出走。九年后，宝力格大学毕业，成为自治区畜牧厅的一名技术员，又回到伯勒根草原，他决定去寻找他依然念念不忘的索米娅。此时，索米娅早已经远嫁到诺盖淖尔湖畔，她嫁给了车夫达瓦仓，又给达瓦仓生了三个儿子。而索米娅的第一个孩子其其格异常瘦弱，又受到继父的不平等对待。为了给其其格幼小的心灵一丝安慰和期待，索米娅谎称其其格的父亲是宝力格，并对她说，她的父亲有一天会骑着一匹叫钢嘎·哈拉的黑骏马来找她们。当他们相见时，宝力格默认了这个善意的谎言，而其其格真的对宝力格产生了父亲一般的依恋。最后，宝力格骑着黑骏马离开了诺盖淖尔，唱起了这首长调古歌。

这部小说，是一部来自草原深处的博爱与情殇。小说以辽阔壮美的大草原为背景，以一首古老的民歌《黑骏马》为主线，描写了蒙古族青年白音宝力格的成长历程，以及他和索米娅的爱情悲剧。小说以舒缓的节奏、优美的笔法再现了蒙古草原秀丽的风光、草原民族的风俗人情,讴歌了伟大的母爱,也赞美了草原人民善良、朴质、勤劳的美德以及战胜命运折磨的顽强意志。

这个故事不仅仅抒写了草原儿女的博爱,还将笔锋深入草原民族凝重的文化积淀深处,对传统文化做了深层次的剖析。主人公白音宝力格是一个追求文明进步的蒙古青年,象征着现代文明和科技进步。奶奶和索米娅是勤劳、善良、纯朴的蒙古人民的象征,在她们身上既有传统美德,也有古老落后的愚昧和逆来顺受的思想。现代文明和古老草原文化中对创造生命的喜悦意识在这里发生了冲撞,这才是悲剧的根源。白音宝力格面对这强烈的冲撞,感到孤独迷惑、苦闷失望。一个孤独的理想主义者,注定伤痕累累。

张承志是新时期最引人注目的作家之一,在汉文化、回文化、北方游牧文化的影响下,他的文学作品内涵不断深化。在文学的创作过程中,他不断构筑自己的精神阵地,宣扬自己"纯洁的精神",而抵抗流俗和坚守信念就是他"纯洁的精神"的内核。《黑骏马》是对张承志"小说应当是一首诗,而全部感受、目的、结构、音乐和图画,全部诗都要仰仗语言的叙述来表达和表现。所以,小说应当是一篇真正的美文"这一文学理想的最好诠释。小说以牧人基本素质的心绪——蒙古草原文明的独特灵性为内核,以深厚的艺术底蕴为机体,向人们倾诉他神往的家园天堂。美源自灵魂,源自精湛,源自意象,源自真挚和感悟。小说通过一个深沉而挚切的爱情悲剧、一段漫长感伤的成长历程,述说了蒙古人艰难咀嚼的生活。然而,正是生活磨炼出了坚强、隐忍、刚毅、豪放、守护神般的草原男子汉和善良、伟大的女性。那广袤的草原,通透人性的黑骏马,那粗犷强悍的牧民,那红霞燃烧的早晨,那鸣叫着的雁阵,那清澈的伯勒根小河,那质朴悲怆的民歌,都是草原的精灵。

五、李杭育的小说创作

李杭育(1957—   ),山东乳山人。1982年毕业于杭州大学中文系。曾赴农村插队务农,后历任中学教师,县广播站记者,杭州市文联专业文学创作员。1979年开始发表作品。1983年加入中国作家协会。著有长篇小说《流浪的土地》,中短篇小说集《白栎树沙沙响》(合作)等。其中,短篇小说《沙灶遗风》获全国第六届优秀短篇小说奖。20世纪90年代后,他开始从事纪录片创作,大量作品发表于中国中央电视台。进入21世纪后,他又开始研究古典音乐和电影,著有《唱片经典》《电影语言》等。李杭育也是"寻根派"的代表人物,他的寻根文学作品以《沙灶遗风》为代表,着重对浙江"葛川江"流域风情的考察。

《沙灶遗风》属于典型的寻根小说。"沙灶"是小说中临海的一个地名。沙灶这个地方自古以来土地贫瘠,地穷人穷,只有瓦房和草房两类。建造的房子因为缺粘土和木材,要么造货真价实的"屋",要么就只有像一堆牛粪似的草舍。但是经过几代人含辛茹苦,如今的沙灶倒是块绿洲了。沙灶镇也因为地理环境即处于渡口的位置逐渐繁荣起来。即便如此,画屋的风俗一直保留着。

所谓画屋风俗,就是指无论谁家造屋(乡里人管瓦房叫屋,草房叫舍),都会格外的考究,并特别注重其外部的装饰(即在屋的外墙一律用墨汁或者锅底的烟炱涂得上下漆黑,然后在漆黑的底子上,用五色油彩画上仙鹤、龙凤等喜庆的图案,把墙画得桃红柳绿、龙飞凤舞)。这样做就是为了讨个吉利。当然这也就产生了专门从事为屋的外墙画画的行当,从事这种职业的人,在当地被尊称为画屋师爹。小说的主人公耀鑫老爹就是沙灶最后一位画屋师爹。

耀鑫老爹面临的现实是越来越多的人造不用画屋的现代楼房,连儿子也不顾他的反对造起了小洋楼,让他想亲手为自己房子画屋的梦想落了空。耀鑫老爹和画屋的民俗文化的命运类似,现实不需要画屋,耀鑫老爹的画屋本领自然也没有了用武之地。代表传统文化的耀鑫老爹坚持要瓦房,代表现代文明的庆海坚持要建洋房,冲突由此产生。最终洋房建了,而耀鑫老爹也没有改行,还放弃了收徒,对于画屋这当行业有了紧迫感,有了自己的想法。

从这部小说可以看出,李杭育对传统所持的矛盾态度,在情感上对葛川江所保留的那种古朴醇厚的儒风乡情以及趋于消蚀的"最后一个"的生存方式表示眷恋和悲挽;但在理性上也不得不承认对古朴遗风的"破坏"及"最后一个"的消逝却是一种社会和时代的进步。

第五节　先锋小说的创作
——对暴力、死亡等抽象主题的描绘

在现代派小说昙花一现后,小说领域迎来了先锋派小说更具革命性的浪潮,其也被称为"后新潮小说"或"新小说派"。先锋小说代表作家有马原、洪峰、孙甘露、余华、苏童、格非、北村等。马原1984年即发表富于先锋小说特征的《拉萨河女神》,但当时此文并未引起注意,1985年发表先锋小说代表作《冈底斯的诱惑》。在1986—1988年,一批青年作家相继追随马原开创

的先锋派思路,形成先锋小说的黄金时代。

先锋小说从语言功能、文本构成形式、写作及生存观念上对于传统文学进行了颠覆性的革命,形成了完全不同的理论体系和创作实践,当代文学格局和创作观念发生了阶段性的剧变,在此意义上,其被称为"先锋"是恰当的。先锋小说首先在文学观念上实现了"形式即内容"的革命,认为内容并不独立于形式而存在,二者是一而二、二而一的关系,形式就是内容,内容就是形式,形式是"有意味的形式"。在此,他们颠覆了传统的"真实观",认为小说家对语言、结构、意象和文本的构筑过程就是作家在作品中生活的过程,因此,"写什么"并不重要,而"怎么写"才是重要的,才是真正地进入作品和理解作家的途径。因此,可以说他们都是语言、结构等的形式崇拜论者,其作品也因此被称为形式主义小说或者结构主义小说。构筑传统小说"真实"的情节、人物、时间、地点以及主题、意义、感情等基本要素都被他们或者消解掏空或者放逐不顾。表现为人物符号化、抽象化,指称含混化,时间地点不确定化、虚幻模糊化,情节碎片化,没有开端、发展、高潮、结局等。形成非高潮和无序化,线索多线化、非条理化乃至杂乱化,具体多用拼贴和剪辑化手段,结构拼板化和迷宫化,形成各自的"叙述策略"。在语言上则高度感觉化和游戏化,通感泛滥,比喻奇特,构成如同罗兰·巴特所说的在语言的能指与所指间追逐的色情化、狂欢化游戏。先锋小说还采用"元叙事""元小说"策略,暴露作品的虚构化,叙事人往往直接出场来暴露人物、情节、结构等的编造过程,揭穿传统"真实"观的欺骗性,突显作家的主体性和读者的接受主体性,形成新的"真实"观。因此,相对于传统文学观来说,先锋小说又被称为"反文学""反小说",从此以后,小说写作无论在文体上还是观念上再无不可能,先锋小说构成了真正意义上的"叙事革命"。

先锋小说文体实验和叙事革命是对于文学的功利主义传统的反叛。无论"文以载道"的古典主义传统,还是现代汉语文学以来的启蒙主义传统,以至"十七年"为政治服务、为人民服务等传统,都摆脱不了"为什么"的工具主义、功利主义负担,由此主题、意义等的明晰即构成了明确的要求和束缚。而先锋小说则不再"为什么",强调文学主体性,强调作家主体性,认为文本是唯一的真实,作者有绝对的书写自由,而读者也有绝对的接受自由和阅读多重可能性。因此,先锋小说中主题和意义等不再确定,也非作者应考虑的对象。文学不再具有功利性,而是游戏化,这与前述的种种形式主义策略的消解化是相一致的。

先锋小说固然接受了西方博尔赫斯的魔幻现实主义、略萨的结构主义、罗伯-格利耶的新小说派的明显影响,但他们并非王蒙、茹志鹃等心理小说的技法层面借鉴,也非刘索拉等现代派的观念简单模仿,而是有着融于现实

第五章 20世纪80年代小说创作的主题研究

生活体验和哲学领悟基础上的新的创造。对于他们来说,生命的无常感、命运的不可知性、人的无力感成为核心体悟,由此,非理性、反逻辑成为从形式到观念上的重要特征。当对现实生活和外在世界用理性和逻辑都无力解释时,非理性、反逻辑成为新的生存观念,先锋小说的种种叙事策略都致力于对理性、逻辑的消解,事件的偶然性与命运的偶然性成为先锋小说中的重要构成因素。人物往往是边缘化、另类化、反智化的流氓、土匪、恶棍、白痴、神经病等,死亡、痴癫、疯狂意象大量充斥,在感情上人物情感往往平面化、冷漠化,而叙述人情感也往往冷漠化、零度化。从形式层面的消解化到哲学层面的荒诞化,先锋小说真正形成了"有意味的形式",实现了对于"寻根派""现代派"的超越,完成了从审美精神、文本形式到生存哲学的现代主义乃至后现代主义的中国化世纪转折。但他们这样的探索,既是对于文学传统的反叛,也是对于生活现实的反叛,这种双重的反叛毕竟走得太远,对于读者来说叙述策略可能就是阅读陷阱和接受困惑、疲劳;对于先锋作家来说,脱离了文学传统滋养,缺乏了现实生活体验支撑,又缺乏了读者支持,他们的路也就很难再走下去。

一、马原的小说创作

马原(1953—   ),辽宁人,当过知青、工人,1978年考取辽宁大学中文系,1982年毕业后到西藏工作,任记者、编辑,1989年回沈阳任专业作家。马原是先锋小说的开山者和最重要代表,被认为是当代第一个真正意义上的形式主义者。主要作品有"西藏系列":《拉萨河女神》《冈底斯的诱惑》《叠纸鹤的三种方法》《游神》。他还有《大师》《虚构》《涂满古怪图案的墙壁》《错误》《西海的无帆船》《上下都很平坦》等。《拉萨河女神》是马原创作的转折点,而《冈底斯的诱惑》《虚构》则是其先锋小说最具代表性和影响最大的小说。《冈底斯的诱惑》第一次把如何"叙述"提到了小说本体的高度,是"马原的叙述圈套"的一个典范。开篇"当然,信不信都由你们"成为先锋小说的一个文本基调和"元叙事"策略的开端。小说讲述了三个独立的故事,包括姚亮、陆高的两次探险,一次是去看天葬,一次是寻访野人,两次探险都以没有结果而告结束,第三个是陆高写的一篇关于说唱艺人顿珠、顿月的故事,三个故事彼此独立,也很难发现其意义间的联系。在叙述中作者不断将三个故事切碎然后拼贴,构成结构迷宫和意义迷宫。故事叙述人不断在文中出现,但并非传统意义上清晰的第三人称或第一人称,可能是作家马原也可能是文中的陆高或者姚亮,在叙述人称和叙述角度的不断变化中,形成难以捉摸的叙述迷宫。作者又不断在故事之外,揭示讲这些故事和形成文本过程中对于结构、线索、结局等的技术、技巧处理问题,揭示叙述人的身份和生活细节,揭示写作过程中的生活以及构思细节,以编故事的真实来不断打破和消解故事中形成的真实性,令读者不知究竟是在阅读作家的生活真实,还是故事人物的真实,也不知所述故事是作家的亲历还是虚构,总之,营构出的是"似真幻觉"的迷津感。在《涂满古怪图案的墙壁》以及《叠纸鹤的三种方法》中,这种"马原的叙述圈套"更加彻底和娴熟,"我"(直接以"马原"出现)、姚亮、陆高是叙述人身份还是文中主人公身份更加交织迷幻,故事中再套故事又不断交织拼贴的结构,文中的手稿故事与现实的迷幻,构筑文本中的细节虚构过程的揭示,使"元叙事"特征暴露得更加彻底。

《虚构》似乎靠近了传统叙事模式,作家似乎放弃了叙述人称以及叙述角度的变化以老老实实的"我"来讲完故事,但其实是将"元叙事"特征的外化结构转化为内在特征。开篇交代:"我就是那个叫马原的汉人,我写小说",显示出"元叙事"的开始,这也成为先锋小说的经典语式。小说讲了"我"到西藏一个麻风病村——玛曲村的见闻、与女房东的性爱故事,这种超越常规的故事本身构成一种人性历险,充满内在结构的不断突破。而作者又交代"这一次我为了杜撰这个故事,把脑袋掖在腰里钻了七天玛曲村",那么这个玛曲村历险故事究竟是杜撰的产物,还是真正的七天亲历呢?作者又交代"实话说,我现在住在一家叫安定医院的医院里;安定是对外名称,所有知情的都知道这是一家精神病院。我住在这里写作"。那么这究竟是一个正常写作者的讲述,还是一个精神病人的妄想呢?文中不断说明这是杜撰,又不断出现大量的生活细节考证,在摒弃眼花缭乱的"元叙事"外在形式而使阅读障碍减少后,似真似幻的迷宫效果却更加突出。

二、格非的小说创作

格非(1964—),江苏丹徒人。1981 年进入上海华东师范大学中文系,毕业后留校任教。1989 年由北京作家出版社出版小说集《迷舟》。主要作品有《迷舟》《褐色鸟群》《青黄》《唿哨》等,其中《迷舟》《青黄》等已先后被译成英文。另著有长篇小说《敌人》和《边缘》。

格非的小说致力于叙事迷宫的构建,但他的方式与马原不同。马原是用一些并置的故事段落搭成一些近于"八阵图"的小说,在每一个路口他又加上一些让人误入歧途的指标;格非则主要以人物内在意识的无序性构筑出一团线圈式的迷宫——其中有缠绕、有冲撞,也有意识的弥散与短路,这种方法极大地丰富了"先锋小说"的语言文库,创造性地发挥了小说艺术的表现力,从而奠定了他在"先锋小说"中的地位,领一代之风骚。

第五章　20世纪80年代小说创作的主题研究

格非常用的手法是在故事的关键处留下空缺来营造他的"语言迷宫"。他讲的故事一般都非常复杂,他喜欢在情节的发展中不断设置疑点,特别是在几条情节的交汇处留下空白。如在《迷舟》中,那个向萧报告其父死讯的老媒婆为何能找到严格保密的军事指挥所?那个老道为什么告诫萧要小心酒盅?萧的父亲临终前为何能未卜先知地断言儿子与其部队凶多吉少?特别是萧到榆关究竟干了些什么?这些关节在叙述中都被作者悄然抹去。这个空缺不仅断送了萧的性命,而且使整个故事的解释变得矛盾重重,陷入了解释的怪圈。小说非常强烈地暗示出这样的理念:历史中的人就像是河流上迷失的船,无法操控其方向和命运。在叙述方式上,作者故意采用了历史写真的策略,甚至还画有战役地形图,但效果却是更加凸显了小说的神秘感与寓言感。与此相似,作者在《青黄》中隐去了整个故事中至关重要的那个死去的外乡人与卖麦糖老人的关系;在《大年》中,则在关伯均与豹子之死的关系上留下了一个空缺。通过在情节的关键处设置空缺,故事失去了确定性,读者在不断地猜谜中找不到故事的最终所指,于是,这种阅读就从过去那种寻找故事的主题,变成了对作者叙事智慧的思考和欣赏。格非的这个追求和博尔赫斯如出一辙。

格非另一个常用手法,是用语言来瓦解"事实"。格非从"故事最终是被语言叙述出来的"和文学的虚构性原则出发,不断地用一个语言叙述出来的"事实"去否定另一个同样是用语言叙述出来的"事实",让文本中的"事实"互相否定,从而降低文学作品中那些"事实"的实证意义,努力突出叙述在文中的支配地位。《褐色鸟群》可以看作是格非其叙事实验的范本。其中,"我"与女人"棋"的三次相遇如同梦境,"棋"仿佛一个幽灵,是同一人物的不同化身,并在不同的场合相互否定和拆解。小说借助主人公口是心非和言不由衷的叙述,传达了这样的哲学观念:叙述本身充满了虚构与随意性,记忆是靠不住的,历史和现实是无法呈现的,小说是可以"毁掉记忆"的。小说还借助了"镜子"与"画夹"的互换、叙述中似是而非的自我否定,展示了生活的无序和多种可能性,富有哲学的深意。

三、余华的小说创作

余华(1960—　),生于浙江杭州,长于海盐。1977年中学毕业后曾在镇上一家医院做过牙医。1983年开始创作,其创作风格曾经深受川端康成和卡夫卡的影响,后来从他们的艺术模式中解脱出来,进而探索出一条独特的文学之路。1987年余华发表短篇小说《十八岁出门远行》初登文坛,而后又发表《死亡的叙述》《爱情故事》《四月三日事件》《难逃劫数》及长篇小说

《呼喊与细雨》《活着》《许三观卖血记》《兄弟》等多部作品,在"先锋小说"阵营中站稳了位置。

  作为先锋小说的代表性作家,余华小说的先锋性特点首先体现在对隐匿的"非理性世界"的开掘上。在余华的视角中,世界是荒谬的,是非理性的,人同样也是非理性的,无法主宰自己,更无法主宰他所存在的世界。甚至,人本身也是这个非理性的世界的一部分,人不是在理性的支配下行动,而是在动物性的本能支配下行动。这一点在他的成名作《十八岁出门远行》就得到了展示。小说描写一个18岁的少年第一次出门远游。在路上,他搭上一辆拉苹果的卡车。可是,走到半路上,卡车司机和一群人合谋抢走了苹果,连少年的背包也被抢走。这个少年所要认识的"外面的世界"就是一个充满了阴谋和暴力的无序存在。这场抢劫好像预先布置好了似的,专门等着他进入圈套。这意味着人所构建的秩序也仅仅是一个表象而已,并不能成为人的行为规范。真正支配人的只是人本身的欲望,就像动物的本能欲望一样。那群人抢苹果就和一群蚂蚁搬运食物一样。这里,触及的是世界的荒谬、无序和人的暴力。

  在叙事方法上,余华这一时期的作品也非常富有"元小说"的意味。如《鲜血梅花》就堪称是一个"讨论"和"戏仿"武侠小说套路的典型的叙事文本:一代武林宗师阮进武死于不明身份的武林人物的刺杀。十几年后,他的儿子阮海阔长大,被母亲委以"为父复仇"的重任,她自己则自焚而死,以断儿子的后路。不想阮海阔既无武功,也不愿意承担复仇的使命,他身背祖传的梅花宝剑开始了几无目的的漫游。先是错过了知情人白雨潇,后遇到两位武林人物胭脂女和黑针大侠,接受了分别为他们打听另外两个武林人物刘天和李东下落的任务。但当他终于遇见另一个知情人青云道长的时候,却只是询问了刘李二人的下落,而完全忘记了询问杀父仇人是谁的问题。当他再次遇见胭脂女和黑针大侠,告知了答案,接着又漫游了三年之后,才从白雨潇处得知,杀害自己父亲的凶手就是刘天和李东,而这两人在三年前已分别死于胭脂女和黑针大侠之手。这样,无为的阮海阔竟然无意中借了他人之手杀掉了自己的仇人,了结了一段江湖恩怨。正所谓"无为而无不为"。小说宛如一部缩微的戏剧,把各种武林叙事烩于一勺,非常富有形式感。可谓早期余华小说在叙事上的一个代表。

  余华早期的小说执迷于死亡和暴力的叙述。他以一系列的作品引导我们进入一个充满了暴力与疯狂的世界:在《四月三日事件》《河边的错误》《现实一种》等作品中,他细致地描写人与人之间的残杀。而且小说中的人物还有一种沉浸于这种残酷与仇杀的快意。他早期的这些小说中叙述者在表现这种冷漠与残酷时,刻意追求的冷峻风格使得作者的态度显得暧昧,事实

第五章 20世纪80年代小说创作的主题研究

上,余华的这种貌似超然而冷静的叙述风格来源于作家与现实之间的一种紧张关系,他要与他笔下的人物及其代表的人性的残暴与残酷的一面保持距离。不论善恶,他都要保持一种理解之后的超然,并且与之产生一种怜悯心,这也导致了他在进入20世纪90年代之后的《活着》《许三观卖血记》中的风格转变:这些小说在描写底层生活的血泪时仍然保持了冷静的笔触,但更为明显的是加入了悲天悯人的因素。

一个有趣的现象是,90年代文化的"后现代"倾向,使消解神圣成为时代的趋势。80年代末以现代主义小说名世的余华,90年代却追求种平民化的写实方式。他这个期间创作的长篇小说《活着》,一改先前叙述变形的先锋姿态,变得接近新写实小说了。

《活着》的叙述,以散漫的调侃开始,以沉郁的旷达告终。调侃的语气,来自小说第一层面的叙述者"我",一个吊儿郎当下乡采风的县文化馆职员:"我头戴宽边草帽,脚上穿着拖鞋,一条毛巾挂在身后的皮带上,让它像尾巴似的拍打着我的屁股。我整日张大嘴巴打着呵欠,散漫地走在田间小道上,我的拖鞋吧哒吧哒,把那些小道弄得尘土飞扬,仿佛是车轮滚滚而过时的情景。"玩世不恭的"国营"采风者,使小说叙述发生在无聊而漫长的现实的平淡日子中。而故事的真正叙述者,却不是这个"我",而是作为故事亲历者、主人公的"我",一个叫福贵的老人。小说通过福贵的口吻讲述他自己坎坷的一生,由此,两个层面的叙述在现实与历史间交替。福贵曾经是地主少爷,染上吃喝嫖赌的恶习,将家产全部输光,在解放前夕,沦为不折不扣的贫农,却因此侥幸逃脱土改的镇压。然而,逃脱了被分地、斗争的厄运,却仍然没有逃脱苦难的命运。大炼钢铁后饥馑的岁月中,福贵的儿子有庆为大出血的县长夫人献血,因抽血过量而死亡。再后来,福贵的哑女凤霞,难产而死。不久,女婿死在工地,外孙也最终夭折。福贵一生,被国民党抓过壮丁,经历了土改、大跃进、人民公社、饥荒、贫困、亲人死亡,民族的磨难、人间的不幸,他都经历了。对于完全无法预知和左右自己的命运的福贵们来说,活着,这原本最基本的生存,就成了幸运与幸福的事了。余华的这篇小说,将令人难以承受的苦难,用冷峻平淡的语言叙述出来,将痛苦转化成了艺术。他刻意寻找一个生活在"今天"的自由青年做叙述者,与那个历经苦难、代表着"过去"的老人构成生命形态上的悬殊,造成叙述与现实之间的距离,也造成"历史"与现实之间的距离。这种距离使叙述获得超越,生命对苦难的包容,生命的坚忍与从容,构成一种平淡而悲壮的美。余华选择这样一个故事和这样一种叙述,是试图表达他自己对生命意义的理解:"我听到了一首美国民歌《老黑奴》,歌中那位老黑奴经历了一生的苦难,家人都先他而去,而他依然友好地对待世界,没有一句抱怨的话。这首歌深深打动了我,我决定写下一篇这样的小说,就是这篇《活着》,写人对苦难的承受能力,对世界乐观的态度写作过程让我明白,人是为活着本身而活着的,而不是为活着之外"。

这与其说是余华对生命意义的顿悟,不如说是苦难教给他对待世界的态度。他认识到,"作家的使命不是发泄,不是控诉或者揭露,他应该向人们展示高尚。这里所说的高尚不是那种单纯的美好,而是对事物理解之后的超然,对善与恶一视同仁,用同情的目光看待世界。"《活着》以一种悲悯的情怀,书写了卑微的生命对苦难的伟大的承受,余华一反他的"先锋",代之以平淡和真实,揭示了生命的意义原来竟是它本身——活着。

四、孙甘露的小说创作

孙甘露(1959—),1959年7月10日出生于中国上海,汉族,祖籍山东荣成,全日制中技(学历为中技,属破格提拔),文学创作一级,1979年9月参加工作,2005年10月加入中国民主促进会,2011年6月加入中国共产党。1986年发表成名作《访问梦境》,随后的《我是少年酒坛子》和《信使之函》则使他成为一个典型的"先锋派"。

评论家陈晓明指出:"孙甘露寥寥几篇小说无疑是理解这个时代的'精神症候学'的导读手册;一部混乱不堪而又意味无穷的后现代寓言;它那看上去像六朝骈文翻版的文体,沾染了些许晚唐神韵,其实是当今的时代的反小说的修辞学和反动的语义学词典。"这是对孙甘露非常准确而且中肯的评价。在"先锋派"小说炙手可热之时,稍晚于他们的孙甘露加入了这个行列。他继承了他们文体的实验和文字的游戏并将它们推向了极致。他的作品玄而义玄,"充斥着诸如荒诞、不连续性、碎片、不确定性、反讽、中心消失、散漫等后现代主义特征,并且从中可以发现博尔赫斯、巴塞尔姆、罗伯·格里耶、罗兰·巴尔特等的现代派大师的文本痕迹。"总之。孙甘露的小说能让读者领略到中国当代小说最险峻的风光。

孙甘露的小说致力于诸多形而上主题的思考。他的作品,广泛涉及了存在、时间、现实、历史、哲学、精神、神秘、价值、终极关怀等等深奥的问题,他用自己充满颠覆的手法对此进行了质询。虽然他的文本充满了矛盾、悖论,但却闪现着智慧的光芒。与其探讨的扑朔迷离的形而上的主题相吻合,其艺术手法也相当的纷繁与诡谲。首先是相互游离的片断性的语言。他的语言所指与能指随心所欲,令人不知所云,似是梦呓般的片断,又像是充满哲理的单个的句子。可以说,孙甘露非常擅长玩文字游戏,他那骈文式的文字排列将整部小说变成了句子的连缀。有评论者说,过去的小说看故事,现

第五章 20世纪80年代小说创作的主题研究

在的小说看句子,而孙甘露则通过小说展示了句子的无限魅力,让读者领略到了解构主义小说的风采。其次是不完整的故事。孙甘露的小说极少有完整的故事。他的小说线索似有似无,时续时断,使读者如坠云雾、不知所措。如果说先锋派小说的创作均有破坏线性结构的特点的话,孙甘露则把这种破坏表现得淋漓尽致。再次是纷乱的梦境的描绘。在孙甘露的小说中,人物似魂魄漂荡、似有似无、朦朦胧胧、影影绰绰,有时甚至只是一个符号,而与人相伴的场景也云天雾地、不着边际。这样的场景与这样的人物的结合,只能是一些令人可疑的片断和潜意识中存在的梦境与黑洞。孙甘露曾这样宣称自己的写作:"最终,我会为词语所溶化。我的肉体将化作一个光辉的字眼,进入我阅读过的所有书籍中的某一本,完成它那启示录的传述。"《信使之函》可以说是孙甘露最为极端的作品。小说情节散乱、线索虚无,通篇由五十多个"信使……"的陈述句构成,然后便是放任自流的诗意表白及无所顾忌的奇谈怪论。孙甘露喝足了语言的致幻剂,并在篇中举行了一次语词的盛大舞会。我们随意选择几个片断,便可以印证他的语言风格:"信使看见他们确实是一些梳理晚风的能手。在我未来的记忆中,耳语城的生活细节的含义将是含混的。它们远离扼要的象征和特指的隐喻,仅以瞬间的呈现勾画光滑无比的时空魔镜上微暗的疵点。""我不知道,是否有一天,信使会成为耳语城的荣誉步行者,在耳语城洁净非凡的街道上,我是否有信心像一粒尘埃那样迈出轻盈的步履而不为神思鼓荡的僧侣所察觉。他们一如既往地沉浸在他们平凡而艰巨的创造中。我一如在别处那样,沿街行走。信使所携带的若非令人惊厥的噩耗那便是同样令人惊厥的喜讯。我不能设想,信使短暂而茫然占有的是一页空无点墨的白纸,一封纯粹的信函,一封抽象的作为概念的信。"这些纷乱而无序的语义表达,并没有交代出信使的最终去向,它们成了作者随意支使的一个符号,而孙甘露则借助这些符号传达了自己的智慧及对存在的哲理的思考。《访问梦境》也是一篇充满神奇想象和深奥哲理的小说。开篇不久,作者便说:"我"行走着,犹如"我"的想象行走着。"我"前方的街道以一种透视的方式向深处延伸,"我"开始进入一部打开的书。由一部史书入手,"我"走进了梦境。首先迎接"我"的是丰收神。她站在夜色中的台阶上迎接"我"。她的呼吸化作一件我穿着的衣服,在星月隐约的夜色下,护卫着我也束缚着我。后来,"我"找到了一片橙子林,见到了丰收神的父亲。随后,我又在一少妇的指引下来到了剪纸院落,参观了"冷兵器纪念堂"。当"我"如同梦游般看完这一切后,丰收神又给我介绍了她的祖先——一位爱好照镜子的美男子和一位不停舞蹈的聋哑女。最后,"我"的手指轻轻触摸那些金黄的橙子,它们便神奇般地纷纷坠落。丰收神已经变老,她弯下腰去,将橙子拾入篮内。"我"问丰收神:"橙子可以当饭吃吗？这类开胃的东西不是越吃越饿吗？"丰收神答道："你非得把它当橙子吃吗？你可以把它当作梨、当作苹果、当作鱼、当作肉、当作稻米、当作小麦、一切一切。"就这样，孙甘露在短暂的对话后结束了整个故事。可以看出，《访问梦境》依然在探讨着那些一贯为孙甘露所关注的问题，如历史、记忆、家族、迁徙、革命等，但在表现这些主题时，作者是用巨大的、无所不在的梦境来承载的。小说中的人物似真似幻、奇异怪诞；有时是真人，有时是幽灵；小说中的场景影影绰绰，如同仙境；小说中的哲理，随意闪现，鲜明深刻。小说似在讲一个完整的故事，但情节时连时断、极具跳跃性。除此之外，这篇小说仍然展示了孙甘露组织语言的才能。作品中时时闪现的哲理的火花，全是通过明丽清新的语言来展现的。如："我内心极为恐惧，尽管我的肉体是以空间的方式存在着的，但我对时间的流逝还是充满敬畏。"除了这些哲理色彩鲜明的语言，孙甘露在这篇小说中也充分地展示了他语言简洁明快的总体特色。如："这个家族的先人古时与山林为伴。染就凄苦之风。面如土色、心如溪水。天气晴朗他们便走马观花，梅雨时节他们便偷香窃玉，族中人个个身染百疾，经年累月翻查医案，千百年来尝遍世间草木。冬来依山而卧、夏临傍水而坐。他们以山石为墨、松枝为笔，饱蘸深谷涧流，挥洒旷野青天。走笔随心意、留字为医证。到头来这块不毛之地为山岗嶂气所充盈，路人闻之便是不治之症。"寥寥几笔，描画出了一个衣食无忧、自由洒脱的家族，这个家族美到了极致，也恶到了极致。

　　总之，作为"先锋派"的后续作者之一，孙甘露既继承了马原、格非对抽象主题的探求，也继承了他们的叙事技巧与文字特色。他将叙事革命推向了极致。他的创作无疑是个人化经验的极端表征。我们既可以从他的小说中得到启示。同时也可以从中获得训诫。孙甘露以先锋派作家的尽力一搏，为整个先锋派的创作留下了诸多的争议。

第六章 20世纪90年代小说创作的主题研究

20世纪80年代末90年代初,中国社会发生了急遽转型,市场经济也不断渗透到社会的各个领域,并一点一点浸入人们的头脑。思想观念更新和解放后的作家们,对文学功能的认识更加深入、宽泛、准确,认为文学的功能除了宣传、教育外,还应包括娱乐功能、消闲功能、审美功能、交际功能等等。文学观念的多元化的结果肯定是文学创作的多元化。因此,20世纪90年代的小说创作呈现出多姿多彩的局面。

第一节 文学的转型与各种文学思潮的探索

20世纪90年代不仅是一个复杂的文化转型的年代,而且是各种文学思潮孕育、萌动、嬗变和碰撞的年代。这一时期,既有20世纪80年代以来许多文学思潮的延续和新变,也有各种新思潮的涌动与勃发。其中,后现代主义思潮可以说是20世纪90年代诸多文学思潮中影响最大、波及范围最广的。

20世纪80年代,后现代主义开始介绍到中国。然而,后现代主义进入中国之初,中国理论界总是把现代主义和后现代主义混为一谈。在关于"现代派"问题的讨论中,曾一度将法国的新小说、黑色幽默、魔幻现实主义、荒诞派等后现代主义思潮全部当成了现代主义。这种模糊认识,直到90年代中后期才得到了有效的纠正。而在创作领域,后现代主义实践也有一个从不自觉的模仿到自觉的中国化呈现的过程。

20世纪80年代中期兴起的先锋小说,被看作是中国当代文学中最早出现的后现代文本。在先锋小说稍后出现的新写实小说、新历史小说、女性作家小说、新生代小说、文化道德小说以及王朔现象、王小波现象、大众文化思潮、雅俗合流和游戏文学等,也都被看作是后现代主义在中国的变体。可以说,后现代主义已经成为20世纪90年代中国文学运行的一条非常重要线索。这里,我们将对在中国文学史产生巨大影响的新写实小说、新历史小说、女性作家小说、新生代小说、文化道德小说进行简单分析。

有史以来,中国文学一直以现实主义、浪漫主义为主要创作流派。从20世纪70年代末至80年代末整整十年,中国新时期文学充满了苍凉的悲剧色彩,但本质上属于现实主义文学。新写实小说是现实主义传统的变异和发展,属于现实主义。"新写实小说"出现于20世纪80年代中后期,这一文学思潮是与中国社会直接相关联的一种文学现象,其强烈的"民间意识"和执意表现下层百姓生活的特殊世俗化的表现形式特征,引起了评论家和读者的广泛注意。评论家雷达最早对新写实小说进行了描述和揭示,"新写实小说"作为一种称谓,它是在《钟山》杂志与《文学自由谈》编辑部联合召开"新写实小说"讨论会之后,开始被社会普遍使用和接受的。

一般而言,新写实小说写作具有下列基本特征。

第一,在题材上表现出对"现实"(当下的)的人生关怀。

第二,注重现实生活原生形态的还原,真诚直面现实,直面人生。

第三,注重完全生活流程化的真实叙述,不重情节结构。

第四,重视生活"细节"的刻画,着力表现普通人日常生活的平凡琐事。

第五,着意追求人物的原形化,较多抒写"民间"的灰色精神状态。

第六,以平常心态关注平民生活,叙述生活化,幽默含蓄,自然朴实。这些特点也是新写实的基本状态。

新历史小说出现于20世纪80年代中期至90年代初期,这一时期人们对"历史题材"的关注成为文坛的一个新的热点。小说的作者不再只是演绎"官方历史",而是表现出解构历史的强烈愿望和以现代哲学思想认识历史的新观念,并且有着不同于传统历史小说的审美情趣和艺术实践。这种重新审视历史的思想方法就是"新历史主义",体现出这种思想的作品也就是"新历史小说",这类小说一经问世迅速成为一种新的小说创作思潮。

一般而言,新历史小说写作具有下列基本特征。

第一,小说的文学观开始转向审丑即消解崇高、反抗权威,小说语言呈现世俗化和日常口语化。

第二,小说的思想观念从民族寓言到家族寓言,从宏观走向微观,注重书写人存在的历史形态以及人在历史中的生存状态。

第三,小说主题强调从正史到野史,叙述角度强调历史的虚构叙事和作家主体心灵的历史,注重展示社会生活的无序性。

第四,小说的人物状态从红黑对立到中间的灰色区域,书写的人物主体呈现出边缘化和世俗化的特征。

中国文学创作中的女性意识经历了一个漫长而曲折的发展过程,"五

第六章　20世纪90年代小说创作的主题研究

四"时期,丁玲、萧红不自觉地表达了女性自身的困扰,有些男作家也开始呼吁重视女性地位的问题。在20世纪80年代的文学发展中,女性意识在一部分敏锐的女性作家的创作里逐渐得到越来越清晰的表露,开始有了自己的美学的意象世界,并走向独立。20世纪90年代,女性意识获得了自觉地解放,理论与创作相辅相成,共同推进女性写作的发展。90年代女性写作在小说和散文领域均取得了极大的成就。

一般来说,女性作家小说写作具有下列基本特征。

第一,关注日常生活中的人生世相,从女性文化人的视角去观察人生审视现实,更多地写出了女性感性世界的丰富和美丽。

第二,以女性为叙述视角和中心来建构文本,有力地创造了女性意识的审美意境。

第三,在精神的层面上对人的存在命运做出哲学性质的探寻,将女性经验与生命哲学的思考融合在一起,显示了女性写作的深刻。

新生代文学思潮也被称为新状态文学思潮,它是由20世纪90年代崛起的新生代作家引发的文学潮流。这些新生代作家所写的小说被称为新生代小说,又称"晚生代小说""60年代出生的作家群小说",是20世纪90年代边缘化文学语境的产物。随着市场经济的确立和商业社会的到来,文学在经济和物质的挤压下在一定程度上陷入一种由中心走向边缘的尴尬境地,这一方面为文学的生存带来众多困难,另一方面也为文学带来许多自由。在边缘化的语境中,新生代小说能随心所欲地营构真正属于自己的话语空间,以一种同情、平和、宽容、淡泊、超越的心态观照、理解和表现生活。在新生代小说中,新生代作家经验主要呈现出欲望化形态和私人化形态,多方位表现和描述20世纪末中国社会的欲望化生存表象。同时,新生代小说的个人化风格首先来自于作者个人化的经验,"这种经验一方面对于公众体验来说是全新的、陌生的,另一方面也是对于我们既有文学传统封闭格局的一种打破和拓展,他们使人类的一切经验都得到了敞开并从容地进入了文学领地。在此,韩东、鲁羊、刘剑波等作家的诗人化的经验构成新生代小说私人化景观的一个层面,而陈染、林白、海男、徐小斌等新生代文作家对女性个人化经验的言说则代表了私人化景观的另一个层面。实际上,无论是欲望化经验还是私人化经验,在新生代作家那里都是寻找和发现生活与存在无限可能性的一种艺术手段。"此外,新生代作家在经验的帮助下才真正完成了对20世纪80年代新潮小说哲学化主题的重构与超越,他们时常表现出穿越生存表象而直抵生存本真的愿望,他们的小说也体现出一种对人类生存的关怀,并透出一种浓重的哲学意味。

一般而言,新生代小说写作具有下列基本特征。

第一,解构崇高、亵渎神圣、沉潜世俗,以个人化的姿态、以自身的生活与心态为模本进行写作,追求个人化的写作理想。

第二,强调日常经验,追求私人性叙事风格。

第三,细致描绘现代社会中人们的种种心理心态,展示年轻一代的人生与追求、情感与心态。

第四,对于存在的态度和存在版图的体认、言说和绘制表现出独特的个人性。

第五,充斥着欲望描写,并在对欲望的描述和张扬中突出现代人的精神困境、虚无和内心的孤独、痛苦。

20世纪90年代以来,一些作家与大众化、世俗化的文学潮流相对抗,高举道德理想主义的大旗进行小说创作。他们崇尚自然,亲近和关怀民间,有着明显的道德理想和人文精神,歌唱理想、颂扬人道。他们的创作引起了文化道德小说的潮流。

一般而言,文化道德小说写作具有下列基本特征。

第一,小说中的语言的朴素而凝练,体现出道德理想和人文精神。

第二,小说或多或少地带有某种神秘性,含有一定的宗教色彩。

第三,小说采用随意的散点式结构叙述故事,情感真挚与纯洁。

第四,小说不局限于传统艺术形式,解构中心人物,描画群像。

第二节 新写实小说的创作——对现实的展现

20世纪80年代中后期,小说创作开始改变一种模式独领风骚的格局,"共同性"逐渐消解。小说家在对原有的现实主义创作和先锋派小说的实验进行反思的过程中,寻找新的发展空间,从而推动了新写实小说的兴起。所谓新写实小说,简单地说,就是不同于历史上已有的现实主义,也不同于现代主义"先锋派"文学,而是近几年小说创作低谷中出现的一种新的文学倾向。这些新写实小说的创作方法仍是以写实为主要特征,但特别注重现实生活的原生形态的还原,真诚直面现实、直面人生。虽然从总体的文学精神来看新写实小说仍划归为现实主义的大范畴,但无疑具有了一种新的开放性和包容性,善于吸收、借鉴现代主义各种流派在艺术上的长处。被归入这一名目下的作家十分广泛,主要包括刘震云、方方、池莉、范小青、刘恒、王安忆、李晓、赵本夫、周梅森、叶兆言、朱苏进等。这里主要以刘震云和池莉为代表进行分析。

第六章　20世纪90年代小说创作的主题研究

一、刘震云的小说创作

刘震云(1958—　),1958年5月生于河南省延津县,著名作家,中国人民大学文学院教授。1978年至1982年就读于北京大学中文系并开始创作。1987年后连续在《人民文学》发表《塔铺》《新兵连》《头人》《单位》《官场》《一地鸡毛》《官人》《温故一九四二》等描写城市社会的"单位系列"和干部生活的"官场系列"作品,引起强烈的反响。在这些作品中,他确立了创作中的平民立场,将目光集中于历史、权力和民生问题,但又不失于简洁、直接的白描手法,因此他被称为"新写实主义"作家。其中《塔铺》获1987—1988年全国优秀短篇小说奖。自1991年发表长篇小说《故乡天下黄花》始,他开始追求新的创作境界。1993年发表"故乡"系列第二部长篇《故乡相处流传》,后经过五六年的时间完成长篇巨著《故乡面和花朵》。2007年推出小说《我叫刘跃进》,并改编成电影。2009年出版小说《一句顶一万句》,引起轰动。现为中国作家协会全国委员会委员、北京市青联委员、一级作家。

刘震云的创作主要以中篇小说为主,他擅长以朴实的笔墨描写普通人的平常生活,从而透视出时代的深刻变动和人物内心的波澜。他还长于用细节营造与渲染环境,其小说的人物往往被动地依从环境的摆布,着力表现生存环境对人的不可抗拒的挤压力。

《一地鸡毛》写于20世纪80年代中后期以后,当时中国社会处于急剧的转型期,社会的中心由政治转向经济,整个社会的政治、经济、文化以及社会生活诸方面发生了巨大的变化,人们忙于追逐经济利益,忽略了理想。此小说被称为新写实主义的代表作。"新写实主义",其概念在不同学者中一直有争论,有人贬其一无是处,有人赞其深入人心。而无论褒贬,都应该看到的是,它的存在带给了我们多方面的观察与反思。一般观点是,新写实主义小说有三个明显特征:还原生活本相;从情感的零度开始创作;作者和读者共同参与创作。《一地鸡毛》正是这样一部作品,用"生活流"的手法写出了"毛茸茸的原生态",还原了生活的本来面目;没有褒奖,没有贬低,用旁观者的身份冷冷道出事实;读者参与其中,通过生活阅历的逐渐丰富和生活经验的不断积累,对此部作品会越来越感同身受,角色认同感日益强烈。

小说没有曲折离奇的故事情节,有的只是对一对小夫妻日常生活的描述。作者没有运用华丽的辞藻,没有对人物进行太多的心理描写,而是以非常传统、朴实的语言叙述普通老百姓的生存状态。通过描写充满浓厚生活气息的小事,真实地反映了现实生活中小人物生活的艰辛与无奈,写活了人们在日常生活琐事下观念的转变。人与环境的关系,即社会结构中人的悲剧性处境,在刘震云所创造的普通人生活世界中,构成难以挣脱的网。生活于其间的人物面对强大的"环境"压力,难以自主地陷入原先拒绝陷入的"泥潭",也在适应这一生存环境的过程中,经历了个人精神、性格的扭曲。对于这一复杂的关系,对于他们折磨、猥琐、自私的心理行为,小说采用了冷静、不露声色,却感受到冷峻批判立场的叙述方式。

在刘震云小说中塑造的知识分子形象小林随着时代的变迁发生演变。在社会转型期,知识分子的"世俗化"成为这一时期的无奈选择。小林思想行为的嬗变,是时代变革中人们思想行为转变的缩影,是知识分子精神滑坡、人格退化的典型代表。刘震云集中笔墨将他由一个有理想、有抱负的大学生变为一个庸庸碌碌、无所作为的小市民。这种历史转型期普通知识分子世俗化的进程,也深刻地揭示出导致知识分子世俗化的种种原因。小林正是处于这种尴尬境地而不自知的知识分子。当他清醒地意识到这一点的时候,却又手足无措。于是小林为了生活不得不改变自己的生存姿态,但同时又伴随着灵魂的挣扎和痛苦。

传统知识分子所具有的人文精神与坚守的人生观、价值观、道德观似乎已经不复存在,作者正想要表达知识分子理想的丧失和破灭、灵魂的挣扎与耗损,放弃了对理想的坚守;人格的磨损和耗散、价值的颠覆和虚无,无边的生存网络精神世界彻底滑向庸常。小说告诉世人,生活就是种种无聊小事的任意集合,它以无休无止的纠缠使每个现实中人都挣脱不得,并以巨大的销蚀性磨损掉他们个性中的一切棱角,使他们在昏昏若睡的状态中丧失精神上的自觉。这也是作者在一篇创作谈里所说的:"生活是严峻的,那严峻不是要你去上刀山下火海,上刀山下火海并不严峻。严峻的是那个日复一日、年复一年的日常生活琐事。"

刘震云无疑是一位对现实生活感觉相当敏锐并持有批判态度的作家,但总观他的作品,作家似乎过于侧重描写今天的生存环境对于人的染化、扭伤、异变的作用,而对于人作为创造主体的能动性,对人不仅改造自身也能改造客观环境却注意不够。《故乡相处流传》就是这样一部作品,小说以戏谑化的方式揭示了历史的非人文、非理性、非人性的存在景观。历史的"宏大叙事"瓦解了,走上日常和庸俗。建立在历史理性之上、合乎逻辑、合乎必然性的历史场景已消失,刘震云对历史进行随意的涂抹。首先,历史人物的祛魅化。无论是曹操、袁绍,还是孬舅、猪蛋,文本中的人物一律丑化和俗化。历史上的大人物受到了空前的嘲弄和轻蔑:即便是文治武功的曹丞相也只是个"右脚第三到第四脚趾之间涌出黄水"的糟老头。其次,历史事件的戏谑化。历史上有名的官渡之战,起因是曹操和袁绍为了争夺一个长着

第六章 20世纪90年代小说创作的主题研究

漂亮虎牙的沈姓小寡妇;处理一个县大小事务的竟是脏人韩。在这里,历史是一出没完没了的游戏和闹剧。刘震云用反历史的戏谑化、荒诞化的处理方法揭示了历史存在的鄙俗、荒谬和人性的异化、扭曲。我们透过这些扑朔迷离的现代或后现代的技术迷宫,看到轻佻与戏耍背后的沉重。

二、刘恒的小说创作

刘恒(1954—),原名刘冠军,北京人。刘恒1977年开始发表作品,著有长篇小说《黑的雪》《逍遥颂》《苍河白日梦》三部;中篇小说《白涡》《伏羲伏羲》《冬之门》《贫嘴张大民的幸福生活》等十余部;短篇小说《狗日的粮食》《小石磨》《教育诗》等。

刘恒的创作是丰富的,他以自己多姿多彩的文本,显示了"新写实小说"的实绩。《狗日的粮食》这篇小说,以"瘿袋女人"为主人公,揭示了在困难时期人们为了生存而极其原始的欲望追求。"瘿袋女人"很有生活能力,她苦吃勤作,为的是保护家人不被饿死。为了自身的生存,她不肯接济他人,为了每天能有点吃的,她不惜偷别人的东西。为了养活她以粮食命名的六个儿女,她把能想的点子都想了,有时甚至到了令人震惊的地步。作品中有这样一段叙写:"生红豆那年,队里食堂塌台,地里闹灾,人眼见了树皮都红,一把草也能逗下口水。恰逢一小队演习的兵从梁上走过,瘿袋担着刚出满月的红豆跟了去,从驮山炮的骡子屁股下接回一篮热粪……"为什么要接这又脏又臭的热粪呢?原来骡子粪中有没有消化掉的玉米粒儿,瘿袋将它们洗净淘干,就可以给孩子们煮一锅夹杂着杏叶的玉米饭。在瘿袋的心目中,粮食是最神圣的,有了它,全家人就能不挨饿。但是,无论她怎么苦扒勤作,粮食总也不够吃,饥饿像毒蛇一样随时准备吞噬她们的生命。她们熬了一年又一年,终于吃到了返销粮。就在日子逐渐好转的时候,瘿袋却因丢失了钱和购粮证,急火攻心,服了苦杏仁儿,自杀了。临死时,她拼出全身的气力,骂了一句"狗日的粮食"。瘿袋女人为粮食生,又为粮食死,命运极其悲惨。在这篇小说中,刘恒运用简洁、生动的语言,调侃、无奈的情调,极其深刻地揭示了小人物的苦难生活。其他作品像《教育诗》《本命年》《贫嘴张大民的幸福生活》等也都从不同角度展示了生活在社会底层的小人物的命运。《本命年》中的李慧泉因打架斗殴被劳改了几年,他出来后谨小慎微,打算老老实实做人,但生活中却出现了诸多的不如意,原来那帮"哥们儿"的纠缠、爱上一个女孩儿又不敢表白、街坊邻居的白眼,让他备感压抑。心情终日忧郁苦涩。为了生活,他在街道办的帮助下摆了一个小摊,准备自己养活自己,但是生意却极其清淡。百无聊赖中,李慧泉又开始放纵自己。最后,在一次喝完酒回家的路上，他被两个劫路的少年用刀捅伤，流血过多而死亡。虽然这部小说中多次写到了善良人对李慧泉的帮助，如片警、邻居大妈等，但他还是在一片黑暗中闭上了眼睛，小人物与命运抗争的挣扎与无奈，令人扼腕叹息。在以上作品中，作者所塑造的人物并无什么大的梦想，他们的生活经历与他人也无太大的共性。他们是生存于这个世界上的渺小的个体，无论采用什么方式与命运抗争，最终都只能臣服于生活的重压，直至失去生命。他们是痛苦而忧郁的一群，在世界上凄凉而蹒跚地行走着，读者看不到他们的笑颜，只能看到他们孤独的背影。《贫嘴张大民的幸福生活》描绘了住在一小巷内的张大民一家的酸甜苦辣。他们和社会底层的其他人一样，住房拥挤不堪，工资收入极少，还时时面临着下岗的危险。但是，他们努力而勤奋地工作着、生活着、快乐着。家里的每一个成员既有亲情，又有矛盾，都有着改善生存环境的希望，又一起承受着希望落空的打击，这一切，使得生活既丰富多彩，又苦恼辛酸。作品将笔触深入到市民底层，展示了他们的生存样态。除此之外，刘恒的作品还展示了在生存本能促使之下的一些更加另类的人生，也由这些人物入手，触及了人类生存的一个基本命题食、色、性。《伏羲伏羲》通过对杨金山及其妻王菊豆、侄儿杨天青之间发生的令人惊异的故事的叙写，以民间的立场．揭示了发源于本心的爱的欲望、生存的本能及主人公为此所付出的沉重的代价。杨金山男性功能衰竭，却以摧残新婚之妻发泄私愤；杨天青对婶子由同情而生爱心；菊豆因对杨金山的恨而倾慕身强力壮、颇同情她的杨天青。结果，貌似"乱伦"的故事发生了。杨天青不仅与菊豆长久偷情，而且还生出了后来致亲生父亲于死地的儿子杨天白。在他们的爱情生活中，幸福快乐是短暂的，痛苦、压抑和恐慌却是长久的。可以说，这种"乱伦"的爱让俩人付出了巨大的代价。最终，儿子天白对父亲天青恨之入骨，代表传统道德观念的一方——杨金山取得了最终的胜利。他教唆天白用残忍的手段淹死了自己的亲生父亲。作品触及了人性的深处，细腻地描绘出了每个人心灵的挣扎与搏斗。每个人都以独特的方式既报复了别人，也报复了自己。这篇小说，刘恒依旧以自然主义的笔法，展示了特定的地域、特定时空中的特定的生存，留给读者的思考是非常深刻的。

　　刘恒作为新写实阵营中的一员，遵循的是现实主义的传统。他的作品题材广泛、主题鲜明、人物生动、语言简洁。他的视点是下沉的，他有意躲避和反对崇高，而把艺术视角对准庸常的人生。作品中没有刘震云所写的官场的腐败，也没有池莉小说中的都市传奇人生。大部分作品将眼光瞩目于农民，细致入微地揭示出了他们生存的艰难。可以说，他的观察是敏感深刻的，描绘是生动准确的，笔触是遒劲有力的。这一切显示了一位作家敢于直面人生的勇敢态度，更显示了一位优秀作家强烈的社会责任感。但是，作品中流露的自然主义倾向,那种向环境认同的态度,削弱了作品的批判力量,在一定程度上表现出了许多新写实作家的共同弱点。后期的刘恒在创作方面有了较大的改变。他的颇有影响的《贫嘴张大民的幸福生活》,就展示了许多生活的亮点,虽然主题仍是写生存,主人公仍是小人物,却写出了支撑他们快乐生活的精神力量,使人们在叹息生存不易的同时,感受到了一股向上的品格。

三、池莉的小说创作

池莉(1957—),湖北仙桃人,当代著名女作家,中国作家协会会员。毕业于武汉大学中文系,她生活经历丰富,曾下过乡,当过小学教师,并从事医务工作多年。从1987年起,池莉因写作新写实小说而崭露头角,《烦恼人生》《不谈爱情》《冷也好热也好活着就好》《你是一条河》《预谋杀人》等一系列小说显示了她的创作实绩。20世纪90年代中后期,新写实小说落潮以后,池莉仍然保持着旺盛的创作势头,创作了多部优秀作品。

在新写实的阵营里,池莉的作品可谓最适合民间趣味,并因此恰恰一直都能赢得大众的青睐。这正好说明"新写实小说"对市井小人物原汁原味生活的摹写非常迎合20世纪90年代文化的基本趋向——世俗化。

池莉20世纪80年代末90年代初的一系列"新写实小说"主要叙述的是芸芸众生世俗生活中的柴米油盐、家长里短、鸡毛蒜皮。在这些小说中,作家大多依据自然时间的时序来组织日常生活画面和细节,从容不迫地讲述市民日常生活中的矛盾、纷争、烦恼和苦闷。她的"人生三部曲"(《烦恼人生》《不谈爱情》《太阳出世》)亦被称为"新写实三部曲",是池莉"新写实小说"的代表作。《烦恼人生》是池莉的成名作。小说写的是工人印家厚平凡、琐碎而又烦恼的一天。排队洗脸、如厕,领着孩子跑月票,吃饭吃出虫子,评奖金遭人暗算,没钱买寿礼、囊中羞涩的尴尬,对妻子和孩子的承诺无法兑现的愧疚,报考电视大学的无端受阻——印家厚的生活就是在这样日常生存的烦恼和困窘中,耗费着生命的活力和希望。小说的结构也对应着一天烦恼的生活流程,似流水账一样,没有丝毫的波澜和突兀。《不谈爱情》中庄建非和吉玲的爱情则消解在日常生活的柴米油盐酱醋茶中,爱情已成为生活中的奢侈品甚或遥远的神话。要想维持生活就得彻底放逐爱情、浪漫和诗意。《冷也好热也好活着就好》本身就是对世俗精神的一种肯定,精英分子的启蒙立场在这里受到了无情的嘲弄。池莉这一时期的文学创作可以说顺应了中国社会转型期的世俗化、商业化和利益化的总体趋势,始终保持了一种世俗化的姿态。这些小说除了对市民生活的原生态展示和生活流水式的结构模拟外,主要特点还在于:作者的零度情感介入,纯客观的冷静叙述;小说中人物的精神理想的缺席以及作者批判精神的退场等。

不同于知识分子启蒙话语的艰涩、理性、优雅和超越意向,池莉偏爱"民间语体",她的语言都是大白话,且有浓郁的武汉地方风味。池莉小说的语言通俗化、市民化,风趣、幽默、自嘲,富有浓郁的生活气息,读来痛快淋漓。《来来往往》里,中年职业女性的刻薄话:"你们看她那干巴苦黄的老脸!还是中共党员,还想当书记,本身形象完全是个饥民,整个体现出对社会主义初级阶段的不满。""酷嘛,就是过瘾!来劲!这也还不够准确,就是一种感觉,像一流的职业杀手做活,懂了吗?"《不谈爱情》中吉玲的母亲说:"我的儿,不是做娘的没教导。你可是花楼街的女孩子。蛤蟆再俏,跳不到五尺高。"这些语言都生动地体现出了人物的社会身份与性格特征。

在20世纪90年代文学日益边缘化的过程中,池莉的小说因适合市民大众的口味而迅速走俏。她的小说被频频改编为影视剧,成为市民阶层的精神文化食粮。然而,仅仅以市民的标准、世俗的判断作为文学的标准,只能导致文学精神的退化。

第三节 新历史小说的创作
——对历史的重新思考

20世纪80年代中期至90年代初期,一些作家试图从历史的深处思考中国社会问题。他们采用不同以往的创作手法创作了一批新历史小说。新历史小说与传统历史小说相比,在创作理念、叙事方式、语体特征、审美意趣等方面都呈现出了新的特征。总体上看,新历史小说不以真实历史人物和事件为框架来构筑历史故事,而是把人物活动的时空推到历史形态中,来表达当代人的人生态度与思想情感。在新历史小说的创作中,陈忠实、苏童、莫言、阿来、二月河所写的小说独具特色。在这里,我们主要通过他们的创作实践来对他们小说的创作主题进行分析。

一、陈忠实的小说创作

陈忠实(1942—2016),1942年6月出生,陕西西安人。中国当代著名作家,中国作家协会副主席。1962年高考失利后做过中小学教师、乡村基层干部。担任乡村基层干部的经历改变了他的乡村文化观念,加深了他对关东地区农村人民的生活方式、心理状态和语言的认识,也为他日后的小说

第六章　20世纪90年代小说创作的主题研究

创作积累了丰富的素材。1965年开始发表作品。1979年发表短篇小说《信任》引起文学界的关注。1982年开始从事专业创作,1993年以长篇小说《白鹿原》一举成名。主要创作有中短篇小说集《乡村》《初夏》《四妹子》等,长篇小说《白鹿原》等。

陈忠实的小说注重将历史与现实生活相结合,在整体把握农民精神的基础上,描摹他眼中独特的农村世界和生活画面。同时,他注重对民族文化心理的深刻挖掘,积极探索新时期农民处于社会变革中的心路历程,展示出了中国农民所拥有的传统人格魅力和道德情感。他的长篇小说《白鹿原》便体现出了这种特征。

《白鹿原》以中国关中平原的农村白鹿原为中心,通过对一个家族、两代人在辛亥革命到解放战争三十余年的生存状态的全面而深刻的描绘,涵盖了中国近半个世纪的历史风云和时代画面,写出了白鹿村人在自然和社会事变中的奋斗历程及自然本性,并对社会道德、文化遗传和现实变革之间的交战进行了表现,从而实现了对中华民族的文化与历史命运的重新审视。

小说以主人公白嘉轩的六娶六丧开启了整个故事的序幕。

白嘉轩既是仁义白鹿村的族长,同时也是儒家文化的人格化的代表,他谨记积德积福、耕读传家的古训,总是把腰挺得笔直。在风云激荡的年代,白嘉轩艰难地维护着仁义之风,使白鹿村一次次渡过难关。他是小说中的线索人物。在经历了六娶六丧之后,一些风言风语开始在村中流传,白嘉轩自己也心生疑惑。他想去找个阴阳先生问个究竟。这样便牵出了朱先生这条副线,引出了朱先生的一系列活动。从朱先生的出场再到白嘉轩夺取鹿子霖家风水宝地的谋划,这一情节的转换不仅找到了冷先生,小说中另一个重要人物——鹿子霖也跟着登场了。鹿子霖的活动与白、鹿两家的矛盾、恩怨、纠缠构成了小说的两条情节线,这两条情节线贯穿小说此后的始终,是仅次于主人公白嘉轩活动主线的另外两条副线。白嘉轩始终践行着中国儒家传统文化所提倡的精神,他立乡约、修祠堂、正族风、办学堂、兴仁义。旱年祈雨,为示心诚他甚至可以用钢钎自残;苛政之下,他敢于为民请命,率众抗税。然而作为一个地主和封建宗法制度的卫道者,他的身上又有保守顽固、自私虚伪、专断残酷等负面的品性。他狡诈地换取了鹿家的风水宝地,从而与鹿家结下了仇。为了维护自己的家长威严,他与长子孝文断绝了父子关系,当白孝文向他求救,希望白嘉轩能够给自己一些粮食的时候,他断然拒绝,导致白孝文的媳妇被活活饿死。为了让没有生育能力的三儿子白孝义延续香火,他竟然指使黑娃代其下种。他带头用"刺刷"惩治自己离经叛道的儿子和田小娥;甚至在田小娥死后还要修塔镇邪,要其永世不得翻身。

由此可见,在他的性格中,也存在着冷酷、残忍、虚伪的一面。白嘉轩身上所体现出来的矛盾性和复杂性反映了中华民族传统文化中精髓与糟粕相互混融、相生相克的复杂状态,同时也体现出作家对于传统文化的矛盾心态与忧思。

与白嘉轩相比,鹿子霖的身上所体现出来的自私性要多得多。他精明、胆小、要强,容易得意忘形,他设计陷害了白孝文,田小娥的死、大儿媳发疯或多或少与他存在一定关系。他的两个儿子没有听从他的话,而是接受了新的思想,这让他感到后继无人。

当鹿兆海的媳妇带着她和鹿兆海的儿子来到鹿家的时候,鹿子霖喜极而泣。原本已经不想再争下去的鹿子霖因为孙子的到来而重燃了希望,继续与白家作对。相比之下,鹿子霖始终斗不过白家主要是因为他的自私所造成的。

在这部小说中,白孝文、田小娥和朱先生也都具有典型意义。

白孝文作为白家的长子,一直听从着父亲的教诲。他自幼饱读诗书,本该成为白家的接班人,白氏宗族当之无愧的未来族长。但是由于鹿子霖的设计陷害,他走上了一条自我放逐的道路,与田小娥发生了感情。当白嘉轩得知白孝文和田小娥在一起的时候,他对白孝文进行了惩罚。被惩罚之后的白孝文忽然"行了",于是,他自嘲道:"过去要脸就是那个怪样子。而今不要脸了就是这个样子,不要脸了就像男人的样子了!""脸"就是文明规范,当白孝文摒弃了它之后,人的原始欲望不再被压抑而是爆发了出来。

为了生存下去,白孝文走上了仕途,走向了追逐功利的鹿子霖,成了白家的"逆子"。在他已升任营长之后携夫人回乡光宗耀祖的时候,他发出了"活着就有希望"的感慨,这是他性格的真正成熟,白孝文的经历表现出了他性格的双重性。一方面,他变成了一个冷面人,泯灭了那颗曾经痛苦地挣扎过的灵魂;另一方面,他又是一位自觉地站在传统文化对立面的"孤独者"。

田小娥在白鹿原上被视为最低贱的女人,她嫁给了年过七十的郭举人做小妾,受到了郭举人老婆的严厉监管,过着委曲求全的卑微生活。后来她和鹿三的儿子、在郭举人家当雇工的黑娃有了爱情关系。她与黑娃之间的爱情,没有功利心存在,但是因为他们的爱情不符合礼法,因此受到了白鹿原上人们的唾弃。革命失败后,黑娃逃亡在外,留在村里的田小娥成了一个完全孤苦无靠、生活无着的人。当她遭受了一个女人在旧中国所能遭受的一切痛苦、一切凌辱和损害以后,她被她心爱的男人的父亲鹿三亲手杀死了。临死之前只留下了一句"阿……大呀……"的喊声。

田小娥死后还被砖塔镇住,如果说压在小娥身上的是一座有形的砖塔,那么,压在白鹿原其他人身上的则是一座无形的砖塔,这座塔也是以宗法文

第六章　20世纪90年代小说创作的主题研究

化垒成的,它比有形的塔更结实,更深入骨髓,更根深蒂固。

朱先生是陈忠实笔下理想人格的化身。作为白嘉轩的姐夫朱先生很受白嘉轩敬重。在白嘉轩眼里"敬重姐夫不是把他看作神,也不再看作是一个不咋样的凡夫俗子,而是断定那是一位圣人,而他自己不过是个凡人"。朱先生身处白鹿书院,他的身上集中体现着儒家"修身、齐家、治国、平天下"的人格风范。他毁了罂粟田,掀起了禁毒运动。他在白嘉轩和鹿子霖为了一块土地发生纠纷以至于要对簿公堂的时候,以一首诗化解了这场纠纷,并让白鹿村变成了"仁义白鹿村"。辛亥革命的时候,他置个人安危于不顾,劝退了要扑灭起义民军的清军巡抚的二十万大军。当日本人入侵的时候,他忧国忧民,甚至希望亲上战场杀敌报国。在鹿兆海为国捐躯之后,朱先生亲自上原迎接灵车,因为在他看来,为晚辈鹿兆海守灵一点儿也不丢人,因为"民族英魂是不论辈分的"。可以说,朱先生是白鹿原的精神所在,他象征着中国传统文化的全部优秀品质和人格理想。

总之,《白鹿原》描摹出了作为个体的人在特定历史条件下的生命状态,同时,也在客观冷静的描写中探究了人们丰富的人性内涵。需要指出的是,这部小说在现实主义的基础上具有整合象征主义与魔幻现实主义手法的明显意向,例如,"白鹿原"象征着乡土中国;"天狗"象征着拯救者;"白鹿"与"白狼"则分别成为人类中善、美与丑、恶的物化形态等。这类描写,不仅没有改变小说现实主义的基本面貌,反而增强了作品思想情感的张力与弹性。

二、苏童的小说创作

苏童(1963—),原名童忠贵,生于苏州,青年时就读于北京师范大学中文系,后任《钟山》杂志社编辑,1991年成为专业作家,此后,他的作品就源源不断地发表在《上海文学》《北京文学》《解放军文艺》《收获》等引人注目的刊物上,其中中篇小说《妻妾成群》给他带来极高的声誉。小说注重对传统的回归,体现出了个体与历史之间的对应关系。其代表作是《妻妾成群》《我的帝王生涯》和《红粉》。

《妻妾成群》描写的是一个由"一夫多妻制"生成的封建大家庭内部的妻妾之间互相斗争的故事。小说的主人公颂莲是一个接受过新式教育的女性,在父亲去世、家境败落后,她自愿嫁给了有钱人陈佐千做四姨太,从此便介入到"妻妾成群"的人际模式之中。在颂莲之前,还有毓如、卓云、梅珊三位姨太太。进入这个家庭之后,颂莲逐渐意识到,要想在这个家庭中立足,成为一个"人",她就必须要获得陈佐千的宠爱。为此,她只能像别人一样耍手段,弄计谋。小说的情节便围绕着颂莲的个性和欲望与她生存的环境之间的摩擦而展开。通过颂莲的亲身体验以及所见所闻,苏童揭示了大家族内部的勾心斗角和你死我活的斗争,并以非常细腻精微的叙述语言,对颂莲内心的精神世界进行了捕捉,从而透过生存的表象对人性进行了观察,揭示了在充满恐怖和罪恶的环境下人性的乖戾、苍凉和恶毒。

《妻妾成群》表面上是一个很古典的悲剧故事,女大学生颂莲嫁入陈家做了四姨太,慢慢地融入了陈家太太们争风吃醋的斗争中,亲眼看着这些女人一个一个的悲惨下场,最后自己也变成了疯子。

但是跟一般反封建、反传统主题小说不同的是,颂莲跟她同时代的五四新青年相反,她几乎是自愿地进入这个旧式大家庭,甘心成为旧式婚姻的牺牲品。她所受的教育和她果断、好强的性格使她深得陈佐千的宠爱,也使她不可避免地加入到女人之间的勾心斗角中。然而,她清纯的学生气质和文化修养却没有帮助她成功地战胜其他太太,而是最终把她拖向了一个无法挽回的悲剧结局。

作为先锋新潮小说作家,苏童的艺术营养似乎并不倾向于西方,相反他可能更受惠于中国文化和中国古典的小说传统,这同样使他构成了鲜明的个例。在这部作品中,苏童他抛弃了一些语言习惯和形式圈套,拾起传统的旧衣裳,将其披盖在人物身上,或者说是试图让一个传统的故事、一个似曾相识的人物获得再生。在构思、寓意和叙述方面,《妻妾成群》可以说达到了近乎完美的程度,人物与矛盾一旦设置完毕,他(它)们就几乎达到了"自动写作"的状态。"一个男人与两个女人的悲欢离合"或者"两个风尘女子与一个嫖客的恩恩怨怨",这样的结构让我们看到了那些在古典小说中似曾相识的人物与场景,仿佛看到《金瓶梅》《红楼梦》《今古奇观》中的那些古老故事的复活和再现。但这种相似并不是刻意的模仿,而是文化和历史中固有的"元素"在起作用,在一夫多妻制的封建婚姻结构中,在寄人篱下的生活境况中,相似的人物关系、心理活动、矛盾冲突、历史景观就会自然而自动地显现出来,古老的文化与心理原型造成了它们的神似。

《我的帝王生涯》虚拟了一个濒临灭亡的燮国以及一位为命运所驱使的燮国末代皇帝端白,并展现了端白在燮国最后的岁月里的心灵历史。端白原本不应该成为皇帝,但是在他的祖母皇甫夫人的暗中操纵下,他取代了兄长端文而成了皇帝。但是,成为皇帝的他并没有实权,只不过是一个傀儡,他自己也不喜欢争名夺利,因此,王位不仅没给他带来多少快乐,反而使他烦恼缠身且时时生活在恐惧和焦虑之中。但端白的命运在一次偶然的微服游玩后改变了,他发现了自己真正的人生追求和价值,那就是成为一个走索王。当他被端文夺去王位贬为庶民的时候,他不仅没有感到悲伤,反而认为自己终于获得了自由。当他在率领戏班子回京城表演时,遭遇战乱,他曾经的帝国和他所有的亲人都死于非命。最后,他拿着一卷走索用的棕绳、一本破烂的《论语》逃到了国外,在其先师僧人空觉开辟的苦竹山的苦竹寺里,过着白天走索、夜晚读书的庶民生活这部小说通过端白的人生命运起伏,展现了在历史进程中不同人的不同选择。端白虽然生在帝王之家,但是他的理想却并不是成为帝王,而是希望能够拥有自由的生活。小说结尾处,他只带了两样东西——棕绳和《论语》,这两样东西有着各自的象征意义。"棕绳"是作为走索王必不可少的器具,很显然也是获得自由必不可少的要素,从而象征了一种庶民生活。《论语》见证了端白命运的转变历程,象征了一种特殊的生存方式。

《红粉》讲述的是新中国成立后两个妓女小萼和秋仪的故事。新中国成立以后,国家要对妓女进行改造,小萼和秋仪都成了改造的对象。面对改造,小萼和秋仪做出了不同的选择。小萼在劳动营中,吃苦耐劳,后来遇到老浦,并与他结了婚。后来,老浦被枪毙,她又改嫁到了外乡。秋仪则逃避改造,她先是逃跑去找老浦,后来去当了尼姑,最后嫁给了驼背冯老五。从表面上看,这是两个妓女对自己人生命运的选择,事实上,她们的选择背后蕴含着她们对生命与生存的认识。小萼是顺应命运安排的人,而秋仪则希望将命运掌握在自己的手中。虽然这部小说反映的是个体的命运,但是将个体的生活事件有意识地嵌入历史的框架,与历史形成了一种对应性的关系,就会让个体充满历史性,历史也会成为个人遭遇的解释性因素。总之,在苏童的小说中,历史的真实让位于情感的真实和人性的真实,并借助历史情境表达自己对生命、对世界的看法。

三、莫言的小说创作

莫言(1956—),原名管谟业,1956年生于山东高密。小学五年级辍学,回家务农近十年。18岁时到县棉油厂干临时工。1976年入伍,1981年开始写作,发表处女作《春夜雨霏霏》,1984年考入解放军艺术学院文学系。1985年发表短篇小说《透明的红萝卜》,引起文坛注意。1986年中篇小说《红高粱》发表于《人民文学》第3期,反响强烈,获1985—1986年全国优秀中篇小说奖,后来与《高粱酒》《狗道》《高粱殡》《狗皮》《奇死》组合成长篇小说《红高粱家族》,至今已被译成英、法、德、日等十几种文字。2011年8月,莫言小说《蛙》获第八届茅盾文学奖。2012年10月11日,莫言获得2012年诺贝尔文学奖,成为首位获得此奖项的中国籍作家。

莫言的小说侧重于描写民间的生活,他的小说常带有传奇性,人物的身上往往散发着原始味道,正如2012年诺贝尔颁奖词所说的那样:"他们全都显得生气勃勃,为充分发挥他们的生命力和打破那囚禁他们的命运和政治牢笼,他们的行事甚至采取了非道德的步骤和方式。"《透明的红萝卜》《红高粱》充分体现出了这一点。

《透明的红萝卜》反映的是动乱年代里的一段农村生活。小说通过黑孩的眼睛对当时的世界进行了变形,揭示了生活在其中的人们的困难。黑孩从小没有妈妈,没有感受到过人间的温暖,非人的劳动和苦难的生活让他连正常人的感觉方式和智力状态都失去了。他的身体总是感觉麻木迟钝,他不知道疼,不知道冷,甚至也感觉不到别人对他的关心。当小石匠和小铁匠因为菊子而打架时,作为导火线的他不但不帮小石匠,还导致菊子的眼睛被小铁匠所伤。虽然黑孩对一切事物都存在着麻木感,但是他却听到地里的萝卜缨子生长时发出的声响。他寻找着一种金色透明的红萝卜,但是他一直都没有找到过。黑孩对金色的透明的红萝卜的找寻,象征着背负着来自现实和心灵的双重痛苦和悲哀的人们在黑暗的年代对生活的执著追求和探索。

在小说中,小石匠、小铁匠和菊子也都具有典型意义。小石匠勤劳能干,有手艺,有爱心,得到了菊子的关注。他象征着一种理性。小铁匠强壮,像一般年轻人一样暴躁,当菊子选择了小石匠之后,他一再挑衅小石匠,向其泼脏水,他还弄瞎了菊子的眼睛。当他干不好活儿的时候,他将愤怒发泄到了黑孩身上,将烧红的铁钎丢地上让黑孩去拿。他还让黑孩去偷东西,自己享受。

他象征着人的原始性。菊子美丽、善良,她给了黑孩温暖,在她的身上,黑孩得到了母爱,但同时黑孩也对她产生了爱慕之情。她象征着善与美。小说通过黑孩、小石匠、小铁匠和菊子之间的纠葛,对饥饿、情爱、精神等问题进行了深刻的思考。

《红高粱》以虚拟的家族回忆的形式描写了"我爷爷"余占鳌组织的民间武装,以及发生在高密东北乡这个乡野世界中的各种野性故事。小说突破了以往的革命斗争历史小说的一切框框,而以一种全新的历史观念以及全新的艺术方法,对抗日战争时期的我国北方民众的极富民族风情的斗争生活进行了生动的描写和表现,并歌颂了存在于民众身上的原始的生命活力,以及像"红高粱"一样的充满血性、反叛意识的民族精神。在小说中,以"我爷爷"余占鳌和"我奶奶"戴凤莲在抗日战争前的爱情故事作为一条副线通过几个段落串联而成。在"我奶奶"出嫁的时候,"我爷爷"余占鳌是"我奶奶"的轿夫,但他故意不好好抬轿,而是一路上都和"我奶奶"调情,当一个想要劫走花轿的土匪出现后,"我爷爷"杀死了他。在"我奶奶"回门时,"我爷

第六章　20世纪90年代小说创作的主题研究

爷"在路边埋伏,将她劫进了高粱地里进行野合,从此以后,他们之间开始了激情迷荡的男欢女爱。不久,"我爷爷"杀死了"我奶奶"患麻风病的丈夫,正式成为了她的情人,也正式做了土匪。小说的主线是民间武装伏击日本汽车队的起因和过程。"我奶奶"家的长工罗汉大爷被日本鬼子抓去做了民夫,但罗汉大爷在半夜杀死了两头大黑骡子并逃跑,可他随即就被日本人抓住了。之后,丧心病狂的日本鬼子强迫杀猪匠活活地把罗汉大爷剥了皮。

日本鬼子的残暴激起了高密东北乡民众的极端仇恨。"我爷爷"拉起一支由村民和土匪组成的队伍,在公路边上对日本的汽车队进行了伏击,从而发动了一场全部由土匪和村民参加的民间战争。

从小说塑造的人物来看,《红高粱》重点描写的不是理想的英雄人物,而是农民、工匠、土匪这样的普通民众,尤其是余占鳌,他既是土匪,又是英雄,既粗野、狂暴,又多情、侠义。"我奶奶"戴凤莲也不是传统意义上的贤妻良母,不是安守妇道、三从四德的温柔女子。她美丽、能干,奔放而有活力,浑身上下洋溢着旺盛的情欲和野性。"什么事都敢干,只要她愿意。"她不屈服于命运,新婚之夜用一把剪刀来捍卫自己的尊严。当她喜欢的男人把她抢到高粱地里时,她没有半点的羞耻与恐惧,她把四肢张开成一个"大"字,痛痛快快地释放自己的激情和欲望,大胆地接受了这个强壮的男人带给她的欢爱;罗汉大爷被日本人剥了皮,残忍的景象让她痛恨不已,不杀日本鬼子她就无法安宁。她端出血酒让自己的男人喝,又让儿子跟着余占鳌去打仗,为罗汉大爷报仇。她甚至亲自上战场,为打仗的男人们送饼,最终死在战场上。她的生存状态完全违背传统道德对女性的要求,但却符合一个自然生命的需要。莫言在情节和人物上的大胆叙述超越了传统政治意识的制约,为读者打开了一个崭新的民间视野,显示了他对传统小说写作方式的叛逆。

在这部小说中,"我爷爷"、罗汉大爷等人虽然有着不同的经历,但是在本质上却是一样的,他们既有着无拘无束的叛逆性格土匪习气,也保留着除暴安良、抗御外侮的坚韧不拔的伟大生命潜能。在他们的身上,我们可以看到民族民间勤劳耐苦和勇敢抗争的精神,而这正是构成中华民族的内聚力。小说中的那场战斗过程也体现出一种民间自发的为生存而奋起反抗的暴力欲望,这在很大程度上弱化了历史战争所具有的政治色彩,将其还原成了一种自然主义式的生存斗争。可以说,整部作品都对中华民族的旺盛生命力进行了张扬,它在现代历史战争题材的创作中开辟出一个鲜活生动的民间世界,在这个意义上说,这部小说的用意其实并非是历史战争,而是作家对自由自在、充满生机和活力的民间的赞美。

在《红高粱》中,莫言打破了一般小说按照时空顺序或逻辑顺序来安排故事情节的传统,完全由自己的感觉来引导,让故事的叙述者"我"在现实与历史之间自由来往,使得原本完整的故事情节变得支离破碎,时空顺序完全被打乱。不过,虽然故事情节被淡化,叙述方式也显得自由散漫,却因为受到作者的感觉和情绪的引导而显出独特的生机,与作者想要展示的理想精神非常相符。《红高粱》的现代主义技巧还表现在大量象征和隐喻的运用上。像森林一样密布的野生红高粱就是一个鲜明的意象。小说的名称和第一章的标题都叫"红高粱",突出了作品中无处不在的红高粱的意象:"爷爷""奶奶"是在红高粱地里孕育了"我父亲",鬼子杀死罗汉大爷是在红高粱地里,"奶奶"家的酿酒厂造的也是高粱酒……到处都弥漫着红高粱的气息。这红高粱既是高密东北乡人赖以生存的物质食粮,又是他们活动生存的空间,更是他们精神的象征。红高粱那勃勃的生机和百折不挠的精神,就像生长在这片土地上的人们一样,强壮、挺拔、坚韧、无畏,充满野性和旺盛的生命力。

总之,莫言的小说构造出了独特的主观世界,他将这个世界与历史背景相联系,展现了不同背景下人们的生存状态,其中始终不变的是人物身上所表现出来的那种原始力量。

四、阿来的小说创作

阿来(1959—),藏族,生于四川省马尔康县。初中毕业回乡务农,后考入马尔康师范学校,毕业后从事过教职和编辑工作,后转向文学创作。当代著名作家,茅盾文学奖史上最年轻获奖者,主要作品长篇地理散文《大地的阶梯》,散文集《就这样日益在丰盈》,小说集《旧年的血迹》《月光下的银匠》,长篇小说《尘埃落定》《空山》等。

阿来的新历史小说充分运用民间文学的素材及创作手法对历史进行叙写,有着浓厚的民族文化意蕴,同时批判了人民对权力的残酷争夺,语言轻巧、灵动,富有诗意。最有代表性的作品是《尘埃落定》。

《尘埃落定》讲述了川康地区的一个藏族土司家族由胜到衰的扑朔迷离、跌宕起伏的故事,展现了浓郁的民族风情以及神秘的土司制度。20世纪上半叶,十八个土司统治着四川阿坝地区的藏族,麦其土司是这十八大土司之一,他有两个儿子,大少爷是藏族太太所生,从小勇敢彪悍,被视为未来的土司继承人,二少爷则是麦其土司在醉酒后与抢来的汉族太太所生,是个傻子,因而从小便被排除在土司继承人之外,成天在丫鬟队伍中玩耍,目睹了不少奴隶的悲欢离合。不久后,麦其土司在国民政府黄特派员的指点下,在领地上广泛种植鸦片、贩卖鸦片,很快便富裕了起来。同时,凭借着黄特派员的关系,麦其土司还组织了一支强大的武装力量,逐渐成为阿巴地区最

第六章　20世纪90年代小说创作的主题研究

强大的土司王。

然而,罂粟却扰乱了人的心性:大少爷迷恋上权势与情欲,麦其土司为了争夺一个女人竟然杀死了忠心耿耿的查查头人。其他的土司眼见着麦其家因种植鸦片而致富,都各施手段盗得了罂粟种子,广泛播种,但鸦片的大片种植使其供过于求,价格大跌。而此时的麦其土司却因为接受二少爷的建议种植粮食,获得了大丰收,装满了所有的粮仓。于是,麦其土司派自己的两个儿子去严守边境上的粮仓,还建筑起了边疆城镇。不久,其他土司都闹饥荒,不得不用大量的银子和鸦片来麦其家换粮食,女土司茸贡也带着自己的漂亮女儿塔娜前来换粮食,并意图利用自己的女儿来诱骗麦其土司的傻儿子将粮食送给自己。出人意料的是,这个从小就傻傻呆呆的二少爷竟然却变得聪明起来,茸贡土司不得已将女儿嫁给了二少爷。

与此同时,由于麦其土司的粮食众多,大批饥民纷纷投奔其领地,这使得麦其家族的领地和人口达到了空前的规模。此后,二少爷又在黄特派员的建议下,逐步建立了税收体制,创办了钱庄,还建立了具有现代意义的商业集镇的雏形。在实施了一连串措施后,人民一致称赞二少爷,这直接威胁了大少爷的土司继承人身份,同时享受惯权势和地位的麦其土司也不愿意过早地将权力交接给儿子,于是一场家族内部关于继承权的风暴逐渐拉开序幕。不久后,解放军在进剿国民党残部的进程中来到了阿坝地区,麦其土司执意不愿投降解放军并与之展开了激烈的战斗,最终,强大的麦其土司官寨灰飞烟灭,麦其土司和二少爷都死了,旧制度瞬间土崩瓦解。自此,纷争、仇杀消弭了,一切奢靡烟消云散,一个旧的世界终于尘埃落定。

小说既是一部具有诗意的民族生活史诗,含有现代观念和独特思想,又是一部藏族土司制度崩溃的民族史,有着明晰的故事轮廓。很多人认为藏区是美丽、神秘的,有着原生态的生活方式、奇异的宗教信仰和独特的藏文化。小说以康巴土司家族的兴衰史作为创作的题材,对浓郁的藏民族风情进行了尽情的展现,同时阐发了对藏族历史、人生的认识和思考。小说中的雪域高原风光跃然纸上,营造出了浓厚的藏区氛围,灌注了作家的一腔故土情绪。小说立足于藏族土司文化的土壤,有着浓郁的民族地域文化,不仅描绘出了喻指藏族土司文化的"傻子"形象,而且介绍了土司社会富有民族地域特色的传统文化。另外,小说在展现民族地域文化的特色时,将其融入了日常的生活之中,表现了人情和人性,具有强烈的人文情怀。

小说的叙事角度十分独特,采用麦其土司的二少爷这个傻子的视角来叙述麦其土司家族兴衰的故事。麦其土司的二少爷的人生经历以及命运浮沉不但展示了麦其土司家族的最后统治,而且展现了藏族封建土司制度由盛而衰的历史过程,可以说,他在这个过程中扮演了一位历史见证人的角色：

> 但我已经活不到那个时候了。我看见麦其土司的精灵已经变成一股旋风飞到天上，剩下的尘埃落下来，融入大地。我的时候就要到了。我当了一辈子傻子，现在，我知道自己不是傻子，也不是聪明人，不过是在土司制度将要完结的时候到这片奇异的土地上来走了一遭。

正是因为有了这个夸张、荒诞的叙述者的存在，小说中的种种荒诞、神秘才得以变得合情合理，甚至成为推动故事情节演进的重要人物，从而使小说具有了收放自如的艺术表现张力。

二少爷这个傻子是小说中塑造的最为鲜活的人物形象，可谓是作家对生活的独特发现与创作。具体而言，小说从以下两方面对二少爷这一形象的性格特征进行了刻画。

第一，被大家视作傻子的二少爷有一双能看见今天和预知明天的慧眼，正是凭借这双异常敏锐的眼睛，小说得以超脱时代、家族的思维方式，客观、全面地审视土司官寨里弥漫着的邪恶的情欲、阴谋、争夺和猜忌。实质上，二少爷是大智若愚且大彻大悟，而那些醉心于政治的权贵才是真正的傻子。

第二，二少爷对许多人和事满怀深情，一切顺乎天性，与世无争，用真诚和亲善将嫉妒和仇怨融化，同情弱者，从而窥破历史玄机。因此，从世俗、土司家族以及正统的视点来看二少爷，他是傻子。其实，他透着聪颖，能够不偏不倚地审视生活，并做出不少超常的举止和决定。

小说中对神秘的宗教色彩之下的残酷的权力之争也进行了表现，对于土司制度而言，这种权力斗争的残酷性是其一大特点，也是其衰亡的主要原因。同时，通过对权力之争的充分描写和揭示，作家批判了人们对于权力的残酷争夺。

另外，小说中娴熟地运用了多种修辞手法，特别以连类取譬为佳，如描写正午太阳照射下的人影时，出奇制胜地用一个猥琐、恐惧的"小偷"作比：

> 秋天的太阳那么强烈，把厚重的石墙照得白花花的，像是一道铁铸的墙壁。太阳当顶了，影子像个小偷一样蜷缩在脚前，不肯把身子舒展一点。

以"小偷""惯常的""蜷缩""不敢舒展"等肢体形状比照正午人影的短小，文字简洁、轻灵、生动、传神，不仅与生活真实相符合，而且充分体现了语言的张力。又如，小说开篇以诗意的语言描绘的那个被婉转的画眉鸟声叫醒

第六章　20世纪90年代小说创作的主题研究

的清晨,读来如同身临其境。

五、二月河的小说创作

二月河(1945—2018),原名凌解放,山西省昔阳县人,南阳作家群代表人物。1967年高中毕业,1968年入伍,在部队历任战士、宣传干事、连副指导员。1978年转业,任南阳市卧龙区宣传部科长、区文联主席,1995年当选为南阳市文联副主席,被誉为"南阳的形象大使和文化名片"。主要作品有《康熙大帝》《雍正皇帝》《乾隆皇帝》等"清代帝王系列"小说,被海内外读者熟知。

二月河深具历史眼光和艺术眼光,从清代帝王中选取康熙、雍正、乾隆作为艺术表现对象。清朝距今并不十分遥远,人们知道较多关于鸦片战争以来清朝的腐败、昏庸、愚钝、丧权辱国,却不知道很多关于康熙、雍正、乾隆这三位有作为的帝王的功业。通过文学作品让更多的人了解这段历史,具有重要意义,不仅可以更全面的了解历史,而且可以从清朝前后期形象的巨大反差中,总结历史的经验与教训,继而以史为鉴,面向未来。从艺术的角度看,康熙和雍正都是在纷纭复杂的斗争形势中创造了伟大业绩,又都有鲜明的性格特征,这就为人物形象的创造提供了宽阔的艺术表现空间。

《康熙大帝》全方位地塑造了康熙这个帝王形象,着重表现了他的雄才大略和文治武功。康熙来自蛮荒之地,出身游牧民族,在清朝最困难的时期,着眼于对本阶级长远利益的考虑,崇尚汉族传统文化,开设博学鸿儒科,采取一系列强有力的措施为清初社会政治的稳定和经济、文化的繁荣奠定了基础。就他个人而言,他精通算术,通晓绘画、天文、外语,八岁时即登基,十五岁智擒鳌拜,十九岁乾纲独断,决意撤藩,四下江南,三出西域,征台湾,靖东北,疏浚河运,这些都在《康熙大帝》中得到展示。康熙在纷纭复杂的斗争形势面前,充分显示了自己的政治韬略和治世才能,例如,他周密部署,长期准备,选贤任能,剿抚结合,最终取得平定三藩的胜利。另外,在以武力收复台湾上,在亲征噶尔丹平定其叛乱上等等,都表现出他作为政治家的胆略、他的军事统率才能以及纯熟的政策运用。作品通过这些生动具体的描绘,向读者展现了一个少年俊秀、雍容大度、挥洒自如,颇具个人魅力、有雄心大志的、有作为的帝王形象。

小说不仅着重展现了康熙的功业,而且写出了他建功立业的主观与客观因素,以及他在具体情势下怎样做的情态、心理。康熙的成功主要原因在于他的作为适应了客观形势的需要,当时人民要求国家统一、社会稳定、经济发展,他顺应时势与民心,将统治阶级的利益与人民利益暂时统一起来。

同时,由于皇帝在封建专制统治国家中的绝对权威地位,他的个人品赋、思想、政治风格,也成为他成功不可或缺的重要因素,同时为作家提供了广阔天地进行人物性格的描绘。

二月河在创作《雍正皇帝》时,进行了大量创新,以大气而不乏细腻的笔触,铺展了康熙晚年政纲松弛而造成的朝廷腐败和宫廷固有的险恶关系。以此为背景,二月河将雍正放置在帝位争夺和登基后的复杂政局中,以显现其复杂的人性,从而赋予作品以强烈的道德评价力量。在小说中,雍正出场就是一副冷峻严肃的面孔,不苟言笑、不徇私情。但是,他为了国家和皇族的利益,不惜触犯那些后台很硬的盐商,展现出其清正、贤明的皇帝形象。雍正虽然表面上很冷,但内心感情充沛,爱父亲,爱兄弟,爱大臣,爱百姓,全心全意为国家社稷工作,关注天下苍生,关爱胤祥,时刻惦记手足情分,支持田文镜、鼓励年羹尧、体谅张廷玉,尊重、爱护邬思道,同情坎儿、狗儿等弱者等。

雍正继位之后,又大张旗鼓地推行改革,如摊丁入亩、改土归流等。他在位十七年,勤勤恳恳、事必躬亲,为乾隆盛世铺平了道路,打下了坚实的基础。总之,虽然雍正残忍冷酷,但是由于小说赋予雍正以社稷江山为重和勤政为民的道德内涵,在很大程度上冲淡了读者对其冷酷残忍的责难,从而更新了这一人物形象。

小说中雍正与乔引娣之恋,可以看作是作者对一种道德评判的探索。当雍正软禁十四皇子后,又强行抢夺了乔引娣,实属卑鄙。然而,雍正并没有强迫乔引娣,只是爱她。后来,乔引娣在与雍正的相处之中,受到感动,自愿投入他的怀抱。最后,当雍正发现乔引娣就是他的女儿时,他们父女二人深感罪孽深重,选择了死亡,让人嗟吁不已。二月河以这样一个浪漫纯情的爱情故事,掩盖了雍正抢夺其弟所爱的卑劣行径,可见他道德上的强烈偏向。

需要注意的是,二月河这种人物塑造上的道德评判,并不意外小说的创作可以不必注重历史的真实。事实上,二月河在分析人物时,还是尽量有理有据的,是以渗透了道德性批判的艺术演绎,重新塑造历史人物,体现了一种致力于寻求历史真实、注重历史人物心灵的探索精神。

二月河的《乾隆皇帝》不仅保持了乾隆风流倜傥的性格特点,而且以史实为据,着重表现他建立极盛王朝的雄心壮志和处理国家大事上的机智果断。通过贯彻"宽以为政"的方针,乾隆皇帝充分调动了地方官员的积极性,促进了封建主义经济的高度繁荣。从乾隆皇帝对官吏的任用上,可以看出他重视培养人才,特别是注意提拔年轻的官员,如刘墉等。而对贪污腐化和变质的官员,又能严肃惩处,使朝纲整肃,如高恒等人的案件。对战败而又

第六章 20世纪90年代小说创作的主题研究

掩饰、推诿、甚至嫁祸于人的张广泗等人,则能揭露真相,主持公道。对大小金川的战争和"一枝花"的叛乱,则采取镇压与招抚并重的方针,最终得以平定动乱,巩固政权。

作者在塑造这三位帝王形象时,着重表现的是历史发展的必然性及其个人的欲望、性格与这历史的必然性之间所形成的矛盾冲突,从而塑造了康熙、雍正、乾隆这三位性格复杂、血肉丰满的帝王形象。二月河在"清帝系列"小说中,通过描写这三位帝王和历史重大事件,在尊重历史、展示历史真实的前提下,为作品灌注了时代精神,特别是他们励精图治、勤于政事和惩办贪污腐化、整肃吏治这两点,使当代社会人们深受启发和教益,引起了广泛的共鸣。

围绕着三位皇帝,作品描写了多达二三百皇亲贵族、文武大臣,其中给人印象较为深刻的至少有二三十人。例如,在皇族中,康熙、雍正的几个儿子给人印象深刻,作品通过描写这些皇子各自的性格和相互关系,揭示了皇室内部的残酷斗争。在权臣中,年羹尧和隆科多给人的印象最为深刻。在相臣中,给人印象深刻的有索额图、明珠、熊赐履等人。在封疆大吏和朝廷大臣中,田文镜、"叫花子总督"李卫以及忠贞直谏的史贻直、杨名时、孙嘉淦、窦光鼐、靳辅、陈潢、杨香必、于成龙等人,为封建官吏树立了良好的风范。还有出身下层精明强干的钱度,贵如皇亲的高恒等,也给人们留下了深刻的印象。通过作品描写的这些人物,我们可以看出作者深刻的认识与理解封建统治集团政治斗争的险恶、权谋机变的微妙和人际关系的复杂。

二月河"清帝系列"小说的引人注目之处,还在于塑造了一些文人学士的生动形象,如伍次友、邬思道、高士奇、方苞、纪昀、曹雪芹等。这些人物或史无其人,加以虚构生发;或史有其人,加以开掘渲染,从而表现了作者对传统文化的深刻理解和卓越的重构能力。作品对这些封建文人进行了细致的描绘,具体描写了他们在儒释道三种人生哲学的长期培育下所形成的思想和行为方式。他们一个个满腹经纶,才力过人,通晓诗词歌赋、圣传义理。在他们身上鲜明地体现着传统文化的精髓和实质,他们人生意义的最高准则和目标乃是出入将相和佐君勤王。然而,身为汉人,这些文人在一个外族当权的时代,只能在夹缝中求生存。他们虽然都有积极"入世"的强烈愿望和儒家文化中"入世"的进取精神,但又常常处于旦夕祸福的忧虑之中,持有道家文化中消极"出世"的保身态度。当他们在生活上、政治上一帆风顺的时候,就会锐意进取;而当他们在生活上、政治上失意遇挫的时候,又往往开始关注自我与自然的和谐,修身养性。

二月河的作品通过生动细致地描写清代复杂的宫廷生活和丰富的市井生活,展示了色彩斑斓的清代社会的文化景观。作者不但精心描写、艺术重构了重大历史事件和重要人物形象,而且较全面地把握了清代宫廷生活细节。清代宫廷生活,在继承前代汉族帝王的宫廷制度的基础上,具有满族特有的生活习惯和礼仪习俗。作者通过展现浓郁的清代宫廷文化的氛围,从而衬托了帝王和大臣们的形象。作者还把笔触伸向市井社会,使我们仿佛置身于清代社会生活的实况中,目睹当时的百姓生活,又接触诸色人等。

二月河的"清帝系列"小说具有史诗般的规模,却采取了通俗小说的写法,主要表现在以下几方面。

第一,二月河采取章回小说形式,每回都有对仗的回目,概括每回的内容,对仗工整,通俗易懂。例如,《雍正皇帝》中的"大觉寺虚情哭假友,畅春园贤臣说弊政","放厥词浪子受鞭笞,明是非慈父行家法";《康熙大帝》中的"宦海炎凉群臣告病,世情险恶紫姑殒命","夜巡城偶遇畸零女,显武功惊退劫路客"。

第二,二月河继承了古代小说以生动曲折的情节来推进故事、塑造人物的传统,其小说靠生动惊险的故事情节取胜,一个故事套一个故事。例如,《康熙大帝》第一部《夺宫》以鳌拜、班布尔善企图弑君篡位和康熙准备铲除鳌拜集团为矛盾斗争的中心事件,详细描写了小康熙智擒鳌拜的整个过程,故事情节波澜起伏,紧张动人,惊心动魄,深深吸引读者。同时,在紧张的故事中,又展开伍次友与苏麻喇姑的恋情、伍次友与康熙师生交往的情节,有张有弛,增强了读者的审美快感,可谓优美动人,妙趣横生。

第三,二月河将历史、人情、侠义、公案这几种古代小说融于"清帝系列"中,使得《康熙大帝》《雍正大帝》《乾隆大帝》继承了传统历史演义小说的写法,以时间为经,以历史事件为纬,以"兴废争战之事"为主要内容,将焦点集中在宫廷政治军事斗争和关乎国家兴亡的重大事件上。同时,也使得小说情节跌宕起伏,引人入胜。例如,《康熙大帝》围绕着重大历史事件,描写了广阔的社会生活,绘制了清代宫廷和市井生活的巨幅画卷。同时,还描写了人物之间复杂的感情关系,上演了一出出风流韵事与爱情悲剧等等,具有人情小说的特色。《乾隆皇帝》里刘统勋、刘墉父子与黄天霸等人剿捕"一枝花"等人,这些惊险的故事情节和具有高超武功的人物形象,可以与武侠小说媲美。《雍正皇帝》里八爷派紫姑、乔姐等人埋伏在允祥身边,刘墨林在年羹尧军中遇险,其曲折、惊险以及悬念设置,破案侦察等手段都是公案小说的写法。

另外,二月河的"清帝系列"采取通俗小说的写法,还表现在其使用的语言既有古代小说的韵味又适合现代人的阅读欣赏习惯。

从整体上看,二月河用通俗小说的形式写"清帝系列"是成功的,但是也有明显的缺陷。我们应该深刻思考他创作的成功与不足,充分发挥历史小说具有深厚的群众基础的优势,继承和发扬中华民族传统小说固有的风格,把握当下大众的阅读心理,使得历史小说从粗糙、娱乐走向精致、理性,从历时性存在走向共时性存在,从现实和历史层面走向哲学层面。

第四节 新生代小说的创作
——对人们种种心理心态的展现

进入20世纪90年代以后,随着商品市场中心的确立和商业社会的到来,文学褪去了20世纪80年代的那种轰动和喧腾,以娱乐和消遣为特征的商业文化日益弥漫,在经济和物质的挤压下严肃文学在一定程度上陷入一种由中心走向边缘的尴尬境地。这种边缘化境地一方面固然为文学的生存制造了许多困难,但另一方面也为文学带来了轻装上阵的自由。在边缘处写作对于作家最大限度地释放自己的想象力,以及随心所欲地营构真正属于自己的话语空间,都无疑是十分有益的。在边缘化的语境中,文坛上出现了一批青年作家,如朱文、何顿、鲁羊、韩东、朱文、徐坤、邱华栋、刘继明、海男、述平、东西、毕飞宇等,他们以其独特的存在而引起人们的关注,因而被冠以"新生代作家"之名。新生代作家既不必以批判、否定的态度也不必以认同的态度来对待现实,而是能够以一种宽容、平和、同情、淡泊、超越的心态来观照、理解和表现生活,不妨说,边缘化正是文学的个人化得以实现的现实前提。

一、邱华栋的小说创作

邱华栋(1969—),祖籍河南西峡,出生于新疆。邱华栋从16岁时开始发表文学作品,后被破格录取到武汉大学中文系。大学毕业后,邱华栋曾在《中华工尚时报》《青年文学》《人民文学》工作。现为中国作协会员。

邱华栋是"新生代"作家中书写都市经验比较突出的一位,他小说,写得最多的是外来者,一个都市的外来者,一种文明的外来者。读邱华栋的小说。总能感觉出一种无奈的执着,一种执着中的无奈。仿佛是滑行于城市中,摄录的影像在一点点的变形中反射出城市的灯红酒绿,映出都市红男绿女的悲辛苦辣酸与甜。邱华栋的小说,形成了一个社会人的系列,广告人、模特人……一群穿行在城市中挣扎在城市中的现代年轻人。邱华栋的都市小说几乎都有着类似的情节:主人公野心勃勃地从外省来到城市寻梦,然后被城市的繁华与上流社会的豪奢所震惊,内心深处潜藏的种种欲望被激发或唤醒,于是他们挣扎、奔突、受挫、妥协。小说当中充塞着鲜明的城市符号:酒店、商厦、俱乐部、迪厅、保龄球室、豪华轿车、美食、大菜、洋酒、大款、美女,等等,这些既构成人物活动的都市文化背景,更是人物强烈的世俗欲望的对象。人物形象多为时髦职业者:歌星、影星、画家、作家、制片人、公关人、时装人、直销人等,而叙述者"我"在大多数作品中都是些弱者形象;他们在冒险历程中追求成功,使小说的叙事真实而感性,迎合了当代读者的期待。

邱华栋的中篇小说《波浪·喷泉·弧线·花园》就是一群物质时代的外来者在抗争与认同的矛盾中的无奈。小说中的五位女性,其生命的轨迹充满了都市化的意味,除了张丽的职业是护士以外,其余四位分别是酒店领班、酒吧歌厅的歌者、公共关系公司的老板、服装设计师。这些随着都市发展而兴起的职业几乎可以说是当今都市化生活的代表性名词。现代都市文明在这些职业耀眼的外衣下逐渐成熟,而邱华栋笔下的这几位女性显然是被放置在了这种文明的成长时期。她们显然都面临着潜意识中的两种文明的冲突,两种体系的矛盾。以张丽为例,她有一个当银行行长的父亲。她因为不愿走父亲为她安排的道路而离家出走,在经历了玩乐队、同居的一系列叛逆行动之后,感觉了生活的无聊,于是她从新疆到了北京,最后成了一名管理血库的护士。在叛逆之后的回归可以看作是张丽人生中的一个波浪,也是一种对现实生活的认同和接受。但在这种接受和认同中又分明有着内心的挣扎和不愿就此妥协的抗争。小说最大的穿透力还在于从人性沉浮的都市欲望中演绎出的"城市美学"——城市的恐惧与城市的甜蜜交织,城市的生存艰难与城市的美丽繁荣同在,城市对人的异化作用与人对城市的巨大欲望并存。作者对城市的情感非常复杂,既恋恋不舍又深恶痛绝,一边享受着城市繁华的物质生活,一边感受着自我的失落,因此他往往将城市闯入者的自我迷惘与对城市的批判融合在一起。

二、毕飞宇的小说创作

毕飞宇(1964—),江苏兴化人,作品有《青衣》《平原》《慌乱的指头》《推拿》《雨天的棉花糖》《枸杞子》《生活边缘》《玉米》等。

毕飞宇的作品中没有一般意义上新生代小说的欲望化、表象化的叙事特征,他的小说所呈现的总体风格是感性与理性、抽象与具体、形而上与形而下、真实与梦幻的高度和谐与交融。他在小说中有着对历史、人生感性经验的关注,还有着更高更远地对形而上问题的关怀、对生存本质的探究。毕飞宇的语言精致又灵动,充满了智慧,能营构一种特殊的美感。《是谁在深夜说话》就是这样一部作品,小说中的"我",是南京城里的一位有着"明代情结"的怀古者,常于失眠的深夜漫步在明代的老城墙根下,一次次温习着自己对于明代的想象。现实中的"我"一直暗恋着自己的邻居小云,因为在"我"看来,她是一位颇具明代秦淮风韵的美人。直到一次"英雄救美"并且和她有了"苟且"之事以后,"我"才意外地看到了小云古典风韵下面的"俗态",不禁惘然若失。与此同时,明代破败的老城墙被建筑队修复了,而且修复得"比明代还完整"。但是失落的"我"却惊愕地发现,"历史恢复了原样"然而明代的老城砖却居然"盈余"了。小说以一种寓言化的方式告诉人们:真正的历史是既不可能回复、也不可能修复的;我们今天所知道的"历史"实际上是可疑的、不确定的,它不过是我们对于历史的一种想象、一种叙事而已。

毕飞宇早年的乡村生活经历使他对正在逝去的乡村文明和淳朴健康的人性表现出眷念和伤感,社会转型期城乡的巨大差距造成了"乡下人进城"的事实,因此他的都市小说中常常体现了乡(镇)人性状态和都市与乡(镇)价值观念的冲突,以及现代生活方式和价值观念对传统的拒斥。他的小说因此具有一种"古典主义式的感伤气息"。例如《青衣》这部作品,小说中,20年前心高气傲的著名青衣筱燕秋因《嫦娥》一戏而大红大紫,但因向师傅李雪芬脸上泼了一杯"妒忌"的开水,从此被剥夺了登台的机会。20年后因烟花厂老板的"垂青"她又重新获得了登台的机会。对她来说,这是一次拯救,是困扰她20年的心理情结的释放。她必须像抓住救命稻草一样抓住这个机会。因此,拼命减肥、和老板睡觉、不要命地人流,甚至主动让徒弟春来演A角,在她这里都是必然的、必须的。但可悲的是她毕竟老了,正如20年前她没能胜过师傅李雪芬一样,今天她对自己的徒弟春来的"妒忌"也仍然只能是一个悲剧性的轮回。小说中,毕飞宇很重视小说的叙述技巧但他又能将其化入小说的肌体而不留痕迹,他总是采用一种举重若轻、从容不迫的叙述方法去展开故事情节、刻画人物形象,《青衣》的"简单""朴素"甚至有点"土里土气"便由此而来。那些现实的矛盾与历史的纠结,社会的纷乱与家庭的震动在小说中都变成了日常的生活场景和生活细节,我们看不到人为的设计和剑拔弩张的情节冲突,一切都仿佛水到渠成、自然而然;小说的叙述是隐藏的,作家没有主观的视角,而是把视点完全归附在主人公身上,整体上营构出一种朴素、客观的语言效果。

三、朱文的小说创作

朱文(1967—),生于福建泉州,1989年毕业于东南大学动力系,1994年辞去公职,现为自由作家,在从事小说写作前写诗,有小说集《我爱美元》《因为孤独》《弟弟的演奏》,长篇小说《什么是垃圾,什么是爱》等作品。相对于邱华栋写作的平面化、碎片化后现代特征,朱文的写作则更多地代表着解构化后现代特征,表现出尖锐的挑战性,这尤其表现在挑选性观念领域作为解构的重要对象和出发点。

《我爱美元》中的"我"接待来到城里的父亲,我千方百计要满足父亲的欲望,和父亲讨论性,谈论女人、情妇,带父亲去舞厅找舞女,甚至于为父亲拉皮条,因为没钱,最后找到自己的女友,请她去陪父亲睡一觉,最后以被女友打了一个耳光告终。小说中将父子伦理的道德关系放到性领域中去解构,其道德审父、渎父、弑父的颠覆效应是显著的。《弟弟的演奏》中讲同一宿舍的一群青年大学生的故事,这些大学生面对的首要命题,是青春期性饥渴的骚动。这些人根本不好好念书,违规乱纪的花样迭出,没有任何高尚道德,没有理想抱负,也没有自尊、没有个性。朱文在小说中称呼为"这些杂种"的这群人只是凭本能过着痞子一样的生活,以一种完全不同的面貌对传统文化秩序构成颠覆与挑战。

第五节 女性主义小说的创作
——对女性世界的描绘

自古以来,女性主义在中国少有立足之地,20世纪初期的女作家,如冰心、庐隐、冯沅君、苏雪林等,她们以文学写作的形式来参与"个性解放""婚姻自主"等启蒙思潮中的社会运动,争取妇女与男性平等的人格权利。三四十年代的丁玲、萧红、张爱玲等人的创作也明确表现出女性对自由与平等的向往,并且其中也含有女性视角及修辞方式的自觉。然而在此后很长一段时间里,女性作家的写作没有走出男权文化的樊篱,在题材处理和风格表达上失去了自我意识,只有进入20世纪80年代才重新开始波澜泛起。80年代中期以后残雪的出现,可以说对女性小说的发展起到了特殊的启示意义,而后,王安忆、铁凝、迟子建、池莉、方方等这一代于80年代成长起来的女性作家群体,她们依然坚持现实主义的叙事规范,展示波澜壮阔的生活场景和宏远深邃的历史意识。她们以一种成熟的女性姿态投入写作,在小说创作中尝试着多种多样的努力,因而艺术风貌也是多姿多彩的。及至90年代,她们更与陈染、林白等人共同汇成了近年来日益高涨和引人注目的女性主义文学思潮,在中国文坛上掀起了一股股女性创作的浪潮。90年代初,陈染、林白、陈丹燕等女作家因对"私人生活"的真实再现,显现出鲜明的叛逆

第六章　20世纪90年代小说创作的主题研究

与反抗性,曾经显得很另类。然而,比起20世纪90年代末另一群以"新新人类"自居的更年轻的女性作家,陈染她们的先锋性仍然具有某种"传统"或"古典"的色彩。陈染们强调女性的个体体验,是要反抗男性对女性"一视同仁"的漠视与压抑,潜在的意识仍然是男女的平等。她们表现的是女性的"私人"空间,而观照的则是由男性话语构成的权力社会的不公正;她们写女性之间的同性恋,是以种形式上的畸形,反讽男性统治的现实社会实质上的病态;她们对男权的指责是呼唤真正的平等与自由。陈染们的价值在于,她们不再像张洁那一辈人那样,终身背负着"爱"的十字架,在自我与爱情中苦苦挣扎,并在这自我牺牲的崇高幻觉中得到精神的补偿。陈染她们看透了男性的自私与自以为是,她们为无力与男性抗衡而沮丧,却因此以冷漠和无爱相报复。

一、王安忆的小说创作

王安忆(1954—),祖籍福建同安,出生于江苏南京,1955年时随母亲茹志鹃移居上海。20世纪70年代末,王安忆开始进行文学创作,并凭借短篇小说《雨,沙沙沙》等一系列小说而在文坛崭露头角。此后,她接连发表了多部小说作品,其中《本次列车终点》获1981年全国优秀短篇小说奖,《流逝》和《小鲍庄》分获1981—1982年、1985—1986年全国优秀中篇小说奖,《长恨歌》获得了"第五届茅盾文学奖"。

王安忆在众多女作家中成绩显著,不仅创作数量巨大,而且创作风格多变。总体来说,其创作轨迹比较清晰,可以分为两个时期:一是1979年至1983年的"雯雯"时期,主要表现个人少女时代的经验和感受;二是1984年以后的多元探索时期。

王安忆最初的小说创作是从儿童文学开始的,代表作是发表于1979年的短篇小说《谁是未来的中队长》。自1980年起,她以自己的知青生活、文工团生活为素材发表了"雯雯系列小说",其中重要的一部就是《雨,沙沙沙》,这是王安忆一首关于一个女孩子的纯情之歌。小说主要写雯雯从农村回城后,没有像其他一些赶时髦的姑娘那样,打扮得花枝招展。她朴素自爱,喜欢思索,在自己内心的波涛里,追逐着美好的情感。一天深夜,春雨下个不停,雯雯下班后没能赶上末班车,心急如焚。就在这时,一个青年主动让她坐在他自行车的后架上,送她回家。临别时,青年人留下了温存友爱的话语:"只要你遇上难处,比如下雨了,没车了,一定会有个人出现在你面前。"这话像沙沙落下的春雨,滋润着雯雯曾经荒芜的心田。后来,她谢绝了车间主任给她介绍的大学生小严,天天用眼睛在阳台下的树影中寻找"他"。作品以抒情的笔调细腻地表现了主人公对理想、对爱情的执著追求。

　　进入 20 世纪 80 年代以后,王安忆曾陪同母亲去美国旅行了 4 个月,异域文化,使她的思想感情、世界观、审美观念等方面经历了较大冲击和变化,回国后,她的创作进入了多元探索的时期。这时她的小说创作特点,我们以《小鲍庄》为例进行说明。《小鲍庄》通过对一个远离政治旋涡的偏僻村庄——小鲍庄,从动乱到新时期农村经济变革开始的这段时间里世态众相的描绘,呈示了平凡而卑微、真实而丰富的人生。小说的主体由文化子和小翠的恋爱、拾来与二婶的结合、鲍秉德的婚姻及捞渣的故事构成,作者以逼真的描绘,展示了代代相传的信仰、习惯、伦理规范、生活和生产方式在这块封闭的土地上演播的人生活剧。作品既有个体命运、心态的刻画。又有群体生态和心理趋向的把握,尤其出色的是对小鲍庄稳定的生活情态背后超稳定性的伦理观念的揭示,显示了深沉厚重的文化底蕴。小说以反讽的手法,深刻地描绘了"仁义"的弥漫与堕落,对民族文化心理的开掘与透视进入哲学层面。小说中的小鲍庄是一个充满仁义之气的村庄,这个仁义之乡的精灵——捞渣,是个极具艺术魅力的象征。作者正是通过对这个仁义之子的仁义行为的描述,渐次呈现出了我们民族文化心理的风貌。捞渣死后把他偶像化的闹剧,让我们看到了仁义被亵渎的真实历程。小说在叙事体态上做了一些有益的尝试,以结构的方式代替情节的方式,人物和故事构成几个块面共时进行,经纬交织,意向纵横。小说采用客观的叙述语调,标志着创作主体由自我中心向非自我中心转变的完成,但强烈的主观情感和态度,仍在村民生存状态和生活状况的呈现过程中透露出来,作者对笔下的人物怀有复杂的感情。这种块状多元的叙述形态,客观上强化了作品的信息容量和象征蕴涵,提升了作品的审美价值。

　　20 世纪 90 年代以后,王安忆的写作风格有了很大变化,《叔叔的故事》《乌托邦诗篇》等用现实的材料来虚构故事,再用小说的精神来改造平凡俗常的世界。到了《长恨歌》里,她的语言风格变化更大,由简洁变得绵密繁复,极其细致地写出了上海的城市精神。《长恨歌》讲述了上海女子王琦瑶悲剧的一生,王安忆没有在小说中正面地叙述历史事件的发生,而是把 40 年的历史变迁切成了一块块的碎片,在王琦瑶的生活中一点一滴地体现出来。城市的命运融化在人物的命运里,人物的命运也就成了城市的命运。人生的苍凉,也透露出历史的苍凉。在《长恨歌》里,王安忆笔下的历史只是时间的代表,她极力描写的是带有不同阶段历史特点的氛围、气息和感觉,是特定阶段人们的生存面貌、精神状态、人生趣味。

　　《长恨歌》通过描写王琦瑶传奇的一生,刻画了一位生动鲜活的女性形象,显示了上海女性特有的品味和气质,王琦瑶不仅有着独特的个性,还具有上海女性某些群体性的共同特点。她是上海弄堂里走出来的既普通又典型的女孩,既聪明过人、精致美丽,又坚定地面对生活,这些都是上海女人的特点。从拎着荷叶边的花书包的女学生,到"沪上淑媛",再到"上海小姐",王琦瑶凭借的是上海女孩的聪慧与勤奋。李主任死后,王琦瑶不得不一个人跑到外婆家,她虽然没有出路,但顽强地生存了下来。

等她再次回到上海,住进平安里二十九号,并在弄堂口挂起了护士牌子时,已经完全被上海的市井精神浸润,明显成熟了。在与康明逊艰难的爱情中,王琦瑶保持了上海女性的聪颖与精细,面对命运的打击,她再一次以世俗的智慧向俗世挑战,表现出坚定的勇气。而在 20 世纪 80 年代上海的舞会中,王琦瑶与摩登青年的忘年恋终于使她的聪慧与忍耐开始坍塌,并由失控带来最终的精神崩溃。王琦瑶的人生意义在于,她与几个男人的情义离合都是她细心经营、精心追求的,而上海的发展变化也在无情地改变着包括王琦瑶在内的每一个人的命运。就像小说里所说的那样:"上海弄堂里,每个门洞里,都有王琦瑶在读书,在绣花,在同小的姊妹窃窃私语,在和父母怄气掉泪。上海的弄堂总有着一股小女儿情态,这情态的名字就叫王琦瑶。"王琦瑶与上海这座城市是融为一体的,也正是在对这样的王琦瑶式的女子的刻画中,体现出了作家的深刻。

二、陈染的小说创作

陈染(1962—),出生于北京。从 20 世纪 80 年代初发表诗、散文开始走向了文学创作之路,80 年代中期开始小说创作。她以强烈的女性意识,不懈的探索精神,成为中国当代文学史上的一位独特而重要的女性作家代表。

陈染从初登文坛至今,尤其在 20 世纪 90 年代,在创作中表现出一种明确的性别意识。她自己认为她一直以来都"在中国文学主流之外的边缘小道上吃力行走",以她凄美而坚韧的姿态书写着个人体验。她规避历史、社会、人群而直视女性自我,在以个体生存状态和精神体验为创作主题的世界中,展现出女性独特的生存断面。例如,其《巫女与她的梦中之门》是陈染通过对恋父情结与弑父愿望的描述,将女性的矛盾心态和现实困境表现得最为典型的文本。小说中的父亲在"我"十六岁的时候给了"我"一个"无与伦比"的耳光,将我"连根拔起",成为一个创伤性的经验固着在"我"的内心,此后,对父亲的恋与恨让"我"把自己交给了"那个半裸着脊背有着我父亲一般年龄的男子",这个男人成了"我"心理上的替代性父亲,而"我"自己的父亲则成了一个"给我以生命以毁灭、以安全以恐惧、以依恋以仇恨……"的复杂象征。这部小说表面上看是对一个少女反俄狄浦斯情结的指认,但其中所包含的女性欲望的故事要比反俄狄浦斯情结复杂许多。一方面,它含有"我"对无创伤的女性生活的渴望,另一方面它包含着弑父的想象,"我"曾无数次地想象让那个像父亲般苍老的男人死亡。女儿对父亲、替代性父亲/情人的复杂感受也交织在《空心人诞生》《与往事干杯》《私人生活》等小说文本中。

此外,陈染作品中具有强烈的自叙传色彩,是女性心灵世界的自我表白、自我对话,也是一部女性成长史。这个成长史既包括身体的发育成熟,也包括心理的发展成熟,二者都具有同样重要的意义。作品中的女性主人公往往都具有强烈的幽闭意识、自恋意识与受伤意识。《私人生活》就是这样的作品,小说讲述了一位名叫倪拗拗的少女的人生经历和成长过程。小说是倪拗拗"个人历史的记录",不仅是对女性不为人知的隐秘生活的曝光,更是对女性不被理解的独特的思维方式的展示。倪拗拗是个患有"幽闭症"的精神病人,她所有的行为和思想都与世俗的伦理道德和行为规范不一致。在现实社会中,她是个畸形、倒错、变态的不正常的人。陈染无疑是借鉴了卡夫卡式的变形手法,通过倪拗拗这个非常态人对世界和自身的观照,在一个极端的境界里展现女性对自身的独特思索,这种思索具有形而上的特点,超越了感性而接近理念,突破了心理学而直逼哲学。可以说,倪拗拗是一个比黛二更为纯粹和执着的"精神贵族"。

可以说,陈染的出现是纯粹的女性写作的开始,她的创作一方面体现了鲜明的女性意识,体现了对男性文学话语的主动告别,独自漫步于自己的精神荒原,在没有依赖关系的诉说中确立了女性的独立身份;另一方面在获得女性独立身份的同时又表现出一种深刻的失望情绪,在漂泊着的心路之旅中独自承受着巨大的孤独和缺失。陈染的作品序列从一开始便呈现了直视自我、背对历史、社会和人群的姿态,她作为一个女人而书写女人,作为一个都市的现代女性来书写现代都市女性的故事,几乎所有的重要作品都以第一人称的女性叙事人的方式,把那些极端的女性经验作为叙事的核心,不断地说着"自己的故事"。例如,《世纪病》《无处告别》《另一只耳朵的敲击声》等文本都涉及了女儿与母亲之间既相依为命又相互抵触的情感联系。她们的生活"几乎是在爱与恨的交叉中度过",单身母亲将女儿养大,便将女儿当作理所当然的专属品,希望将女儿永久地控制在自己的羽翼下;成年的女儿蒙受母亲的养育和庇护,虽觉温暖,却因时时处于母亲的监管之下而焦虑不安。当然,这种处理母女关系的方式在女作家中并不少见。

第六章　20世纪90年代小说创作的主题研究

三、迟子建的小说创作

迟子建(1964—)，出生于黑龙江省大兴安岭地区漠河市，1983年开始文学创作。1984年毕业于大兴安岭师范学校。1987年入北京师范大学与鲁迅文学院联办的研究生班学习。1990年加入中国作家协会，1990年毕业后到黑龙江省作家协会工作。中国作家协会会员一级作家，中国作协第六、七届全委会委员，中国作协第九届主席团成员，现担任黑龙江省作家协会主席。著有长篇小说《树下》《晨钟响彻黄昏》《伪满洲国》《越过云层的晴朗》《群山之巅》等；小说集《北极村童话》《白雪的墓园》《清水洗尘》《雾月牛栏》《迟子建作品精华》(3卷)。

在日常生活中发现"风景"并赋予"风景"以"心灵"的意义，是迟子建小说的个人化方式。她创作至今，普普通通的生活和平凡的人生始终是她书写的主要对象，农夫村民、贩夫走卒和知识分子是她笔下的主角。她将小人物置于社会风俗画的场景之中，在人间烟火中取暖，从平常生活中发现诗意的光芒，这在《清水洗尘》《秧歌》《五丈寺庙会》《树下》《雾月牛栏》《白墙》《逝川》《旧时代的磨房》和《一坛猪油》等小说中都有出色的表现。发现美好的愿望，使迟子建的小说弥漫着一种人性的温暖，而在表达温情的同时，迟子建并不忽视生活苍凉的一面，她对温情的渴望，恰恰是因为觉察到人生苍凉的底子，如在其中篇小说《世界上所有的夜晚》中，小说以一位女性知识分子，如何领悟、承受、消融、超越苦难的能力为主题，描写妻子日夜思念因车祸去世的魔术师丈夫，最终在生活的苦难中冲淡了哀伤。丈夫剃须刀里的毛发洒向河流，也最终化为蓝色的蝴蝶。对苦难的超越，让人性在忧伤中散发出温情的色泽。迟子建小说的抒情风格，常常使人想到东北的现代作家萧红。

迟子建小说创作处于一种开放的多元思维的状态。极少对其笔下的人物作非此即彼的评述，而是不动声色纯客观地叙述居多。这使其笔下的人物更贴近生活，贴切自然，绝少那种美丑善恶分明的对比描写，更多的是呈现一种复杂多样的交融状态。例如，中篇小说《岸上的美奴》中的女主人公美奴，作者既描写了她的单纯美丽，她对美好生活的向往，同时又表现了受传统道德观念的束缚过深，使她不堪忍受人们对其母亲与白老师之间交往的种种非议猜测，于是泯灭亲情将母亲推入江中，以求精神上的解脱，但她并未如愿，为此却陷进另一种外力的威胁之中。作者通过这个形象对边地人的封闭落后愚昧揭示得十分深刻。这个艺术形象无疑是作品深刻的思想性的体现。揭示了线性的简单的思想方式对于人们精神的戕害，而这种戕害又由于边地的封闭愚昧显得更加触目惊心。这个形象给予人们的思索是多元的。

四、林白的小说创作

林白(1958—),原名林白薇,广西北流人。曾插队两年,在此期间做过民办教师。1982 年毕业于武汉大学图书馆学系,曾先后在图书馆、电影制片厂、报社等处工作。19 岁开始写诗,后从事小说写作。主要作品有中短篇小说集《致命的飞翔》《同心爱者不能分手》《子弹穿过苹果》等,长篇小说《致一九七五》《一个人的战争》《妇女闲聊录》《说吧,房间》《青苔》《万物花开》等。

20 世纪 90 年代,林白的小说表现出强烈的女性意识和个人化气息,通常采用"回忆"的方式进行叙述,尤其擅长讲述绝对自我的故事,描写女性身体欲望与感情憧憬,并善于把握女性复杂微妙的内心世界,浓烈阴郁,充满南国色彩。因此,林白的小说将女性的经验推到了极端,彻底揭示了女性的隐秘世界,具有强烈的个人风格。

《一个人的战争》具有相当的自传色彩,是林白最有影响,也是最受争议的一部长篇小说,同时也是当代中国女性意识的代表作。小说讲述的是女孩多米在对男权阴影的反抗与迷恋中成长的过程。多米自五六岁就开始不断抚摸自己,在蚊帐和镜子中初识自己身体的欲望,于是,她开启了探索自我身体的路程。由于对性的好奇,多米渴望被强奸以获得快感,但在大学及旅途中与陌生男人的交媾,造成了她心理上的失落。然而,多米又担心自己会成为同性恋,并在这种担忧之下接受了一场"傻瓜爱情"。慢慢地,她开始自惭形秽,最终选择了逃离,投入了"一个人的战争"。正如作家自己所说的"一个人的战争意味着一个巴掌自己拍自己,一面墙自己挡住自己,一朵花自己毁灭自己。一个人的战争意味着一个女人自己嫁给了自己"。

作家在小说叙述中也隐含了女性在现实生活中所遭受的极大伤害,展现了一个女人和男权中心社会的战争,以及一个女人自己和自己的战争,这也正是"一个人的战争"的双重含义。

小说大胆触及性禁区,真实而具体地描述了女性的性意识以及身体欲望的觉醒过程,有很多细节的描写超越了世俗道德的约束,展现了大量有关少女和成年女性的爱欲心理和行为,这正是小说的意义所在。

另外,小说叙述语言零乱,几乎全为一些记忆散片,但片段与片段的流转相当自由。小说的叙述视角在"多米的第一人称叙述和被描述的第三人

第六章 20世纪90年代小说创作的主题研究

称叙述之间极为自然地转换,同时又经常在描写中引进了作家曾经发表过的其他小说的文本,结果使小说的真正叙事人与主人公经常混为一人。作家故意以这种虚实不分的叙事策略,把通常社会道德认为是属于私人隐秘的女性的欲望、身体、性等意识,淋漓尽致地展示出来,表现出坦诚对待生命与生命之美的勇气"[①]。

总之,林白的小说表现出异常强烈的女性化特点,突破了男性的话语禁忌,极端地描述了女性个人体验,探索了女性生命的真相。

第五节 文化道德小说的创作
——对文化道德的思索

张承志、张炜、韩少功、史铁生等人,崇尚自然、歌唱理想、颂扬人道形成了与大众化相抗衡的趋势。在这里,我们主要对张承志、张炜、史铁生、韩少功的小说创作进行主题分析。

一、张承志的小说创作

张承志(1948—),回族,原籍山东济南,生于北京。1967年从清华附中毕业后,到内蒙古大草原插队,在草原上生活了四年。1975年考入北京大学历史系,1978年考入了中国社会科学院研究生民族系。同年,开始发表作品,80年代以小说创作为主,90年代至今以散文为主。出版各种著述34种,有长篇小说《张承志随笔集——荒芜英雄路》《金牧场》《心灵史》等,小说集《老桥》《北方的河》《黄泥小屋》等,散文集《张承志文集》《绿风土》《清洁的精神》等。张承志的文化道德小说透着一股宗教神秘主义,融宗教、历史、文学于一炉。

《心灵史》是张承志文化道德小说的代表作,小说叙述的是清乾隆至今200多年间,中国回族的哲合忍耶教派创教、传教、爱教、护教的痛史,这是用文学形式写就的一部宗教史。中国伊斯兰哲合忍耶主要在大西北最贫困的边远地区生存,这个教派从清代一直遭到残酷的镇压与剿灭,长期处于被追捕或被流放的绝境。为此,哲合忍耶教派的七代领袖为反抗清代统治者的残暴统治,带领众教徒进行了多次悲壮抗争。作家充分利用历史背景,大

[①] 陈思和.新时期文学简史(第2版)[M].桂林:广西师范大学出版社,2010:263—264.

量地对比引用了各种史料,描写了阶级与民族之间的激烈对抗场景,让笔下的人物演绎了一幕幕动人心魄的历史悲剧,进而展现了刚烈和坚韧的文化人格。另外,在作家的历史叙述中,总是伴随着强烈的个人体验和对现代社会的批判。

在这部文化道德小说中,作家认为数度濒临绝境的哲合忍耶能够延绵至今的根本原因在于其精神本源,并高度赞扬了为保卫内心世界而不惜殉命的回族气节,并说在此找到了男子汉的渴望皈依、渴望被征服、渴望巨大的收容的感情,哲合忍耶成了他理想的归宿。为此,他在追寻哲合忍耶的历史征程中,张起了道德理想主义的大旗,悲壮地找寻着其真正灵魂和理想主义的精神家园。

需要注意的是,张承志的《心灵史》因宗教文献的深奥、奇迹描写的神秘,考证、议论,使一般读者不胜重负,特别其中只属于作者个人的神秘激情,世俗之众缺乏能够读解其意义的信仰前提,难以为大众所接受。不过,这部小说仍不失为20世纪90年代中国小说创作的另类尝试,是一部奇书,是一部现代经典,对后世影响深远。

总之,张承志的文化道德小说带有一定的宗教神秘主义,有着明显的道德理想和人文精神,歌唱理想、颂扬人道,具有沉重的历史厚重感。同时,在现代的叙事中,也不失诗兴的表达和美文的笔调,具有一定的文化价值。

二、张炜的小说创作

张炜(1956—),山东龙口人,祖籍山东栖霞县。1975年开始发表诗,1980年毕业于烟台师范学院中文系,后长期从事档案资料编纂工作。1986年凭借长篇处女作《古船》一举成名,2011年凭借《你在高原》获得第八届茅盾文学奖。1980年开始发表小说、散文、文艺杂论等,主要作品有散文集《生命的呼吸》《张炜散文》等,长篇小说《古船》《九月寓言》《柏慧》《家族》《能不忆蜀葵》等,中短篇小说《一潭清水》《秋天的思索》《秋天的愤怒》《怀念黑潭中的黑鱼》等。

张炜的文化道德小说体现出一定的寓言性,最有代表性的作品是《九月寓言》,这部小说被称作哲学意义和诗性上的民间典范之作。作家将目光专注于文化意义上的小村和哲学意义上的大地,关照乡民生活的文化和哲学,并试图展现我们当下的生存状况和文化困境。

小说共分为小村现在的故事、小村的历史传说、小村村民的口头创作三部分,描写的是山东登州海角的一个叫作廷鲅的海滨小村的几代村民的艰苦劳动、生活和爱情故事。通过这些故事再现了地位低下的农民流浪者不仅无法满足基本生存需求,而且必须与生存不断抗争且持续地迁徙和流浪。因此,这些农民流浪者为生存付出着血的代价,他们的爱情故事也隐藏着悲怆和沉重感。于是,作家高度颂扬了人类渡过难关走向蓬勃发展的内在生命力,并重点描写了几个家庭和一群青年男女的日间劳作以及夜间游荡的奇特生活,突出了那种扑面而来、无所不在的野地精神和野地气息。可以说,"九月寓言"就是大地的寓言。

但是,现实中的城市正对野地进行侵害,环境污染、道德沦落、人性虚伪等问题日益突出。因此,在小说的末尾,主人公逃亡、村庄沦陷以及冲天的大火,这正是农业文明被工业文明挤压、原始生态被现代文明毁灭的巨大寓言。

总之,张炜的文化道德小说注重对文化的哲学思考,着意的是隐藏在情节背后的深层人文意蕴。小说在叙事时采用的是模糊与抽象的时间、空间定位与超时空的情节顺序,小说中的人物只是一个叙事符号,不再具有自我意识或主体意识。

三、史铁生的小说创作

史铁生(1951—2010),北京人。他初中毕业后于18岁时到陕西延安插队,三年后因双腿瘫痪回到了北京。23岁时开始在工厂做临时工,后因病情加重回家疗养。1979年,史铁生开始发表作品,他的散文《我与地坛》鼓励了无数人。2010年12月因突发脑溢血逝世。曾任中国作家协会全国委员会委员、北京作家协会副主席、中国残疾人协会评议委员会委员。主要作品有散文《秋天的怀念》《合欢树》《我与地坛》《相逢何必曾相识》等,长篇小说《务虚笔记》等,中短篇小说《绿色的梦》《我的遥远的清平湾》《插队的故事》等。

史铁生的文化道德小说语言朴实真诚、淡雅随意,精致优美而富有哲理,再现了特定的、荒谬的政治时期,带有鲜明的基督宗教意识,充满了形而上色彩。这些在代表他创作生涯的高峰——《务虚笔记》中得到了很好的体现,可以说,《务虚笔记》把宗教精神的虚无引向了抽象、玄妙的境地。

作家在《务虚笔记》中,以顺时或逆时的手法,并互相交差,塑造了残疾人C、医生F、诗人L和T、教师O、导演N等众多人物。但是,这些人物彻底瓦解了人物符号间的差异,只是一个个平等的、不可孤立的、全息性的符号代码,不具有典型性。这体现出鲜明的佛教平等观,将所有的人只分为男人和女人,也就是说人与人之间没有了差别。但这些并不排斥人物符号变易的丰富性和复杂性,这种变易在小说中就是一种虚实互变,即对于欲望与梦想的实与虚的幻化。梦想的自由最终要通向务虚的"道体",也就是作家所说的宗教精神,他认为文学就是宗教精神的文字体现。因此,《务虚笔记》是从真实中窥见幻梦的真相,在幻想中发现真实的奥秘,从而借真实的历史事件、个人命运、爱的苦乐等各种遭遇,去寻求虚幻的意义和解脱;借小的事物去领悟宏大的道体。

总之,史铁生的文化道德小说再现了当时一部分知青在特殊历史时期的生存状态及生命状态,反思了人生途路的各种遭遇,具有一定的虚幻化,渴望完成自我道德净化,呈现玄学的宿命色彩,并体现出东方美学特色。

四、韩少功的小说创作

在中国的当代作家中,韩少功被公认为最具有理论家气质。20世纪80年代,他积极投身文学寻根,创作了《爸爸爸》《女女女》等文学作品,沉重反思了民族劣根性,带有强烈的批判倾向。20世纪90年代,他从知识分子的象牙塔里走出来,走向民间,创作了《鞋癖》《余烬》和《马桥词典》,再现了"寻找"意象,同时,这些作品呈现出鲜明的浪漫情怀和理想主义光辉,在语言的世界中寻找着自己的文化和理想。

《马桥词典》是韩少功文化道德小说的代表作,也是他对小说文体进行的探索。在小说中,他一改惯常的模式化写作,用笔记体形式写作,彻底打破了小说虚构故事、设置情节、塑造中心人物的经典性规则,并通过词条罗列法将事件和人物串联起来,进而对马桥这个乡村世界的风土人情和奇闻趣事进行了生动展现。韩少功笔下的马桥是一个封闭、落后、蒙昧的湖南村落,在这里交汇着一种悠久的农业文化和独特的地域文化。生活在马桥的乡民,是在被一个强大的敌人战败以后流亡迁徙,进入到这个稳定而停滞、相对封闭的文化空间中生活的。他们精神上极端贫困,这突出表现在他们蜷缩在语言的屏障下却不自知,还自以为是地重复着先人留传下的言语。按理来说,留存记忆与抵御遗忘是语言的一项重要文化功能,但马桥人的语言表述的历史往事却常常是模糊不清的。可以想象,"生活在一个缺乏逻辑和意义的历史记忆的空间,历史悲剧的重演只会加重他们历史轮回

第六章 20世纪90年代小说创作的主题研究

的宿命感"①。

作为笔记体,《马桥词典》在叙事时,不仅没有完整的情节和结构,而且缺乏鲜明的主题和中心人物,即使是亮相较多的几个人物的出场也总是不求前因后果,与之相关的事件时断时续,有一种复调的效果。例如,洪老板和三毛这两头牛的故事,公地母田和台湾(人名)等故事,没有铺垫和呼应,而是由事件发生带出人物,人物说话交代故事,从而真正做到了水到渠成,浑然一体,达到了一种自然和谐、行云流水的创作效果。这里隐含着某种看似神秘的因素,而马桥独特的语言可以诠释这种神秘。比如,复查因为一个无意的"嘴煞"(一种忌语)彻底改变了自己的生活。韩少功说:"人本身是很神秘的。人的神性是指一种无限性和永恒性。我想把瞬间与永恒、有限与无限做一种沟通。我想重创一个世界。我写的虽然是回忆,但最能激动我的不是复制一个世界,而是创造建构一个世界。"②

小说在语言方面也有着鲜明的特色,引起了评论者的兴趣。《马桥词典》从方言的立场和个人的语言实践出发,努力寻找那些散落在民间的、"普通话"无法涵盖的"方言"的复杂含义,致力于揭示"普通话"背后的语言、思维和生活方式。编辑出版者对于这种独特的尝试,最初表现出了特有的谨慎:"为一个村寨编辑出版一本词典,对于我们来说是一个尝试。如果我们承认,认识人类总是从具体的人或者具体的人群开始;如果我们明白,任何特定的人生总会有特定的语言表现,那么这样一本词典也许就不是没有意义的。"③但是,《马桥词典》是以马桥语言为窗口,描写了马桥的村寨环境、人事物理、风俗民情、轶闻趣谈,并以这种独特的叙述形式,展示了马桥人富有厚重历史感的生活长卷画。对马桥流行的150个词条的解释构成了作品的主体,这些词条散发着浓郁的马桥泥土气息和来自中国底层农村的文化气息,并直接联系着马桥人的日常生活,显现着马桥人对事物独特的判断,具有不可替代性。可以说,只有置身在马桥的世界里,才能感受到有些字词的独特涵义。

---

① 雷达,赵学勇,程金武.中国现当代文学通史(下册)[M].兰州:甘肃人民出版社,2006:782.

② 朱栋霖,朱晓进,龙泉明.中国现代文学史 1917—2000(下)[M].北京:北京大学出版社,2007:312.

③ 《马桥词典》编辑者序[J].小说界,1996(02).

总之,《马桥词典》更多地是以对语言的探究而实现文体创新,"向我们大规模地演示了一位小说家写小说的运作方式,最充分地显示出这些年来他时刻都欲要走出从前的中国当代文学范式的企图。他面对从前的生活,所用的目光不再是一种中国当代作家惯用的平实的或者说很世俗的目光。他立于新的视点,重新解释了存在"。①

---

① 曹文轩.20 世纪末中国文学现象研究[M].北京:北京大学出版社,2002:352.

第七章 21世纪初小说创作的主题研究

进入21世纪以来,中国社会延续着20世纪90年代以来的市场商品经济发展的轨迹,市场与读者成为这一时期文学发展的重要影响因素。在此影响下,文学的创作模式由之前的"作家—作品—市场—读者"开始转变为"读者—市场—作家—作品"。与此同时,这一时期的作家特别是"80后"作家,以个人生活为半径、个人体验为中心,对成长中的各种困惑进行了思考,形成了青春文学。青春文学的创作多集中在成长主题上,对成长中的失去与获得进行描绘。此外,这一时期还出现了一些现实主义作品,对现实中的各种问题进行了表现,对人在进入21世纪后的精神状态进行了描绘,并对其产生的原因进行了深层次挖掘。

第一节 多元化创作的小说走向

21世纪以来,中国社会延续着20世纪90年代以来的市场商品经济发展的轨迹,市场与读者成为新世纪初文学发展的重要影响因素。文学创作的模式由之前的"作家—作品—市场—读者"开始转变为"读者—市场—作家—作品",这样的转变使得中国文学在新世纪初的这十几年中呈现出了一些新的变化,让小说呈现出了多元化的创作走向,这些主要表现在以下几方面。

第一,从作家构成上来看,"80后"作家所构成的文学阵营不容小觑。他们以个人生活为半径、个人体验为中心,对成长中的各种困惑进行了思考,形成了青春文学。他们的小说充满了颠覆传统色彩,并伴有宣泄欲望、自我迷恋、孤独意识、悲观情绪,在一定程度上显示出了后现代文化的某些特点。"80后"特有的创作倾向和他们的出身有关系。他们都生在相对富裕和宽松的环境,没有经历过苦难,因此,他们更加重视自己的精神世界,更具有桀骜不驯的性格。

第二,从创作的主题上来看,20世纪初的小说创作主题是多元化的,既有对青春成长的诉说,又有对现实的思索。青春文学的创作多集中在成长主题上，对成长中的失去与获得进行描绘，而一些现实主义作品则对现实中的各种问题进行了表现，对人在新世纪的精神状态进行了描绘，从而对其产生的原因进行了深层次的挖掘。

第三，受网络文学兴起的影响，21世纪初的小说创作水平良莠不齐，严肃文学的创作受到了冲击，戏仿、大话等文学的兴起让文学创作出现了下移的状态，消费经典文学成为一种不容忽视的现象。所谓"消费经典"指的是在一个中国式畸形大众消费文化的语境中，文化工业在商业利润法则与后全权体制环境的双重制约下，以漫画化的方式，以新兴的网络为主要媒介，对中外文学艺术史的经典作品进行戏拟、拼贴、改写，消解经典文本的深度意义、艺术灵韵以及权威光环，使之转化为集政治寓意、感官刺激以及商业气息为一身的平面图像或搞笑故事，成为大众消费文化的构件、装饰与笑料。

总之，21世纪初的文学在多元文化的语境中，呈现出其独特的光彩，小说创作更加注重文学自我表达与娱乐性，呈现出个人化、平民性，使20世纪30年代后文学逐渐强化的阶级性、群体性得到了改观，突出了文学的个人化、个性化特征，也使"五四"时期周作人提出的平民文学倡导真正得到了实施。

第二节　韩寒等人的小说创作
——对成长的展现

21世纪以来，韩寒、郭敬明、李傻傻、胡坚、张悦然、小饭等"80后"作家，通过对青春的书写展现了新一代青年的成长历程以及思想状态，为21世纪初的小说创作增添了一笔不一样的色彩。在这里，具体分析一下韩寒、郭敬明和张悦然的小说创作。

一、韩寒的小说创作

韩寒（1982——　），出生于上海市金山区亭林镇，是中国著名的作家、导演和职业赛车手。1999年，他凭借《杯中窥人》获得了首届全国新概念作文比赛一等奖。2000年，他出版了第一部长篇小说《三重门》，之后又陆续出版的《零下一度》《像少年啦飞驰》《一个：很高兴见到你》等作品。

在韩寒的小说作品中，我们可以看到青春期的张扬和年少的轻狂，同时也存在着对未来道路的迷茫。《三重门》《像少年啦飞驰》都是如此，下面对其进行具体分析。

第七章　21世纪初小说创作的主题研究

《三重门》借助于少年林雨翔的视角,揭示了一个高中生的真实生活,并对亲子关系、师生关系、同学关系的种种矛盾和问题进行了生动展示,显示了学生式的思考、困惑、梦想。

小说的主人公林雨翔生活在上海的一个小镇,是一个理科弱文科强的学生。但是,他所在的中学有着严重的重理轻文,这让林雨翔生活得很压抑。因此,他虽然已经进入初三,但对于生活仍然没有什么目标。后来,班上的语文老师换成了一个写打工文学出身的青年老师马德保,这使他对学习又重新有了热情,并顺利进入了梦寐以求的文学社。在文学社中,林雨翔认识了美丽可人的 Susan,并对其产生了好感。但是,他始终不敢向 Susan 表白,只是默默关注着她。在中考前夕,Susan 将自己的复习资料给林雨翔,并叮嘱他认真复习。在中考前一天,Susan 打电话给林雨翔,问他能考上哪所学校。林雨翔很有自信地表示,自己能够考上县重点。但是,中考成绩公布后,林雨翔却上了市重点。原来,他的父母通过关系和金钱为他搞了一个体育特长生的身份。如此一来,他顺利进入了市重点。但令他没想到的是,Susan 一直都喜欢他,并为了和他进入同一所学校,故意弄砸了考试,这令林雨翔非常后悔。因此,他在进入高中后,学习是每况愈下,几门功课高高挂起了"红灯笼",照亮了前面黑暗的道路。与此同时,他变得愤世嫉俗,看不惯身边许多人,与室友出现了激烈的冲突。最终,林雨翔心如死灰,茫然不知所措。

这部小说从思想上来看,是极为锐利的。小说中的少年对社会、对人世、对人生、对周围的一切常常能发出一些直抵要害的见解,既使人感到害怕,又使人感到惊羡。而且,这个少年不知为何,不再用少年所特有的目光来看待这个世界了,他用了挑剔的、怀疑的、甚至是很不留情的目光。一些场景、一些关系、一些问题,即使在成年人的眼里也会一闪而过,但在他的眼里却显出一些破绽来和漏洞来,甚至是一些丑陋来。他太厉害了,这使他失去了周围人们的喜欢。可是,他已无法再回到童真状态了。因此,一直到他在年龄上成为成年人之前,人们都会对他抱有疑虑,甚至是戒备之心。因为,人们通常希望少年是简单的、幼稚的、好糊弄的、容易对付的。因此,这部小说虽然由一个少年写就,但他的思想是极为成熟、老练的。

从语言方面来看,这部小说也是极有特色的。小说的语言充满了讽刺意味,而且这种讽刺很有钱锺书的风格。钱锺书的讽刺是一种知识权力的凌驾,韩寒学得肖似,僭安的是这种权力华裔,眈眈虎视的是精英角色。小说中的每一页都有钱式笔墨,如挤兑式讽刺,对每一个人物言行及心理的挖苦,"林雨翔对此很有意见,因为他文科长于理科——好比两个侏儒比身高,文科侏儒胜了一厘米——所以他坚决抗议";如排比式讽刺,铺叠多重的类比增强效果,"社长收到意想不到的效果,叹自己号召力打——说穿了那不是号召力,只是别人一种不敢相信的好奇,譬如羊突然宣布不食草改吃肉了,克林顿突然声称只理政不泡妞了"等。总之,语言的讽刺艺术显示了韩寒的尖锐,也显示了韩寒的成熟。

《像少年啦飞驰》以第一人称的写作手法讲述了"我"的生活,为读者展示了一个颇具叛逆性的人物,体现了一个少年对复杂社会的思考。

小说中的"我"在高中毕业之后考到了一个叫野山的地方的师范大学,在那里认识一个叫老夏的人,并成了好朋友。"我"和老夏经常一起喝酒、研究车。后来"我"因为辩论赛而获得了一次去香港的机会,老夏则离奇地和美女徐小芹结成了恋人关系。在"我"回来之后,老夏与徐小芹正处于热恋之中,但是时间不长,徐小芹就离开了他。在经受了失恋的打击之后,老夏颓废过,但很快便重新振作起来,与"我"再次投入到了对车的研究中。后来老夏买了辆摩托车,在一次飙车中不小心撞伤了别人,在住院期间被学校开除。老夏离开后不久,"我"因为他人诬陷"偷车"而被开除。离开学校后,"我"开始了文学创作,并获得了一些收入。在一个杂志社组织的笔会上,"我"认识了老枪,老枪是一个写手。"我"与老枪合作,写出了一个剧本,赚了很多钱。之后,老枪回到自己原来的地方,"我"则开了个改装车的店铺,后来做不下去就关掉了,从此过着闲适无聊的生活。

从小说的内容上来看,作者主要对教育制度和文坛中的一些不良现象进行了讽刺与调侃,显示出了作者离经叛道的一面。不过,由于作者并没有多少切身经验,只能靠感受他人的社会经验写作,故而使这部小说的内容单薄而苍白。此外,韩寒对全书叙述结构的驾驭显然乏力,为了不被读者看穿他的尴尬,使用了两种伎俩掩盖:一是空发议论。每到欲写还休的情况下,就从中横插一刀,说三道四,喋喋不休,即所谓"解读人生,评说是非",这本是石康作品的败笔,不想韩寒也照搬来了。二是制造喜剧效果。韩寒将一些笑话以其特有的笔法加工成惹人发笑的情节来吸引读者,综观全书,这种情节比比皆是。但正如一盘外表鲜艳的亦果沙拉,品不出什么滋味,吃过之后马上就忘了,消化道里只剩下一些不能吸收的纤维。因此,这部小说并没有多少文化内涵。

虽然韩寒的小说存在不少的缺陷,但其未来的文学道路还很长,希望他能够在积累人生经验的基础上,创作出具有丰富文化内涵的小说作品。

二、郭敬明的小说创作

郭敬明(1983—),出生于四川自贡,是中国当代作家之一。他高中时

第七章　21世纪初小说创作的主题研究

期以"第四维"为笔名在网站榕树下发表文章,2002年出版第一部作品《爱与痛的边缘》,2003年因玄幻小说《幻城》而被人们熟知和关注。之后又创作了《梦里花落知多少》《悲伤逆流成河》《小时代系列》《夏至未至》等。

郭敬明的小说从整体上看,常描写青年的忧郁,情节多以伤感为主。《梦里花落知多少》《幻城》《悲伤逆流成河》和《小时代系列》皆是如此。

《梦里花落知多少》讲述的是一群即将走出校门的大学生,在成长的过程中所面临的友情和爱情的蜕变。小说的主人公林岚是一个性格极其任性、外向的女孩,从高中开始,她就和长得高高帅帅的顾小北谈起了恋爱,但是到了大学三年级的时候,两个人却分手了。分手之后,顾小北交了号称校花的姚姗姗做新女友,林岚则被陆叙苦追。陆叙的前女友是林岚的好姐妹闻婧。面对这样的关系,林岚一直没有接受陆叙。当林岚知道顾小北和姚姗姗订婚后,心情极度悲痛,她叫上陆叙一起喝酒,在回来途中出了车祸,把陆叙摔成重伤,又一时失手,直接送了陆叙的命。在这部小说中,作者对青年成长中的伤痛进行了描绘,这其中有爱情、友情的背叛,有死亡带来的痛苦,总之伤害无处不在。

《幻城》讲述了一个虚幻的故事,故事架构于一个虚拟的冰火两重天的大陆,在两族互相战斗中以冰族皇子卡索与弟弟樱空释所发生的故事为主线,对二人的经历以及与身边朋友之间的关系进行了展示,揭示出了亲情、友情与爱情之间的纠缠。冰国王子卡索和自己的弟弟樱空释幼年时流落人间,回到神界之后,樱空释与卡索进行了王位之争,他们之间争斗了很多次,最终樱空释被打败,转世成了火族王子,继续与卡索纠缠不清。最后,卡索才知道弟弟所做的一切都是为了他而不是为自己。

在这部小说中,几乎每一个人都有一段不可言说的悲伤,从而让整部小说充满了悲伤的气氛。

《悲伤逆流成河》讲述的是上海弄堂里一起长大的一对年轻人在校园内外纠葛的爱情故事。小说的女主人公易遥是一个不良少女,而男主人公齐铭则是一个好孩子。顾森湘和顾森西姐弟俩出现在他们的生活中之后,齐铭和顾森湘自然而然的相爱,顾森西则喜欢上了易遥。一次,易遥收到一个匿名的短信,对方以为易遥是齐铭的女朋友,约她去见面,于是易遥把短信转发给了顾森湘,后来顾森湘去和那个人见了面,回来之后,顾森湘割腕自杀了。易遥由于顾森湘的死而被齐铭和顾森西所怨恨,最终跳楼自杀,死在了齐铭面前。齐铭因为受不了那种全身的关节、骨骼、胸腔、头颅一起碎裂的声音而开煤气自杀。在这部小说中,人物的死亡结局进一步加深了悲伤的气氛,从而让死亡的伤痛成了成长过程中的一种刻骨铭心的体验。

《小时代系列》的故事是由上海一座大学中同一宿舍的四个女生，即顾里、南湘、唐宛如和"我"（林萧）开始的，之后又有顾源、席城、卫海、简溪、宫洺、崇光、Neil 等的加入，整部作品围绕这几个人的私生活展开。这些年轻人跟这个世界以一种自我与他者的关系存在，而这一个小圈子中的每个个体，相对于其他人都是来自外在世界的他者，每个人有各不相同的追求，都具有独立的个人意识。在顾里的人生观里，短短的几十年生命，就应该遵循生物趋利避害的原则，迅速离开对自己有害的人和事，然后迅速地抓紧一切对自己有利的东西。整个人生，都应该是一道遵循严格数学定理的方程式，从开始到最后，一直解出最后的那个 X 是多少。但是，在南湘的人生观里，人就这么一辈子，所以一定要纵情地活着，爱恨都要带血，死活都要壮烈，生命中一定要伴随着各种各样的支离破碎和血肉横飞。至于金钱、物质，她觉得这一辈子本来就没什么指望，并且也确实不太在乎。而"我"的人生观，就在她们两个的中间来回地摇摆着，就像一个贪得无厌的女人一样，期待着宝马香车的尊贵生活，同时也要有丰富的精神和剧烈的爱恨。至于唐宛如的人生观——她压根儿就从来没有过人生观。如果不去查字典的话，她压根儿就不知道这三个字是什么意思。

　　在这部小说中，郭敬明选择在物质社会中拥有物质财富较丰富、高于普罗大众的一群年轻人，以一种骄傲的姿态与这个世界进行对话。但是，无论多么有力的自我与对话的对象——即使这两个对话者之间存在社会地位及物质条件的巨大悬殊——都不具备绝对压倒对方的优势，而是各自拥有对等的地位。黄平认为"主人公之一南湘，母亲吸毒，没钱交学费，在夜店里兼职陪客人喝酒——这倒是一个'底层文学'的题材——生活方式上依然认同豪门千金顾里，只不过穿的是便宜一些的品牌（小说中提到有 H&M 等）。在郭敬明笔下，南湘的痛苦，不是来自'底层'，而是和席城、卫海的爱恨纠缠。这里的阶级差异十分淡化，同一个世界，同一个梦想，上海这座资本之城，似乎只是让生活更加美好"。在《小时代》中每一个个体都拥有自己的声音，这些声音即使并不融合却有共同的指向，即置身被消费主义浪潮席卷的物质社会之中，彰显自我成为与这个世界沟通的基础。在郭敬明笔下的年轻人群像里，自我却并未注定在物质的世界中因追求奢华而腐化，相反，因为任谁也逃不脱这个消费世界的洗礼，所以通过发出个人独特声音而证明自己的存在更为重要。物质文明的高速发展，使得人们在追求"更高、更快、更强"的物质生活的过程中，越发趋向同一。生活在"小时代"里的人们为了证明自己在这个世界的价值，一直试图与周围的一切不同——其实他们本身就是为了追求"不同"的一群相同的人。而在这些年轻人看来，证明自己不同最有效的方式，就是对这个世界进行讽刺。

三、张悦然的小说创作

张悦然(1982—),出生于山东济南,是中国当代女作家。她从14岁时开始发表作品,2001年的时候获得了"第三届全国新概念作文大赛"一等奖。她的小说多以青年成长中的经历为主,不过由于缺少人生经历,张悦然的小说中的矛盾常常由家庭变故、病痛、伤痛等构成,呈现一种相互偏执型的情绪体验。

《红鞋》是张悦然最为著名的一部小说,讲述了一个杀手和一个小女孩的故事。这部小说明显受到了日本漫画和昆汀·塔伦迪诺、让·雷诺等大师电影的影响。在小说中,杀手受雇于人,杀死了女孩的母亲,同时也对女孩扣动了扳机。但是六年之后,杀手发现女孩并没有死。出于愧疚,杀手金盆洗手,带着女孩一起浪迹天涯,为她提供了优裕的生活。但是女孩一直抵触着他,也抵触着世界,最终,杀手为女孩献出了自己的生命。小说从头到尾,将小女孩类似巫女式的神秘的力量刻画得栩栩如生。但是在这部小说中,张悦然并没有对这种力量进行解释,即为什么这个中国女孩有着如此坚定的残忍,而是将青春与死亡联系在一起,试图讲述青春与死亡之间的密切联系,但是,由于"她还不具备一种残雪式对世界深刻而虚无的绝望,也不具备小说家余华或日本导演深作欣二式的不动声色的恐怖才能。于是,当她试图将'青春气质'和血淋淋的杀戮相结合,便失去了原本将'爱与死亡'主题推向高峰体验的艺术控制力"。

除了《红鞋》外,《十爱》也是张悦然值得关注是一部小说集。这部小说集写了十个有关爱的故事,通过伤害与被伤害之间的转换,对爱这个主题进行了揭示。其中,《吉诺的跳马》从两个不同的层面展开故事,使整部小说充满了悬疑的色彩,直到最后,谜底才被解开。

小说有两条线索,一条是现实生活中少女吉诺与陌生男人的交往,另一条是多年前的不幸的爱情故事。少女吉诺有一个乏味的看门人爸爸和乏味的校园生活;这让她渴望生活中能够出现一些不一样的意外事件。陌生男人的出现恰好满足了她的这种渴望,让她对未知的成人世界充满了好奇,在她看来,成人世界是广阔的,充满着可能性和浪漫色彩。陌生男人在吉诺上体育课的时候注视着她,这让吉诺感到了一种兴奋。后来,吉诺在与陌生男人的交谈过程中,得知了他的故事。他曾经与一个女孩相爱,并且让女孩怀了孕,当他将自己和女孩的事情告诉母亲的时候,他的母亲禁止他带女孩走,并要求女孩打掉孩子。但是,陌生男人和女孩没有听从他母亲的话。后来,已经怀孕六个月的女孩被体育老师叫去跳马,最终因为流产而失去了生命。当陌生男人得知女孩死亡的消息后,便"开始忙着寻死了"。后来,吉诺从父亲与陌生男人之间的对话中得知自己的父亲就是当年的那个体育老师,他之所以会要求那个女生去跳马,是被陌生男人的母亲要求的。最后,两个男人厮打在了一起,吉诺则最终选择了跳马。

在这篇小说中,两个不同时代的青春故事,有了一个相同的主题,陌生男人的母亲因为被自己的丈夫抛弃而阻止儿子离她而去,甚至不惜伤害女孩的性命。陌生男人因为女孩的离去而想要伤害体育老师的女儿,在伤害与被伤害之间,陌生男人与女孩之间的爱、陌生男人的母亲对自己儿子的爱交缠在一起,形成了作者对爱的理解。

《誓鸟》也是张悦然的小说中写得较好的一部。小说的故事发生在大海大时代的背景之下,一个名叫春迟的中国少女在下南洋的过程中遭遇了海啸,她在大海里、岛屿上颠沛流离,被欺侮、被抛弃,饱受生育、病痛、牢狱之苦,但她始终追寻着自我。与张悦然以往的小说作品相比,这部小说的背景扩大了,在这种大背景之下青春、爱恨、死亡主题得到了展现。"整个故事分成六个部分,以古代话本式的题目命名,且以'上、下阕'的形式加以阻断,整个故事形成一个首尾相接的环形结构,故事中的悬念,如春迟的秘密,淙淙的秘密,钟潜的秘密,骆驼和粟烈的传奇,都在故事的发展中不断生成又不断揭开,充满了悬念的诱惑又不失文体逻辑的合理性。"

从《誓鸟》中我们可以看出,历史的偶然性,人性的变异,人的命运无常,都被展示得淋漓尽致。小说中的"誓鸟"是精卫的别称,张悦然用它象征着女主人公的命运。

第三节 阎连科的小说创作
——对 21 世纪人们精神状态的描绘

21 世纪初,随着社会的不断变化,一些作家敏锐地捕捉到了新世纪中人们心理状态的变化,并通过小说对这种状态进行了展现。阎连科是这些作家中的佼佼者。

阎连科(1958—)出生于河南嵩县,1978 年入伍服兵役,并开始了自己的文学创作。他 1985 年于河南大学政教系毕业,后又从解放军艺术学院文学系毕业。阎连科的创作心理定式既有作家个性气质和自然禀赋的表露,又有他生活阅历、心理体验和创作审美经验的积淀。主要作品有小说集《年月日》《和平寓言》《乡里故事》《阎连科小说选》《朝着天堂走》等,长篇小

第七章　21世纪初小说创作的主题研究

说《情感狱》《最后一名女知青》《日光流年》《坚硬如水》《受活》《为人民服务》《丁庄梦》《风雅颂》《四书》等。

阎连科的小说创作主要有苦难和抗争两大主题,既支撑起小说的结构,又贯穿小说叙述的始末,他独特鲜明的小说叙事风格,构筑起他特有的而丰富多彩的小说世界。阎连科是从河南农村走出来的作家,始终以他的大悲悯情怀关注着底层农民的命运,取之不尽的写作资源就是来自于故乡这块让他既爱又恨的土地。在当代作家中,阎连科无疑是最为倾心描写苦难和抗争的一位,因此,此类题材最能激发他的创作欲望。阎连科的小说通常带有寓言性质,并濡染了浓厚的河南地域文化特征,映现出了河南人独特的地域文化性格以及对"权力文化"的传承,同时以滋生于古老文化传统的悲剧意识和天才的表述方式,将土地与民族的暗伤演绎得绵密而触目惊心。下面以《年月日》《受活》《丁庄梦》为例,对其小说的创作特色进行详细分析。

《年月日》被认为带有寓言性,用寓言的方式表达了对勇于同恶劣的生存环境抗争、同苦难命运抗衡的品质和精神的认同与推崇,进而延伸到对人类终极命运的思考,并以这种独特的主题意蕴在当代文坛上占据一个特殊位置。而且,小说没有设定具体的历史时间,或者说时间问题在小说中处于悬置状态,但这对于小说而言并没有任何的损害。因为玉米黍的生命这样延续下来的,而有关时间的记忆,有关历史,有关年年月月日日的故事才由此开始。

《年月日》既是一篇抗争苦难的小说,又是一篇现代寓言小说。这篇小说呈现的是在一个封闭的耙耧山脉中一人一狗以及独存的玉蜀黍苗与天地相斗的艰苦恶劣场景,以 72 岁的先爷为叙述线索,讲述了他不畏艰难、与苦难抗争的感人故事。故事一开始,便通过对旱情的描写将恶劣的生存环境呈现了出来。面对旱情,村里的人只能用逃亡来应对,只有先爷留了下来。先爷之所以留下来,是因为他的田地里冒出了一颗玉蜀黍苗,这让他看到了希望。为了能够活下去,先爷去刨地里已经种下但因为千古干旱没有发芽的玉米种子,甚至还将老鼠洞里的存粮刨出来,他还把褥子扔进井中,让褥子吸进水来再挤出水。为了让玉蜀黍苗快速成长,先爷当起了他的肥料。他躺在玉蜀黍苗旁边,让玉蜀黍把根须深深地插进了他的身体。最终,玉蜀黍挺过了干旱,结出了七粒种子。一年之后,为了秋种逃难回来的人,在早已经枯黄在地里的那颗玉蜀黍杆旁边发现了指甲般大小、玉般透亮的七粒玉蜀黍。后来,大旱再次袭击了耙耧山,这次留下了七个年轻的汉子,他们种出了七棵嫩绿如油的玉蜀黍苗。

这样的小说结局虽耐人寻味,但与命运抗争的英雄先爷的悲剧精神和悲壮力度却被稀释和冲淡了。但先爷这一典型的悲剧英雄的形象也清晰地出现在了人们面前。他独自面对着干旱、饥饿等重重苦难却能临危不惧,为培植希望不畏任何挑战。他的心中只有一个想法,就是能够使重新回到耙耧山脉的人们有种子种植。就为这一在现在看来十分微小而在当时却是极其困难的愿望,先爷以顽强的意志和毅力与干旱进行着抗争,显示了强烈的生命力以及人生的价值,能够使我们感受到了无坚不摧的激情、悲壮的色彩以及永恒的存在,不得不油然而生敬意。与此同时,小说采用寓言式的结构,将笔触伸向了生命的最深处,试图通过对一个完整故事的"寓言化"处理,对一个时代、一个民族乃至整个人类的命运以及生生不息的生命力、坚韧的品质进行表现,从而使生存这一古老的命题闪现出厚重、辉煌的光环。诚然,小说在某种意义上对生命强大的求存意志以及坚韧的受难品质进行了展现,但它并未提供一个可供注解或是能够起到心灵熨帖的一剂良药,进而使人无法找到情感宣泄的出口,不得不重新陷入注定无望的宿命圈中。

《受活》被称为"狂想现实主义""超现实写作",讲述了一个叫作受活庄的地方将自己融入现代人类进程中的故事。在河南方言中,"受活"的意思是"享受、快活、快乐、痛快"。受活村的村民多数是残疾人,他们或聋,或哑,或瞎,或瘸,正常人在那里被叫作圆全人,圆全人在受活庄人的眼里是另类。在县长的带领下,受活庄的人组成了"绝术团"进行巡演,希望用巡演所挣到的钱去俄罗斯购买列宁的遗体将其安放在魂魄山上的"列宁纪念堂"中,从而实现发家致富的梦想。围绕着这个梦想,受活人进行了不懈的努力。先是茅枝婆努力让受活庄入了社,但是入社后,受活庄的日子并没有变好,十几年的坎坷,让受活庄的农民对入社的事情后悔不已,他们将矛头指向了茅枝婆,这让茅枝婆在剩下半生时间里都在为受活庄退社的事情而努力着。她甚至因此忍辱负重地与县长妥协——目的仅仅是拿到一份受活庄退社的文件。当受活庄可以退社的时候,茅枝婆的生命也走到了尽头。接着柳县长提出了"列宁纪念堂",他利用受活人的残疾,向正常人展示了受活人的能力,如断腿赛跑、聋子放炮、独眼纫针、瘫媳妇刺绣、盲人听物等,虽然他的做法给受活人带来了经济收益,但事实上,这种做法却打破了受活人的底线,让他们原有的平衡失去了支撑。在柳县长到来之前,他们之间没有歧视,经常互帮互助,他们所尊敬的是具有自我牺牲精神、乐善好施的人。柳县长的到来代表着圆全人的入侵,从入社到出演,圆全人与残疾人之间形成了支配与被支配、规训与被规训、引诱与被引诱、凌辱与被凌辱的关系。

第七章　21世纪初小说创作的主题研究

此外,小说中无论是政治的狂热与幻灭,还是致富的狂想与碰壁,都显得那么荒诞、可笑。一个又一个乌托邦狂想的幻灭,足以发人深省:那些一直渴望富裕起来的人们,到底是因为什么而饱经折腾?

这部小说在创作手法方面还有一个鲜明的特色,即它发展了前人使用过的注释法,把注释组成独立的章节。作者的原意是使现实、历史、传说方便自如地相互沟通,但似乎并没有多大必要,是一种形式炫奇。倒是阎连科特有的细节想象力令人惊叹,与卡夫卡一样,阎连科能够在荒诞的寓言情境中发挥想象,营造细节的真实性。此外,小说运用了一种掺杂了许多感叹词的反讽语调,并且加入了一些幽默的情境描写,乡村生存苦难的沉重主题被叙述的趣味性缓解,不像《日光流年》那么令人难以承受。

《丁庄梦》以中原地区曾经发生的艾滋病蔓延为背景,着力描写了一个叫丁庄的地方在被艾滋病侵袭下,人们的所作所为,从而对绝境中的人性选择进行了展现。这部小说既有现实主义的成分,同时也具有梦幻的色彩。

小说采用了第一人称亡灵视角进行叙事,亡灵叙述者小强全知全能,他所看到的许多事情是通过爷爷丁水阳的梦境展现的。有评论者专门做过统计,说小说中单是真正的梦就有三十多个。这些梦亦真亦幻,既有现实之梦,也有虚幻之梦。

丁水阳是最初动员村民们卖血的宣传者,也是他去上边开会才明白热病与卖血的关联,丁水阳是丁庄人罹祸热病的最好见证人。主体借助丁水阳的梦来回顾卖血事件的前因后果,以丁水阳的梦与现实相衔接。弗洛伊德说:"梦的意义与人清醒的思想一样,是多种多样的:在某种情形下它可能是已经实现了的愿望;在另一种情形下它可能是被意识到了的恐惧;也可能是进入睡梦中的沉思或一种意图;也许是梦本身的一个创造性思维火花。"丁水阳深深地陷入自责之中,是他给乡亲们讲"血跟水一样,越舀越旺"的道理,是他组织村民们去模范血源村参观的,全村的热病又是因他的儿子丁辉采血染上的。丁水阳在梦中看到丁庄人在蔡县参观的景况时,不由得长叹一口气,两滴泪便挂在他的眼上了。他认为自己是有罪的,在说服丁辉向乡亲们赔罪未果的情形下,他跪在村人的面前,执拗地磕了三个头,真诚地表达了内心的愧疚,并主动让患病的村民到学校来住,他承担照顾大家的责任。丁水阳每天都做着和热病相关的梦,他的梦境有的连接以往,有的就和现实同步。他在梦境中看见儿媳玲玲在拼命阻止儿子丁亮自杀,丁亮却毫不犹豫地用菜刀朝自己的腿上砍去。丁水阳从梦中挣出来,急匆匆赶到丁亮家中,看到儿子和儿媳并肩躺在地上,已经双双死去了。此时梦境不仅推动着故事的发展,已和现实交融在一起了。

文本中的一些梦富有神秘、超现实的色彩,具有象征意味,借助于象征性符号,作者将自己的思考含蓄地表达出来。"大部分富有想象力的文学作家们,所编造出的梦多是运用此种符号性的释梦,因为他们就是以我们普通人在梦里所发现的那份'相似'来体现他们的想法的。"

参考文献

[1]王秀琳.中国现当代经典文学作品解读[M].太原:山西教育出版社,2019.

[2]王琼,汤驿.中国现当代文学作品赏析[M].上海:同济大学出版社,2019.

[3]马振宏.新中国70年优秀文学作品文库 中国当代重要小说分年评介[M].北京:中国言实出版社,2019.

[4]毕飞宇,张莉.小说生活[M].北京:人民文学出版社,2018.

[5]高玉.中国现当代文学史(第二版)[M].杭州:浙江大学出版社,2017.

[6]於可训.中国当代文学概论[M].武汉:武汉大学出版社,2016.

[7]曹万生.中国现当代文学史1898—2015[M].北京:中国人民大学出版社,2016.

[8]姚玳玫.中国现代小说细读[M].广州:广东高等教育出版社,2016.

[9]杜春海.中国现当代文学[M].成都:西南交通大学出版社,2016.

[10]赵玲丽.中国现当代小说的创作主题研究[M].北京:中国书籍出版社,2016.

[11]艾春明.毕飞宇小说创作研究[M].北京:中央编译出版社,2016.

[12]熊修雨.从"寻根"到"先锋"中国当代文学观察[M].北京:中国戏剧出版社,2016.

[13]房向东.太阳下的鲁迅 鲁迅与左翼文人[M].上海:上海交通大学出版社,2016.

[14]刘勇.中国现当代文学[M].3版.北京:中国人民大学出版社,2015.

[15]王小曼.中国现当代文学[M].北京:北京大学出版社,2015.

[16]林朝霞.现代性与中国启蒙主义文学思潮[M].厦门:厦门大学出版社,2015.

[17]朱慰琳.中国当代文学[M].重庆:重庆大学出版社,2014.

[18]刘树元.小说的审美本质与历史重构 新时期以来小说的整体主

义观照[M].杭州:浙江大学出版社,2014.

[19]林建法.阎连科文学研究[M].昆明:云南人民出版社,2013.

[20]高玉.中国现当代文学史[M].杭州:浙江大学出版社,2013.

[21]石兴泽,隋清娥.中国现代文学[M].北京:中国社会科学出版社,2012.

[22]樊星.中国现当代文学史(下册)[M].武汉:武汉大学出版社,2012.

[23]周国耀,甘佩钦,陈彦文.20世纪中国文学主题演变研究[M].长春:吉林大学出版社,2011.

[24]程光炜,刘勇,吴晓东等.中国现代文学史(第三版)[M].北京:北京大学出版社,2011.

[25]陈思和.中国当代文学史教程(第二版)[M].上海:复旦大学出版社,2011.

[26]杨彬.新时期小说发展论[M].北京:人民出版社,2011.

[27]洪子诚.中国当代文学史[M].北京:北京大学出版社,2010.

[28]李怡,于天全.中国现当代文学[M].重庆:重庆大学出版社,2010.

[29]李明军.中国现当代文学[M].西安:陕西师范大学出版总社有限公司,2010.

[30]陈国恩.中国现代文学[M].北京:北京大学出版社,2010.

[31]陈英群.阎连科小说创作论[M].郑州:郑州大学出版社,2010.

[32]钱理群,温儒敏,吴福辉.中国现代文学三十年[M].北京:北京大学出版社,2010.

[33]崔志远等.中国当代小说流变史[M].北京:中国社会科学出版社,2009.

[34]刘中树,许祖华.中国现代文学思潮史[M].武汉:华中师范大学出版社,2009.

[35]黄修己.中国现代文学发展史[M].3版.北京:中国青年出版社,2008.

[36]董之林.热风时节:当代中国"十七年"小说史论(1949—1966)[M].上海:上海书店出版社,2008.

[37]李彦萍.中国现当代女作家研究[M].北京:中国文联出版社,2007.

[38]徐昊.20世纪末中国小说创作理论和创作实践关系研究[M].北京:中国社会科学出版社,2008.

[39]王铁仙.中国现代文学精神[M].北京:人民出版社,2008.

参考文献

[40]刘忠.20世纪中国文学主题研究[M].北京:社会科学文献出版社,2006.

[41]雷达,赵学勇,程金城.中国现当代文学通史下[M].兰州:甘肃人民出版社,2006.

[42]李平.中国现代文学[M].北京:中央广播电视大学出版社,2006.

[43]刘勇.中国现当代文学[M].北京:中国人民大学出版社,2006

[44]杨联芬.中国现代小说导论[M].成都:四川大学出版社,2004.

[45]乔以钢.多彩的旋律:中国女性文学主题研究[M].天津:南开大学出版社,2003.

[46]蒋淑娴,殷鉴.中国现代文学史[M].北京:科学出版社,2002.

[47]张钟,佘树林,洪子诚等.中国当代文学概观[M].北京:北京大学出版社,2002.

[48]唐弢.中国现代文学史简编[M].北京:人民文学出版社,2001.

[49]陈泽顺.路遥小说名作选[M].北京:华夏出版社,1999.

[50]金汉.中国当代小说史[M].杭州:杭州大学出版社,1990.

[51]杨义.中国现代小说史[M].北京:人民文学出版社,2005:256.

[52]严家炎.中国现代小说流派史[M].北京:人民文学出版社,1995.

[53]司马长风.中国新文学史(中卷)[M].香港:昭明出版社,1978.

[54]陈晓明.中国当代文学的探索道路[N].文艺报,2019-09-27(002).

[55]王瑞俊.中国现当代文学作品中的民俗文化体现研究[J].武汉冶金管理干部学院学报,2019(03):85-87.

[56]陈劲松.阎连科小说创作与中国当代文学主潮[J].世界文学评论(高教版),2019(01):139-144.

[57]周新民.中国当代小说理论的多维社会功利性价值[J].武汉理工大学学报(社会科学版),2019,32(04):131-136.

[58]倪万军.十七年时期农村题材小说得失之辩:以《创业史》为例[J].中国文艺评论,2018(06):83-93.

[59]刘雪萍.城乡流动视野中的乡土小说——以当代文学中的乡土小说创作为例[J].上海文化,2017(10):110-118+127.

[60]陈思广,廖海杰.十七年工业题材小说"成就不高"评价问题与反思[J].新疆大学学报(哲学·人文社会科学版),2017,45(06):105-111.

[61]尤冬克.解放区土改叙事中的"土"与"改"——以丁玲、赵树理小说为例[J].哈尔滨师范大学社会科学学报,2014,5(03):100-104.

[62]张彩霞.从池莉的小说创作看中国当代文学的世俗化倾向[J].青岛远洋船员学院学报,2005(01):65-68+73.

[63]黄平."大时代"与"小时代"——韩寒、郭敬明与"80后"写作[J]. 南方文坛,2011(03):5-10.

[64]魏天无,魏天真.当代文学观念的流变及其反思——以方方的小说创作为例[J].江汉论坛,2010(09):106-109.

[65]战荷丹.论毕飞宇小说的社会反思性[D].辽宁师范大学,2018.